KB117930

29초

29 SECONDS
by TM Logan

© TM Logan 2018
All rights reserved.

Korean translation rights arranged with Darley Anderson Literary,
TV & Film Agency, London
through Danny Hong Agency, Seoul.
Korean translation copyright © 2019 by Book21 Publishing Group

이 책의 한국어판 저작권은 대니홍 에이전시를 통한
저작권사와의 독점 계약으로 (주)북이십일에 있습니다.
신저작권법에 의해 한국 내에서 보호를 받는 저작물이므로
무단전재와 복제를 금합니다.

T. M. 로건 장편소설

천화영 옮김

29

SECONDS

29초

arte

어머니 그리고 아버지에게

자신이 죄가 없다고 말한다면, 스스로를 속이는 일이니…….

—크리스토퍼 말로, 『포스터스 박사』

차
례

조건은 세 가지였다.

72시간 안에 이름 하나를 말해야 한다.

거절하면, 제안은 사라질 것이다. 영원히.

받아들이면, 다시는 되돌릴 수 없다. 선택을 번복할 수도 없다.

그녀는 이 낯선 남자를 바라보았다. 전에도 만난 적 없고, 오늘 밤이 지나면 다시는 만날 일 없는 이 남자를. 그녀에게 빚을 지고 말았다는, 이 강하고 위험한 남자를.

오로지 단 한 번의 거래, 평생 한 번뿐일 제안이었다. 그녀의 인생을 바꿔놓을지도 모르는 거래. 누군가의 인생을 바꿔놓을 것이 거의 확실한 거래.

악마와의 거래였다.

1부
2주 전

1

규칙은 간단했다. 가능하면 그와 단둘이 있지 말 것. 그를 부추길 수 있는 어떤 말도 행동도 하지 말 것. 택시나 엘리베이터에 함께 타지 말 것. 연구실 밖, 특히 호텔이나 학회장에서 그를 상대할 때는 각별히 주의할 것. 그리고 무엇보다도, 결코, 어느 때고, 어겨서는 안 될 제1 규칙. 그가 술을 마셨을 때는 위의 그 어떤 행동도 하지 않을 것. 그는 맨정신일 때도 상태가 안 좋지만 술에 취하면 더욱, 훨씬 더 악질이 되었다.

오늘 밤, 그가 술에 취했다.

그리고 세라는 자신이 곧 이 모든 규칙을 한꺼번에 어기게 되리라는 걸, 너무 늦게야 깨달았다.

그때, 식당 앞에 서 있던 여섯 명은 11월의 한기에 맞서 주머니 속 깊이 손을 찔러 넣고 차가운 밤공기 속으로 입김을 뿜어대며, 홀

름한 음식과 활발한 대화로 가득했던 밤을 뒤로한 채 호텔로 복귀
하려는 중이었다. 이들은 그저 집을 떠나서 보낸 긴 하루 끝에 긴장
이 풀어진 동료 사이였다. 다음 순간, 그가 성큼 도로로 나가 택시
를 잡아 세우더니 세라의 팔을 붙들어, 그녀를 뒷좌석으로 데려가
태우고는 자신도 따라 들어갔다. 그의 숨결에서 레드 와인과 브랜
디, 페퍼 스테이크의 후끈한 열기가 느껴졌다.

너무 순식간에 벌어진 일이라, 세라가 어찌할 새도 없었다. 그저
다른 사람들도 바로 뒤따라 타겠거니 했을 뿐이었다. 차 문이 쾅 닫
히고 나서야, 세라는 그가 사냥을 앞둔 정글의 맹수만큼이나 계획
적이고도 능숙하게 자신과 나머지 일행을 갈라놓았음을 깨달았다.

"리걸 호텔로 갑시다." 그가 낮은 바리톤 음성으로 기사에게 말
했다.

택시가 출발했고 세라는 어안이 벙벙한 채 잠시 그대로 얼어붙어
있었다. 그러다가 고개를 돌려 뒷유리 너머로 인도에 남겨진 동료
들을 바라보았다. 택시가 속도를 내면서 그들의 모습이 점점 멀어
졌다. 세라의 동료이자 친구인 마리가 놀란 얼굴로, 무언가를 말하
려는 듯 입을 살짝 벌리고 있었다.

항상 함께 뭉쳐 다닐 것. 그건 또 하나의 규칙이었다. 하지만 이제
그와 세라, 단둘뿐이다.

택시 내부는 어두웠고 오래된 가죽과 담배 냄새가 났다. 세라는
다시 앞을 보고 서둘러 안전띠를 매면서 그에게서 가능한 한 멀리,
자리의 오른쪽 끝으로 슬슬 이동했다. 와인 두어 잔이 가져다준 기
분 좋고 따뜻한 취기는 달아났고, 갑자기 정신이 완전히 맑아진 느
낌이었다.

29초

잘 대처하면 괜찮을 거야. 눈만 마주치지 말자. 웃지 말자. 여지를 주면 안 돼.

그는 안전띠를 매지 않은 채 다리를 벌리고 널브러져서 상체를 세라 쪽으로 틀고 있었다. 오른팔을 의자 등받이 위쪽으로 뻗어, 손을 세라의 머리 뒤로 자연스레 늘어뜨려 놓았다. 왼손은 그의 허벅지 위, 사타구니에서 몇 센티미터 떨어진 곳에 올려놓았다.

"세라, 세라." 그가 알코올이 묻어나는 느리고 낮은 목소리로 말했다. "영특한 녀석. 오늘 자네 프레젠테이션은 대단했네. 굉장히 뿌듯하겠군, 그렇지?"

"네." 세라는 정면을 똑바로 응시하며 무릎 위 가방을 움켜잡았다. "감사합니다."

"아주 잘한단 말이지. 내 눈엔 항상 보였거든. 자네 자질이."

택시가 급하게 핸들을 꺾는 바람에 그가 세라 쪽으로 몇 센티미터 더 미끄러져 내려왔다. 그의 무릎이 세라의 무릎에 닿았다. 세라는 다리를 바로 떼고 싶은 것을 억지로 참았다. 그는 무릎을 치우지 않고 그대로 두었다.

"감사합니다." 세라는 한 번 더 말하면서 언제쯤 자신의 방으로 들어가서 문을 걸어 잠글 수 있을지 생각했다. 제발, 조금만 더 가면 호텔이 나오길.

"내가 말했던가? BBC2에서 내가 진행하던 「미지의 역사」가 새 시즌을 준비 중이라는 거? 제작사 측에서 다음 시즌에 내 공동 진행자를 두면 어떨까 하던데."

"괜찮은 생각 같습니다."

"여성으로." 그가 힘주어 말했다. "그런데 오늘 자네가 올라가서 발표하는 걸 보니까 TV 출연도 괜찮겠던데. 어떻게 생각하나?"

"제가요? 아닙니다. 솔직히 전 카메라 체질은 아니어서요."

"내가 보기엔 자넨 타고났어." 그는 오른손을 세라의 머리 뒤로 더 가까이 가져갔다. 세라는 그가 자신의 머리카락을 만지는 것을 느낄 수 있었다. "외모도 그렇고."

아마 저 사람도 젊었을 때는 외모가 나쁘지 않았을 거라고 세라는 생각했다. 어쩌면 꽤 잘생긴 편에 속했으리라. 하지만 술과 기름진 음식과 방탕한 생활로 보낸 40년의 세월 탓에 그는 이제 한창때가 지나버린, 나이 먹은 바람둥이의 모습으로 전락했다. 큰 키에 몸무게가 너무 많이 나갔고, 불룩한 배는 청바지 허리선 위로 늘어졌으며 턱 밑 살은 두툼한 데다가, 코와 뺨은 술기운으로 붉게 익어 있었다. 하루가 다르게 가늘어지는 희끗희끗한 머리를 포니테일로 묶어서, 갈수록 허전해지는 정수리 위를 머리카락이 성기게 덮고 있었다. 눈 밑 살은 불룩하고 거무튀튀했다.

그런데도, 자기가 무슨 조지 클루니인 줄 안다니까.

세라가 가장자리로 더 붙으려 했지만 이미 문 쪽으로 너무 몰려서 손잡이가 허벅지로 파고든 상태였다. 택시 안은 극심한 폐소공포증을 느끼게 했고, 탈출할 수 없는 감옥처럼 여겨졌다.

그때 가방에서 전화벨이 울리자 세라는 안심했다.

"세라? 괜찮아?" 직장에서 가장 친한 친구인 마리였다. 러브록의 행태를 직접 겪은 또 한 명의 여성 동료이기도 했다. 지난해, 러브록을 대하는 규칙을 처음 만든 사람도 마리였다.

"응, 괜찮아." 세라가 창문 쪽으로 몸을 돌리며 조용히 대답했다.

"미안해. 러브록이 택시 잡는 걸 못 봤어. 헬렌한테 불 좀 빌리

느라 잠깐 돌아섰다가 보니 그야말로 널 뒷좌석으로 밀어 넣고 있더라."

"괜찮아. 정말이야." 세라는 그가 자신을 응시하고 있음을 알았다. 캄캄한 창문 유리에 그의 모습이 비쳤다. "택시는 잡았어?"

"아니, 아직도 기다리는 중."

젠장, 진짜 나 혼자네.

"알겠어, 걱정 마."

"방에 도착하면 문자 하고. 알았지?"

"응, 그럴게."

마리가 목소리를 낮추고 말했다. "혹시 러브록이 개수작 부리면 가만히 있지 말고."

"응. 좀 이따 봐." 세라는 휴대폰을 다시 가방에 집어넣었다.

그가 더 가까이 다가왔다.

"자넬 감시하는 건가? 자네랑 그 어린 친구 마리는 의심스러울 정도로 같이 붙어 다니더군."

"지금 우리 바로 뒤 택시로 오고 있답니다."

"그래도 우리가 제일 먼저 도착할 걸세. 우리 둘만. 아, 깜짝 소식이 있네." 그가 세라의 무릎 바로 위를 톡톡 두드리고는 그대로 손을 올려두었다. 세라의 허벅지 위로 그의 손가락이 무겁게 느껴졌다. "난 이런 스타킹이 정말 좋더군. 자넨 치마를 좀 더 자주 입어야 해. 다리가 아주 근사하니까."

"이러지 말아주세요." 세라가 자신의 손가락에 끼워진 결혼반지를 만지작거리며 작은 소리로 말했다.

"뭘 이러지 말라는 건가?"

"제 다리 만지는 거요."

"응? 난 자네가 좋아하는 줄 알았는데."

"아니요. 이러지 않으셨으면 합니다."

"난 네가 비싸게 굴 때 너무 좋더라. 세라, 넌 남자를 애태울 줄 안단 말이지."

그가 몸을 세라에게 더 가까이 밀어붙였다. 땀 냄새가 끼쳤다. 매캐하고 톡 쏘는 냄새였다. 그가 식당에서 탁자 맞은편의 세라를 응시하며 빙빙 돌리던 잔에 담긴 브랜디 냄새도 함께였다. 그는 손가락을 몇 센티미터 더 위로 올려서 세라의 허벅지를 쓰다듬었다.

천천히 그리고 조심스럽게, 세라는 자신의 손으로 그의 손을 들어 올려 허벅지에서 떼어냈다. 심장이 아프도록 쿵쿵거렸다.

이번에는 그가 세라의 길고 검은 머리칼을 어루만졌다. 세라는 앞으로 몸을 빼고 그를 살짝 쏘아보았다. 아랑곳하지 않고, 그는 자신의 오른손을 코로 가져갔다. 감긴 눈꺼풀이 파르르 떨렸다.

"세라, 네 냄새가 너무 좋아. 날 취하게 만드는군. 나 때문에 향수를 뿌리는 건가?"

살갗에 오싹 소름이 돋았다. 세라는 어떻게든 그를 멈추게 할 방법을 떠올리려고 했다.

첫째, 지금 당장 택시에서 내린다. 유리 칸막이를 두드려 기사에게 차를 세우라 말한 후, 다른 택시를 잡아타고 호텔로 돌아가거나 남은 길을 걸어간다. 하지만 낯선 도시에 홀로 남겨진다는 점에서 좋은 생각은 아닐 것이다. 게다가 그가 자신을 따라 내릴 게 분명했다. 두 번째로, 그에게 적정 거리를 유지해달라고, 동료 학자로서 존중해달라고 정중하게, 또 한 번 부탁한다. 이 방법은 지금껏 여자들이 그에게 부탁했을 때 발생한 정도의 효과만 있을 것 같다. 세 번째로, 일단 가만히 있다가 후에 그가 했던 말을 그대로 적어서 월요일에 출근하자마자 인사부에 알린다. 효과는…… 글쎄, 두 번째 방법과 다를 바 없을 것이다.

물론 네 번째 방법도 있다. 세라의 열일곱 살 시절 자아라면 택했을 방법이다. 빌어먹을 그 손을 당장 치우고 꺼져버리라고, 그리고 앞으로 다시는 내 눈에 띌 생각하지 말라고 말하는 것이다. 세라는 혀끝에서 이 말의 형태를 느끼고, 그의 표정을 그려볼 수 있었다. 하지만 물론 실제로 밖으로 내뱉어 모든 걸 날려버리는 짓은 하지 않을 것이다. 더는 열일곱이 아니다. 이제는 걸려 있는 것도, 세라 자신에게 의존하고 있는 사람도 너무 많았다. 지난 15년간, 세상은 그렇게 돌아가지 않는다는 걸 배웠다. 그렇게 해서는 성공할 수 없었다.

그리고 무엇보다 최악은, 그가 이 사실을 누구보다 잘 알고 있다는 것이었다.

2

세라가 깊게 숨을 들이마셨다. 열일곱 살 자아와는 달라야 했다. 잠시만 진정하고, 분노와 묵인 사이의 경계를 걸어야 했다.

그러니까 다섯 번째 방법이 필요했다. 그의 주의를 다른 쪽으로 돌리는 것.

"앨런, 최근 베넷 신탁에서 따낸 연구비 관련해서 제가 좀 챙겨 보고 있는데요." 세라는 목소리를 떨지 않으려 했지만 생각만큼 잘 되지 않았다. "지원받을 만한 다른 곳도 알아보고 있던 중에, 운 좋 게 하나 발견했습니다. 애솔 샌더스 재단이라는 곳으로, 예전에 베 넷 장학금에 매칭펀드로 참여한 적이 있고 이번에 우리와도 함께할 수 있을 것 같아요."

"무슨 재단? 처음 들어보는 곳인데."

"애솔 샌더스요. 미국 보스턴에 있는 곳인데, 좀 비밀스러운 편

29초

입니다. 부동산, 제약 등으로 큰돈을 벌었어요. 세간의 이목을 피하려는 편이지만, 우리 연구에 자금을 대는 데에는 관심을 보일 것 같습니다. 회장이 개인적으로 크리스토퍼 말로에 관심이 크거든요."

그는 무릎 위로 깍지를 꼈다.

"그거 잘됐군." 그가 미소를 지었다. "계속해봐."

세라는 자기도 모르게 함께 미소를 지었다. 그의 어깨 너머로 주변을 살폈다. 기차역이, 다리가, 아까 본 법원 건물이 있었다. 학회가 열렸던 호텔 근처였다. 이제 그가 계속 말을 이어가게만 하면 되었다.

"그쪽 이사진과 접촉해봤는데요, 우리가 할 수 있는 일에 대해 더 알고 싶어 했습니다."

"세라, 자넨 **참** 영특하다니깐. 화요일 학과 회의에서 직접 발표해봐. 학장도 참석할 테니 점수 따기 딱 좋은 자리지."

"네, 그렇게 하겠습니다. 감사합니다."

"나 말이야, 자네한테 참 잘해주지 않나?"

세라는 아무 말도 하지 않았다.

"그러고 보니." 그가 재킷 주머니에서 봉투 하나를 꺼내며 말을 이었다. "자네한테 이걸 줘야 하는데. 꼭 와주길 바라네."

그가 세라에게 봉투를 건네는 사이, 손이 또 한 번 그녀의 다리를 스쳤다. 값비싸 보이는 두툼한 크림색 종이 앞면에 세라의 이름이 잉크로 휘갈겨 쓰여 있었다.

"감사합니다." 세라가 봉투를 가방에 넣으며 말했다.

"안 열어볼 텐가?"

"호텔에 가서 열어보겠습니다."

"난 자네한테 참 잘해준단 말이야, 안 그런가?" 그가 또 한 번 말했다. "그러니까 자네도 나한테 잘할 수 있다고 보는데. 적어도 가끔 한 번씩은 말이지. 한번 그래보지 않겠나?"

"앨런, 전 그저 제 일을 하고 싶을 뿐이에요."

마침내 택시가 하얀 석조 건물로 된 리걸 호텔 앞에 정차했다.

"다 왔군. 이제 내가 아주 특별한 밤술을 한잔 대접하지. 어디 갈 생각하지 말게나."

그가 20파운드짜리 지폐를 손에 들고 몸을 앞으로 뻗자 운전석에 불이 들어왔다.

"죄송합니다. 제가 너무 피곤해서요." 세라가 황급히 말했다. "전 좀 들어가봐야 할 것 같습니다."

세라는 최대한 빠르게, 안전띠를 풀고 손잡이를 당겨 문을 연 다음 차에서 내렸고, 택시를 빙 돌아 나와 호텔 회전문 속으로 들어갔다. 얼른, 빨리 좀 돌란 말이야. 그녀는 이내 로비에 들어섰다. 번쩍이는 타일 바닥 위로 딸까닥딸까닥, 그녀의 구두 소리가 울렸다.

엘리베이터가 있길. 제발, 얼른 방에만 들어가자. 문을 잠글 수 있는 내 방으로.

엘리베이터는 총 넉 대였다. 빠른 걸음으로 호텔 안내인을 지나쳤을 때, 오른쪽 맨 끝 엘리베이터 문이 열리더니 여자 한 명이 들어가는 게 보였다. 곧 문이 닫히기 시작했다.

"잠깐만요!" 세라가 반쯤 소리 지르며 뛰기 시작했다.

여자가 세라를 발견하고 급히 버튼을 눌렀다. 문이 다시 스르륵 열렸다.

"감사합니다." 세라는 엘리베이터에 올라타서 벽에 바짝 달라붙었다.

여자는 오늘 있었던 한 세미나 세션에서 봤던 미국인이었다. 옷깃에 달린 명찰에 프린스턴 대학 크리스틴 첸 박사라고 적혀 있었다. 검은 생머리에 눈빛이 친절한 여자였다.

"몇 층 가세요?" 여자가 세라에게 물었다.

"5층이요. 감사해요."

첸 박사가 닫힘 버튼을 눌렀고, 그때 러브룩이 로비 끝 회전문을 성큼 통과해 들어섰다.

"거기 있었군." 그가 굵은 목소리로 말하며 두 여자를 향해 빠르게 걸어오기 시작했다.

세라는 그의 말을 못 들은 척하고 닫힘 버튼을 다시 눌렀다.

"세라!" 그가 다시 소리쳤다. "기다려!"

엘리베이터 문이 절망적인 속도로 닫히기 시작했다.

"세라! 기다리……."

문이 닫히며 그의 짖어대는 명령도 사라졌다.

3

"왜 그 소름 끼치는 개자식을 가만두는 거야?" 로라가 주방 조리
대에서 피망을 썰며 말했다.

"너도 알잖아." 세라가 답했다.

"망할, 그렇다고 널 더듬고 희롱할 권리가 있는 건 아니지. 내 상
사였어봐, 난 벌써 인사부에 찌르고도 남았어."

"알아. 하지만 대학에서 꼭 인사부에 알리는 게 능사는 아니야."

로라는 피망을 썰다 말고 뒤로 돌아 손에 쥔 칼을 까딱거렸다. 검
은 손잡이가 달린 칼은 날이 점점 가늘어져 끝이 섬뜩할 정도로 뾰
족했다.

"지랄하네. 인사부에 확 찔러야지. 지금이 무슨 1950년대냐?"

세라가 웃었다. 로라는 세라가 아는 그 어떤 사람보다 욕을 잘하
고 술을 많이 마셨다. 앞뒤 없이 속마음을 말하는 요크셔 출신 특유

의 습관도 몸에 배어 있었다. 세라는 친구의 그런 점이 좋았다. 로라는 누구에게도 절대 그냥 당하고 넘어가는 법이 없었다.

세라가 그레이스를 임신하고 로라가 쌍둥이 잭과 홀리를 임신했을 때, 둘은 한 출산 준비 교실에서 만났다. 처음에 세라는 로라의 직설적인 면, 그리고 출산할 때 쓸 수 있는 약은 모두, 되도록 진통이 시작되기 일주일 전부터 쓰고 싶다는 말에 다소 놀라긴 했지만, 알고 보니 두 사람은 공통점이 많았다. 둘 다 더럼 대학에서 영문학을 전공했고, 런던 북부에 살았으며, 일에서 성공하고 싶어 했다. 로라는 시내 중심가에 있는 한 중견 소매 업체의 디지털 콘텐츠 책임자였다.

금요일 밤의 잠옷 파티는 다이어리에 적힌 월례 행사가 되었다. 아이 넷 모두 서로 잘 어울렸고 끊임없이 역할 놀이를 했는데, 그중 가장 어리고 작은 해리는 하인이나 악당, 농장 동물 같은 보조 역할을 주로 맡는 듯했다. 그래도 끼워주기만 한다면 어느 역이든 크게 개의치 않아 하는 것처럼 보였다.

이제 아이들은 이불을 꼭 덮고 잠에 들었다. 로라의 남편 크리스는 실내축구 팀원들과 술집에 가고 없었다. 세라는 넓은 식탁에 앉았고 로라는 둘이 먹을 볶음 요리를 만드느라 분주했다. 중국식 프라이팬에서 지글거리는 숙주나물과 캐슈, 닭고기 냄새가 공기 중으로 퍼졌다.

"로라, 인사부에 알리는 게 맞다는 건 나도 알아. 그렇게 해서 해결되지 않으니까 문제지. 가해자로 지목되는 사람이 누구인지에 따라 다르거든. 전에도 그런 시도가 없었던 건 아니야."

"그래서?" 로라가 잔에 담긴 레드 와인을 들이켰다.

"달라진 건 없었지. 러브록은 여전히 학교에 있고. 그래서 사람들이 그를 방탄 교수라 부르는 거야. 내가 전임 강사가 되기 전까지는 이 기나긴 게임을 계속해야 하는 이유이기도 하고."

"방탄 교수라." 로라가 되뇌었다. "어떤 천재가 생각해낸 말이냐? 꼭 그 러브록이 망할 놈의 슈퍼히어로라도 되는 거 같잖아."

"내가 이 학교로 오기 훨씬 전부터 불린 별명이래. 물론 비공식적으로."

"그래도 전에 러브록을 고발한 사람은 있었다는 거잖아?"

"그냥 들리는 소문이 그래. 무슨 일이 있었는지 대놓고 말하는 사람은 없어. 다들 엄청나게 쉬쉬하거든."

"그 사람들이랑 얘기해봤어? 인사부에 알렸다는?"

세라가 고개를 젓고 와인을 한 모금 마셨다.

"그럴 리가. 이제 학교에 없는걸. 오래전에 떠났지."

"빌어먹을. 해고돼서 없는 거야, 아니면 제 발로 나간 거야?"

세라가 어깨를 으쓱했다. "내가 오기 전에 있었던 일이라. 그런데 그 사람들 중 학계에 남아 있기라도 한 사람이 얼마나 될까 싶긴 해. 학생도 여럿 있었고."

"그럼, 사람들도 다 안단 얘기잖아?"

"로라, 문제는 말이야, 앨런 러브록에겐 두 가지 모습이 있다는 거야. 케임브리지 대학 출신의 TV 출연 유명 교수. 매력적이고 카리스마 넘치며 누구보다 똑똑하지. 다음 기사 작위는 따놓은 당상이야. 이게 공식적인 모습이고, 사람들은 대부분 이걸 보는 거야. 러브록의 또 다른 모습은 불행히도 그와 단둘이 있게 된 여자만이 보게 되는 거고."

"흠, 그 자식이 새로운 여자랑 잘 때마다 침대 기둥에 빗금을 새겼다면, 그중 학생이나 교직원은 얼마나 될까?"

"내가 러브록의 침대 기둥을 보게 될 일이 절대 없기만을 바랄 뿐이다."

로라가 쿡 웃으며 거의 바닥이 난 레드 와인 병을 기울여 잔을 채웠다. 로라는 이미 세라보다 한 잔 앞서고 있었다.

"그런데 난 이해가 안 돼. 왜 그 망할 인사부에서는 러브록을 징계하지 않는 거야? 분명 알고 있을 텐데?"

"음, 내가 한번 설명해볼게. 네가 생각할 수 있는 가장 형편없는 회사를 떠올려봐."

로라가 조리대에 기대어 세라를 마주 보았다.

"좋아. 음…… 서던 레일(영국의 철도 회사—옮긴이)?"

"그 형편없는 정도에 곱하기 10을 해봐. 그게 우리 인사부 수준이야. 기껏해야 경고 정도에 '적절한 행동에 관한 교육 이수' 조치나 내리고는 끝이겠지. 최악의 경우엔, 러브록이 그랬다는 증거가 없다며 아무 조치도 취하지 않고 내가 전임 강사가 되어야 할 다음 계약 때, 그러니까 사흘 뒤에 내 쪽이 오히려 이런 말을 듣게 될 거야. 미안하지만 더는 우리와 함께할 수 없을 것 같네요. 계약도 끝, 일도 끝. 어느 쪽이든, 내 전문 분야의 경력은 완전히 망가지는 거지."

"대학이 그 자식을 계속 데리고 있다니, 믿을 수가 없다. 벌써 몇 년 전에 내보냈어야 하는 건데."

"똑똑하거든. 케임브리지 졸업 시험 두 과목 최고 득점자야. 보는 눈이 있을 땐 절대 그런 짓을 하지 않아서, 언제나 피해자의 진술뿐이지. 구체적인 증거가 없으니 결국 대학 계급사회가 무죄 추정의 원칙을 내세우는 거고."

"누가 녹음을 해야 해. 현장을 잡아야지."

"다만 그러다 걸리면 전임 강사 자리에는 작별의 키스를 해야 하겠지."

"그래도 녹음을 하면 최소한 싸워볼 기회는 생기는 거잖아."

세라가 벽걸이 TV를 가리켰다. 소리를 죽인 뉴스 화면 속에서 도널드 트럼프가 백악관 뜰을 배경으로 담소를 나누고 있었다.

"그래, 여자들을 희롱한 걸 떠벌린 게 녹음돼서 저 트럼프의 야망 실현이 좌절됐지, 아마?"

로라가 얼굴을 찡그렸다.

"윽, 그 얘긴 꺼내지도 마."

로라는 리모컨을 집어 들고 BBC2로 채널을 돌렸다. 이번엔 앨런 러브록 교수가 화면에 나타났다. 그가 중세 유적 한가운데에 서서 카메라를 향해 손짓 몸짓을 하고 있었다.

"맙소사." 로라가 투덜대며 영화 채널로 돌렸다. "저 껑충한 개자식은 사방에서 튀어나오네."

세라는 한숨을 쉬고 와인을 한 모금 홀짝였다.

"아무튼, 학교가 저 사람을 데리고 있을 이유는 많아. 정확히 960만 파운드만큼의 이유가 있지."

"그래서 러브록이 제 마음대로 할 수 있다는 거야?" 로라가 말했다. "그 돈 때문에?"

앨런 러브록 교수가 뛰어난 학자이자 재능 있는 연구자인 건 확실했다. 그는 자신의 전문 분야에서 세계 최고에 속했다. 애초에 세라가 퀸 앤 대학에 있는 그의 학과로 온 이유도 같았다. 하지만 러브록이 누구도 건드릴 수 없는 존재로 자리매김할 수 있었던 건, 그가 영문학과에서 역대 가장 많은 연구비를 따낸 덕분이었다. 호주의 한 자선사업가가 7년에 걸쳐 960만 파운드를 지원하기로 한 것이다.

"엄청난 규모의 연구비야. 지난 5년간 학부 전체에서 따낸 액수를 합친 것보다도 크지. 퀸 앤의 최고위층은 여기서 러브록의 심기를 거스르는 일이 생기면 그가 자기 연구비를 들고 다른 곳으로 가버릴지도 모른다고 두려워하고 있어. 그렇게 되면 우리 연구진 구성에 큰 구멍이 나는 거고, 순위에서도 떨어지고, BBC2에 자기 프로그램까지 갖고 있는 이 유명 교수가 우리 대학 소속이라고 5분에 한 번씩 얘기하는 것도 더는 못하는 거지. 러브록은 가끔 학장에게 에든버러와 벨파스트 대학이 자신을 탐내고 있다는 티를 내서, 자신이 언제든 걸어 나갈 수 있는 사람임을 분명히 해두곤 해."

"절벽 끝으로 걸어 나가면 좋으련만."

로라의 말에 세라는 살짝 미소를 짓다가 금세 표정을 굳혔다.

"정말 날 괴롭게 하는 게 뭔지 알아?"

"더듬고, 희롱하고, 차별하고, 그런 쓰레기 짓 말고 또 있단 말이야?"

"진짜 더 괴로운 건 말이야, 난 석사와 박사 학위도 땄고, 제대로 된 직업에, 주택 담보대출까지 있어. 결혼을 했고 아이도 둘 있어. 그런데도 러브록은 아직도 회의 때마다 날 '영특한 녀석'이라고 불러. 마치 내가 현장 실습 나온 열네 살짜리 애인 것처럼. 내가 왜 그런 말에 휘둘리는지는 모르겠는데, 그냥 너무 화가 나. 난 서른두 살이라고. 러브록이 젊은 남자 동료를 그렇게 부르는 일은 절대 없거든."

"다른 학교로 옮길 생각은 아직도 없는 거지?"

"어디로 갈 수 있을까? 크리스토퍼 말로 전공 과정이 있는 대학은 영국에 세 곳뿐이야. 벨파스트와 에든버러, 그리고 우리 학교. 게다가 러브록은 단지 그들 중 하나가 아니라, 최고야. 가장 많은 연구비에, 가장 규모가 큰 팀, 가장 높은 명성까지. 이제 와서 전공을 바꾸는 건 원점으로 돌아가서 다시 시작하는 거나 마찬가지라고."

"제길, 맞아. 왜 네가 옮겨야 하는 건지 모르겠다. 넌 여기까지 오려고 정말 열심히 했고, 지금 하는 일을 누구보다 사랑하는 데다, 잘못한 건 하나도 없잖아. 애들도 그 좋은 학교에서 나와서 수백 킬로미터 떨어진 곳으로 가야 할 테고, 너희 아빠하고도 떨어져야 하고. 빌어먹을!"

"그러니까. 어쨌든, 얘기가 나온 김에, 조만간 좋은 소식이 있을지도 모르겠어."

로라가 놀라서 눈썹을 추켜세웠다.

"뭔데?"

세라는 가방에서 이틀 전 택시에서 러브록이 준 값비싼 크림색 봉투를 꺼내어 친구에게 건넸다.

"그게 뭔지 짐작도 못할 거다."

"응, 모르겠어. 이게 뭔데?" 로라가 손에 쥔 봉투를 뒤집어 보았다. "힌트 좀 줘."

"열어봐."

로라가 봉투에서 양각으로 글씨를 새긴 두꺼운 카드를 꺼내 보곤, 낮게 탄식했다.

"이럴 수가." 로라가 고개를 들었고, 웃음은 얼굴에서 희미해져 갔다. "너, 정말 여기 갈 생각은 아니지?"

세라가 단호히 대답했다.

"아니, 갈 거야."

4

로라는 못 믿겠다는 투였다.

"농담이지? 너 미쳤냐?"

"가서 얼굴 비춰야지. 러브록이 매년 자기 생일에 여는 파티인 데, 난 이 학교로 온 지 2년 만에 처음으로 초대를 받은 거라고."

로라가 크림 빛이 도는 흰색 카드를 펼쳐서 그녀의 특기인 「다운 튼 애비」 주인공 성대모사를 하며 읽어 내려갔다.

"11월 11일 토요일, 러브록 교수 부부의 연례 자선행사에 귀하를 진심 어린 마음으로 모십니다."

"학부에서 러브록의 파티는 전설적이야. 거기서 자기 재단을 위 한 돈을 모금하지."

"자기 뭐?"

"러브록 재단이라는 공익신탁을 가지고 있어. 불우한 아이들을

29초   33

돕고 장학금을 지급하고, 뭐 그런 명목으로 많은 기금을 조성하지. 올해는 러브록의 새 책 출판 계약을 축하하는 자리도 될 거야. BBC 의 자기 프로그램과 맞물려서 틀림없이 엄청난 인기를 끌 테니."

로라가 인상을 쓰며 초대장을 식탁에 내팽개쳤다.

"방금 전까지 그렇게 치를 떨어놓고, 그놈 집에 가겠다는 거야?"

"응."

"너 **진짜** 미쳤구나? 러브록이 택시에서 네 몸에 손을 대고 호텔 까지 쫓아갔던 게 불과 며칠 전이야. 지금껏 너한테 들은 말을 종합 해보면, 그 자식은 네가 거기서 일하는 내내 어마어마한 호색한에 변태처럼 굴었다고. 그런데도 파티에 가겠다는 거야? 그놈 집에? 다 아무렇지 않은 것처럼?"

세라는 앉은 자리에서 불편한 듯 몸을 뒤척였다. 자신이 이러는 이유를 친구가 알아줬으면 하는 마음이 간절했다. 모든 것을 관통 하는 냉철하고 분명한 논리의 가닥을 봐주기를. 절친한 친구에게 이해받지 못한다면, 그 누구에게도 이해받을 수 없었다.

"아무렇지 않다는 게 아니야. 내가 말하는 건 그게 아니라고."

"그럼 네가 말하려는 게 **도대체** 뭔데?"

"로라, 이건…… 일종의 시험이야. 통과의례랄까. 선임 교수들 은 아랫사람의 지위가 올라갈수록, 특히 그 사람이 여자라면 더욱 더, 스스로를 아무 쓸모없는 존재처럼 느끼도록 만들려고 전력을 다하거든. 자신들이 가진 힘을 과시해서, 한동안은 지금 어떤 위치 에 있는지를 절감하게 하는 거야. 서열을 익히도록 말이지. 피를 맛 보게 하는 거야. 그런데 이제야 난 그 단계를 넘어선 것 같아."

"넌 지금 그런 말로 정당화하고 있어."

"그게 옳다는 말이 아니라 다만 그렇게 돌아간다는 것뿐이야. 러브록이 모든 패를 다 쥐고 있어. 원래 러브록의 파티는 정교수와 부교수, 상급 교직원만을 위한 자리야. 나 같은 계약직은 낄 곳이 못돼. 우리같이 힘없는 사람들은 출입금지라고."

"신이시여, 작은 자비를 베풀어주셔서 감사합니다. 나 같으면 이렇게 생각했겠다. 오히려 다행인 거 아니야?"

"경력에 욕심이 있다면 다행은 아니지. 왜, 이런 말도 있잖아. 무리에 들고 싶다면 장단을 맞춰주라고."

"문제의 인물이 좋은 점이라고는 눈을 씻고 찾아봐도 없는, 순교활한 족제비여도?"

"특히 그런 경우에. 이번 초대는, 일종의 신호 같아."

"그 자식이 네 속옷을 벗기고 싶어 한다는 신호?" 로라가 바로 두 손을 들어보였다. "미안, 그런 뜻은 아니었어……. 아니다, 그런 뜻 맞아. 러브록은 분명 원하고 있을 테니까."

"좋은 신호 말이야."

"파티 초대에 너무 큰 의미를 부여하는 건 아니고?"

"전엔 날 초대한 적이 없다니까! 이제 사흘 후 월요일이면 승진 심사 위원회가 소집돼. 그리고 난 처음으로 러브록의 화려한 대규모 연례 자선행사에 초대를 받았고. 생각해봐. 이게 다 우연의 일치일 리는 없잖아. 꼭 내가 소수 핵심층에 들어오게 된 걸 환영하려는 것 같단 말이야."

"그래 빌어먹을, 이제 그럴 때도 되긴 했지. 아무튼, 넌 자격이 있어."

"고마워, 로라. 드디어 현실로 다가온 느낌이야."

"그래도 계약서에 서명하기 전까지는 정신 똑바로 차리고. 알았지? 작년에도 기대만 하다가 끝났잖아."

"알아. 하지만 작년이랑은 달라. 이번엔 정말 느낌이 좋아. 러브록이 파티에 날 초대한 건 내가 이제 전임 강사라고 말하는 거나 다름없어."

"그런데 너, 혼자 가려는 건 아니지? 그 자식이 언제든 다가올 수 있는 곳에 네가 혼자 있으면 안 될 것 같은데."

"동반 1인 포함 초대이긴 한데, 그렇다고 닉을 데려갈 수는 없으니……."

세라가 말끝을 흐리며 와인 잔을 입으로 가져갔다. 아직도 남편 이야기만 꺼내면 감정이 앞섰다. 분노와 사랑과 절망과 희망, 이 모든 감정이 온통 독하게 뒤섞여, 남편이 처음 떠났을 때만큼이나 지금도 쓰디썼다.

로라는 세라에게 안쓰러운 미소를 보냈다.

"이번 주에 닉한테 연락 온 건 없고?"

"지난 주말부터 연락이 없네. 그 문자를 끝으로."

"이번에는 얼마나 된 거지?"

"월요일이면 4주째야. 벌써 거의 한 달이네. 애들은 아직도 매일 아빠에 대해 물어." 세라가 마른침을 삼켰다. "빌어먹을, 매일 아빠를 찾는다고."

"이리 와." 로라가 팔을 뻗어 친구를 안아주었다. "불쌍한 친구. 기다려봐. 닉은 돌아올 거야."

세라는 친구의 어깨에 파묻힌 채 고개를 끄덕였지만 아무 말도 하지 않았다. 눈에는 눈물이 그렁했다.

스무 살이던 해, 세라는 닉과, 그 잘생기고 매력적인 몽상가와 사랑에 빠졌다. 모든 것을 너무도 잘, 너무도 쉽게 해내던 그의 열정에 빠져들지 않기란 불가능했다. 무대와 스크린에서 연기를 하겠다던 그의 꿈을 믿지 않기란 불가능했다. 닉은 언제나 관객을 자신의 손바닥 위에 올려놓곤 했으니까. 하지만 거기까지였다. 영화 제작사를 돌며 이런저런 배역을 맡고 연극 무대에 오르며 드물게나마 텔레비전에도 가끔 얼굴을 비추긴 했지만, 닉의 연기 인생은 끝내 빛을 발하지 못했다. 그렇게 12년간 시도한 끝에 닉은 어느 날 갑자기 집을 나갔다. "나 자신을 찾으러" 떠난다고 했다. 이 얼마나 진부한 말인가. 지난 1년 반 사이에 닉이 집을 나간 게 벌써 두 번째였다.

세라는 이번에는 남편이 언제 돌아올지 알 수 없었다. 돌아오기나 한다면 말이다.

"닉은 아직 브리스틀에 있는 거야?" 로라가 조심스레 물었다. "그 여자랑?"

"응, 아라벨라와 있는 거 같아."

"얼빠진 놈 같으니라고."

세라가 고개를 끄덕였다. 충분히 맞는 말이었다.

"세라." 로라가 포옹을 풀고 말했다. "파티에 같이 가줄까? 도착해서 5분 만에 그놈 얼굴에 술을 들이붓고 말 것 같긴 하다만."

"5분이나 버틸 수 있다고 생각하는 거야?"

로라가 어깨를 으쓱하며 웃었다.

"5분은 너무 많이 준 것 같긴 해."

세라가 코를 훌쩍이며 티슈로 눈물을 닦았다.

"로라, 생각해줘서 고마워. 하지만 벌써 마리에게 함께 가자고
해뒀어. 러브록의 방식을 직접 겪어서 잘 알거든. 우리가 규칙을 지
키고 항상 붙어 있으면 둘 중 누구도 러브록과 단둘만 남게 되는 일
은 없을 거야."

"너, 정말 파티에 가는 게 옳은 거라고 확신하는 거야?"

세라가 숨을 한 번 들이마시고는 로라의 눈을 똑바로 쳐다보며
대답했다.

"꼭 해야 하는 일이야."

5

앨런 러브록 교수는 퀸 앤 대학 캠퍼스에서 40분 거리, 하트퍼드셔 남부의 깔끔하고 작은 주택가인 크롭웰 배싯에 살았다. 나무가 줄지어 늘어선 자갈밭 진입로를 따라가다 보면 그 끝에 그의 집이 자리했다. 자유롭게 뻗어나간 후기 빅토리아 양식의, 침실 여섯 개짜리 대저택이었다. 본채와 떨어진 세 칸짜리 차고 앞에는 검은색 대형 벤츠와 흰색 BMW 컨버터블이 주차되어 있었다.

"나, 어젯밤에 또 미드나이트 메일 받았잖아." 세라와 자갈밭을 우두둑 밟으며 걷던 마리가 말했다. "이번 주에만 벌써 세 번째야."

미드나이트 메일은 러브록의 전매특허인 관리 방식이었다. 보통 자정에서 새벽 1시 사이에 수신자의 메일함에 도착하기에 붙은 이름이었다. 살짝 완곡하게 말한다 하더라도 거의 항상 비난조에다가, 의미를 간파하기 어려운 경우가 많았고, 보통 동료 서너 명을 참조에 넣어 수신자가 최대로 창피하게 만들었다. 학과 사람들 모두가 미드나이트 메일에 잠을 깨는 걸 두려워했다. 언제 받게 될지 모를 미드나이트 메일은 그날 하루를 통째로 망쳐버릴 잠재력을 지녔다.

"이번엔 뭐 때문인데?"

"연구위원회 방문 건. 며칠 전에 러브록이 나보고 준비가 잘 안되어 있다면서 공개적으로 면박을 줬고 추진력을 좀 발휘해서 서두르라고 했어. 그러더니 어젯밤에는 내가 한 일을 과학수사 하듯 조목조목 뜯어보면서 뭘 어떻게 잘못했는지 늘어놓더니, 그 건을 웨버스마이스한테 넘기는 게 어떠냐는 거야."

"웨버스마이스가 제대로 할 줄 아는 게 도대체 뭐가 있다고. 그냥 러브록한테 죄송하다고, 네가 계속 맡게 해주시면 감사하겠다고 말해."

마리가 코웃음을 쳤다.

"러브록 님이라고 부르며 절이라도 해야 하려나?"

"무슨 말인지 알잖아. 그냥 게임을 하라는 거야, 우리 모두가 그러는 것처럼. 러브록은 반쯤 취한 상태에서 그런 메일을 보냈을 거야. 뭐, 그렇다고 해서 위안이 되지는 않겠지만."

"오늘 밤에도 취해 있겠지." 마리가 둘 앞에 서서히 모습을 드러내는 대저택을 가리켰다. "그나저나, 러브록은 어디서 돈이 나서 저런 집을 샀대? 교수 월급으로는 너무 호사스러운 거 아닌가?"

"집안 돈이지 뭐. 아버지가 백작인가 준남작인가 그랬다나."

"러브록이 웬일로 그건 떠벌리지 않았네?"

"그뿐만이 아니지. TV 출연에다 책도 내고, 이런저런 걸로도 돈을 엄청나게 많이 벌어들이잖아."

"세라, 웃어." 마리가 현관문 위에 교묘하게 달린 작은 CCTV 렌즈를 가리켰다.

현관 옆으로는 배달 차량 한 대가 시동을 끄지 않은 채 정차해 있었고, 기사가 문간에 서서 새하얀 앞치마를 두른 날씬한 중년 여성에게 상자를 하나 건네고 있었다.

"가사 도우미인가?" 마리가 끌어 올린 입꼬리 틈새로 말했다.

"글쎄, 러브록의 부인이 아닌 건 확실해."

기사가 차로 돌아가더니 으드득, 바퀴가 자갈에 부딪는 소리를 내며 떠났다. 앞치마를 두른 여자가 문을 열어둔 채, 얼굴에 미소를 머금고 세라와 마리를 향해 들어오라며 손짓했다.

여자의 안내를 받아 들어선 주방에서 세라는 도저히 눈을 뗄 수 없었다. 저택의 주방은 세라의 작은 집 1층과 그 옆집을 한데 합쳐 터놓은 것만큼이나 컸다. 천장의 참나무 대들보와 검은 화강암 조리대, 크림 빛이 도는 흰 대리석 바닥까지. 세라는 솟구치는 질투심을 느꼈다.

부드러운 재즈 선율을 타고 낮은 웅성거림이 전해졌다. 사람들이 술잔과 카나페를 들고 서너 명씩 무리 지어 있었다. 세라와 마리가 들어서자 모두들 잠시 돌아봤다가 0.5초 만에 다시 고개를 돌렸다. 저쪽 긴 탁자에서 흰 재킷을 입은 사람이 잔에 샴페인을 따라주고 있었다. 세라가 가서 잔을 두 개 가져와 마리에게 하나를 건넸다.

러브록이 좌중을 사로잡고 있었다. 아가(무쇠로 만든 영국산 레인지 겸 히터의 상표명―옮긴이)를 등지고 서서 한 손에는 커다란 레드와인 잔을 들고는, 그에게 완전히 몰입한 동료들을 향해 크게 몸짓을 섞어가며 이야기하고 있었다. 여기저기에서 들려오는 말소리에도, 러브록의 울림이 있는 바리톤 음성은 그 왁자지껄함 위로 명료하게 들려왔다. 또 자기 책 이야기를 늘어놓고 있겠지.

"그래서 내가 BBC 녀석들한테 말했지. 그건 전적으로 너희가 선택할 일이라고." 러브록이 어깨를 으쓱하며 동료들을 향해 눈썹을 추켜세웠고, 꽃이 해를 바라보듯 그들의 얼굴은 러브록을 향해 있었다. "BBC에서 방송 날짜를 바꿔서 내 책 출간 일에 맞추든지 내가 프로그램을 채널4로 가져가든지 둘 중 하나라고. 간단한 일이지 않나."

좌중에 예의를 차린 작은 웃음이 일었다.

주방 한쪽 구석에서는 조너선 클리프턴 학장이 러브록의 부인인 캐럴라인에게 말을 걸고 있었다. 캐럴라인은 40대 후반의 날씬한 여자로, 조각 같은 광대에 얇은 입술, 어깨까지 내려오는 완벽한 금발을 하고 있었다. 러브록보다 족히 열 살은 더 어려 보였다.

세라는 캐럴라인 러브록에 대해 들어본 적은 있지만 대화를 나눠본 적은 없었다. 캐럴라인은 러브록의 두 번째 부인으로, 그가 지금 학교로 오기 전 에든버러 대학에 있을 때 학과 비서로 함께 일했다는 정도만 알았다. 학과에 돌던 소문에 따르면, 캐럴라인은 이 집 주인을 위해 모든 것이 완벽히 정돈되어 있도록 청소부와 요리사, 정원사와 수리공으로 구성된 집안일 전담 직원들을 감독하며 하루하루를 보낸다고 한다.

세라는 러브록이 여성 동료 대부분을 대하듯 캐럴라인도 똑같이 대했을지, 문득 궁금했다. 캐럴라인은 러브록과 결혼까지 했다. 맙소사. 세라의 눈에 그 둘은 이상한 조합으로 보였다. 매력적인 캐럴라인은 러브록에게 너무도 과분했다. 어찌 되었든 두 사람이 처음 함께했을 때 캐럴라인은 남편을 떠난 상태였고, 러브록은 아내와 어린 딸을 떠난 뒤였다. 이제 몇 년 전 일이다.

캐럴라인이 두리번거리다가, 한쪽 구석에서 좌중에게 말을 늘어놓고 있는 남편에게 잠시 눈길을 두고는 이내 다른 곳을 보았다. 세라는 캐럴라인에게 미소를 보내며 살짝 손을 흔들어 보였지만, 멍한 시선만이 돌아왔다. 그녀는 자기 남편이 어떤 사람인지 짐작이라도 하고 있을지 궁금했다. 깨달았을까? 어쩌면 캐럴라인이야말로 그 누구보다 잘 알고 있을지도 모른다.

세라가 시계를 확인했다. 이제 겨우 8시였다.

"두 시간 뒤에." 세라가 나지막이 말했다. "여기서 나가는 거야."

"규칙 명심하고." 마리도 나지막이 말했다.

"너도."

6

세라는 거실 한구석에서 두어 차례 사람들과 대화를 나눈 뒤, 다른 여러 무리를 지켜보았다. 서로 예의 차린 대화를 나누며 각자 고급 접시에 덜어 온 음식을 조금씩 집어 먹고 있었다. 스테레오에서는 난해한 재즈 음악이 흘러나왔다. 다채로운 열대어가 벽에 설치된 긴 수조 안에서 헤엄치고 있었다. 마리가 잠시 화장실에 가느라 자리를 비우자, 세라는 문득 이 모든 것이 현실이 아닌 양 느껴졌다. 거울 속으로 발을 헛디며 꼭 닮은 새로운 세상으로, 있어야 할 곳도 아니며 규칙도 모르는 낯선 곳으로 들어선 것만 같았다.

하지만 여기 이 사람들도 다 한때는 자신과 같았을 거라고 세라는 생각했다. 바깥에서 안을 들여다보면서, 누군가 그들의 어깨를 툭툭 두드리며 당신은 충분히 잘하고 있고 충분히 똑똑하며 충분히 강하니 계속 앞으로, 또 위로 나아가면 된다고 말해주길 기다렸을 것이다. 그들의 때가 있었다. 곧 세라의 때가 올 것이다. 그저 인내심을 갖고 기다리면, 그러면 되었다. 그녀도 게임을 해야 한다. 세라는 눈을 마주치는 사람 모두에게 예의 바른 미소를 보내며 술을 홀짝였다.

그때 주머니에서 휴대폰 진동이 울렸다. 화면에는 집이라고 떠 있었다. 세라는 초록색 버튼을 누른 뒤 휴대폰을 귀에 가져다 댔다.

"여보세요?"

수화기 너머의 소리는 음악과 웅성대는 대화 소리 때문에 또렷하게 들리지 않았다. 세라가 술잔을 내려놓은 뒤 손가락으로 한쪽 귀를 틀어막다가, 맞은편에 있던 한 남자와 눈이 마주쳤다. 감히 네가 대단하신 러브록 교수의 파티에서, 올 시즌의 대표 사교행사에서 교양 없이 전화를 받아?라고 말하는 듯한 표정이었다. 무시해버렸지만, 시끄러운 말소리 때문에 전화는 여전히 잘 들리지 않았다. 세라는 커다란 파티오 문으로 향했다.

파티오로 나오니 시원하고도 날카로운 밤공기가 실내의 열기로 달아오른 세라의 양 볼에 와 닿았다. 잔디밭은 길고 넓었으며, 양옆으로 주렁주렁 달린 초롱은 은은한 빛을 내고 있었다. 세라는 조금 더 걸어 나가 수화기 너머의 소리에 귀를 기울였다.

"여보세요?" 세라가 다시 한 번 말했다.

"엄마?" 딸 그레이스의 목소리였다.

"응. 잘 있니, 그레이스?"

"우리 팝콘 먹고 있어요."

파티오를 가로질러 높다란 야외 가스히터에 가까이 다가가자 얼굴로 따뜻한 온기가 전해졌다. 이 공간이 오롯이 자기 차지가 된 기분이었다.

"잘했어. 무슨 맛 팝콘을 먹고 있을까?"

전화가 다시 잘 들리지 않다가, 소리를 질러대는 서로 다른 목소리가 들려왔다. 해리와 그레이스였다. 잠시 후, 세라의 아버지가 등장했다.

"미안하다, 세라. 해리가 안녕히 주무세요, 하고 싶단다. 잠깐 기다리렴."

한동안 또 서로 악쓰는 소리가 이어지더니, 해리의 작고 높은 목소리가 수화기 너머로 들려왔다.

"여보세요?"

"해리, 뭐 하고 있었어?"

"엄마?"

"응, 우리 아가?"

잠시 말이 없다가 약한 소음이 더 이어지더니, 말한다.

"그레이스가 꼬집었어요."

"아이고, 누나가 일부러 그런 건 아닐 거야. 이따가 할아버지랑 책 읽다가……."

"엄마, 잘 자!"

"해리도 잘 자. 사랑해." 해리는 이미 전화기를 놓고 가버린 뒤였다. 전화로 길게 말을 하는 아이가 아니었다. 아버지의 목소리가 다시 들려왔다.

"거긴 어떠니, 애야? 아무 일 없고? 아직 마리랑 있는 거냐?"

세라는 아버지에게 자신이 학교에서 러브룩 때문에 겪고 있는 문제에 대해 말한 적이 없었다. 아버지는 닉에 대해, 둘의 결혼 생활에서 발생한 문제에 대해서는 알고 있었지만, 세라는 삶에서 일 관련 부분은 따로 떼어놓았다. 아버지가 여전히 자신을, 그의 똑똑한 딸을 자랑스러워하기를 바랐고, 어쩐지 러브록의 행동이 그런 딸의 모습을 더럽힐 것 같았기 때문이다. 아버지가 신경 쓰게 하고 싶지 않기도 했다. 9년 전 엄마가 죽은 이후 세라는 줄곧, 아버지를 걱정시키고 싶지 않았다. 아버지가 겪은 근심은 이미 충분했다.

"여긴 괜찮아요, 아빠. 음…… 다 좋아요. 마리는 잠깐 화장실에 갔는데 이따가 같이 택시 타고 가려고요."

"너만 괜찮으면 됐다."

"아빠, 저 이제 가서 사람들이랑 좀 더 어울려야 할 거 같아요. 얼굴도 비추고. 애들한테 잘 자라고 뽀뽀 좀 부탁해요."

인사를 주고받은 뒤 세라는 전화를 끊었다. 휴대폰을 주머니에 넣고는 다시 안으로 들어가려는데, 뒤에서 술기운으로 말끝이 흐려진, 귀에 익은 크고 낮은 음성이 들려왔다.

"세라, 자네가 와줘서 너무 좋군."

7

그였다. 그는 세라와 저택 사이에 서서 길을 막고 있었다.

세라는 마리가 오길 기도하며 그의 뒤를 살폈다. 하지만 마리는 어디에도 보이지 않았다.

"아, 안녕하세요, 앨런."

"술이 없는 것 같군. 내 파티에서는 **절대** 있을 수 없는 일이야." 그가 커다란 크리스털 잔을 내밀었다. 유리에 얼음이 잘강잘강 부딪혔다. "진토닉 마시지?"

"전 안 될 것 같습니다. 이미 두어 잔 마셨고, 또……."

"말도 안 되는 소리." 그가 세라에게 다시 잔을 권하며 늑대처럼 씩 웃어 보였다. 발음이 살짝 뭉개지고 있었다. "이건 내 파티야, 그러니 어서 마셔. 특별히 자네 주려고 만들었다고."

"알겠습니다. 감사해요."

"건배." 그가 세라에게 한 걸음 더 가까이 다가와 위스키가 담긴 자신의 크리스털 잔을 세라의 잔에 부딪고는 한 모금에 절반을 삼켰다.

"건배." 세라도 말했다.

"안 마실 텐가? 건배를 했으면 마셔야 할 거 아니야." 그가 다시 입술을 비죽거렸다. "내 집에선 그래야 한다고."

세라는 잔을 입으로 가져가서 한 모금 홀짝였다. 나쁘지 않았다. 지금껏 마셔본 진토닉 중 가장 센, 아마도 절반이 토닉이고 절반은 진으로 채워진 술인 듯했지만, 그 외에는 괜찮았다.

러브룩이 몸을 더 가까이 기울였다.

"잘 왔어, 세라. 실은 자넬 찾고 있었네. 월요일 건을 얘기하고 싶었거든."

월요일. 승진 심사 위원회.

"네." 세라는 요동치는 속을 달래려 애썼다. 바로 지금이야, 그녀가 생각했다. 좋은 소식을 전하는 자리인 거야. "여기서 말씀이세요? 지금요?"

그가 주위를 둘러봤다.

"언제나 지금이 가장 중요한 법이지."

"알겠습니다." 세라는 진토닉을 한 모금 더 마셨다. 젠장, 진이 너무 많았다.

"잠깐 앉는 게 어떤가?" 그가 파티오 끝에 있는 화려하게 장식된 돌 벤치를 가리켰다. 자리 양옆으로는 겨울 관목 화분 두 개가 놓여 있었다. 그가 벤치에 앉아 옆자리를 가볍게 두드렸다. 세라는 주저하다가 이내 풍화된 돌 벤치의 한쪽 끝에 걸터앉았다.

"마리는 안 온 건가?"

바지를 뚫고 전해지는 차가운 돌의 촉감에, 세라는 저도 모르게 몸을 떨었다.

"잠깐 화장실에 갔습니다. 곧 나올 거예요."

"자네, 월요일이 기대되나?"

세라는 그의 얼굴을 살피며 어떻게 반응하면 좋을지, 단서를 찾으려 했다. 월요일이면, 그와 학과 내 다른 선임 교수 네 명이 둘러앉아서 학장에게 승진 대상자로 제안할 사람을 최종 결정하게 된다. 오늘 밤 파티에도 참석한 이 다섯 명은 문을 닫고 풍성한 점심을 먹으며 이른 오후까지 토론한 다음, 각 지원자에 대한 투표를 진행할 것이다. 그 뒤 후보자를 한 명씩 불러 결과를 통보하게 된다. 올해 학계 사다리의 다음 칸으로 발을 딛고자 하는 승진 심사 대상은 여섯 명이었다. 한 명은 정교수로, 또 한 명은 조교수로, 두 명은 선임 강사로, 그리고 세라를 포함한 나머지 두 명은 현재 시간 강사에서 전임 강사 자리로 오르길 기대하고 있었다.

소문에 따르면, 위원회는 오후 중반쯤에 나쁜 소식을 먼저 알리고 좋은 소식은 퇴근 시간까지 아껴둔다고 한다. 희망에 부푼 여섯 명에게, 러브록의 비서가 연달아 진행될 15분짜리 '결과 발표 면담' 초대 메일을 발송할 것이다.

세라는 억지로 미소를 지으며 어깨를 으쓱해 보였다.

"솔직히 말씀드리면, 얼른 지나갔으면 좋겠어요."

"승진은 아주 중대한 단계야. 잘 알고 있지?"

"네, 알고 있습니다."

"그건 동료에 대한 믿음이고, 그 믿음이 틀리지 않으리라는 믿음이지. 내 말은, 자네가 승진을 간절히 원해야 한다는 거야."

"간절히 원합니다. 그 어떤 것보다 더요. 전 학과와 학생들에게 기여할 것이 많다고 생각합니다."

"희생할 수 있어야 해."

"전적으로 이해합니다."

"훌륭해." 그가 웃으며 몸을 더 가까이 기울였다. "내가 듣고 싶은 말이 바로 그거였어."

세라는 승진 심사 위원회의 투표 결과가 천 번쯤은 궁금했다. 다수결로 지원자에 대한 결정을 할 중년 남자 다섯 명. 자일스 파킨은 러브록과 가까운 친구 사이여서 어느 쪽이든 러브록을 따라서 투표할 것이다. 로저 할리웰은 야망이 엄청난 데다가 자기 자신에만 몰두해 있어서 부하 직원들 얼굴도 잘 몰랐다. 그는 지금이든 앞으로든 자신에게 작은 이익이라도 가져다줄 것으로 보이는 방향으로 결정할 것이다. 네 번째 교수는 쿠엔틴 오버턴기퍼드로, 세라가 본 사람 중에 가장 똑똑하고 가장 거만한 사람이었다. 그의 불쾌한 태도는 가히 전설적이었고, 특히 행정 직원을 두고는 대학의 학자 집단을 뜯어먹고 사는 말단직원이라고 표현하길 즐겨 했다. 또한 여성은 남성과 지적으로 동등하지 않고, 절대 그럴 수도 없다는 생각이 확고했다. 마지막 교수인 헨리 데버루는, 세라가 알기로 공정하고 합리적인 괜찮은 남자였다. 러브록에게 기꺼이 반대 의견을 낼 수도 있었다. 하지만 그가 반대 의견을 낸다 해도, 데버루의 의견이 다수가 될 희망은 없었다.

학과에 전해 내려오는 이야기에 따르면 러브록의 뜻에 맞서 다수를 형성한 사람은 아무도 없었다. 세라가 러브록의 지원을 받는다면, 목적을 달성할 수 있었다. 하지만 러브록이 지금 세라에게 힌트를 더 줄 것 같지는 않았다. 일 이야기는 끝난 것 같았다. 문득 세라는 러브록이 자신의 가슴을 빤히 쳐다보고 있다는 걸 알아챘다.

"집이 너무 멋지네요." 세라는 그저 무슨 말이라도 해보려 애를 썼다.

"내가 구경시켜주지. 위층을 완전히 리모델링했거든. 침실이 아주……."

그가 말을 하다가 도중에 멈췄다. 귀에 거슬리는 어떤 소리 때문이었다. 파티오 돌바닥 위를 또각거리는 구두 소리.

누군가 뒤에 있었다.

세라가 뒤를 돌아보니, 검정 재킷과 청바지 차림을 한 여자가 이글거리는 눈으로 러브록을 바라보고 있었다.

"여기 있었네. 드디어 빌어먹을 당신을 찾았어." 여자가 말했다.

"이게 누구신가, 질리언 아닌가. 놀라운걸." 그가 냉랭하게 말했다.

8

여자는 세라보다 조금 어린, 서른 살 정도로 보였다. 눈 밑은 검
게 그늘져 있었고 갈색빛이 도는 검은 머리는 뒤로 단단히 넘겨 하
나로 묶은 모습이었다. 얼굴은 분노로 일그러져 있었다. 여자는 러
브록의 말을 무시한 채 뒤로 돌아 저택을 향해 걸어갔다. 문을 홱
열어젖히자 왁자지껄한 말소리와 음악이 파티오로 쏟아져 나왔다.
파티를 즐기던 사람들의 시선이 여자에게로 쏠리면서 말소리가 일
부 잦아들었다.

여자는 사람들에게 이리 와보라고 손짓했다.

"다들 제 얘기 좀 들어보세요." 여자가 가방에 손을 넣었다. 잠깐
사이, 세라는 여자가 어떤 흉기를 꺼낼지도 모른다는 생각에 몸을
잔뜩 움츠렸다. 하지만 여자가 꺼낸 것은 반으로 접힌 종이 한 장이
었다. 여자는 종이를 들어 보이며 사람들을 향해 외쳤다.

"여기 이 사람, 여러분의 훌륭한 동료인 앨런 러브록은 제게 고발당하자 저를 대학에서 내쫓았습니다. 1년간 저를 성희롱하고, 스토킹하고, 결국 다섯 차례에 걸쳐 성추행한 뒤에 말이죠. 러브록은 자기와 자지 않으면 저를 승진시켜주지 않겠다고 했습니다. 그리고 결국엔." 여자가 종이를 펼쳐서 사람들 앞에 흔들어댔다. "저와 섹스를 하려다가 실패로 돌아가자, 대신 제 경력을 박살내버렸죠."

사람들이 수군거리기 시작했다. 세라는 어딘가에, 어디로든, 여기가 아닌 다른 곳에 있고 싶었다. 러브록은 잠자코 있었다.

"왜 다른 대학에서 저를 받아주지 않는지 이해할 수 없었죠. 자격이 충분했는데도 면접 기회조차 얻지 못한 경우가 대부분이었습니다. 말이 안 되는 일이었죠. 그러던 어느 날, 앨런 당신이 보낸 평판 조회서를 보게 됐어." 여자는 러브록을 향해 돌아섰다. "그제야 모든 게 맞아떨어지더군."

러브록은 천천히 고개를 저었다.

"질리언, 이건 자네 얼굴에 스스로 먹칠하는 짓이야."

"개자식! 당신이 모두에게 발을 빼라고 경고했잖아. 에든버러와 벨파스트, 심지어 하버드까지, 내가 일을 구하려는 대학은 전부 다. 서로 수십 년간 알고 지낸 당신네 괴팍한 늙은이들로 구성된 소수 모임이 주무르는 곳이지. 당신은 대학마다 똑같은 쓰레기 평판 조회서를 보냈더군." 여자가 종이를 내밀었다. "그런데 말이지, 마지막 대학에서, 거기 아무짝에도 쓸모없는 인사부가 실수를 했지 뭐야. 당신이 쓴 평판 조회서를 첨부한 메일에 나를 참조로 넣은 거지. 꽤 읽어볼 만하지 않았겠어?"

"난 사실을 말할 의무가 있네. 조금이라도 사실과 다를 경우, 다른 대학의 동료들에게 피해가 갈 테니."

"사실이라고?" 여자가 종이 위로 시선을 떨구고 읽어나가기 시작했다. "신뢰할 수 없고, 불안정하며, 갑자기 화를 내는 경향이 있고 동료들을 심하게 비난한다. 거칠고, 단체 생활에 부적격하다. 학과 조직 내 역학 관계를 좀먹는다. 동료들에 대해 터무니없고 사실무근인 혐의를 제기하는 경향이 있다."

"질리언, 경력 면에서 자네 일이 잘 안 풀린 건 정말 유감이야. 진심일세." 러브록이 말했다.

"이거 다 개소리잖아. 처음부터 끝까지 그야말로 순 개소리. 당신이 발 빼라고 경고한 거야." 세라는 여자를 가만히 바라보며, 지금 눈앞에 있는 이 여자가 살아 숨 쉬는 자신의 미래, 자신의 운명은 아닐까 생각했다. 외모도 닮았다. 거의 같은 키에, 길고 검은 머리, 날씬한 체형, 30대 초반의 나이.

러브록의 취향이란 게 있나 보네. 그가 끌리는 특정한 외모가. 하지만 이건 내가 아니야. 경고는 맞지만, 이건 내가 아니라고.

러브록은 여자에게 차분하고 연민 어린 미소를 지어 보였다.

"질리언, 자넨 지금 취했어."

"빌어먹을, 당연히 취했지." 여자가 내뱉었다. "취하지 않고서는 단 하루도 버틸 수가 없는데."

여자는 이제야 세라를 발견한 듯했다.

"이번엔 저 여자인가 보지?" 여자가 세라를 가리키며 몸을 돌려서 그녀를 마주 보았다. "앨런이 그쪽을 침대로 끌어들이려고 하지 않았나요? 아직 아니라면, 곧 그럴 거예요. 두고 봐요."

파티오로 쏟아져 나온 사람들은 마치 사고가 난 도로에서 차창

밖으로 목을 쭉 빼고 피를 찾듯, 러브록에게서 여자로 시선을 옮겨가며 숨을 죽이고 있었다. 그때 마리가 군중 속을 비집고 나왔다.

세라는 쉽사리 답을 하지 못했다. 학과 사람들의 시선이 느껴졌다. 다가오는 월요일에 세라를 승진시켜줄 남자의 시선도. 사실을 말하기엔 적절한 때가 아닌 것 같았다.

"아뇨. 그런 적 없습니다." 세라가 말했다.

"그쪽이랑 섹스하려고 시도한 적이 없다고요?" 여자는 세라를 위아래로 훑어보았다. "딱 앨런 취향인데."

세라는 얼굴이 화끈 달아오르는 것을 느꼈지만 빠르게 고개를 저었다.

"없어요."

여자는 잠시 더 세라를 바라보다가 미간을 찌푸렸다.

"아직 아니라면, 곧 그럴 거예요. 혹시 모르고 있을까 봐 일러두는데, 저 사람 상습범이에요."

세라는 나도 너무나 잘 알아요라고 말하고 싶었다. 하지만 끝내 침묵을 지켰고 그런 자신이 너무도 싫었다. 양 볼이 뜨거워졌다.

"들었잖나." 러브록이 끼어들었다. "그녀는 자네가 무슨 얘기를 하는 건지도 모르고 있어."

"당신은 위선자에 성 착취자, 상습범이야!" 여자가 내뱉었다. "그건 내가 알고, 여기 있는 사람들 대부분이 알아. 학장조차도 수년 동안 알고 있었다고."

"질리언, 그건 정말 아니네."

"아니, 사실이고말고."

"뭐, 그렇게 확신한다면야, 직접 물어보는 게 어떤가?"

"누구한테 물으라는 거지?"

"학장." 러브록이 저택을 가리켰다. "학장도 여기 와 있네. 거실에 있을 거야. 내가 그런 망나니라고 생각했다면, 지난 10년간 한 해도 빠짐없이 내 파티에 참석했을 것 같진 않은데 말이지. 자, 어서 학장에게 가보게. 자네가 여길 찾아와서 우리 대학 선임 교수에 대해 비방하고 터무니없는 혐의를 제기하고 있는 걸 어떻게 생각하는지 물어보라고."

그때 학과 내 러브록의 젊은 조교 중 한 명인 찰리 웨버스마이스가 군중 속에서 모습을 드러냈다.

"앨런, 말씀드릴 게 있습니다. 지금 현관에서 어떤 여자가 들어오려고……."

"알아." 러브록이 여자를 가리켰다. "옆문으로 들어왔더군. 캐럴라인이 또 문을 잠그는 걸 깜빡한 모양이야. 그래도 이제 돌아가려던 참이었네. 안 그런가, 질리언?"

"닥쳐! 이젠 나한테 이래라저래라 하지 못해. 아직 안 끝났어."

"아니, 다 끝난 것 같은데."

여자가 러브록을 향해 달려들자 웨버스마이스가 팔을 잡고 제지했다.

"이거 봐!"

웨버스마이스는 여자보다 훨씬 덩치가 크고 힘도 셌지만, 여자에겐 분노가 있었다. 여자가 몸부림치며 그에게서 벗어나더니 다시 러브록에게 달려들어 뺨을 때리려 했다. 러브록은 그저 돌 벤치에 앉아서 재미있다는 듯한 얼굴로 지켜보고만 있을 뿐이었다. 웨버스마이스가 이번에는 여자의 반대편 팔을 움켜쥐려 했지만, 손에

29초

잡힌 것은 그녀의 가방이었다. 가방끈이 끊어지면서 바닥으로 떨어졌다. 열린 지퍼 사이로 내용물이 쏟아졌다. 지갑, 립스틱, 휴대폰, 펜, 종이, 다이어리 등이 밖으로 굴러 나와 석재 타일 위로 흩어졌다. 마리가 쭈그리고 앉아 물건을 줍기 시작했다.

웨버스마이스가 여자의 팔을 꽉 붙들고 다른 한 명이 반대편 팔을 잡아 그녀를 옆문으로 끌고 나갔다.

여자의 분노 어린 외침도 점점 멀어져갔다.

9

"이거 그쪽 거예요." 마리가 여자의 물건들을 건네며 말했다.

여자가 고개를 들었다. 얼굴이 눈물로 얼룩져 있었다.

"고마워요."

"질리언 아널드, 맞죠? 링크드인에서 봤어요."

여자는 고개를 끄덕이며 소지품을 다시 가방에 넣었다.

"저기요." 세라도 대화에 합류했다. "아까 보여주신 모습은……
정말 용감했어요."

질리언은 저택의 진입로 끝 낮은 돌담 위에 앉아 몸을 양옆으로
살짝 흔들고 있었다. 그녀는 세라를 보지 않은 채 말했다.

"그래 봤자 뭐가 달라지겠어요." 질리언은 가방의 지퍼를 채우고
는 무릎 위에 올려두고 움켜잡았다. "그런데, 용감한 게 대체 뭐라
고 생각해요? 아까 내가 무슨 말을 한 건지 정확히 알고 있었잖아

요. 그쪽 눈을 보면 알 수 있어요."

세라는 땅으로 시선을 떨구었다.

"미안해요. 난 그저…… 그 모든 사람 앞에서 그런 말을 할 수 없었어요."

"잘해봐요."

"뭘요?"

"침묵하는 거요. 나도 그래봤는데, 어느 순간 거울 속 나 자신을 마주할 수가 없더군요."

질리언은 뺨을 타고 흘러내리는 눈물을 거칠게 훔쳐냈다. 패배한 듯, 무너진 듯 보였다.

"미안해요. 그쪽을 비난하려는 건 아니에요. 그냥 요즘 나는 항상 화가 난 상태여서, 분노로 가득 차서, 도대체 뭘 어떻게 해야 할지 모르겠어요. 매일매일, 하루도 빠짐없이, 러브록이 내게 한 짓을 떠올려요. 밤이 가장 심하죠. 러브록은 항상 여기, 내 머릿속에 있거든요."

세라는 다음 질문을 어떻게 꺼내야 할지, 잠시 머뭇거렸다.

"얼마나 오랫동안 러브록이 그런 건가요?" 세라가 조심스레 물었다.

"그게 중요한가요? 하루, 한 달, 1년, 얼마나 그랬는지가 중요한가요? 러브록이 무슨 짓을 했는지, 그가 어떤 인간인지가 중요하죠. 러브록은 절대 변하지 않을 거예요. 대학도 마찬가지고. 절대 먼저 변하지 않을 거라고요."

"러브록은 2년 전쯤 내가 이 학교로 오자마자 날 목표로 삼아왔어요."

"뭐, 나보다는 오래 버텼네요. 난 겨우 열아홉 달을 버텼는데."

"무슨 일이 있었던 거죠?" 마리가 물었다.

질리언은 어깨를 으쓱해 보였다.

"무슨 일이 있었냐 하면, 대학도 사업이라, 우량자산에 투자를 너무 많이 한 나머지 그 자산을 놓칠 수 없던 거죠. 우리 같은 사람은 그저 부수적으로 발생한 피해일 뿐이고."

세라는 낮은 돌담 위 질리언 옆으로 가서 앉아, 가방에서 티슈를 꺼내 건넸다. 그제야 분노에 가려졌던 질리언의 다정하고 꾸밈없는 얼굴이 눈에 들어왔다. 걱정과 스트레스로 패인 주름 너머로 따스함과 지성이 엿보였다.

"우리 같은 사람들이요?"

"러브록의 실체를 폭로하려는 그 누구든지요. 난 심의가 공정하게 이루어질 줄 알았어요. 너무 늦게야 대학의 최고 관심사가 대학을 보호하는 것임을 알게 됐죠. 그들에겐 대학 이름이 전부, 백 퍼센트에요. 동료들이 슬쩍 와서는, 내가 목소리를 내면 공격견(권력 감시를 넘어 사사건건 권력을 물어뜯어 권력보다 우위에 서려고 하는 언론을 비유한 것—옮긴이)이 날 쫓을 거라고 했어요. 하지만 난 듣지 않았죠." 질리언이 쓸쓸하게 웃었다. "내가 더 잘 안다고 생각했어요."

"대학에 제시할 증거는 있었나요?"

"기억나는 대로 적어두곤 했어요. 일대일 활동에서, 외부 학회에서, 날 궁지로 몰아넣던 사교행사에서 러브록이 말했던, 또는 시도했던 것들을 세세하게 적어두었죠. 6개월 뒤, 이제 증거가 충분하다고 생각했을 때 학장에게 갔어요."

"러브록의 잘못을 확실히 증명한 거네요."

질리언이 천천히 고개를 저었다.

"아니요. 학장이 이런 일을 조사할 때는 내 편이 아니라는 걸 알아야 해요. 내 편이라고 생각하겠지만, 아니에요. 학장의 역할은 이일을 알리겠다는 의지를 무력화하는 거예요. 내 경력에 미칠 결과를 생각하라고, 어찌 됐든 내 잘못도 일부나마 있는 것처럼 말하고는, 그래도 러브록에게 얘기해서 다시는 그런 일이 없도록 하겠다고 했어요."

"당신을 설득해서 문제를 더 끌고 나가지 않게 한 거군요."

"몇 달간은요." 질리언의 목소리에 분노가 실렸다. "하지만 개소리였어요. 러브록은 전과 다름없었고, 결국 난 한계에 다다라서 인사부에 정식으로 고발했죠."

"그래서 어떻게 됐나요?"

질리언이 코웃음을 쳤다.

"어떻게 됐을 것 같아요? 모든 게 엿 같았어요. 대학은 사건을 무마하기 위해 발 벗고 나섰고, 수많은 극비 회의와 작성해야 할 서신과 문서, 따라야 할 정책, 중재 회의가 이어졌어요. 관리자 모두가 투입되어서 대학이 나중에 책잡힐 일이 없도록 수많은 조치를 취해두었죠. 그러고 나서 러브록이 날 맞고발했고 그 모든 게 완전히 수포로 돌아갔어요. 러브록은 내가 그를 고발한 행위 모두에 대해서 날 맞고발하는 방식으로 쟁점을 흐려놓았어요. 내가 자진해서 퇴직수당을 받고 NDA에 서명하지 않으면 이 분야에서 경력이 끝장날거라는 걸 내게 따로 분명히 해뒀죠."

"NDA?"

"비밀유지약정(Non-disclosure agreement)이에요. 입을 닫치고 있는 대가로 두어 달치에 해당하는 추가 임금을 주는 거죠. 그때쯤, 나는 만신창이였어요. 잠도 못 자고 먹지도 못하고, 이게 몇 달간 지속되니까 도대체 어떻게 하는 게 맞는 건지 판단이 서지 않더군요. 게다가 러브록의 부인인 캐럴라인에게 모욕적인 문자와 이메일을 받고 있기도 했고요. 믿어지나요? 마치 이게 다 자기 남편을 빼앗으려는 내 잘못인 양 말이죠. 또, 학교 일도 엄청나게 밀려 있었고, 난 그저 하루하루를 겨우 살아낼 뿐이었어요. 그렇게 결국 약정에 서명하게 된 거예요."

"어쩌면 좋아요, 질리언."

질리언이 세라를 뚫어져라 바라보았다. 빨갛게 충혈된 눈이었다.

"빠져나올 수 있을 때 나와야 해요. 너무 늦어버리기 전에."

"그럴 수 없어요. 아직은 안 돼요."

"그쪽이 무얼 하든, 아무 소용없어요. 러브록이나 대학을 바꿀 수는 없어요. 러브록은 너무 값비싼 존재거든. 아무도 건드릴 수 없죠." 질리언이 숨을 크게 한 번 내쉬고는 일어섰다. "이제 가봐야겠어요. 너무 많은 걸 얘기해버렸네요."

"같이 기다려줄게요. 택시가 올 때까지요." 마리가 나섰다.

질리언이 도로 끝을 가리켰다. 풀로 덮인 도로변에 세단 한 대가 세워져 있었다.

"기사님께 10분만 기다려달라고 했거든요. 그 안에 쫓겨날 걸 알았으니까."

세라와 마리는 택시의 미등이 멀어질 때까지 지켜보다가 다시 진입로를 걸어서 저택으로, 파티장으로 향했다. 현관에 다다랐을 때,

세라는 고개를 들어 저택의 위엄을 다시 한 번 눈에 담으려 했다. 침실 창문 중 하나에서 누군가의 얼굴이 보였다. 너무도 강렬한 분노의 그늘이 드리운 얼굴이어서 세라는 곧바로 고개를 돌릴 수밖에 없었다.

캐럴라인 러브록이 두 사람을 내려다보고 있었다. 팔짱을 낀 채 분노로 이글거리는 두 눈으로.

10

월요일, 시간이 더디게 흘렀다. 하지만 세라는 동시에 월요일의 끝이 오지 않기를 바랐다. 어린 시절, 크리스마스도 이런 식이었다. 크리스마스 당일의 그 모든 것을 사랑했다. 선물과 음식, 게임, 사우스엔드에서 오신 할머니와 할아버지를 차지하는 것도. 하지만 그 못지않게 크리스마스를 기다리는 일도 사랑했다. 아직 오지 않았지만 분명 올 것임을 아는 기다림.

러브록의 개인 비서가 보낸 소위 '결과 발표 면담' 초대 메일은 예상대로 2시가 조금 지나서 도착했다. 세라는 수신함 속 그 메일을 꼬박 1분간 뚫어져라 바라보았다. 동시에 다른 다섯 통의 메일도 동료들의 수신함에 떨어지고 있을 터였다. 조셀린 스티어가 모든 메일을 한꺼번에 준비해놓고 빠르게 하나씩 **탕 탕 탕** 발송하면, 모두가 1분 내로 메일을 받게 된다.

메일을 클릭했다. 면담 시간은 5시 정각으로 잡혀 있었다.

세라는 자신이 여태 숨을 참고 있었음을 깨달았다. 그제야 깊이 숨을 한 번 내쉬고는 스스로 약간의 미소를 허락했다. 시간은 좋았다. 5시 면담 시간은 세라의 순서가 맨 마지막까지는 아닐지라도, 마지막 순서 중 하나임을 의미했다. 세라는 메일을 한 번 더 읽어서 자신이 잘못 이해한 사항은 없는지 확인한 다음, **초대 수락**을 클릭하여 아웃룩 일정에 넣었다.

면담이 잡힌 5시는 세라가 아이들을 데리러 방과 후 클럽에 늦지 않게 갈 수 있는 선에서 가장 늦은 시간이었다. 이번에는 지각비를 내지 않을 수 있겠다. 보통 때 같았으면 아버지에게 부탁했겠지만 월요일은 아버지가 도보 여행을 하는 날로, 친구인 피트와 시골 지역으로 15킬로미터쯤 걸으며 도중에 술집에 들르기도 하는 날이다. 아버지와 피트 모두 부인과 사별했고 두 사람의 월요일 도보 여행은 지난 몇 년간 정착된 습관이 되었다. 세라가 부탁하면 아버지는 두 번 생각하지 않고 일정을 취소했겠지만, 세라는 아버지가 여행을 빠지는 것을 원하지 않았다.

세라의 휴대폰이 웅웅거렸다. 마리가 보낸 문자였다.

잘돼가? 난 역대급으로 지루한 회의 중.

세라는 친구가 정말로 묻고 있는 것이 무엇인지 알고 있었다. 곧바로 답장을 입력했다.

잘돼가. 승진 여부 면담 5시로 잡힘.

답장은 글자가 아닌 이모티콘이었다.

☺☺☺

잠시 후 또 다른 메시지가 이어졌다.

늦게 잡혔다니 잘됐네! 행운을 빌어. 응원하고 있을게! 어떻게 됐는지 알려주고.

세라가 미소를 지었다. 내년이 되어 다시 승진 시기가 돌아오면, 그때는 마리가 사다리 다음 칸으로 올라가도록 자신이 응원해줄 수 있길 바랐다.

그럴게. 고마워.

세라는 자신이 곧 규칙 하나를 어기게 될 것을 알고 있었다. 그와 단둘이 있어서는 안 된다는 규칙. 하지만 세라가 할 수 있는 일은 아무것도 없었다. 모든 면담은 러브록의 연구실에서 진행되는데, 승진 심사 결과를 통보받는 사람들의 사생활을 보호해야 하기 때문이다. 면담에 대비하여 세라는 바지를 입고 블라우스는 목까지 단추를 다 채웠으며 그 위에 재킷도 걸쳤다. 러브록의 연구실은 계절에 상관없이 언제나 따뜻했지만, 설령 30도까지 올라간다 하더라도 세라는 재킷을 벗을 생각이 전혀 없었다.

세라는 책상에 앉아서 조금 더 시간을 보내며, 자신의 호흡에 집중하려 애썼다. 긴장 풀어. 그저 형식상의 절차일 뿐이야. 괜찮을 거야. 지금껏 기다려온, 최선을 다한 결과잖아.

그리고 자리에서 일어나 러브록의 연구실로 향했다.

***

세라가 들어서자 러브록이 웃으며 책상 앞 빈자리를 가리켰다.

"아, 세라, 어서 오게. 퇴근 시간까지 기다리게 해서 미안하네."

세라는 등을 꼿꼿이 세우고 앉았다.

"괜찮습니다."

"오늘 기분은 좀 어떤가?"

"좋습니다." 세라는 연구실의 온기에 벌써부터 땀이 나기 시작하는 것을 느꼈다.

"강의는 어떻고? 너무 과중한 건 아닌지? 안 그래도 행정 업무도 많을 텐데."

"아닙니다, 괜찮습니다. 저글링을 하는 것 같을 때도 있지만, 그래도…… 학생들이 워낙 예뻐서요. 즐기고 있습니다."

"훌륭해." 러브록은 아직 입 밖으로 내지 않은 말을 이리저리 굴려대며 필요 이상으로 시간을 끌었다. "그렇다면 다행일세. 최근 논문 게재 건은?"

세라는 앉은 자리에서 불편한 듯 몸을 뒤척였다. 러브록은 사담을 얼마나 더 이어갈 작정인 걸까.

"곧 게재될 예정입니다."

"좋아. 참, 차 한잔할 텐가? 내가 조셀린한테 한잔 준비해달라고 하지."

"전 괜찮습니다. 정말 괜찮아요."

러브록이 지금처럼 정상적이고, 합리적이고, 프로페셔널하게 나올 때면 언제나 이상한 기분이 들었다. 세라는 그가 무슨 짓까지 할 수 있는지, 과거 행동이 보여준 그의 밑바닥을 알고 있었기 때문이다. 어떻게 이 두 가지 서로 다른 특성이 꽤 편안하게 공존할 수 있는 건지 세라는 도저히 이해할 수 없었다. 또는 어떻게 그렇게나 빨리 두 특성 사이를 넘나들 수 있는 건지.

러브록은 책상에 놓여 있던 파일을 집어 들고 초록색 포스트잇으로 표시해둔 부분을 펼쳤다.

"오늘 오전에 승진 심사 위원회가 열렸다네. 자네도 잘 알고 있겠지만."

"네, 알고 있습니다." 지금이야, 세라가 생각했다. 그가 하는 말을 하나도 놓치고 싶지 않았다. 나중에 마리에게 말해줘야 할 테니. 아버지도 물어볼 테고. 지금이 바로 세라의 인생이 보다 좋은 쪽으로 바뀌게 될 날이고 시간이며 순간이었기에, 세라는 하나하나 전부 다 기억하고 싶었다.

"올해는 중대한 결정이 좀 있던 시기라네." 러브록이 말했다. "우리 학과에 별처럼 뛰어난 인재가 이렇게나 많다는 건 감사한 일이지."

그는 5분간 침묵이 흐르도록 두었다. 그리고 또 10분을. 세라는 끼어들어볼까도 생각했지만, 그의 말과 겹치고 싶지는 않았다. 그래서 그저 잠자코 기다렸다.

그가 또 한 번 미소를 지어 보였다. 입술이 뒤로 당겨지면서 작고 누런 이가 드러났다.

"그도 그럴 것이 우리가 헌신적이고 유능한 동료들을 이렇게나 많이 후보로 올린 적이 있던가, 할 정도라네. 아주 훌륭한 팀이야. 정말일세."

다시 이어진 침묵. 이번에는 세라도 가만히 기다리고만 있을 수 없었다.

"네, 훌륭한 팀의 일원으로서 영광스럽게 생각합니다."

"세라, 자네도 그렇게 생각한다니 기쁠 따름이군."

29초   69

세라는 문득 그가 지금 이 상황을 즐기고 있다는 생각이 들었다. 그것도 아주 많이. 해야 할 말을 질질 끌면서, 지금 이 순간을 만끽하며, 세라의 미래를 자신의 손에 움켜쥔 채로. 권력을 과시하는 거라고 세라는 생각했다. 세라는 훗날 자신이 후배 동료들에게 좋은 소식을 전할 때는 절대, 결코, 지금처럼 질질 끌지 않으리라 마음에 새겼다.

세라는 이제 더는 침묵을 견딜 수 없었다.

"그러면 혹시, 오늘 모든 승진 후보자에 대한 결정을 내리셨을까요?"

"그렇다네. 결정을 내렸지." 그가 또다시 말을 멈추었다. 고개만 끄덕이며, 세라를 눈 한 번 깜빡이지 않은 채 바라보았다. "유감스럽지만, 나쁜 소식이네."

11

세라는 자신이 잘못 들었다고 확신했다. 빠르게 눈을 깜빡이고 마른침을 삼키며, 발아래 땅이 흔들리는 기분을 느꼈다. 아닐 거야. 농담이겠지? 나쁜 농담이지만, 그래도 농담인 농담. 금방이라도 그가 빙긋 웃으며 농담일세. 당연히 자네가 됐지. 내가 미치지 않고서야 자넬 떨어뜨리겠나? 이런, 자네 표정이 너무 재밌군!이라고 말할 것이다.

하지만 그는 웃지 않았다. 미동도 없었다. 세라의 눈을 피하지도 않았다.

"나쁜 소식이요?" 세라가 되뇌었다. 목소리가 갈라졌다.

러브록은 입을 굳게 다물고 천천히 고개를 끄덕였다. 마치 말기 암 선고를 내리는 의사 같았다.

세라는 가슴속에서 감정이 끓어오르는 것을 느꼈다. 오래 억눌러

온 감정이었다.

"저를 전임 강사로 승진시키지 않는다고요?"

"유감스럽지만 그렇게 됐네."

"정말…… 진심인가요?" 세라가 말했다. 그의 말은 농담이어야 했다.

러브록은 팔짱을 끼면서 커다란 참나무 책상 위로 몸을 숙이며 말했다.

"세라, 자네의 때가 오지 않은 것뿐이야. 아직 준비가 더 필요해. 거의 다 됐지만, 조금 더."

"전 준비가 **되어 있어요**." 이 말로는 부족한 느낌이었다. "만반의 준비가 되어 있어요."

"이런 말을 하는 게 나로서도 쉽지 않다는 걸 알아주게. 하지만 지금 단계에서 자넬 전임 강사로 승진시키는 것이 자네에게도 득이 될 것 같지는 않아. 지금은 받아들이기 힘들겠지만, 장기적으로는 나한테 감사하게 될걸세."

세라의 두 뺨이 분노로 뜨겁게 달아오르기 시작했다.

"**감사하게 될 거라고요?** 도대체 뭐에 감사하게 된다는 거죠? 이미 작년에 했어야 할 승진에서 또다시 저를 탈락시킨 거요? 제 경력 발전을 막은 거요? 제가 지금껏 해온 일을 인정하지 않은 거요?"

"자네가 승진을 간절히 원한다는 거, 알고 있네. 하지만 자넨 학과에 대한 헌신을 보여줄 필요가 있어. 이미 어린애를 둘이나 됐는데, 전임 강사가 되자마자 더 낳겠다고 사라져버리지 않으리란 보장이 있나? 자네가 동료들을 내팽개치고 출산 휴가를 만끽하러 간다면, 우린 또 1년 동안 자넬 보지 못하게 되겠지." 그가 세라에게 음흉한 미소를 지어 보였다. "무엇보다 중요한 건, 바로 내가 자넬 1년이나 못 보게 된다는 거야."

세라는 앉은 자리에서 몸을 더 꼿꼿이 세웠다. 현재 닉이 여자친구와 브리스틀에 있다는 점을 고려하면, 애를 더 낳을 가능성은 요원했다. 다만 러브록이 그 말을 너무도 아무렇지 않게 대화 중에 던진 것이 충격적이었다.

"잠시만요, 그걸 이유로 들 수는……."

"1년 뒤, 다음번 심사 때는 자네가 승진할 가능성이 아주 크다고 생각하네. 그동안 계속해서 정진하고, 전진해야 해. 자네에게 주어지는 모든 기회를 놓치지 않고 두 손으로 꽉 잡아야 해." 그가 몸을 앞으로 기울였다. "그 모든 기회를."

세라는 치솟는 분노를 느꼈지만, 목소리를 침착하게 유지하려 애썼다.

"올해 저는 새로운 석사 학위 과정을 개발했고, 제가 다 운영하다시피 했어요. 첫해 성과도 좋았고요. 정말 좋았죠. 모든 결과가 긍정적이에요."

러브록이 의자 등받이에 몸을 기대자 무게에 눌린 가죽이 삐걱거렸다.

"세라, 난 자네가 화를 내는 게 참 좋단 말이지."

"네?"

"넌 화를 낼 때 참 섹시해."

"그런 말을 해도 된다고 생각하세요? 어떻게 그래도 된다고 생각하는 거죠?"

그가 어깨를 으쓱했다.

"정말이야. 참 섹시해."

"토요일 파티에서는 왜 제가 전임 강사가 됐다고 말씀하신 건가요? 절대 저를 승진시킬 생각이 없었다면, 도대체 왜 그런 말을 한 거냐고요?"

"난 자네가 됐다고 말한 적 없네. 그 자릴 원하느냐고 물었지. 얼마나 간절히 원하는지를 말일세. 그런데 지난 몇 달간 자네의 행동은 승진을 충분히 간절하게 원하고 있지는 않다는 걸 완벽히 말해주고 있지."

"말도 안 돼요! 전 그 무엇보다도 더 그 자리를 원하고, 받을 자격도 충분해요. 아시잖아요."

"세라, 이런 걸로 괜히 억울해하지 말게. 자넨 그런 사람이 아니지 않나."

세라는 눈물이 나오려 하자 혀를 깨물었고, 날카로운 통증에 잠시 주의를 환기할 수 있었다. 울지 마, 절대 울지 마. 러브록 앞에선 안 돼. 우는 모습을 보이지 마.

"이건 말도 안 돼요." 세라의 목소리가 높아지고 있었다.

"난 내 연구실에서 일어나는 온갖 행동을 용인할 수 있네." 그가 다시 미소를 지었다. "하지만 호르몬 때문에 내게 소리를 질러대는 후배 강사는 참아줄 수 없지. 그러니 좀 나중에, 자네가 진정을 하고 좀 덜…… 히스테릭할 때 다시 오는 게 어떤가? 우리가 성인 대 성인으로 의견을 나눌 수 있도록 말일세."

휴대폰에 녹음을 했어야 했어. 세라가 생각했다. 지금이라도 녹음 앱을 켤 수 있을까? 안 되겠지. 들키고 말 거야. 제길.

아주 힘겹게, 세라는 목소리를 절제했다.

"그러면 누구한테 전임 자리를 준 건가요? 누구를 선택했죠?"

"그건 말해줄 수 없다는 거, 잘 알지 않나. 기밀사항일세. 여하튼, 내가 추천한 대상이 학장에게 전해질 때까지 기다려야 하네. 그 뒤 통상적인 절차대로 재가를 얻어야 하고."

"그냥 말해주세요."

"그럴 수 없네. 기밀이야."

"웨버스마이스를 선택했죠? 제가 작년 내내 선배로서 지도했고, 저보다 다섯 살은 어린 그 아이를 저보다 먼저 승진 대상으로 올린 거죠? 제가 웨버스마이스의 멘토였다고요, 빌어먹을."

러브록이 세라에게 엷은 미소를 지어 보였다.

"자넨 웨버스마이스와 아주 훌륭한 조합을 보여주었네. 참 좋은 멘토야."

"그러니까, 웨버스마이스인가요?"

"말할 수 없다는 거, 알지 않나."

"개소리." 세라의 목이 메었다.

"참 잔인한 과정이라는 거, 내가 누구보다 먼저 인정하네. 우린 그저 매해 모든 구성원을 만족시킬 수는 없을 뿐이네. 유감스럽지만 말일세. 세상은 그렇게 돌아가지 않거든."

"제가 항소할 권리는요?"

그가 웃었다.

"항소? 세라, 여긴 법정이 아니야."

"학장님과 얘기하겠어요."

"아무렴, 조너선한테 가서 얘기해봐." 그가 가죽 회전의자에서 몸을 일으켜 책상을 돌아 나왔다. "그런데 말일세, 어린 여자들이 고

작은 발을 쿵쿵 구르면서 원하는 걸 달라고 히스테리를 부린다고 해서, 조녀선이 그걸 들어주고 의사결정을 하는 사람은 아니거든."

"이건 잘못됐어요. 이래서는 안 된다고요."

세라가 자리에서 일어나 문을 향해 몸을 돌렸다. 이미 내뱉은 말보다 훨씬 더 심한 말을 하고 말 것 같았기에 얼른 그의 연구실을 나가고 싶었다. 하지만 그가 팔짱을 낀 채 문에 기대어 서서 길을 막고 있었다. 190센티미터가 넘는 그는 세라보다 거의 30센티미터나 더 컸다.

"나가게 해주세요."

"세라, 꼭 이런 식일 필요는 없네. 자넨 아직 승진 대상에 이름을 올릴 수 있다고. 그저 학과에 대한 자네의 헌신을 내게 보여주면 돼."

"전 헌신하고 있어요."

"그렇다면 보여봐." 그의 눈이 번뜩였다. "얼마나 헌신하고 있는지 내게 보여달라고."

12

"싫어요." 세라가 조용히 말했다.

그는 팔짱을 풀고 팔을 양옆으로 떨어뜨리며 세라에게 다가갔다.

"보여줘."

세라는 한시도 그에게서 눈을 떼지 않은 채 가방에서 휴대폰을 꺼냈다.

"보안팀을 부를 거예요. 그다음엔 날 내보내줄 때까지 소리를 지를 겁니다."

세라는 즐겨찾기에 저장해둔 캠퍼스 보안팀 전화번호를 찾아서 통화 버튼을 누르고 휴대폰을 귀로 가져갔다. 신호음이 울리기 시작했다.

러브록이 미소를 지으며 문에서 비켜났다. 그는 두 손을 펼쳐 보였다.

"마음이 바뀌면 언제든지. 난 여기 있을 테니."

세라는 전화를 끊고 거칠게 문을 열었다. 러브록의 비서 조셀린이 놀란 얼굴을 하고 바로 앞에 서 있었다. 시종일관 싸늘한 그녀가 동요된 모습을 본 건 처음이어서 세라는 잠시 당혹스러웠다. 조셀린은 무언가를 말하려는 듯했으나, 벼락이라도 칠 듯한 세라의 표정을 한 번 보고는 뒤로 물러나 책상으로 돌아갔다.

세라는 누구도 마주치지 않기를 기도하며 서둘러 자신의 연구실로 갔다. 다행히 늦은 시간이라 복도는 텅 비어 있었다. 연구실에 들어서자마자 문을 쾅 닫고 서류철과 노트북을 가방에 밀어 넣었다. 러브록이 너무나도 싫었다. 그에 관한 모든 것이 싫었다. 그래도 결정적 순간에는 그가 옳은 일을 하리라 믿었던, 아니라고 말해주는 그 모든 증거에도 불구하고 그렇게 믿었던 자신이 너무나도 싫었다.

휴대폰이 삐 소리를 냈다. 마리가 보낸 문자였다. 다른 말없이, 코르크 마개가 퐁 하고 터지는 샴페인 이모티콘과 물음표 세 개가 전부였다.

이번만큼은 눈물을 참을 수 없었다. 의자 등받이에 두 손을 올려둔 채 고개를 떨구고 서서, 복받쳐 오르는 감정에 몸을 벌벌 떨었고 서러운 울음을 터뜨렸다. 말도 안 되는 일이 벌어졌어. 하지만 세라에게 우는 것은 사치였다. 그럴 시간이 없었다. 세라는 티슈를 챙긴 뒤 문을 확 열어젖혔고, 눈물을 훔치며 비틀비틀 계단을 내려갔다. 정문 로비에서 만난 걱정 어린 표정의 두 학생을 지나쳐 주차장으로 난 이중문을 열고 들어가다가, 반대편에서 오던 마리와 부딪힐 뻔했다.

"세라." 마리가 한 걸음 뒤로 물러나며 물었다. "괜찮아? 무슨 일 있어?"

세라는 고개를 가로저으며 계속해서 걸었다.

"아무 일 없어. 가봐야 해."

"하나도 안 괜찮아 보여."

"애들을 데리러 가야 해."

"러브록이 뭐라고 한 건데? 정말 괜찮은 거야? 내가 문자도 보냈잖아."

세라가 걸음을 멈추고 뒤를 돌아봤다. 여전히 분노로 몸을 바들바들 떨고 있었다.

"나, 이제 더는 못 참겠어. 정말, 러브록이 너무 싫어."

마리가 세라에게 티슈를 건넸다.

"전임 자리 못 따낸 거야?"

"그래, 빌어먹을. 이번에도 안 됐다고!" 한 자 한 자 겨우 말을 내뱉을 때마다 목소리가 갈라졌다.

"세상에, 세라."

"미안해." 세라가 새로이 흐른 눈물을 거칠게 닦아냈다. "너한테 화를 내는 게 아니야."

마리는 세라의 어깨 위로 위로의 손을 얹었다.

"알아. 그런데 정말 믿기지가 않는다. 이제 어쩔 셈이야?"

"모르겠어. 정말로 모르겠어."

"러브록이 그 자리를 웨버스마이스한테 준 것 같니?"

"잘은 모르지만 그런 것 같아. 있잖아, 나 이제 애들을 데리러 학교에 가야 해."

"문자 할게."

세라는 고개를 끄덕이고 돌아섰다. 바로 차 운전석으로 들어가서 대시보드 위 거치대에 휴대폰을 꽂고 시동을 걸었다. 차를 후진해서 뺀 뒤, 속도를 높여 여러 무리의 학생들 사이를 이리저리 헤쳐나가며 경사로를 내려갔다.

목이 아프도록 메고 머리가 쿵쾅댔다. 세라는 지금 속도를 늦춰서 차를 길 한쪽에 세운 다음 잠시 마음을 진정시키고 감정을 추스를 시간을 가져야 한다는 걸 알았다. 늘 그래왔듯, 멈추고 열까지센 뒤, 심호흡을 하며 진정될 때까지 기다려야 했다. 세라는 그렇게하는 데 전문가였다. 수년간 해왔으니까. 그것은 그녀의 대응기제이자 삶이 감당하기 힘들어질 때 작동하는 안전밸브였다.

하지만 오늘은 아니다.

차를 세우는 대신 엔진의 회전 속도를 올려서 캠퍼스 끝의 보안초소를 휙 지나쳤고, 노란불이 빨간불로 바뀌는 교차로를 가로질러큰 도로로 나갔다. 세라는 차를 4단 기어로 놓고 가속페달을 있는힘껏 밟았다.

그런 다음 스테레오의 음향을 최대로 높이고 운전대를 꽉 쥔 채소리를 질렀다. 좌절감과 굴욕감에 마구 소리를 질렀다. 그 모든 부당함에 대해 소리를 질렀다. 억울해서, 아무것도 할 수 있는 게 없어서, 그리고 너무도 화가 나서 소리를 질렀다.

하지만 그건 단지 화에 그치지 않았다. 그 이상이었다.

그건 분노였다.

13

A10 고속도로를 타고 남쪽으로 몇 분간 달리다가, 점점 속도가 느려져 기어가다시피 하던 세라의 차는 결국 멈춰 설 수밖에 없었다. 도로는 차로 빽빽했다. 늘 그렇듯, 차는 너무 많고 도로는 부족했다.

"아 진짜!" 세라는 두 손바닥으로 운전대를 쾅 내리쳤다.

그렇게 속을 끓이며 잠시 앉아 있다가, 엔진을 한 번 더 고속 회전시키고는 차량 두 대 사이의 공간을 비집고 나와 다른 길을 찾으려 인터체인지로 빠져나왔다. 세라는 도로와 교통 상황에 집중하려 했지만 머릿속에서 빙빙 돌고 있는 그 모든 생각 때문에 쉽지 않았다. 러브록을 고발해야 하나? 왜 날 파티에 초대한 걸까? 승진에서 날 또 내동댕이칠 거였으면 굳이 왜 초대한 거야?

하지만 마음 깊은 곳에서는 이미 답을 알고 있었다. 그건 권력이었다. 권력 과시의 일환이었다. 세라에게 굴욕감을 주는 또 하나의 방식이기도 했다. 세라와 단둘이 남을 또 한 번의 기회였고, 주도권이 누구에게 있는지를 보여줄 수 있는 기회였다.

휴대폰에서 삐 하고 문자메시지 수신음이 났다. 마리였다.

괜찮은 거야? 돕고 싶어. 전화해.

세라는 고속도로 인터체인지를 벗어나 교차로를 지나서 어느새 외곽순환도로를 끼고 있는 한 산업단지에 들어섰고, 좌회전하고 다시 우회전하다가 앞에 여러 표지판을 발견했다. 도로 저쪽 편이 막혀 있다는 표지였다. 막다른 길이다.

여기도 막다른 길이네. 씁쓸했다.

세라는 차를 서둘러 유턴하여 왔던 길로 되돌아가서 다시 교차로에 들어섰고, 기어가고 있는 차량 무리에 다시 합류할 준비를 했다. 신호는 빨간불이었다.

대시보드의 시계를 보니 17시 16분이었다. 14분만 더 지나면 또 다시 방과 후 클럽에 벌금으로 25파운드를 내야 한다. **젠장.** 세라는 닉의 번호로 전화를 걸기 위해 휴대폰을 꽂아 둔 대시보드 거치대로 손을 뻗다가 중간에 멈추었다. 그가 더는 도움을 줄 수 있을 만큼 가까이에 있지 않다는 사실이 떠올랐기 때문이다. 그러면 아버지에게 전화할까 생각했다.

아니다. 아버지에게는 지난 몇 주간 충분히 도움을 받았다.

세라는 구글맵을 켜서 아이들 학교의 주소를 입력했다. 세 가지 경로가 나왔다. 이 중 둘은 저 차량들 속으로 꼼짝없이 들어가야 하는 경로였고, 세 번째는 우회하긴 해도 5시 30분까지 학교에 도착할 수 있는 실낱같은 가능성이나마 있는 경로였다. 거리상으로는 더 멀었지만, 러시아워의 교통 체증을 피하는 길이라면 결국에는 더 빠를 것이다.

세라는 신호가 초록불로 바뀌자마자 좌회전했고, 여전히 떨쳐지지 않는 좌절감에 가속페달을 계속 힘껏 밟았다. 또 다른 주요 도로와 만나는 지점에서, 내비게이션에 순환도로에서 대각선으로 멀어져야 한다고 나오자 세라는 다시 한 번 좌회전했고 또 우회전했다. 구글 경로의 파란 선을 따라, 신호가 노란불일 때도 좁은 공간을 비집으며 빠르게 달렸다. 운전대를 돌리면서, 또다시 불행하게 끝나버린 자신의 면담을 떠올렸다.

이제 어쩌지? 누구한테 말하지?

운전하면서 길을 살펴보았다. 머스웰 힐의 이쪽 부분은 몰랐다. 나무가 늘어선 널찍한 길에, 멋진 3층짜리 집들이 보였다. 이런 집에 살려면 세라가 마련할 수 있는 금액보다 적어도 백만 파운드는 더 필요할 듯했다. 손에 닿기엔 너무 멀다고, 세라는 생각했다. 차라리 달에 있다면 나을까.

내년을 기약해야 하나? 아니면 지금 이의를 제기해야 하나?

세라 앞으로 불쑥 차 한 대가 빠져나왔다. 검은색 벤츠 대형 세단으로, 길고 넓었으며 창문은 어둡게 색이 들어가 있었다. 세라가 힘껏 브레이크를 밟고 손바닥 끝으로 경적을 두 번 누르며 운전자에게 소리를 질렀다. 벤츠는 세라의 소리를 들은 것 같지도 않았고 앞에서 속도를 내지도 않았다. 세라는 기어를 3단으로 내린 뒤 이어 2단으로 내렸다. 벤츠는 여전히 속도를 내지 않고 겨우 시속 30킬로미터로 세라 앞에서 느릿느릿 기어가고 있었다.

"이봐요!" 세라가 소리쳤다. "좀 갑시다!"

세라는 아마도 벤츠가 누군가를 태우려고 차를 댈 만한 곳을 찾고 있을지도 모른다고 생각했다. 세라의 시선이 인도 위 두 사람, 자신에게 등을 보이고 있는 한 남자와 여자아이에게로 쏠렸다. 저 두 사람인가?

여자아이는 초등학생 정도로 보였고, 파란색 상의에 검은 머리는 양 갈래로 땋았으며 양옆에 작은 요정 날개가 달린 분홍색 책가방을 메고 있었다. 그레이스에게도 똑같은 책가방이 있었다. 남자는 검정 슈트를 입고 여자아이와 나란히 걷고 있었는데, 책임감 있는 어른이라면 으레 그렇게 하듯 차도 쪽에서 걷고 있었다. 그런데 아이 손은 잡지 않고 있네, 세라가 생각했다. 그건 좀 이상했다.

잠깐 동안 세라는 저 사람이 닉이라고, 세라와 아이들에게 돌아와 드디어 책임을 다하고 있는 것이라고 생각하고 말았다. 닉은 집으로 돌아올 거라고, 와서 용서를 구하고 우리는 다시 예전으로 돌아가게 될 거라고. 하지만 저 아이는 세라의 딸이 아니었다. 저 남자가 세라의 남편도 아니었다. 아이도 달랐고, 남자도 달랐고, 장소도 달랐고, 시간도 달랐다. 오늘은 빌어먹을, 모든 것이 달랐다. 저 남자는 세라의 남편보다 키가 컸고, 어깨가 더 넓었으며, 체격이 더 건장했다. 남자는 천천히 걷고 있었다. 아이의 속도에 맞추어, 두 팔은 양옆으로 내린 채.

닉이 아니다. 그레이스가 아니다.

다음 몇 초간 두 가지 상황이 벌어졌다. 먼저, 인도 위의 작은 여자아이가 고개를 오른쪽으로 돌렸고 세라는 아이가 확실히 자신의 딸이 아님을 알았다. 다음으로, 검은 벤츠가 앞으로 휙 튀어나가서 인도 위로 올라가 검정 슈트를 입은 남자를 들이받았다.

14

　도로 경계석으로 올라온 검은 대형 세단에 강하게 치인 남자는 바닥에 크게 쓰러졌다. 발 한쪽이 걸리면서 그의 몸이 바퀴 밑으로 깔려 들어갔고, 남자를 밟고 지나가는 벤츠의 완충장치가 덜커덕 댔다. 여자아이가 깜짝 놀라 뒤로 펄쩍 물러섰다. 겁에 질린 비명은 회전 속도가 올라간 엔진 소리에 묻혀 들리지 않았다.

　세라 역시 비명을 질렀는데, 살과 금속이 부딪치는 모습에 경악하여 저도 모르게 튀어나온 소리였다.

　"세상에!"

　모든 것이 슬로모션처럼 자세하고도 생생하게 장면 장면으로 다가왔다. 몇 센티미터 차이로 다치지 않을 수 있었던, 입을 크게 벌리고 비명을 지르는 여자아이. 인도에 납작하게 쓰러진 채 몸을 움찔거리고 있는 남자. 도로로 물러나려 후진하면서 또 한 번 완충장치를 덜커덕대며 잔인하게 남자를 짓밟는 벤츠. 잿빛 인도 위로 얼룩진 짙은 핏자국. 활짝 열리는 벤츠의 조수석 문. 풀쩍 뛰어내려 재빨리 아이에게 다가가는, 검정 가죽 재킷 차림의 대머리 남자. 인도 가장자리의 높다란 쇠 난간에 등을 붙이고 고개를 빠르게 젓는 아이. 마구 흐르는 눈물. 아이의 어깨 너머로 보이는 분홍색 요정 날개의 끝부분.

운전대를 잡은 세라의 손에 힘이 들어갔다. 장면 장면을 지켜보면서 무력감만 커졌다. 머릿속에서 서로 충돌하는 의문들. 대머리 남자와 여자아이는 아는 사이인가? 아이의 아버지인가? 검정 슈트를 입은 남자는 누구지? 그는 괜찮을까? 구급차를 불러야 하나? 어쩌면 좋지?

검정 슈트가 간신히 몸을 일으켜 앉더니 일어서려 했다. 얼굴은 가면을 쓴 듯 피로 뒤덮여 있었다. 대머리 남자가 여자아이에게서 시선을 돌려 검정 슈트의 옷깃을 잡더니 무방비 상태인 그의 얼굴에 마구 주먹을 날렸다. 세라는 경찰을 찾아 미친 듯이 주위를 둘러보았다. 근처에 순찰차가 나타나서 세울 수 있기를 바랐다. **경찰. 그렇지.** 세라는 가방에서 더듬더듬 휴대폰을 찾아 떨리는 손가락으로 화면을 켠 다음 999를 눌렀다. 신호음이 세 번 울리는 동안, 세라는 필사적으로 목을 길게 빼고 길의 양쪽과 아래위를 살피면서 누군가, 누구라도, 개입해서 상황을 해결해줄 제복을 입은 사람을 찾았다. 전화가 연결되었다. 세라는 교통사고를 처리할 경찰과 구급차를 즉시 보내달라고 요청하며 눈으로는 교환원에게 알려줄 가장 가까운 도로명을 찾았다. 웰링턴가였다.

저기. 한 남자가 인도 위의 작은 소란을 향해 다가가고 있었다.

남자는 20대 중반으로 보였고 운동복을 입었으며 체육관에서 갓 나온 듯했다. 키가 크고 몸이 탄탄했다. 샤워하고 막 나왔는지 머리는 아직 젖어 있었고 한쪽 어깨에 배낭을 멘 채 이어폰을 꽂고 있었다.

신이시여 감사합니다. 세라가 조용히 생각했다. **고마워요. 어서 저들을 도와줘요. 개입해요.**

젊은 남자는 자기 앞에 벌어지는 상황을 이제야 알아차린 것 같았다. 피투성이 남자를 내려다보며 서 있는 대머리 남자를 발견하더니 걸음을 살짝 늦추었다.

어서 도와줘. 세라가 또 한 번 생각했다.

젊은 남자는 주변을 살피고는 이내 그들을 지나쳐 번잡한 거리를 가로질러 갔다. 두 눈을 인도에 고정한 채로. 아주 의도적으로 싸움을, 만신창이가 되도록 얻어맞은 남자를 못 본 체하며.

"이봐요!" 세리가 닫힌 창문에 대고 그에게 소리쳤다. 젊은 남자는 세라의 소리를 들은 것 같지 않았다.

"이봐요! 야, 너!" 세라의 목소리가 더 높고 커졌다. 손바닥으로 창문을 너무 세게 쳐서 그 얼얼함이 팔까지 전해졌다.

젊은 남자는 뒤를 돌아보지 않고 계속해서 걸었고, 여자아이와의 거리가 점점 더 벌어지고 있었다.

세라는 무언의 절망감으로 창문을 한 번 더 세게 쳤다. **겁쟁이. 망할 놈의 겁쟁이 같으니라고.** 세라의 시선이 다시 두 남자에게 향했다. 한 명은 서 있고 한 명은 등을 대고 누워 있다. 대머리 남자가 피투성이 남자를 살짝 일으켰다가 털썩 내려놓는 게 보였다. 그가 더는 위협이 되지 않는다는 사실에 만족한 대머리 남자는 다시 여자아이에게로 관심을 돌렸다.

여자아이는 몇 미터 떨어진 곳에 주차된 차량 두 대 사이에 숨으려는지 쭈그리고 앉아 있었다. 표정에는 완전한 공포 그 자체가 담겨 있어서, 세라는 속에서 무언가가 꿈틀대는 느낌이 들었다.

이리 온. 세라가 생각했다. 나한테 와. 내가 지켜줄게.

대머리 남자가 다가오기 바로 직전에, 여자아이가 잽싸게 도망갔다. 세라는 잠깐 사이에 아이가 차들이 다니는 곳으로 바로 뛰어들까 봐 혼비백산했다. 대신, 아이는 방향을 바꾸어 대형 벤츠를 따라 올라왔고 또다시 방향을 바꾸어 세라의 차 앞에서 내달렸다. 양 갈래로 땋은 머리가 날리고 책가방이 아래위로 들썩댔다. 아이는 인도에 다다르자 멈춰 섰고, 그렇게 하면 남자가 다가오는 것을 막을 수 있기라도 한 듯 두 손을 들어 보였다. 얼굴은 눈물 자국으로 가득했다.

대머리 남자는 계속해서 아이를 쫓았다. 몇 초 뒤면 그는 차량 두 대 사이의 공간을 지나 아이를 잡을 것이다. 폭력적인 남자 앞에서 속수무책인 무고한 아이. 자신보다 약한 사람들에게 힘을 과시할 권리가 있다고 믿는 남자 앞에서 속수무책인 불쌍한 아이. 남자는 아이를 잡아서 오직 신만이 아실 짓을 저지를 것이다. 아무도 막아서는 사람이 없기에 그런 짓을 서슴지 않는 사람들과 같은 이유로 말이다. 아무도 그들에게 맞설 수 없기에.

남자는 곧 벤츠와 세라의 차 사이 공간으로 들어올 것이다.

시간이 멈춘 듯했다.

문득 지난주의 그 모든 감정이, 그 모든 분노와 좌절감과 무력감이 세라 안에서 들끓었다.

머릿속에서 치솟는 그 모든 분노는 손으로, 발로 전해졌다.

빌어먹을.

생각도, 결단도 존재하지 않았다. 그저 감정뿐.

세라는 브레이크에서 발을 떼어내 가속페달을 밟았다.

세라의 피에스타(미국 포드사의 소형 승용차─옮긴이)가 덜컥 앞으로 나가며 대머리 남자를 옆으로 들이받았고 남자의 무릎이 벤츠 후면에 부딪혔다. 금속과 충돌한 뼈와 살과 연골의 **우두둑** 소리가 끔찍하게 들려오면서 남자가 뒤로 내던져졌다. 다리는 두 차 사이에서 찌그러졌다. 그 충격으로 세라의 몸도 앞으로 쏠렸다. 세라는 땅에 쓰러진 남자가 으스러진 무릎을 부여잡고 고통으로 얼굴을 일그러뜨리며 괴로워하는 모습을 공포에 떨며 지켜보았다. 잠깐 동안 자신이 무슨 짓을 저지른 것인지, 아연했다. 알지도 못하는 사람을 다치게 했다는 죄스러운 공포가 번득였다.

그래도 여자아이가 안전했다. 세라는 인도 위로 달아나는 아이를 힐끗 보았다. 놀랍게도, 검정 슈트가 일어나 느리고 고통스럽게 절뚝이며 아이 뒤를 따랐다. 그의 오른팔이 무기력하게 축 늘어져 있었다.

벤츠의 운전석 문이 열렸다. 두 번째 남자가 내렸다. 커다란 배 위로 셔츠가 팽팽히 당겨져 있었다.

젠장.

세라가 차에 시동을 걸었다. 피에스타는 쿨럭이며 꿈쩍도 하지 않았다.

큰일 났네.

공포의 떨림.

세라는 다시 시동을 걸어보았다. 피에스타의 엔진이 한 번 더 쿨

럭댔다.

두 주먹을 꽉 쥔 남자는 이제 거의 세라의 문 앞까지 왔다.

그가 차 문을 뜯어내고 자신을 공격하리라 생각한 바로 그 순간, 남자가 방향을 바꾸어 허리를 숙이고 다친 친구를 내려다보았다. 남자는 신음하는 친구를 겨드랑이 사이에 손을 넣어 들어 올린 뒤, 벤츠의 뒷문까지 질질 끌고 가서 간신히 문을 열고 안으로 밀어 넣었다.

문을 쾅 닫은 남자가 주머니에서 무언가를 꺼내어 세라를 향해 겨누었을 때, 세라는 순간 그것이 총이라고 생각했다. 아니, 그건 휴대폰이었다. 남자는 그 휴대폰 카메라를 낮게 내려서 세라의 차를 찍었다.

사진이 찍힌 순간, 세라는 그 이유를 알 수 있었다.

날 찍은 게 아니야. 차 번호판을 찍은 거야.

남자가 다시 운전대를 잡았다. 끼익 하는 타이어 소리와 함께 차가 떠났다.

15

젊은 형사가 세라에게 흰색 일회용 컵에 담긴 차를 한 잔 건넸다. 그는 접견실 책상에서 세라 맞은편에 앉은 뒤, 재킷 주머니에서 펜 하나를 꺼내고 수첩을 한 장 넘겼다. 형사는 이제 겨우 20대 후반 정도일 테지만, 창백한 안색에다 관자놀이 부근에는 드문드문 흰머리가 나 있어서 더 나이가 들어 보였다.

"설탕은 안 넣으시죠?"

"네. 고마워요."

세라가 경찰서 내부를 본 건 이번이 처음이었다. 웰링턴가에서 벌어진 사건 이후 자발적으로 출석한 것이다. 분노와 감정의 폭발이 지난 자리에는 이제 죄책감이 자리 잡아 그녀를 무겁게 짓누르고 있었다. 대머리 남자를 향해 고의로 차를 몬 것에 대한 죄책감이었다.

세라는 떨리는 손으로 아버지에게 전화를 걸어서 아이들을 데려오는 일을 부탁해두었다. 로저는 언제나처럼 세라의 부탁대로 해리와 그레이스를 집에 데려와 저녁을 챙겨주었고, 세라는 경찰서 일이 끝나자마자 집으로 가겠다고 약속했다.

차는 향이 강하고 색은 짙었으며, 델 것같이 뜨거웠다. 세라는 차를 홀짝 한 모금 마시고는 찻잔을 책상 위에 조심스레 내려놓았다.

"전부 다 완전히 초현실 같네요. 이 모든 게 말이에요. 몇 시간 전만 해도 저는 제 연구실에 있었는데, 지금은 여기 이렇게 와 있네요. 여자아이는 아직 못 찾으셨나요?"

"아직요." DC 핸스워스라고 자신을 소개한 형사는 세라의 얼굴을 살피며 볼펜을 까딱거렸다. "계속 찾고 있습니다."

"아이는 많아야 여덟 살이나 아홉 살 정도밖에 되어 보이지 않았어요."

"네. 그렇게 말씀하셨죠. 다시 사건 이야기로 돌아가볼까요? 행인 한 명이 박사님 차 앞을 지나갈 때 차와 부딪쳤다고 하셨죠? 백인 남자고요."

"맞아요. 그 남자는 찾으셨나요?"

"우선 진술에 집중하는 게 어떨까요?"

"그렇죠. 물론입니다."

"남자가 그 아이를 데려갈까 봐 걱정하셨죠. 아이를 납치할까 봐."

"네. 제 눈엔 그렇게 보였어요."

"남자가 아이를 데려갔나요?"

"아니요. 제 차가 남자를 친 후 남자는 쓰러졌고 아이는 달아났어요."

"그다음은요?"

"남자의 친구가 남자를 일으켜서 벤츠 뒷좌석에 실었어요. 그러고는 운전해서 가버렸죠. 제가 내려서 아이를 찾으려 했지만 아이는 보이지 않았어요."

"다른 남자는요? 처음 아이를 봤을 때 함께 있었다는 그 남자요."

"그 남자는 몸 상태가 심각해 보였지만, 그래도 아이를 쫓아가더라고요. 대형 사륜구동차 한 대가 아주 빠르게 다가왔고요. 제 생각엔 아마도 두 사람이 그 차를 타고 간 것 같아요. 남자를 찾으셨나요?"

형사가 펜을 내려놓고 깍지를 꼈다.

"헤이우드 박사님, 문제는 말입니다, 그 경호원인지 뭔지 하는 남자의 흔적이 보이지 않는다는 겁니다. 여자아이도, 벤츠 타고 왔다는 두 남자의 흔적도 없고요."

세라는 걱정으로 가슴이 찌릿했다.

"아이의 흔적이 없다고요? 아이가 어디에 있는지 모르시는 거죠? 들어온 실종 신고도 없고요?"

DC 핸스워스가 고개를 저었다.

"말씀하신 인상착의의 아동에 대한 실종 신고는 없었습니다. 납치 미수로 들어온 신고도 없었고요. 근방에 있는 병원 두 곳에서도 교통사고로 보이는 다리 부상으로 내원한 중년 백인 남성은 없었습니다. 박사님 차 범퍼가 움푹 패인 게 다예요."

"이해가 안 되네요." 세라가 말했다.

"그 누구도 찾을 수 없었습니다. 사실, 박사님 진술만 있는 상황이죠."

"목격자는요? 우리 옆을 바로 지나친 젊은 남자가 있었는데요? 사건 당시 제 뒤에 밴도 한 대 있었고요. 운전자와 얘기해보셨어요?"

형사가 다시 고개를 저었다.

"현장을 봤다고 나선 행인은 없습니다. 박사님 뒤에 있던 차량 두 대의 운전자들과도 얘기해봤지만, 밴이 가로막고 있어서 별로 본 건 없다고 하네요. 첫 번째 운전자는 검은 벤츠가 인도로 올라오는 것까지는 본 것 같지만 이후로는 주차되어 있던 어떤 차 때문에 시야가 가려졌다고 해요. 두 번째 운전자는 비명을 들은 것도 같지만 라디오를 켜놓고 창문도 닫고 있어서 확신하지는 못 하겠다고 하고요. 둘 다 여자아이는 못 봤답니다."

"제가 지어낸 이야기가 아니에요. 혹시 그렇게 생각하고 계시다면 말이죠. 저는 관심을 끌려는 미친 사람이 아니라고요."

"물론 아니시죠." 형사는 심드렁하게 말했다. "헤이우드 박사님, 이런 유의 사건에서 문제는 사람들이 다른 누군가가 앞에 나서줄 거라고 생각한다는 겁니다. 내가 아닌 다른 누군가가 수고해줄 거라고 말이죠. 기꺼이 현장을 휴대폰으로 촬영해서 유튜브에 올리긴 해도 경찰에 협조하는 일이라면, **죄송하지만 제가 너무 바빠서**라고 말하죠."

"CCTV는요?"

"저희가 근처 CCTV 영상을 확보해서 박사님 진술과 일치하는 시간대에 길을 지나던, 최근 스타일의 번호판을 단 벤츠를 확인했습니다. 하지만 번호판은 가짜였어요. 며칠 전에 도난 신고가 들어온 아우디의 번호판이었죠."

"그렇다면 분명 **뭔가** 있긴 한 거네요."

형사가 어깨를 으쓱해 보였다.

"박사님 말대로 정말 유괴 시도였다면, 그런 이유로 번호판을 바꿔 단 거라고 볼 수 있겠죠."

"아이를 찾아야 해요. 아이가 가장 걱정입니다. 저는 그저 아이가 무사히 집으로 갔는지 알고 싶을 뿐이에요."

"실종 신고가 들어오지 않고 아이가 어디에서도 목격되지 않는다면, 저희로서는 아이 이름도 사진도 없는 거니까요. 수사를 진척할 수가 없죠."

"제 진술이 있잖아요."

"그렇죠. 신고도 잘 하신 겁니다. 하지만 솔직히 말씀드리면, 고소인이나 다른 목격자가 없는 이상 사건을 끌고 가기가 정말 어려울 거예요."

둘 사이 책상 위에 놓인 세라의 휴대폰 진동음이 울렸다. 세라의 아버지였다.

"받아야 하는 전화여서요." 세라가 말했다.

"물론입니다. 받으시죠."

아버지 목소리가 수화기 너머로 들려왔다. 긴장한 듯 딱딱한 목소리였다.

"세라, 집에 오고 있니? 어디쯤이니?"

"곧 가요, 아빠. 애들은 어때요?"

"둘 다 아주 잘 있다. 저녁 먹었고 그레이스는 이제 목욕하려던 참이다." 이제 아버지 목소리에는 어느 정도 안심한 기색이 묻어났다. "넌 괜찮은 거냐?"

"전 괜찮아요. 집에 가서 얘기할게요."

29초

"학교 일은 어떻게 됐니? 다음 계약 관련해서 뭐 들은 건 없고?"

세라는 숨을 깊이 들이마시고 두 눈을 감았다. 아버지는 언제나 세라에게 최고만을 해주고 싶어 했고, 강요는 절대 없이 언제나 격려를 해주었다. 열여섯 살 때 세라가 한 달 사이에 두 번째로 학교에서 정학을 당하자, 그녀가 지금 인생의 중요한 기로에 놓였다고 차분히 말해준 사람도 아버지였다. 엄마는 마구 소리를 지르며 세라에게 앞으로 한 달간 외출 금지에 1년간 용돈도 없고, 친구도 만날 수 없으며, 세라의 방문도 떼어버리겠다고 엄포를 놓았다. 하지만 아버지는 그저 세라를 한쪽으로 데려가서 조용하고 부드럽게 말했을 뿐이다. 너는 지금 갈림길 위에 서 있다. 앞으로 어느 길로 갈지 선택해야 해. 지금처럼 뭐든 다 반항하고, 계속해서 문제에 휘말리고, 뭐든 다 네 마음대로 하며 살아도 된다. 또는 네 능력을 최대한 활용하고 당분간은 규칙을 지키면서, 네가 어디까지 갈 수 있는지 확인해볼 수도 있지. 넌 우리 가족 중에서 처음으로 대학에 가는 사람이 될 수도 있어. 난 네가 원하는 만큼 높이 올라갈 수 있는 능력을 갖고 있다는 걸 안다. 다만 너는 지금 당장, 어느 길로 갈지 결정해야 해.

이후 세라는 확 바뀌었고 더럼 대학에 들어가기 위해 필요한 성적을 받아냈으며, 지금껏 규칙을 따르며 살아왔다.

15년이 지난 지금, 세라는 또다시 기로에 섰다. 다만 전과 다른 점이 있다면 이번에는 모든 길이 어디로도 통하지 않는 듯 보인다는 것.

그 무엇보다도 그 어느 때보다도 더, 세라는 닉에게 지금 인생에서 벌어지고 있는 일을 말하고 싶었다. 그와 와인 한 병을 나눠 마시며, 가까이에서 그를 느끼며, 그의 품에 안겨 자신이 이 상황을 혼자 겪어내고 있는 것이 아님을 느끼고 싶었다.

하지만 그 어느 것도 할 수가 없다. 닉은 떠났으니까.

아버지의 목소리가 세라의 생각을 방해했다.

"세라? 내 말 듣고 있니?"

"네, 아빠."

"오늘 무슨 소식 들은 거 없니? 면담은 했고?"

아버지의 목소리에 담긴 희망과 기대를 더는 견딜 수 없었다.

"아빠, 제가 나중에 말씀드릴게요. 애들한테 뽀뽀 좀 대신 해주시고요."

세라가 전화를 끊고 다시 형사에게 몸을 돌렸다.

"죄송해요. 질문하실 거 더 있나요?"

"오늘은 이쯤 해두죠."

"말씀드릴 게 하나 더 있어요." 세라는 어떻게 말을 꺼내는 것이 가장 좋을지 생각했다. "그 벤츠 운전자가 제 차 사진을 찍어 갔어요. 저도 안에 타고 있었고, 번호판도요."

"알겠습니다." 형사가 수첩을 다시 펼쳤다. "확실한가요?"

"네. 저는 음, 그 사람들이 절 찾으려 하면 어쩌나 해서요. 제가 한 일도 있고."

"무슨 말씀이시죠?"

"그 사람들이 제 차 번호를 아니까 그걸로 절 찾아낼 수도 있잖아요."

형사는 살짝 미소를 보내며 고개를 저었다.

"그렇게는 못할 겁니다. 그런 정보는 모두 운전면허청 서버에 안전하게 저장되어 있고 매우 신중히 보호되고 있어요."

"하지만 그 사람들이 어떻게든 제 집 주소를 알아낸다면요?"

"걱정하실 만한 일은 전혀 없을 것 같습니다." 형사가 세라에게 책상 위로 명함 한 장을 밀어 보냈다. "그래도 혹시 뭔가 걱정될 만한 것을 보신다면 연락 주세요. 무엇이든 말입니다."

16

세라가 남자를 처음으로 본 건 이틀 뒤였다.

세라는 가장 아끼는 졸업반 학생들의 세미나 강의를 마치고 나오는 길이었다. 늘 그렇듯 세미나는 30분 늦게 끝났는데, 이번에는 크리스토퍼 말로의 가장 유명한 희곡인 『포스터스 박사』의 세부 지점들을 토론하느라 길어졌다. 『포스터스 박사』에서 주인공은 24년간의 전지전능한 삶을 위해 악마에게 영혼을 판다. 10대를 갓 벗어난 학생들은 불멸의 영혼을 남에게 기꺼이 넘겨주는 상황을 잘 이해하지 못했다. 그렇게 세미나가 늦어지는 바람에, 이제 세라는 어깨에 가방을 메고 한 손에는 노트북 가방을 들고서 부랴부랴 언덕을 오르고 있었다. 다음 강의에 들어가기 전에 도서관 카페에 들러 급하게 샌드위치라도 먹을 수 있을까, 틈틈이 손목시계를 확인하면서 머릿속으로 계산을 했다. 바쁜 게 싫지 않았다. 그건 앨런 러브록에 대해, 그를 정식으로 고발해야 하는가에 대해 생각할 시간이 줄어드는 것을 의미했기 때문이다.

바로 그때 세라는 얼굴에 흉터가 난 남자를 보았다. 처음에는 그저 하나의 윤곽으로, 옆의 벽에서 따로 떨어져 나온 하나의 형상으로 보였다. 그의 모습은 중앙 도서관 건물이 드리운 그림자에 반쯤 가려져 있었다. 떠들거나, 담배를 피우거나, 웃거나, 휴대폰을 확인하거나, 언덕을 내려가며 기숙사나 학생회관으로 향하고 있는 대학생들 사이에서 홀로 튀는 남자였다.

수많은 학생들의 물결 속에서 남자는 미동도 없었고, 조용했고, 혼자였다.

남자는 세라를 똑바로 쳐다보고 있었다.

세라는 걸음을 늦추고 남자를 응시하면서, 그가 움직이거나 고개를 돌리거나 어떤 식으로든 눈을 피하길 기대했다. 하지만 남자는 거기 그대로 꼼짝도 하지 않고 서서, 세라에게서 눈을 떼지 않았다. 마치 꼭 석상 같았다. 건장한 체격에 어깨부터 가슴까지 두꺼운 몸이었고 굵은 팔뚝이 재킷을 팽팽하게 만들었다. 검은 옷에 검은 머리. 아래로 축 늘어뜨린 팔. 15미터 정도 떨어진 거리에서도, 남자의 머리 선에서 시작되어 짧게 수염을 깎은 턱까지 내려오는 기묘한 흰색 선이 눈에 들어왔다. 흉터처럼 보였다.

세라가 길을 건너면서 오른쪽으로 고개를 돌리자 교내버스가 디젤 가스를 내뿜으며 느릿느릿 다가오다가 잠시 멈춰 서는 것이 보였다. 가을날 오후의 한기로 창문에는 김이 서려 있었다. 어쩌면 저 남자는 누군가를 기다리고 있거나, 찾고 있거나, 어쨌든 저기서 저러고 있을 이유는 많지…….

버스가 지나가고 세라가 다시 중앙 도서관 쪽을 보았을 때, 남자는 사라지고 없었다. 세라는 남자의 흔적을 찾아 주변 학생 무리들을 살폈지만 남자는 어디에도 보이지 않았다. 사라졌다. 애초에 거기 있었던 건 맞나? 아니면 세라의 상상인가?

뭐가 맞든, 남자는 이제 없다. 세라는 그를 과민이 빚어낸 상상의 산물로 치부하고 서둘러 카페로 갔다.

세라 헤이우드, 넌 이미 걱정할 게 넘쳐나지 않니? 세라가 혼잣말했다. 저 남자까지 걱정거리로 만들지는 마.

그날 오후 늦게야, 학과의 복사기를 쓰려고 기다리면서 마리는 세라에게 그간의 이야기를 들을 수 있었다. 두 사람은 여태껏 월요일의 일에 대해 제대로 된 대화를 나눌 기회가 없었다.

"좀 어때?" 마리가 세라의 팔을 살짝 잡으며 물었다. "괜찮은 거야?"

세라가 천천히 고개를 끄덕였다.

"괜찮아. 뭐 그냥저냥 하던 일 계속하고 있지."

"나한테 아직 월요일에 어떻게 된 건지 얘기 안 했잖아. 승진 심사 위원회 말이야."

세라는 곧 마리에게 말할 테지만 아직은 아니다. 오늘은 말하고 싶지 않았다. 그 이야기만 꺼내면 눈물이 쏟아질 것 같았다.

"앨런 러브록이 또 개소리한 거지 뭐." 세라는 낮은 목소리로 덧붙였다. "있잖아, 지난 며칠 새 캠퍼스에서 이상한 사람 본 적 없니?"

마리가 눈썹을 추켜세웠다.

"이상한 사람?"

"캠퍼스를 서성이는데 뭔가 여기 어울리지는 않아 보이는 사람이랄까? 대학생이라기엔 너무 나이가 많고, 좀 이상하게 생긴?"

"딱 우리 학부 남자 직원들 아니니?"

"아니, 뭔가 좀…… 위험한 쪽으로 이상한 거 있잖아."

마리가 미간을 찌푸리며 고개를 저었다.

"못 본 거 같은데."

"짧고 검은 머리에 체격이 다부지고, 얼굴 옆에 하얀 흉터가 있는 남자인데, 본 적 없어?"

"없어. 누군데 그래?"

"잘 모르겠어. 그냥 아까 여기서 본 남자야"

"스토커일 수도 있는 거니?"

"아니야. 아니, 모르겠어. 그럴 수도 있고."

"세라, 걱정되잖아. 무슨 일이야, 도대체? 보안팀에는 얘기했어?"

세라가 고개를 저었다.

"난 그냥…… 가능한 한 일을 크게 만들고 싶지 않아."

"너도 아는 남자야?"

"처음 본 남자야."

"흠, 혹시 그 남자를 다시 보게 되면 경찰을 부르는 게 좋을 것 같아."

"별일 아닐 거야. 과민 반응을 하고 싶진 않아. 그래도 너도 혹시 그런 남자를 보면 나한테 알려줄래?"

"당연하지. 그래도 난 네가 이 일을 누군가에겐 알려야 한다고 생각해."

세라는 고개를 끄덕이며 가방 속에 들어 있을 젊은 형사의 명함을 떠올렸다.

17

토요일이 되자 세라는 나른한 안도감을 느꼈다. 일에서도 앨런 러브록에게서도 벗어나 아이들과 놀아주고, 밀린 집안일을 하고, 쇼핑을 다녀오고, 식사를 준비하면서 몸을 바삐 움직였다. 하루 종 일 바빴고 덕분에 잡생각을 떨칠 수 있어서 좋았다. 오늘 밤 그레이 스와 해리가 잠이 들면 두세 시간 정도는 과제 채점을 할 것이다. 당장은 대학에서 벗어나, 스스로 운명을 결정할 수 있는 힘이 얼마 나 미미한지 매일 상기시켜주는 것들에서 벗어날 수 있어서, 세라 는 그저 감사할 따름이었다.

도서관 옆에서 세라를 지켜보던 낯선 사람에게서 벗어날 수 있다 는 것도.

세라가 그 남자를 본 지도 이틀이 지났다. 그 이후 다시 그를 발 견하지 못했고, 그쯤 되자 세라는 어쩌면 남자가 그냥 한번 캠퍼스에 들어와본 사람이거나, 럭비팀 선수를 스카우트하러 온 사람이거나, 이 학교에 다니는 동생들과 며칠을 함께 지내다가 술이나 약에 취했거나 그 외에 다른 이유로 엉망이 되어서 그런 이상한 모습을 보였을 것이라고 자신을 납득시켰다. 또, 대학 캠퍼스에서 그게 정말 이상한 모습이긴 한가? 조정 동아리가 신고식으로 증류주를 1리터씩 마시고는 캠퍼스 한쪽 끝에서 끝까지 발가벗고 달리는 것으로 계속해서 경고받고 있는 이곳에서? 최근에는 닭 분장을 하고 학생회관 지붕 위에 당구대를 올려둔 럭비선수 스물다섯 명이 캠퍼스 보안팀에 발각되었던 이곳에서?

하나도 이상하지 않았다. 남자는 혼자였지 않은가. 아무 일도 아닐 것이다.

세라는 로드십 공원의 축구장 터치라인에 서서 이제 한 주간의 일을 그만 생각하기로 했다. 대신 진흙투성이 경기장을 가로지르며 시끌벅적하게 축구공을 쫓고 있는 작은 남자아이들 사이에서 해리를 찾는 데 집중했다. 일곱 명으로 구성된 해리의 팀인 '캐벌리어스'가 경쟁 팀인 '타이푼스'와 경기를 치르고 있었다. 토요일 오후의 축구 역시 닉이 시작했다가 이내 흥미를 잃고 말았던 것 중 하나였다. 닉은 자신이 **매진해야 하는** 어떤 DIY 작업이 있다고 했지만, 이상하게도 세라와 해리가 경기를 마치고 집에 돌아왔을 때는 여전히 작업이 미완성이었다.

학창 시절에 세라는 하키와 네트볼, 라운더스를 했는데, 그중 특별히 두각을 나타낸 종목은 없었지만 각각의 규칙과 올바른 경기 방법은 알고 있었다. 하지만 축구는 해본 적이 없었다. 집의 작은 뒤뜰에서 해리와 공차기를 한 것이 다였다. 그런데도 세라는 지금 경기가 제대로 진행되고 있지 않다는 것쯤은 꽤 확신할 수 있었다. 각 팀의 골키퍼와 한쪽에 서서 코를 파고 있는 한 아이를 제외한 모두가 공을 쫓고 있었다. 마치 벌집에 나타난 침입자를 윙윙거리며 쫓는 벌떼들처럼. 수비수와 공격수, 뭐라고 불리는지는 모르겠지만 중앙의 선수들까지 모두가 열심히 밀치락달치락하며 공을 쫓고 있었다. 양 팀의 코치가 터치라인에서 아무리 소리를 질러대도 아이들은 아랑곳하지 않았다. 부모와 조부모, 형제자매 등 각 팀의 가족 스물 내지 서른 명은 경기장 양쪽에서 코트와 파카, 모자와 장갑으로 중무장하고 몸을 잔뜩 옹송그린 채 서 있었다.

세라는 우산을 다른 손으로 바꿔 들었다. 보슬비가 느릿느릿 내리고 있었고 청바지와 신발은 이미 흠뻑 젖어 있었다. 빗속에 서 있는 것보다는 나을 듯해서, 그레이스가 주차장으로 돌아가 차에 있겠다는 걸 마지못해 허락했다. 다만 차 문을 꼭 잠그고, 배터리가 닳을지 모르니 라디오를 켜면 안 된다고 신신당부해두었다.

한 아이가 간신히 공을 무리에서 멀리 차냈고, 몸에 잔뜩 흙탕물이 튄 다섯 살배기들은 상대편 골대로 돌진했다. 골문은 어찌 된 일인지 비어 있었다. 세라는 그 이유를 금방 찾을 수 있었다. 초록색 셔츠를 입은 골키퍼 아이가 경기장을 벗어나서 저 끝에 초콜릿과 음료가 차려진 탁자를 향해 가고 있었다.

금발에 턱수염을 기르고 운동복을 입은 타이푼스 팀 코치가 두 손을 공중에서 마구 휘저었다.

"월! 월! 젠장, 도대체 뭐 하는 거야?" 코치는 절박하게 비어있는 골문을 가리켰다. "당장 돌아오지 못해?"

자리를 비운 골키퍼가 돌아서서 입을 벌린 채 멍하니 코치를 바라보았다. 비어 있는 골문으로 달려들던 선수들 중 가장 덩치가 큰 아이가 공을 잘못 차는 바람에 진흙탕 속으로 풍덩 넘어졌고 그 위로 또 다른 아이가 넘어졌다. 공은 골문 밖으로 천천히 흘러나갔고 아웃이 되었다.

캐벌리어스 팀 코치가 두 손으로 얼굴을 감쌌다. 박수 소리가 잔잔하게 들려왔고 두 팀을 향해 응원하는 외침은 더 크게 들려왔다.

"아깝네요." 세라 옆에 있던 한 아빠가 외쳤다.

"지금 몇 대 몇이죠?" 세라가 물었다.

"글쎄요. 12 대 8? 12 대 7? 사실, 11 대 8일 수도 있어요. 세다가 도중에 잊어버렸거든요."

"두 팀이 똑같이 열두 골을 넣어야 끝날 수 있겠죠?"

그가 씩 웃으며 고개를 저었다. 모자를 쓰지 않아서, 희끗한 머리칼이 그대로 비를 맞아 머리에 딱 들러붙어 있었다.

"세라, 그런 기대는 하지 마세요. 아직 전반전도 안 끝났어요."

세라는 골문을 비웠던 타이푼스 팀의 골키퍼를 가리켰다. 아이는 이제 터치라인에 서서 눈물을 펑펑 쏟고 있었다.

"저쪽 팀 코치는 전반전 끝나고 고생 좀 하겠어요. 골키퍼네 아빠도 기분이 안 좋아 보이네요."

아이의 아버지는 두 손을 엉덩이 위에 올려둔 채 코치에게 말을 하고 있었다. 너무 멀리 있어서 어떤 말이 오가는지 들리지 않았지만, 두 사람의 몸짓에서 예를 갖춘 대화는 아님을 알 수 있었다. 두 사람이 붉으락푸르락한 얼굴로 삿대질을 하며 다투는 사이, 골키퍼 아이는 혼자 남겨져 계속 울고 있었다. 두 사람은 언성을 더욱 높였다.

세라는 아이가 안쓰러웠다. 아이의 아버지가 좀 보듬어줬으면. 적어도…….

사람들 사이로 틈이 보였다. 세라는 온몸의 신경이 곤두서는 기분이었다.

그였다. 얼굴에 흉터가 난 남자.

남자는 두꺼운 검정 재킷에 진청바지 차림으로 상대 팀의 부모들 뒤에 서 있었다. 바싹 짧게 자른 검은 머리가 정수리부터 귀 위, 그리고 다시 턱까지 이어지는 깊고 흰 흉터를 한껏 드러내고 있었다.

그였다. 세라는 확실히 알 수 있었다.

18

얼굴에 흉터가 난 남자는 세라와 눈이 마주치자 살짝 고개를 돌려서 클럽하우스 옆 세라의 피에스타가 주차되어 있는 주차장을 보았다. 그는 한 번 고개를 끄덕이더니 다시 고개를 돌려 세라를 보았다. 아주 미묘한 움직임이었지만, 의미는 분명했다.

세라는 숨이 턱 막혔다.

그레이스가 차에 있다. 홀로.

차가 있는 쪽을 돌아보았다. 40미터 정도 떨어진 곳이었다. 치솟는 두려움에 다리가 거의 풀릴 지경이었다. 작은 파란색 피에스타는 아직 그대로 있었다. 그렇다면, 그레이스는?

세라는 들고 있던 우산을 던져버리고 코트 주머니에서 휴대폰을 꺼내며 서둘러 주차장으로 발걸음을 옮겼다. 그러다가 느닷없이 멈춰 섰다.

해리. 세라가 다시 경기장으로 달려갔다. 해리는 아직 거기 있었고 같은 팀 친구들과 씩씩하게 공을 쫓아 달리고 있었다.

남자도 아직 거기 있었다. 그의 각진 얼굴에서는 어떤 감정도 읽을 수 없었다. 주머니에 손을 넣고 있었고 검정 재킷은 빗물로 번들거렸다.

세라는 어떤 결정도 내릴 수가 없어서 가슴이 미어졌다. 여기 있어야 하나, 아니면 가야 하나? 그레이스는 아직 차에 있는 건가? 세라가 등을 돌리면 남자는 바로 해리를 데려갈까? 이렇게 사람들이 많은데, 그렇게 하지는 못하겠지?

세라가 조금 전 대화를 나누었던 아이 아빠의 팔을 붙잡았다.

"제가 딸애 좀 확인하고 와야 해서요." 목소리가 높아지고 있었다. "해리 좀 봐주실 수 있나요?"

머리가 희끗한 남자는 걱정스러운 표정을 지어 보였다.

"그럼요. 그런데 무슨 일 있어요?"

"모르겠어요." 세라가 말하고는 서둘러 빈 경기장을 가로질러서 주차장으로 향했다. 휘청거리면서도 더 빨리 달리기 시작했고, 진흙투성이 잔디를 미끄러지듯 밟으며, 주머니에서 더듬더듬 휴대폰을 찾았다. 그레이스가 없다면 경찰에 바로 신고할 수 있어야 했다. 지체 없이, 시간 낭비 없이.

제발 거기 있어야 해. 그레이스를 데려간 게 아니어야 해.

"그레이스!" 세라는 점점 커져가는 두려움에 잠겨 소리쳤다. "그레이스!"

세라는 주차장의 타맥 포장도로에 진입해서도 전력 질주를 멈추지 않다가, 마침 주차장을 빠져 나오던 차와 맞닥뜨렸다. 운전자는 미친 듯이 경적을 울려대며 힘껏 브레이크를 밟아서 세라 바로 앞에서 겨우 차를 멈추었다. 세라는 손을 흔들어 사과 표시를 하고는 다시 내달리기 시작했다. 필사적으로 자신의 차 안을 들여다보려, 앞쪽 조수석에 앉은 그레이스의 뒤통수를 확인하려 애썼다.

창문에는 김이 서려 있었다.

세라가 피에스타의 조수석 문 앞에 미끄러지듯 멈춰 섰고 손잡이를 힘껏 당겼다. 잠겨 있었다. 당연한 일이었다. 차 열쇠는 그레이스에게 줬으니까.

"그레이스!" 세라가 소리치며 손바닥으로 창문을 마구 두드렸다. 창문에 눈을 바짝 대고 보이지도 않는 내부를 들여다보려 애썼다. 딸이 안에 있는 걸까? 무언가 안에 있는 것 같았다. 어떤 형상이, 어쩌면…….

덜컹, 금속 소리와 함께 조수석 문이 열렸고 그레이스가 머리를 내밀었다.

"축구 끝났어요?"

세라는 안도감에 웃음이 나올 뻔했지만 그 웃음은 목에서 걸리고 말았다.

그레이스가 무사하다. 이제 괜찮아.

"아직 안 끝났단다. 그레이스, 넌 괜찮니?"

"책 다 읽었어요. 해리는 어디 있어요?"

주먹으로 배를 맞은 듯, 또 하나의 생각이 머릿속을 스쳤다. 해리를 데려가려고 날 여기로 유도한 걸지도 몰라.

"해리는 아직 경기장에 있지. 그레이스, 이제 엄마랑 같이 가자."

"왜요?"

"그냥 그래야 해. 얼른 가자."

그레이스가 차에서 기어 나오기 시작했다.

"엄청 지루한데."

세라가 목을 길게 빼고 경기장을 돌아봤을 때, 호루라기 소리가 들려왔고 선수 모두가 천천히 멈춰 섰다. 세라는 차 문을 쾅 닫고 잠갔다.

"전반전은 얼마 안 남았어. 얼른 와." 세라가 딸의 손을 잡았다. "누가 먼저 도착하나 볼까?"

세라는 다시 아들을 향해, 경기장을 향해 뛰기 시작했다. 지금 알 수 있는 건 아들에게 돌아가야 한다는 사실뿐이었다. 가서 아들을 지켜야 했다. 질커덕질커덕, 진창이 신발을 빨아들여 금방이라도 벗겨질 듯했다. 그레이스는 세라 옆에서 달리는 내내 천천히 좀 가자고 말했고, 결국 두 사람 다 진흙을 뒤집어쓴 모습으로 헐떡대며 경기장 끝에 도착했다. 머리가 희끗한 아빠는 어디에도 보이지 않았고, 선수들은 코치를 둘러싸고 옹기종기 모여서 작전 회의를 하고 있었다.

세라는 파란색 셔츠를 입고 모여 있는 작은 남자아이들에게 다가가며 그중에서 해리의 금발을 찾으려 애썼다.

날것의 공포가 이성을 밀어내며 머릿속을 가득 메웠다.

해리가 없어. 없어졌어. 사라졌어⋯⋯.

세라는 흉터가 난 남자의 그 어떤 흔적이라도 찾으려 공원을, 나무를, 도로를 미친 듯이 살폈다.

그때 해리가 세라 앞에 나타났다. 한껏 뿌듯한 모습으로.

"엄마, 나 골 넣을 뻔했어! 봤어요?"

세라는 그대로 무릎을 꿇고 앉아서 해리를 품에 꼭 끌어안았다. 아이는 비에 흠뻑 젖은 데다가 진흙투성이였지만 그래도 상관없었다. 아이의 냄새를 들이마시며, 세라의 목에 두른 자그마한 팔의 감촉을 느끼며, 넘을 뻔했다는 골 이야기를 재잘댈 때 세라의 귀에 불어오는 뜨거운 숨결을 느끼며.

세라는 해리의 이마에 붙은 머리칼을 털어주었다.

"해리, 아주 잘했어!"

아이들이 안전했다. 중요한 건 그것뿐이다. 세라는 다시 한 번 경기장의 저쪽 끝을 살펴보았다.

남자는 없었다.

가방에서 형사의 명함을 꺼내어 그에게 전화를 걸었다. 업무 시간이 아니었기 때문에 전화를 받을지 확신할 수 없었다. 하지만 신호음이 두 번 울린 뒤 그가 전화를 받았고, 세라는 자신을 따라다니는 것 같던 남자에 대해 허겁지겁 설명하기 시작했다.

"남자는 좀…… 위험해 보였어요."

"아는 사람인가요? 그러니까, 저번에 신고하셨던 사건 현장에서 봤던 남자인가요?"

"아니요, 하지만 말씀드렸다시피, 그날 저와 제 차 사진을 찍어 간 사람이 있었잖아요. 번호판도요."

"그 남자가 박사님께 접근했습니까? 무슨 말이라도 했나요?"

"그럴 만큼 오래 있진 않았어요."

"최근에 좀 이상하거나 협박성의 우편이나 이메일, 전화를 받으신 적은요?"

"전혀요."

"직장이나 주변에서 박사님께 특별한 관심을 보이는 남자는요?"

형사에게 말할 수 있는 남자는 없지. 세라가 생각했다.

"없습니다. 그런데 이 남자를 사흘 새 두 번이나 봤다고요. 캠퍼스에서 한 번, 그리고 조금 전 아들이 축구하는 동안에 또 한 번요. 경기장에서 제 맞은편에 있었어요."

형사는 납득하지 못하는 듯했다.

"그 둘이 같은 남자라고 확신하시는 거고요?"

"꽤 확신해요. 남자가 좀 특이했거든요. 머리 한쪽에서 내려오는 길고 흰 흉터가 있었어요. 어떻게, 해주실 수 있는 일이 없을까요?"

"헤이우드 박사님, 문제는 말입니다, 지금 단계에서는 그 남자가 어떤 위법 행위도 저지르지 않았다는 겁니다. 그저 우연의 일치일 가능성도 있고요."

"우연이 아니에요! 남자가 다섯 살배기 내 아들의 축구 경기에 나타났단 말이에요!" 세라는 자신에게 쏟아지는 학부모들의 호기심 어린 시선을 느끼고는 그들에게서 등을 돌리고 목소리를 낮췄다. "제가 어떻게 해야 할까요? 여자 혼자란 말이에요. 그리고 솔직히, 다음엔 무슨 일이 벌어질지 너무 무섭다고요."

젊은 형사는 세라가 지켜야 할 기본 수칙을 일러주었다. 항상 휴대폰과 경보기를 소지하고, 가능하다면 일상의 동선을 바꾸고, 되도록 혼자 있지 말고, 일어난 일들을 기록하고, 남자에게 말을 걸거나 그의 관심을 끄는 행동은 피해야 한다. 형사는 동료의 이름과 연락처도 알려주었다. 제인 아이언스 경사로, 다년간 스토킹 사건을 다룬 경험이 있다고 했다. 세라는 경사와 통화를 해봐야겠다고 다짐을 했다.

세라가 차로 돌아와서 카시트에 해리를 앉히고 그 위로 안전띠를 채우는 순간, 문득 의문 하나가 머리를 스쳤다. 얼굴에 흉터가 난 남자는 세라를 추적했고 그녀의 직장과 집을 알아냈다. 그런데도 그는 아무것도 하지 않았다. 아직은.

남자는 도대체 누구일까?

19

러브록에게 전임 강사 자리를 얻지 못할 것이라는 말을 들은 지 정확히 일주일이 지났다. 세라는 모든 것이 거꾸로 되어 더는 아무것도 말이 되지 않는 평행 현실로 들어선 기분이었다. 지난 몇 달간 좋은 소식을 기다리며, 마치 물에 빠진 선원이 마지막 구명 뗏목을 향해 허우적거리듯, 자신을 버틸 수 있게 했던 유일한 이유인 그 소식을 듣기 위해 고군분투했다. 구명 뗏목이 자신을 남겨둔 채 유유히 떠내려갈지도 모른다는, 그렇게 물에 빠져 죽을 수도 있다는 두려움을 애써 무시하면서.

알고 보니 구명 뗏목은 신기루였다. 애초에 거기 있지도 않았던 것이다.

날벼락 같은 소식을 들은 후 세라는 밤에 서너 시간밖에 자지 못해서 수면제 복용량을 늘렸지만 별 효과가 없었다. 깊은 밤 커다란 더블베드에 홀로 누워서 이불을 턱까지 끌어 올리고는 머리맡 시계의 작은 째깍거림에 가만히 귀를 기울일 뿐이었다. 그렇게 흘려보내는 순간이면 자꾸만 이런 생각이 들곤 했다. 내가 할 수 있을까? 내 일을 지키기 위해 러브룩과 잘 수 있을까? 내 아이들을 위해서? 대출금을 계속 갚아나가려면? 바로 떨쳐내긴 했지만, 이런 생각은 전혀 뜻밖의 순간에 다시 스멀스멀 기어 나오곤 했다. 검토해야 할 과제가 한 무더기 쌓인 책상 앞에 앉았을 때, 빨간불에 신호를 기다릴 때, 입맛이 어디로 달아난 건지 의아해하며 접시 위 남은 음식을 한쪽으로 모을 때에도 말이다.

그리고 지금도. 세라가 인문학부 건물 내 계단식 강의실의 불을 꺼서 캄캄한 어둠에 휩싸이고 마지막 학생도 슬며시 복도로 나가 학생회관으로 향한 바로 지금도, 그 생각은 다시 스멀스멀 기어 나왔다. 학부와 대학원을 다니는 동안 세라는 총 여섯 명과 잤고 닉을 만난 뒤로는 그에게만 충실했다. 물론 닉은 세라를 여러 번 배신했지만. 그런데 그 여섯 명 중 세라가 좋아하지 않은 사람이 있었던가? 잠자리가 즐겁지 않았던 사람이?

물론 있었다. 아마도 두세 명 정도는. 잘못된, 어리석은 이유로 잠자리를 같이하고 나중에 후회한 일들이 있었다. 먼저 마르코. 침대 위 능력을 하도 과신하기에.(슬프게도 그건 사실이 아니었다.) 애덤. 헤어지자고 할까 봐.(결국 그에게 이별 통보를 받았다.) 졸업을 앞두고 만난 이름이 기억나지 않는 남자. 애덤의 이별 통보에 너무 화가 난 나머지, 다른 사람과 자면 그가 남기고 간 상처와 배신감이 조금 나아지지 않을까 하는 막연한 생각에.

러브룩이 원하는 것과 다를 게 있나? 넌 저 남자들과 잤지만 즐기진 않았잖아. 그러면 뭐가 다른 건데? 그리고 더 중요한 건, 네가 할 수 있을까? 가라앉느냐 아니면 헤엄쳐서 살아남느냐의 문제라면?

아니다. 그냥 아니다. 세상은 그렇게 돌아가지 않는다. 더는 그렇지 않았다. 적어도 그렇게 되어서는 안 되었다. 그저 몇 번의 나쁜 선택과, 훈장까지 받았다는 앨런 러브록 교수와 자는 끔찍하고 모욕스러운 가능성 사이에는 엄청난 차이가 있었다.

세라는 그런 생각을 했다는 것만으로도 또 한 번 자신을 질책했다. 절대 그렇게 밑바닥까지 내려가지는 않을 것이다.

절대로. 절대 그럴 일은 없다.

세라는 차 열쇠를 꺼내려 가방에 손을 넣었다. 럭키백 가방 안에는 볼펜과 휴대폰, 티슈, 껌, 립스틱, 지갑, 각종 열쇠, 반 정도 남은 폴로 사탕, 그리고 사촌이 미국에서 사다준 손바닥만 한 에어로졸 스프레이가 들어 있었다. 손가락에 차 열쇠가 닿자 고개를 들어 어느 줄 끝에 차를 댔는지 기억을 더듬었다. 밖은 어두웠다. 가끔은 그날이 그날 같아서 어디에 주차를 했는지 잊어버렸다. 그리고 대개, 아이들을 학교에 데려다주고 오느라 캠퍼스에 늦게 도착하면 연구실 근처의 자리는 다 차 있었다. 그러면 크게 한 바퀴를 돌아서 저 멀리 공학관 뒤편의 작은 주차 공간으로 가야 했다. 중앙 주차장이 다 찼을 때 세라가 쓰는 대비책이었다. 이곳을 아는 사람은 많지 않으니……

그때 세라는 걸음을 멈추었다.

얼굴에 흉터가 난 남자가 세라를 기다리고 있었다.

그런데 이번에는 계단식 강의실 뒤에 몰래 숨은 것도 아니고 멀리서 지켜보는 것도 아니었다. 팔짱을 낀 채 세라의 피에스타 보닛

29초

에 등을 기대고 있었다. 또, 이번에는 다른 남자를 한 명 더 데려왔
는데, 더 어려 보였고 검은 머리를 포니테일로 묶었지만 멍한 시선
만큼은 흉터가 난 남자와 똑같았다. 두 남자 모두 무표정한 얼굴로
세라를 보고 있었다.

세라는 두 남자의 시선을 피하지 않았다. 목 뒤로 얼음같이 차가
운 감각을 느꼈다.

생각하자. 침착해.

세라 앞으로 보이는 공학관은 어둠에 싸여 있었다. 건물은 뒤로
길게 울타리가 설치되어 그 자체로 막다른 길이 되었다. 유일한 출
구는 왔던 길로 되돌아가는 것뿐이다. 세라는 살짝 고개를 돌려서
어깨 너머로 캠퍼스의 중심 도로를 돌아보았다. 학생 두어 명이 있
었지만, 30~40미터 정도 떨어진 반대편으로 가고 있었다. 이쪽으
로 오는 사람은 아무도 없었다. 저 학생들에게 도와달라고 소리치
면 들을 수 있을까? 아니다. 침착하자. 소리를 질러서는 안 된다.
아직은 안 된다. 저 깡패들한테 겁먹지 마.

세라는 아직 가방 속 차 열쇠를 쥐고 있다. 세라는 열쇠를 놓고
대신 휴대폰을 잡았다. **캠퍼스 보안팀? 아니면 경찰?** 캠퍼스 보안팀
은 대학 구석구석을 잘 알고 있어서 더 빨리 올 수 있을 것이다. 세
라는 누군가, 누구라도, 개입해줄 사람이 필요했다. **빨리.** 보안팀
사무실은 언덕 아래 걸어서 3분 거리에 있었고 세라의 휴대폰에는
24시간 관제실의 번호가 저장되어 있었다. 그쪽으로 가면서 전화
를 하면 보안팀을 만날 수 있을 것이다. 그 뒤, 추가로 경찰도 부를
수 있다.

세라는 서둘러 자리를 뜨려고 휴대폰을 귀에 대고 뒤로 돌았다.

눈앞에 맞닥뜨린 또 다른 남자. 건장한 체격에 가슴이 떡 벌어진 남자는 세라 뒤에서 조용히 있다가 이제는 그녀의 어깨에 커다란 손을 올렸고, 세라는 그 자리에서 얼어붙었다. 애프터셰이브 향이 날카롭고 톡 쏘는 듯했다. 남자는 다른 손으로 세라의 휴대폰을 거칠게 빼앗아 통화를 종료시키며 고개를 가로저었다. 공포와 분노가 함께 엄습했다. 세라는 다시 가방 안에 손을 넣어 작은 에어로졸을 감싸 쥐었다. 그러고는 손을 빼내어 남자의 얼굴에 곧장 빨간 염료를 분사했다.

남자가 움찔하여 세라는 알아들을 수 없는 말로 욕을 내뱉으며 한 발 물러섰지만, 세라를 잡고 있던 손은 놓지 않았다. 세라가 다시 한 번 남자의 얼굴에 스프레이를 뿌리자, 이번에는 남자가 휘청대며 완전히 뒤로 물러섰다. 세라는 달아나려고 몸을 틀었다.

그러나 너무 늦었다. 세라 뒤로 이미 무거운 발소리가 들려왔다.

얼굴에 흉터가 난 남자가 세라의 팔을 잡고 그녀를 거칠게 뒤로 끌어냈다. 그는 세라에게서 호신용 스프레이를 빼앗아 자신의 주머니에 넣었다.

이들이 아직 세라에게 단 한마디도 하지 않았다는 사실에 어쩐지 더 공포스러웠다. 그런데 이제 그가 입을 열었다. 억양이 강하게 묻어났다.

"이러면 안 되지."

세라가 비명을 지르기도 전에 포니테일 남자가 세라의 입을 틀어막았다. 마치 전기 충격을 가하기라도 한 듯, 순수한 공포가 세라의 몸을 타고 흘렀다.

흉터가 난 남자가 고개를 저었다.

"소리도 지르면 안 되고." 남자는 재킷을 열어서 허리춤에 찬 검은 권총을 보여주었다. "알아들었나?"

세라가 눈을 크게 뜨고 다급히 고개를 끄덕였다. 머릿속이 바쁘게 돌아갔다.

총이야. 저 남자에게 총이 있어. 도대체 무슨 일이 벌어지는 거지?

하지만 마음 깊은 곳에서는 이미 답을 알고 있었다. 일주일 전 자신이 차로 친 남자. 그 남자의 친구들이 세라를 찾아낸 것이다. 세라는 금방이라도 무너져 내릴 듯 다리에 힘이 풀렸다.

포니테일 남자가 세라를 검은 BMW 사륜구동차로 끌고 갔다. 창문에는 진하게 색이 들어가 있었다. 남자가 뒷좌석 문을 열었고 세라는 그에게서 빠져나오려 몸부림쳤다. 저들이 차에 태우지 못하게 할 것이다. 가능한 한 오래, 그래도 개방된 공간인 이곳에서 버티는 게 낫다고 본능이 말해주고 있었다. 하지만 시작도 전에 끝날, 상대가 되지 않는 싸움이었다. 남자는 금세 세라를 BMW 안으로 거칠게 밀어 넣고 문을 쾅 닫았다. 그는 운전석에 올라타서 시동을 걸었다.

"제발!" 세라가 숨을 헐떡였다. "제발요, 아이들을 데리러 가야 해요. 날 기다리고 있다고요."

세라 옆에는 흉터가 난 남자가 앉아 있었다. 남자는 세라의 가방에서 담담히 휴대폰을 꺼내어 건네며 한마디를 뱉었다.

"풀어."

세라가 떨리는 손으로 휴대폰을 건네받아 엄지손가락 지문으로 잠금을 해제했다. 남자는 빠르게 문자메시지 항목으로 가서 '아빠폰'을 선택하고는 화면을 스크롤해서 세라가 지난주에 보낸 메시지 중 하나를 선택했다. 이 남자는 자기가 뭘 찾아야 하는지 알고 있어.

세라가 생각했다. 남자는 선택한 메시지를 복사해서 새 창에 붙여 넣었다.

일이 늦게 끝날 것 같은데, 방과 후 클럽에서 애들 좀 데려와주실 수 있어요? 좀 이따 봬요. 고마워요. 세라가.

"이제 애들은 당신을 기다리지 않을 거요." 남자가 **전송** 버튼을 눌렀다.

바로 답장이 왔다.

알았다. 이따 보자꾸나. 아빠가.

흉터가 난 남자는 휴대폰 전원을 끄고 케이스를 열어 배터리를 분리하고는, 휴대폰과 케이스, 배터리를 모두 자신의 코트 주머니에 넣었다. 그런 다음 다른 쪽 주머니에서 실크 재질의 검은 복면을 꺼내어 재빨리 세라에게 씌웠다.

세라의 세상이 깜깜해졌다. 복면은 땀 냄새처럼 퀴퀴하고 시큼한 냄새를 풍겼다. 세라가 깊이 숨을 들이마시려 했지만 공기가 충분하지 않았다. 폐를 채울 만큼의 공기는 없었다. 갑자기 머리가 살짝 어지러웠고, 잠깐이지만 끔찍하게도 기절하거나 질식사하리라는 생각이 들었다. 차가 출발하면서 세라가 뒤로 휘청했다.

그녀의 귓가에, 사랑하는 사람의 속삭임처럼 가까이, 어떤 목소리가 들려왔다. "옆으로 누워."

세라는 시키는 대로 했고, 남자의 손이 세라의 어깨 위로 무겁게 올라왔다. 세라는 코로 숨을 들이마시고 입으로 내뱉으며 **천천히, 차분하게** 호흡을 고르려 했다. 이 복면을 마지막으로 썼던 사람은 어떻게 되었을지 문득 궁금했다.

BMW가 여러 번 방향을 바꾸며 흔들렸고 세라는 이들이 캠퍼스를 벗어나고 있음을 알았다. 복면 속 뜨거운 숨을 느끼며 세라는 여러 가능성을 떠올렸다. 여전히 공기는 부족했지만, 이렇게 누운 자세에서는 좌석에 댄 머리를 움직여서 목에 작은 공간을 만들어 공기가 더 들어오게 할 수 있었다. 온몸에 지독한 경련이 일어서 자신도 모르게 몸이 바들바들 떨렸다. 그녀의 팔에 올린 남자의 손에 약간 더 힘이 들어가며 세라를 제 위치로 고정시켰다.

생각하자. 지금 이 상황이 정말 세라가 그 남자를 차로 친 일 때문에 벌어진 것이라면, 이들은 세라에게 어떻게 갚아줄 작정인 걸까? 아버지는? 세라가 집에 오지 않아서 이상한 낌새를 채고 신고하기까지는 얼마나 걸릴 것인가? 또 다른 생각이 칼날처럼 가슴을 에었다. 저들이 그레이스와 해리도 데려간다면? 세라는 머릿속으로 조용히 기도했다. 제발 나로 끝나게 해주세요. 애들은 안 돼요. 제발 애들이 아빠와 안전하게 있도록 해주세요. 식탁에 빙 둘러앉은 그레이스와 해리와 아버지를 떠올리는 것만으로도 눈에 눈물이 그득 고였다. 세라는 마른침을 삼키며 울음을 꾹 참아냈다.

울 때가 아니야. 지금은 안 돼. 지금 우는 건 사치야. 얼른 생각을 해보자.

세라는 머릿속으로 수를 세며 차가 얼마나 빨리 가고 있는지 가늠하려 애썼다. 고속도로인가? 중앙 분리대가 있나? 아니다. 교통량도 많고, 여러 번 멈춰 섰다. 교통 신호와 급커브와 회전으로 볼 때, 이들은 도시를 벗어나는 게 아니라 도시 안으로 더 깊숙이 들어가고 있었다. 하지만 지나치게 오래 걸리는 것 같았다. 세라는 최선을 다해서 1에서 60까지 세고, 또 셌다. 너무 빠르지 않도록. 분을 세는 것이다. 수를 세는 행위를 통해 세라는 다른 가능성을 떨쳐내고 침착할 수 있었다. 1에서 60까지. 그리고 또 1에서 60까지.

그렇게 14분쯤, 그 정도 됐을 것이다.

차가 멈춰 섰다.

다시 세라의 팔에 손이 올라와서 옆으로 누운 세라를 그대로 끌어당겼고, 세라는 뒷좌석을 따라 쓸려 나와서 단단한 땅 위로 조심스레 발을 딛고 섰다. 이제 도로의 소음은 희미했다. 잠시 그렇게 서서 디젤과 비와 차가운 밤공기 냄새를 맡았다. 남자들이 낮은 목소리로 말하고 있었지만 복면에 묻혀서 잘 들리지는 않았다. 차 문이 쾅 닫혔다. 세라의 팔을 쥔 손의 악력도 살짝 약해졌다. 세라는 여전히 복면을 쓰고 있었지만, 두 손은 자유였다. 문득 복면을 벗어 던지고 무작정 달려서, 이 남자들 사이로 빠져나가 도망치고 싶은 충동이 일었다. 아침에 플랫슈즈를 선택하게 한 본능에 감사했다. 플랫슈즈라면 잘 달릴 수 있었다. 학창 시절에는 학교 대표로 뛰었고, 100미터든 200미터든 1,600미터 계주든, 꽤 잘했다. 지금도 해낼 수 있다. 마지막 기회이자 유일한 기회일지도 모른다. 본능적으로, 세라는 이 기회가 1, 2초밖에 주어지지 않을 것이고, 주저 없이 반응할 준비가 되어 있어야 한다는 것을 알았다.

더 많은 사람들의 목소리가 들려왔지만, 무슨 말인지 알아들을 수는 없었다. 시가 연기 냄새가 났다. BMW의 문이 **철컹**, 금속성 소리를 내며 닫혔다.

세라의 팔에 올린 손이 떼어졌다.

지금이야.

세라가 달렸다.

20

세라는 복면을 벗어 던졌고 자신을 향해 달려드는 한 남자를 재빨리 피했다. 남자의 손가락 끝이 세라의 재킷을 스쳤지만, 세라는 그를 지나쳐 이제 전력 질주를 하고 있었다. 뜰 양옆에서 비추는 높다란 투광 조명등에 눈을 가늘게 뜨고 보니, 앞에는 철조망이, 넓게 펼쳐진 콘크리트가, 창고와 그 뒤편으로는 거무스름한 건물들이 있었다. 세라 뒤로 남자들이 잔뜩 놀라서 소리치고 있었다. 더불어 들려오는 발소리. 저기다. 두 건물 사이로 빈 공간이 보였다. 세라는 그쪽으로 방향을 틀어서 있는 힘껏 달렸고 팔을 마구 휘저으며 차가운 밤공기를 폐 속 깊이 들이마셨다.

"도와줘요!" 세라가 소리쳤다. "살려주세요!"

세라는 허겁지겁 두 창고 사이 어두운 통로로 뛰어 들어갔고 그 끝에 무엇이 있는지 알아보려 애썼다. 건물이 몇 채 더 있었고 희미한 가로등 불빛이 보였다. 폐는 이미 타들어가고 있었다. 곧 저 거리로 달려가서 차를 한 대 잡아타고 아무 카페나 술집으로 가서, 누군가에게 경찰에 신고해달라고 부탁할 것이다. 여기 모퉁이만 돌면 그러면…….

억센 손 하나가 불쑥 나와서 강철 같은 악력으로 세라의 팔을 잡아챘다. 또 다른 남자, 세라가 처음 보는 남자였다. 공포로 온몸이 요동쳤다. 세라는 잡히지 않은 손으로 남자의 뺨을 후려쳤고 그 충격이 손에도 전해져 얼얼했다. 이어 정강이를 발로 걷어찬 다음, 있는 힘껏 그의 사타구니를 무릎으로 찍어냈다. 끙 하는 신음과 함께 세라를 잡은 손에 잠시 힘이 풀렸지만, 이내 남자는 세라의 몸을 홱 돌려서 한 손으로 그녀의 허리를 감싸 안았다. 다시 세라를 BMW로 데려가기 시작했다.

"도와주세요!" 세라가 한 번 더 소리쳤다.

남자는 다른 손으로 세라의 입을 막았다.

그렇게 차 앞에 다다르자 흉터가 난 남자와 그의 동료 두 명이 기다리고 있었다. 포니테일 남자는 몹시 화가 나 보였고 세라를 때리기라도 할 듯, 한 발 앞으로 나왔다. 남자의 손이 올라오자 세라는 움찔하며 뒤로 물러섰지만, 돌아온 것은 그저 또다시 검은 복면이었다. 남자가 세라의 머리에 복면을 씌우자 그녀의 세상은 다시 한 번 깜깜해졌다. 땅에 닿았던 부분이 축축했고, 퀴퀴하면서도 눅눅한 냄새가 코로 한가득 들어왔다.

남자 두 명이 러시아어로 말을 주고받는 것 같았고 뒤이어 웃음소리도 들렸다. 계속되는 러시아어. 근육에 닿은 묵직한 주먹과 새어 나온 숨, 젖은 콘크리트 바닥에 몸이 쓰러지는 소리. 신음과 기침 소리. 쓰러진 남자가 다시 일어나면서 바닥에 긁히는 소리. 요란하게 침 뱉는 소리와 또다시 이어지는 빠르고 거친 러시아어.

뒤이은 웃음소리는 세라의 귀에 너무도 잔인하게 들렸다. 불현듯 다음에는 어떤 일이 벌어질지 무서워졌다.

"뭔가요?" 세라는 목소리에서 두려움이 드러나지 않도록 애썼다. "무슨 일이죠?"

돌아온 답변이 귀 바로 옆에서 들려와 세라는 흠칫 놀라 뒤로 물러났다. 러시아 억양이 강하게 담긴 느리고 깊은 목소리였다. 캠퍼스에서 세라에게 목소리를 들려줬던, 흉터가 난 남자였다.

"내가 말했지. 미하일은 키보드 앞보다 체육관에서 시간을 더 보내야 한다고."

웃음소리가 더 이어졌다. 포니테일이 방금 맞은 사람이고 이름은 미하일인 것 같았는데, 그는 숨을 헐떡이며 빠르게 러시아어로 무언가 말하고 있었다.

세라의 팔을 붙든 손이 세라를 반쯤은 안내하고 반쯤은 끌고 가는 듯 어딘가로 데려갔다. 세라는 계단을 오르다가 발을 헛디뎠고 몸이 앞으로 쏟아지며 본능적으로 두 손을 뻗었지만, 그녀를 잡은 손 덕분에 넘어지지 않았다. 쾅 닫히는 문소리. 메아리치는 발소리. 이제 내부로 들어온 것이다. 세라는 복면 아래의 공간으로 거친 콘크리트 바닥과 자신의 발 옆 또 다른 발 한 쌍을 보았다. 출입구도 하나 더 보였고, 커다란 걸쇠가 채워지며 쾅 하는 무거운 금속성 소리가 났다. 발밑으로는 두꺼운 양탄자가 깔려 있었다.

누군가 세라를 등받이가 딱딱한 나무 의자에 눌러 앉혔다.

어떡해. 이제 어쩌려는 거지.

복면이 확 벗겨졌지만, 세라는 혹시나 도발하는 행위가 될까 봐 움직이거나 돌아보고 싶지 않았다. 가만히 눈만 깜빡일 뿐이었다.

부드럽게 철컥, 세라 뒤로 문이 닫혔다.

눈이 서서히 새로운 환경에 적응하면서, 세라는 자신이 지금 창문 없는 큰 사무실에 있다는 것을 알 수 있었다. 커다란 책상과 가죽 의자가 눈에 들어왔다. 건너편은 깊게 그늘져 어두웠지만, 모서리마다 달린 환한 조명이 세라를 향하고 있어서 마치 자신이 곧 심문받을 사람처럼 느껴졌다. 책상 뒤로는 커다란 문이 닫혀 있었다.

세라는 깊이 숨을 들이마셨다. 복면을 벗으니 살 것 같았다. 시가 연기와 애프터셰이브와 오래된 가죽 냄새가 났다. 그렇게 가만히 기다렸고 1분이 지났다. 손바닥에 땀이 고였지만 평정을 유지하려 애썼다. **제발 아이들만은 무사하게 해주세요.** 2분이 지났다. **나를 해치는 게 목적이라면, 한참 전에 그렇게 하지 않았을까?** 자리에서 일어나 자신을 여기로 데려온 사람을 찾을까 고민하는 사이, 세라 앞에 보이는 문이 열렸다.

키 큰 남자가 들어왔다. 검정 슈트에 목을 풀어 헤친 흰색 셔츠 차림이었다. 세라는 빛 사이로 눈을 가늘게 뜨면서 남자를 좀 더 자세히 보려 애썼다. 남자는 50대 중반으로 보였고, 짧게 자른 검은 머리와 깔끔히 다듬은 검은 턱수염이 눈에 들어왔다. 남자는 책상 뒤 가죽 의자에 앉아 몸을 기댔고 무릎 위로 깍지를 꼈다. 그는 검은 눈동자로 얼마간 세라를 찬찬히 살피는 듯했다.

세라도 남자를 바라보았지만, 눈은 빠르게 깜빡였고 심장은 요동쳤다. 무슨 일이 벌어지든, 너무 고통스럽지 않기만을 기도했다.

그냥 빨리 끝내줘.

마침내 남자가 입을 떼었다.

"세라, 내가 누군지 아십니까?" 억양이 강한 그의 목소리는 깊고 부드러웠다.

세라가 빠르게 고개를 저었다.

"아니요."

"볼코프라고 부르시면 됩니다. 어떤 사람들이 날 부를 때 쓰는 이름이죠. 여기 오게 된 이유는 알고 계십니까?"

"아니요."

"보여드리겠습니다."

남자가 자리에서 일어나 몇 분 전에 자신이 들어왔던 문으로 갔다. 문을 열고 누군가에게 들어오라고 손짓하며 러시아어로 무언가를 말했다. 그가 다시 한 번 손짓하자 한 여자아이가 쭈뼛거리며 나타나 눈을 동그랗게 뜨고 문틀 주변을 살폈다. 아이는 작았고, 그레이스 또래에, 검은 머리는 양 갈래로 땋아내린 채였다.

세라는 본능적으로 아이를 알아보았다. 웰링턴가의 그 아이였다.

21

볼코프는 아이에게 다시 한 번 손짓하며 러시아어로 빠르게 무어라 말했다. 그는 다시 세라에게 몸을 돌렸고, 한층 부드러워진 얼굴이었다.

"이 아이를 알아보시겠습니까?"

세라는 고개를 끄덕이며 아이가 있는 쪽으로 몸을 기울였다.

"안녕, 얘야. 너 괜찮은 거니?"

아이는 수줍은 미소를 지어 보이며 살짝 고개를 끄덕였지만 말을 하지는 않았다.

"아이가 안전하다니, 천만다행이에요. 걱정을 많이 했거든요."

"이 아이를 본 적이 있다, 맞습니까?"

"네, 봤어요, 지난주에. 어떤 남자들이……." 세라가 말끝을 흐렸다. 볼코프를 봤다가, 아이를 보고, 다시 볼코프를 보았다. "아이의 아빠 되시나요?"

"제법이시네." 볼코프가 커다란 손을 아이의 어깨에 얹었다. "알렉산드라, 헤이우드 박사님께 할 말이 있지 않니?"

"감사합니다." 아이는 책상에서 눈을 떼지 않고 더듬더듬 말했다. "나쁜 아저씨를 막아줘서요."

"천만에, 알렉산드라. 네가 무사해서 다행이야."

볼코프가 다시 아이에게 러시아어로 말을 했고 아이는 옆방으로 돌아갔다. 문이 닫히고 또다시 볼코프와 세라, 둘만 남았다. 세라는 밀려오는 안도감에 가슴이 벅찰 지경이었다. 캠퍼스에서 끌려온 후 처음으로, 여기 이 남자들이 자신을 해치지 않을지도 모른다는 생각이 들었기 때문이다.

볼코프가 세라 쪽으로 손을 움직이자 손목 위, 알이 크고 무거워 보이는 시계에 박힌 보석들이 조명을 받아 반짝거렸다.

"불쾌했다면 미안합니다."

"괜찮아요."

"곧 다시 학교로 모셔다드리겠습니다. 그 전에, 왜 여기에 오신 건지 알려드리지요. 들어주시겠습니까?"

세라가 고개를 끄덕였다.

"좋습니다." 볼코프는 책상 서랍에서 술병 하나와 작은 잔 두 개를 꺼냈고, 잔을 모두 채운 후 하나를 세라 앞에 놓았다.

"마셔요."

세라가 홀짝 한 모금을 겨우 마시자 보드카가 목구멍을 태우는 듯했다.

볼코프는 잔을 들어 건배 표시를 한 후 단숨에 반을 마시고 의자에 등을 기댔다.

"나한테 아들이 하나 있었어요. 알렉산드라의 오빠였지."그의 얼굴이 어두워졌다. "4년 전, 모스크바에서 아이가 사라졌습니다. 유괴였어요. 내가 지금 여기, 이렇게 영국에 있는 이유 중 하나라고 할 수 있겠지요."

세라는 볼코프가 과거 시제를 쓰고 있다는 사실에 주목하며 이어질 말을 기다렸다. 하지만 그는 침묵을 지켰고 결국 세라가 참지 못했다.

"유감이에요."세라가 말했다. "아드님한테 무슨 일이 있었던 거죠?"

"날 협박해서 내 생각을 바꿀 수 있다고 생각한 놈들이 있었어요. 내 아들, 내 첫째 아이를 위협하면 내가 자기들 뜻에 따를 거라 생각한 거지. 난 밤낮으로 아이를 찾아다녔습니다. 도시의 반을 뒤지며 적들의 고혈을 짜냈지요. 하지만 난 너무 자신만만해서 놈들과 협상은 하지 않았어요. 너무 자신만만해서 아이의 목숨과 맞바꿀 거래 따위는 하지 않은 거요."볼코프가 잠시 침묵을 지켰다. "어느 날, 놈들이 손가락 하나를 보내왔습니다. 난 계속해서 아이를 찾아다녔어요. 다음 날엔 또 다른 손가락이 왔어요. 그래도 난 놈들에게 굽히지 않았죠. 그다음 날, 놈들은 아이의 손을 보냈습니다. 아이를 묻던 날, 우리가 관에 담을 수 있는 건 그게 다였지요. 난 다시는 아이를 보지 못했습니다."

"유감이에요. 어쩜 좋아요……."

볼코프가 책상 위 사진을 만지작거렸다.

"그 뒤 얼마 되지 않아 내 아내, 카테리나도 세상을 떠났어요. 아

내는…… 아내는 우리 아이를 잃었다는 사실을 감당할 수 없었던
거요. 카잔스키 역에서 달려오는 급행열차에 뛰어들었지." 볼코프
가 세라를 가리켰다. "당신은 내 아내와 닮았어요. 아주 많이."

세라는 낯선 사람이 털어놓는 개인사에 어떻게 반응해야 할지 몰
라서 아무 말도 하지 않았다.

"하지만 놈들의 피는 내 손에 묻혔습니다." 볼코프가 말을 이었
다. "내 손엔 항상 놈들의 피가 묻어 있을 거요. 내가 죽는 날까지."

"아드님 이름은 뭐였나요?"

"콘스탄틴. 여덟 살이었지."

세라는 그런 끔찍한 상황에서 아이를 잃은 트라우마가 어떤 건지
상상해보려 했다. 모든 부모의 지평선에 걸려 있는 검은 구름을.

"제 딸도 다음 달이면 여덟 살이 돼요." 세라가 조심스럽게 대꾸
했다.

"그러니 세라, 꼭 아셔야 할 사실은, 당신이 내 딸을 구하면서 내
미래도 구했다는 겁니다. 내 가족의 마지막 한 조각을 구한 거요."

"전 그저 너무 화가 났을 뿐이에요. 그게 다예요."

"그자들이 당신의 목숨을 빼앗았을 수도……." 볼코프가 손가락
을 까딱거렸다. "그때처럼 말입니다. 당신이 얼마나 아슬아슬했는
지 상상도 못할 겁니다. 다른 사람들이 비겁함을 택했을 때 당신은
용기 있게 행동했어요. 그렇게 내게 대가 없이 선물을 준 겁니다."
그는 책상 위 상자의 뚜껑을 열어서 긴 시가를 하나 꺼냈다. "세라,
난 감사하게도 일적인 삶에서는 큰 성공을 거뒀습니다. 덕분에 많
은 부동산에, 전용기에, 백번 다시 태어나서 써도 남을 만큼의 돈이
있지요. 하지만 이 모든 게 무의미하고 부질없어요. 내가 죽은 뒤

물려줄 사람이 없다면 말입니다."

"자식을 말씀하시는 거군요."

볼코프가 커터로 시가 끝을 잘라 톡 떨어뜨렸다.

"그렇습니다. 그래서 내게서 딸을 데려가려는 자는 내 모든 걸 위협하는 셈이지요. 내 세상 전부를 위협하는 겁니다." 그는 시가에 불을 붙여서 세게 빨아들였다. 연기가 구름처럼 천장으로 피어올랐다. "당신이 알렉산드라를 구해준 건, 내게 너무…… 너무나 엄청나서 가늠할 수조차 없는 큰 선물을 준 겁니다. 그리고 난 살면서 단 하루도 빚을 져본 일이 없어요. 그 누구에게 그 어떤 것도 빚진 적이 없죠. 지금까지는. 러시아에서는 빚을 아름다운 거라고 합니다. 단, 그 빚을 갚은 뒤에만 해당되는 말이지요."

"당신이 제게 빚진 건 아무것도 없어요."

볼코프가 체리 빛으로 붉게 타들어가는 시가 끝을 응시했다.

"세라, 진정한 선행이란 무엇인지 아십니까?"

"호의를 베푸는 거요." 세라가 어깨를 으쓱해 보였다. "누군가를 도와주는 거죠."

그는 단호히 고개를 저었다.

"아닙니다. 진정한 선행이란 조금의 사심도 없는 행위지요. 보상을 바라지도 기대하지도 않는 겁니다. 그 특성상, 진정한 선행에는 사실 보답이란 걸 할 수 없습니다." 볼코프는 엄지와 검지 사이 시가를 말아 쥔 손으로 세라를 가리켰다. "그래도 난 해보려 합니다. 지금껏 살아오면서 악에 반격하는 것만으로는 위대한 사람이, 지도자가 될 수 없다는 걸 배웠거든요. 보통 사람을 넘어서려면 충성과 용기, 지성에도 보답해야 하지요. 이를 테면, 내 동료 미하일처럼 말입니다. 당신도 오늘 저녁에 이미 만났을 거요. 미하일이 열다섯 때, 그는 내 회사의 컴퓨터 네트워크를 해킹해서 바이러스를 심고 엉망으로 만들었죠. 뭔가를 캐내려는 게 아니라 그저 재미로. 물론 우린 미하일을 잡아냈고 벌도 줬지요. 하지만 난 컴퓨터를 다루는 데 있어서 미하일의 천재성을 보았고 우리와 함께 일하자고 제안했어요. 또다시 이런 공격이 없도록 막아달라고 말이지요. 그렇게 미하일은 지금껏 충성을 보이고 있습니다."

"저는 원하는 게 없어요. 따님이 안전하다면 그걸로 됐어요."

"세라, 아직 이해를 못한 것 같은데, 난 당신에게 빚을 졌습니다. 모든 선행은 보상받아야 마땅해요. 또, 보상은 선행에 필적하는 것이어야 합니다. 그래서 내가 당신에게 아주 특별한, 어디에도 없는 선물을 주려 합니다." 볼코프가 시가를 깊이 빨아들였고, 연기가 콧구멍으로 돌돌 말려 나왔다. "내 고향, 러시아에서 나는 발셰브니크라고도 불렸어요. 이게 무슨 뜻인지 아십니까?"

"죄송하지만 제 러시아어는 기초 수준이어서요."

"'마술사'라는 뜻입니다. 난 돈이든, 증거든, 문제든, 뭔가를 사라지게 할 수 있거든." 볼코프가 말을 잠시 멈췄고, 검은 눈으로 세라를 뚫어지게 보았다. "가끔은 사람도."

"그, 그래서요?" 세라가 어물거렸다.

"모스크바에서 내 아들을 데려갔던 놈들 말입니다. 그놈들을 사라지게 만들었지요. 한 명도 빠짐없이. 지난주 알렉산드라를 데려가려 했던 남자들은 세력을 확장하고 싶어 하는 알바니아 갱단의 조직원입니다. 이들도 곧 사라지게 될 거예요. 자, 이게 내 제안입니다."

볼코프는 시가를 재떨이에 넣고 몸을 앞으로 숙여서 책상 위로 깍지를 꼈다.

"내게 이름 하나를 주십시오. 한 사람의 이름을. 내가 그 사람을 사라지게 해주지. 당신을 위해서."

22

세라는 볼코프를 빤히 쳐다보았다. 이건 무슨 장난인가? 아니면 농담인가?

침을 꿀꺽 삼켰다. "사라진다고요?"

"그렇습니다. 다시는 돌아오지 않고, 당신과의 연결 고리도 없습니다. 절대 아무도 모르게." 볼코프는 손으로 무언가를 베는 동작을 취했다. "일이 벌어지면, 그걸로 끝이지요."

"사라진다는 게, 정확히 무슨……?"

볼코프는 눈을 깜빡이지 않고 세라를 응시했다.

"없어지는 거, 증발하는 거죠. 마치 존재한 적도 없는 것처럼 지구상에서 완전히 모습을 감추는 겁니다. 그렇게 되면 당신과 나는 계산이 끝난 거요. 당신의 행동은 보상받고 내 빚은 청산되는 거예요."

세 가지 조건이 있다고, 볼코프가 말했다. 세라는 72시간 안에 이름 하나를 말해야 한다. 거절하면 제안은 사라질 것이다. 영원히. 받아들이면 다시는 되돌릴 수 없다. 선택을 번복할 수도 없다.

세라는 잠시 그대로 앉아서 볼코프의 말을 이해하려 애썼다.

"지금 말씀하시는 게…… 그러니까 그건…… 불법 아닌가요?"

"합법이냐, 불법이냐, 그건 누가 결정하는 거죠? 누가 그렇게 만드는 거죠? 난 지금 법을 말하는 게 아니에요. 정의를 말하는 겁니다. 당신을 위한 정의, 당신의 가족을, 당신이 사랑하는 사람을 위한 정의 말입니다. 나는 내 빚을 갚을 생각입니다. 남자에게 명예가 없다면, 아무것도 없는 거니까."

"그래도 사람을 그냥 임의로 사라지게 할 수는 없는 거잖아요. 그건…… 이건…… 그냥 그러면 안 되는……."

"당신 세계에서는 그럴지도 모르죠. 하지만 내 세계에서는?" 볼코프는 어깨를 으쓱해 보였다. "사람들은 항상 사라집니다. 대부분은 몇 단락 이상의 가치도 없죠. 젊고 예쁜 여자나 어린아이, 유명인이 아닌 이상 말입니다. 혹시 지금, 당신 인생에서 사라져야 마땅한 사람은 없다는 말을 하는 겁니까? 당신을 모욕한 사람이 아무도 없다는 거요? 이를테면, 당신의 충실하지 못한 남편이라든가?"

"없어요! 없다고요."

"브리스틀에 있는, 남편의 어린 여자친구는?"

세라가 멈칫하자, 볼코프는 씩 웃었다.

"아하! 그것 봐요. 지금 고민하고 있잖아. 좋습니다. 자, 남편의 여자친구로 할까요?"

"아니에요. 그 여자는 아니에요."

"멈칫했잖습니까."

"그런데 어떻게 그걸 다 알고 계시죠?"

"우리는 당신의 모든 것을 알고 있습니다. 내 가족을 구해준 용감한 여자에 대해 가능한 한 모든 것을 알고 싶었죠."

"지금 하시는 말씀을 믿을 수가 없을 뿐이에요. 이해가 잘 안 돼요."

남자는 미소를 걷어내고 몸을 앞으로 숙였다.

"이름 하나만 달라니까. 믿게 해주죠."

기억 하나가 세라 마음의 표면 위로 떠올랐다.

"따님을 노렸던 남자들 말이에요. 그중 한 명이 내 사진을, 내 번호판을 찍어갔어요. 그 사람들이 날 찾아낼까 봐, 나와 가족을 쫓을까 봐 걱정돼요."

볼코프는 별일 아니라는 듯 손을 내저었다. 시가에서 연기 구름이 피어올랐다.

"놈들은 걱정 마세요. 아마추어들이죠. 우리가 벌써 손쓰고 있습니다. 난 지금 세라 당신에게, 당신 인생에 존재하는 이름을 묻고 있는 겁니다."

세라는 본능과 싸웠다. 이건 옳지 않아. 옳을 리가 없잖아.

하지만 안 될 건 또 뭐가 있지? 여기 가장 벌을 받아 마땅한 희생양이 심판을 받도록 하면 안 되는 건가?

세라는 고개를 들어 볼코프와 다시 눈을 맞추었다.

"저는…… 저는 알려드릴 이름이 없어요. 아무도 없습니다."

"말도 안 돼. 누구나 벌을 내리고 싶은 사람이 한 명쯤은 있게 마련입니다. 이 세상에서 그저 아주 조금의 정의라도 더 맛보길 원하는 거죠."

"전 예외인가 보네요."

"볼코프는 세라를 조금 더 오랫동안 찬찬히 살폈다.

"확실합니까?"

세라는 똑같은 직선도로를 천 킬로미터 달려와서 다음 천 킬로미터도 직선도로일 거라고 기대하다가 갑작스레 갈림길을 맞닥뜨린 여행객이 된 기분이었다. 결코 예상하지 못한 선택. 이 남자의 말이 진심이긴 한 걸까?

"네. 확실해요"

"누구에게나 말하고 싶은 이름이 하나쯤은 있습니다. 단 한 명도 예외 없이 말입니다. 스스로 인정하든 아니든."

"아무도 없어요."

"다시 한 번 신중하게 생각해보는 게 좋을 겁니다." 볼코프가 책상 밑 버튼을 누르자 잠시 후 얼굴에 흉터가 난 남자가 들어왔다. 남자는 세라에게 휴대폰 두 대를 건넸다. 하나는 세라의 휴대폰이었고 다른 하나는 처음 보는 것이었다. 몇 년 만에 보는 폴더형 알카텔 휴대폰이었다.

볼코프가 알카텔 휴대폰을 가리켰다.

"그건 일회용 전화기예요. 그냥 쓰고 버리는 거. 번호 하나가 저장되어 있을 텐데, 우리 쪽 사람과 연결될 겁니다. 혹시 생각이 바뀌면 72시간 안에 이름 하나를 알려주면 됩니다."

세라가 휴대폰 두 대를 주머니에 넣었다.

"감사해요."

"하나만 부탁하겠습니다." 볼코프가 몸을 앞으로 숙였고 이제 그의 얼굴은 세라의 얼굴과는 불과 몇 센티미터 떨어진 거리에 있었다. 오래된 시가 연기로 그의 숨에서는 유황 냄새가 났다. "내 비밀을 지켜주는 존중을 보여주시기 바랍니다. 그 누구에게도 우리가 만났다거나, 내가 어떤 제안을 했다거나, 하는 말을 해서는 안 됩니다. 아시겠습니까?"

"물론이죠."

"믿어도 되겠습니까?"

"네."

"좋습니다. 그럼 내가 지금 얼마나 진지한지만 분명히 해두겠습니다."

흉터가 난 남자가 세라 앞 책상에 광택이 나는 8×10 크기의 사진 넉 장을 나열했다.

한 장은 세라의 집, 다른 한 장은 세라 아버지의 집, 나머지 두 장은 아이들로 가득한 운동장을 찍은 것이었다. 빨간색 스웨터를 입은 자그마한 아이들이 뛰고, 놀고, 떠들고 있었다. 해리의 유치원이었다. 또 다른 운동장 사진에서는, 좀 더 큰 아이들 한가운데에 그레이스가 있었다.

찬찬히 사진을 들여다보던 세라는 속이 죄어드는 느낌이 들었다.

"이걸 어떻게……."

"조사했지요."

"저를 감시한 건가요?"

"말했다시피 난 내 아이를 구해준 은인에 대해 알고 싶었을 뿐입니다."

두려움에 세라의 속이 더 바싹 죄어들었다.

"그냥 저한테 물어보셔도 됐잖아요."

"그럼 말해줬을까요?"

"원하신다면 지금 말해드리죠. 많지도 않아요." 세라가 잠시 멈추고는 침을 삼켰다. "대신, 이 사진들은 저한테 주셔야 해요."

볼코프가 미소를 지으며 고개를 저었다.

"그건 안 될 것 같습니다. 난 우리가 나눈 대화가 밖으로 새어 나가지 않으리라는 보장이 필요해요. 우리가 만난 사실을 경찰이나 다른 누가 알게 된다면 나는 손을 쓸 수밖에 없고, 그렇게 되면 다음에 사라질 사람이 누가 될지는 장담 못합니다. 닉에게도, 당신의 친구 로라 빌링즐리나 마리 레드펀에게도, 당신 아버지 로저에게도 말해서는 안 됩니다. 아무에게도 말하지 마십시오."

이름을 다 알고 있어. 세라가 생각했다.

세라의 마음을 읽기라도 한 듯 볼코프가 말을 이었다. "아무렴, 난 이 사람들이 누구인지도 어디에 사는지도 알고 있습니다. 당신이 사는 곳과 당신의 귀여운 아이들이 다니는 학교도 알고 있지요. 하지만 이건 단지 보험일 뿐이라는 걸 알아줬으면 합니다. 나 같은 사람은 항상 조심해야 하거든요. 선택지가 있어야 해요. 나야말로 이 사진을 모조리 태워버리고 사람들 이름도 다 잊고 싶은 사람입니다. 또, 그렇게 할 테고요. 내가 당신에게 진 빚을 다 갚은 후에 말이죠. 하지만 아직은 아닙니다. 지금은 내 금고에 두어야 해요. 보험으로. 아시겠습니까?"

세라는 잠시 생각에 빠져서 이 남자에게 거짓말했을 때의 위험을 예상해보았다.

"알겠어요. 이해합니다."

"좋습니다. 이제 당신 차가 있는 곳으로 모셔다드리겠습니다. 당신은 집까지 운전해 가서, 아이들에게 입을 맞추고 잘 자라는 인사를 할 겁니다. 우리가 서로를 다시 볼 일은 없을 거예요. 우리의 대화도 여기서 끝입니다."

볼코프는 자리에서 일어나 손을 내밀었다.

"안녕히 가세요, 헤이우드 박사님."

세라도 자리에서 일어나 그와 악수를 나눴다. 강하고 푸석한 손이었다.

2부

23

세라는 집 앞 차 안에 그대로 앉아 있었다. 한 시간 사이에 벌어진 일들이 계속해서 머릿속을 맴돌았다. 그 말이 머릿속을 온통 헤집어놓아서 다른 생각은 끼어들 자리가 없었다.

내게 이름 하나를 주십시오. 한 사람의 이름을. 내가 그 사람을 사라지게 해주지.

먼 외국으로 여행이라도 다녀온 듯, 세라는 극심한 피로감을 느꼈다. 한 달 내내 깨지 않고 잘 수도 있을 것 같았다. 이윽고 차에서 내려 지친 몸을 이끌며 집 안으로 들어갔다.

아버지는 주방 한구석에서 대걸레질을 하고 있었다. 큰 키에, 등은 꼿꼿했고, 하얗게 센 곱슬머리가 아직 풍성했다. 8년 전쯤 홀아비가 되고부터 세라의 집에 주기적으로 드나들고 있었다. 60대 중반의 나이에도 아직 몸이 탄탄하고 늘씬한 아버지는 딸을 보자 얼굴에 잔주름이 잡히며 미소를 지었다. 세라는 아버지의 볼에 입을 맞추고 그레이스를 안아준 다음, 그레이스가 학교에서 썼다는 이야기에 감탄을 해주었다. 이어 해리를 제대로 껴안아주려고 무릎에 앉혔고, 해리는 할아버지가 사탕 가게에서 사줬다는 축구 카드를 엄마에게 하나씩 보여주며 재잘댔다.

집. 익숙함. 안전함.

모두 그대로였다. 하지만 마치 반투명 판유리를 사이에 두고 자신의 삶을 응시하는 것처럼, 살짝 각도가 틀어진 듯 미묘하게 다르기도 했다. 세라는 어둠 속 그 사람들을 보고 왔고 이제 그들이 거기 있음을 안다.

7시가 되자, 아버지와 세라는 아이들을 위층으로 데려가 양치를 시키고 잠옷으로 갈아입히고 책을 읽어주었다. 언제나 해리에게 책을 읽어주는 일이 가장 먼저 끝났다. 해리는 가장 먼저 잠에 들고 아침이면 가장 먼저 일어나는 아이니까. 그렇게 세라는 금세 다시 작은 주방으로 돌아와서 식탁에 앉았다. 가방에서 DC 핸스워스의 명함을 꺼내어 가만히 바라보았다. 번호는 두 개, 휴대전화와 일반전화였다. 그에게 전화를 걸어야 한다. 조금 전에 있었던 일을 신고해야 한다. 세라는 집 전화기의 본체에서 수화기를 빼내어 다른 손으로 바꿔 들었다.

아무에게도 말하지 마십시오.

지시 사항은 분명했다. 하지만 세라는 오늘 저녁에 있었던 일을 누구에게라도 말하지 않으면, 자신이 어떤 선을 넘고야 마는 것처럼 느껴졌다. 이미 내려놓고 싶어도 내려놓을 수 없는 무거운 짐처럼 느껴졌다. 그래도, 아직은 아니다. 어쩌면 평생 아닐 수도.

계단을 내려오는 발소리. 세라는 명함을 다시 가방에 넣었다.

아버지가 주방 입구에 나타났다. 문틀에 기대어 손은 주머니에 찔러 넣은 채였다.

"그레이스 공주님도 주무신다."

"엄마 뽀뽀를 찾지는 않았고요?"

"찾을 생각도 들기 전에 잠든 것 같다."

"해리는 몇 분 겨우 버티다가 곯아떨어졌어요. 그런데 아빠, 아까 걸레질은 왜 하신 거예요? 그러실 필요 없는데."

"존시가 다람쥐를 물고 왔지 뭐냐."

"살아 있는 걸요? 아니면 죽은 걸?"

"처음엔 살아 있었던 거 같은데, 존시가 그 불쌍한 녀석을 가지고 부엌 바닥을 엉망으로 만들어놓은 거야."

"으악, 애들도 봤어요?"

아버지는 이를 악물고 고개를 끄덕였다.

"그레이스가 좀 속상했나 봐. 녀석에게 제대로 된 장례를 치러주고 싶어 했지. 꽃이며 묘비며 다 해서."

세라가 웃었다. "애쓰셨어요, 아빠." 세라의 붉은 털 고양이는 라디에이터 옆 상자 위에 앉아 있었다. "존시, 이 못된 녀석. 다람쥐가 불쌍하지도 않니?"

존시가 눈을 천천히 끔벅이더니 갸르릉 소리를 냈다.

아버지는 의자 하나를 빼 와서 세라 옆에 앉았다.

"세라, 무슨 일인지 아빠한테 말해줄 테냐?"

"무슨 말씀이세요?"

"오늘 무슨 일이 있었던 거냐? 너 꼭 지옥에서 돌아온 사람처럼 보인다."

세라가 재빨리 머리를 굴렸다.

"아까 차가 너무 막혀서 꼼짝도 못하는데, 휴대폰 배터리는 다 돼가고. 그래서 완전히 나가버리기 전에 아빠한테 문자라도 보내야지, 했던 거예요. 도와줘서 고마워요."

아버지는 눈썹을 추켜세웠다. 세라는 자신의 거짓말에 아버지가 화를 낼 거라 생각했지만, 아버지는 그러지 않기로 한 것 같았다.

"네 어깨에 온 세상을 다 짊어지고 있는 것처럼 보여."

"그냥 학교가 바빠서 그래요. 일이 너무 많아."

아버지는 얼마간 세라의 얼굴을 유심히 살피다가 주방 한 편에 놓인 주전자 쪽으로 갔다.

"차 한잔하련?"

"지금 마시면 밤새워야 할 거예요."

"그럼 딱 위스키 한 잔씩만 하고 아빠는 갈게. 어떠냐? 너희 집 술이 다 떨어져가기에 내가 싱글몰트로 한 병 새로 사뒀지." 아버지가 찬장을 열고 뒤쪽에서 글렌모렌지 병과 잔 두 개를 꺼냈다.

세라는 됐다고 말하려던 참이었다. 보통 때라면 다음 날 출근해야 하는 주중에는 절대 위스키를 마시지 않으니까. 하지만 오늘은 보통 때가 아니었다.

"그래요, 그럼."

아버지는 잔에 위스키를 넉넉히 붓고 물도 같은 양을 넣은 후 식탁에 내려놓았다.

"자. 나도 끼워줄 테냐?"

"네? 뭘요?"

"난 그저 우리 막내딸한테 무슨 일이 있는지 알고 싶을 뿐이다."

아버지와 제대로 된 대화를 나누는 것은 아직도 꽤 새로운 현상이었다. 세라와 언니들이 자라면서 진짜 마음을 터놓고 하는 대화는 대부분 엄마와 함께였다. 친구, 다툼, 학교, 남자친구, 이별, 시험과 불안감을 주제로 길게 토론하는 것은 언제나 엄마의 영역이었다. 티슈를 건네주고 안아주며 곁들이는 차분한 충고는, 꼭 세 자매가 듣고 싶은 말은 아니었을지언정 들을 필요가 있는 말이었다. 아버지도 같이 있긴 했지만, 대개는 옆방에서, 10대 소녀 세 명의 집에서 휘몰아치는 감정의 소용돌이에서 한 걸음 물러나 있었다. 소용돌이가 한바탕 휩쓸고 지나간 후에야 그는 아내에게 이야기를 전해 들을 수 있었고, 자신이 개입해야 할 상황이라고 판단될 때만 관여했다. 열여섯 세라의 반항기 때처럼. 아버지는 아내가 죽고 난 뒤 8년간 그 간극을 메우려, 아내의 죽음이 남긴 빈자리를 채우려 애써왔다. 알고 보니 아버지는 이야기를 잘 들어주는 사람이었다.

세라는 자신의 잔을 들고 한 모금을 마시며 머릿속으로 생각을 정리하려, 금지된 것들 중에서 아버지에게 말해도 될 만한 것들을 끌어내려 애썼다.

"아빠, 학교 일이 잘 안 풀리네요. 기대한 대로 되지 않아요."

"내가 뭐라도 도울 수 있는 방법이 있다면 좋겠구나, 세라." 아버지가 손바닥으로 턱을 받쳤다. "닉이 전화했니? 그래서…… 무슨 말이라도 한 거냐?"

"아니에요. 닉에게서는 아직 연락 없어요."

"다른 신경 쓰이는 일은 없는 거고?"

아무에게도 말하지 마십시오.

"없어요."

"정말이니?"

"정말이에요."

***

이후 혼자 주방을 정리하면서, 세라는 자신이 볼코프의 진짜 이름도 모른다는 사실을 깨달았다. 딸의 성도, 그의 사람들 중 누구의 성도 모르고 있었다. 그들이 세라를 데려갔던 곳도 몰랐다. 아버지에게든, 경찰에게든, 정확히 무엇을 말할 수 있단 말인가? 세라의 집과 아버지의 집, 아이들의 학교 사진이 암시하던 가족에 대한 위협은 실재하는 것이었다. 하지만 어떤 의미 있는 정보를 경찰에게 줄 수 있단 말인가? 가족이 더 위험해지지 않고 안전할 수 있도록 경찰에 알릴 수 있는 것은 무엇이란 말인가? 볼코프는 자신이 부자이고 어떤 사업가 부류라고 했으며, 여덟아홉 살 정도인 딸이 하나 있다. 하지만 그게 다였다.

그날 밤, 세라는 침대에 홀로 누워 머리맡 탁자 위 시계의 초침 소리를 들으며 머릿속으로 상황을 이리저리 곱씹었다. 잠은 오지 않았다.

닉이 여기 있어서 그에게 말할 수 있기를, 너무도 간절히 바랐다. 짐을 나눠 질 수 있는 사람이 있어서 이 비밀로 지독히 외롭지 않아도 되기를. 닉이라면 모든 걸 털어놓았을까? 아마도 그랬을 것이다. 그런데 닉은 비밀을 지킬 만한 사람인가? 그건 확신하지 못했다. 결혼 서약은 확실히 지키지 못했으니까.

눈물이 왈칵 쏟아져 이불로 훔쳐냈다.

현명한 처신은 그저 아무 일도 없던 것처럼 있는 것일 거다. 그 일을 묻어버리고 누구에게도 말하지 않는 것. 가족에 대한, 특히 아이들에 대한 위협은 너무도 컸다. 볼코프를 잘 알지는 못하지만, 그가 아주 위험한 사람이라는 것만은 분명해 보였다. 다 잊고 자신의 삶을 사는 게 상책이었다.

볼코프가 했던 제안 따위 잊는 것.

내게 이름 하나를 주십시오.

그러나 잊을 수 없었다. 그럴 수 없었다.

볼코프가 제안을 하자마자, 말이 그의 입술을 떠난 바로 그 순간 세라에게는 한 가지 생각뿐이었으니까. 너무도 강렬해서, 그 외에 다른 생각은 떠내려 보냈던 단 하나의 생각. 그 생각이 세라를 찾아오기까지는 몇 분도, 아니, 몇 초도 걸리지 않았다. 이름과 성. 두 단어. 다섯 음절.

당연히, 세라는 볼코프에게 알려줄 이름이 있었다.

누구에게나 이런 경우 말하고 싶은 이름이 하나쯤은 있다. 그렇지 않은가?

24

해리가 제 힘으로 옷을 입었다. 아니, 입으려고 애를 썼다 할까.
팬티와 이상한 양말, 뒤집어 입은 빨간색 유치원 스웨터가 다였다.
셔츠나 바지는 없었다. 레고와 **스타워즈** 장난감에 둘러싸인 채 방
바닥에 누워 유치원에 갈 시간이 코앞이라는 사실은 망각한 채.

방문에 기대어 선 세라의 가슴속에서 애정이 샘솟아났다.

"어이, 거기 젊은 총각, 유치원 갈 준비해야지."

"나 유치원 다 다녔는데." 해리가 장난감에 대고 말했다.

해리가 유치원에 다닌 지 이제 두 달째였다.

"졸업하려면 아직 멀었어요, 해리 씨."

"해리는 지금 놀고 싶단 말이에요." 해리는 밀레니엄 펠콘을 레
고 차고에 주차시키고는 조심조심 문을 닫았다.

"오늘 노는 날로 할래요."

누군들 안 그러고 싶겠니. 세라가 생각했다.

"토요일이랑 일요일에 노는 날 하자." 세라는 말을 내뱉고 나서야 이 말이 다섯 살배기에게는 얼마나 설득력 없는 변명으로 들릴지 깨달았다.

"엄마, 오늘이 토요일이야?"

"아니란다. 오늘은 화요일이야. 이리 온. 옷 마저 입을까?"

세라는 그릇에 시리얼을 부으며 생각했다. 영화와 TV에서는 뺨이 장밋빛인 아이들이 서로 손을 잡고 집에서 총총 걸어 나와서 차에 올라타고 엄마에게 방긋방긋 웃어주며 학교까지 얌전히 앉아 가곤 한다. 큰아이는 작은아이가 안전띠 매는 것을 도와줄지도 모른다. 그러면 작은아이는 큰아이에게 쏘옥 안기겠지. 엄마가 종종 아이들을 확인하느라 돌아볼 때면 둘은 얌전히 앉아서 천사같이 웃고 있다.

세라의 아이들은 한 번도 그런 적이 없었다.

세라는 틈틈이 토스트를 베어 물며, 두 아이를 준비시키고 해리의 책가방을 확인하고 두 아이 모두 이를 닦았는지, 필요한 것은 모두 챙겼는지 점검했다. 무릎을 꿇고 앉아서 해리의 자그마한 검정 신발 위 벨크로를 채워주고, 투덜대며 반항하는 그레이스를 붙잡아 윗입술에 묻은 치약 자국을 엄지손가락으로 쓱싹 지워주었다. 그러고 나서 아이들은 그렇게 잠시 세라 앞에 나란히 서 있었다. 검은 머리의 초등학생 딸과 금발의 유치원생 아들을 보고 있자니 가슴에 자부심이 일었다. 여기 두 아이. 이들이 세라의 전부였다. 중요한 건 아이들이었다. 세라와 닉 사이에 무슨 일이 있었든, 대학에서 무슨 일이 있었든, 상관없었다. 아이들을 위해서라면, 세라는 무슨 일이든 할 수 있었다. 아이들은 세라의 삶을 지탱해주는 바위였다. 지금을 기억해야 해. 아이들의 어릴 때 모습을. 어느새 아이들은 자라서 떠나갈 테고, 나는 지금의 아이들을 그리워하게 될 거야.

"다 됐다. 이제 가볼까?"

해리가 주방을 쏜살같이 벗어나서 현관으로 내달리며 누나보다 빨리 출발했다. 잠그지 않은 코트 자락이 펄럭거렸다. 그레이스는 다섯 걸음 만에 해리를 따라잡았고, 해리의 코트에 달린 모자를 잡고 뒤로 끌어냈다. 균형을 잃은 해리는 마치 크게 한 대 맞은 사람처럼 뒤로 나가떨어졌다. 해리가 현관 바닥에 대자로 누운 채 울음을 터뜨렸다. 공습 사이렌처럼 시끄럽고 날카롭게 울부짖는 소리가 깨진 유리처럼 세라를 헤집어놓았다.

"문까지 내가 1등!" 그레이스가 한 손으로 현관 손잡이를 잡고 의기양양하게 말했다.

"그레이스!" 세라가 아이들에게 달려갔다. "그만해! 동생한테 미안하다고 하고."

"해리가 방해했단 말이에요."

세라가 해리를 일으켜 세우자 울음소리는 커질 대로 커졌다. 엄마로서의 경험으로 볼 때 우는 것이 꼭 경고 신호는 아니다. 다쳤는데도 조용할 때가 정말 걱정해야 할 때다.

"둘이 같이 지나가기에도 충분한데. 어서 미안하다고 해."

"애기처럼 울기는."

"미안하다고 하랬지."

"애기처럼 우는 거 맞잖아요."

"그레이스!"

29초

"미안해." 그레이스는 누구에게 하는 말인지 알 수 없게 웅얼거렸다.

세라는 해리의 코트를 정돈해주고 이마로 삐져나온 머리칼도 쓸어 넘겨주었다. 시계를 보니 8시 46분이었다. 아직 아슬아슬하게나마 늦지 않게 갈 수 있는 시간이었다.

"다시 해볼까?"

해리의 자그마한 손이 세라의 손을 잡았고 둘은 현관을 향해 걸었다. 그레이스를 지나칠 때 해리는 책가방을 흔들어서 누나 등에 부딪히게 했고, 그레이스가 반격으로 가방을 흔들려 하자 얼른 세라의 손에 착 달라붙었다.

세라가 리모컨을 눌러 차 문을 연 뒤 현관문을 잠그려고 뒤로 돌았다.

해리는 세라를 잡았던 손을 풀고 짧은 진입로를 가로질러 재빠르게 달려 나갔다. 차의 뒷문을 열고 카시트 위로 기어 올라갔다.

"차까지는 내가 1등!" 해리가 활짝 웃으며 말했다.

뒤따라간 세라는 해리의 카시트 끈을 매주고 뒷거울에 비친 자신의 모습을 얼른 살폈다. 아이들을 준비시키는 사이 60초 동안 화장을 했지만 피곤함을 감추기에는 부족했다.

그레이스가 반대편 문으로 들어와서 자기 자리에 앉더니 해리를 쏘아보았다.

"차까지는 내가 1등이야." 해리가 앉은 자리에서 통통 튀면서 한 번 더 말했다. "내가 1등이었어."

그레이스는 몸을 숙이고 해리의 팔뚝을 세게 꼬집었다.

"아아아아악! 엄마! 누나가 꼬집었어요!"

세라가 그레이스를 쏘아보았다. 세상 그 무엇보다도 아이들을 사랑했지만, 평화도 갈망했다. 가끔이라도 마음을 놓을 수 있는 무언가를 갈망했다. 크립스와 블러드, 두 갱단 간의 언제 깨질지 모를 휴전 상황을 계속해서 감시하기 지쳤을 때만이라도 말이다.

"안 그랬어요." 그레이스가 천사처럼 달콤한 얼굴로 말했다.

"아프다고!" 해리는 또다시 울음을 터뜨렸다.

"그만! 둘 다 그만해!"

아이들의 경쟁심 강한 성향은 자신에게 받은 것이라고, 세라는 생각했다. 닉은 경쟁심이 많은 유의 사람은 아니었다. 오히려 그 반대였다. 즉, 두 아이가 이렇게 싸우는 것은 세라의 잘못이라는 이야기가 된다. 언제나 경쟁심이 큰 쪽이 잘못이었다. 10대 중반에 거칠게 보냈던 한 해를 제외하면, 세라는 언제나 반에서 상위권을 유지했고 목표한 것 이상을 이뤘으며 필사적으로 부모를 기쁘게 하려 애썼다. 세 딸 중 막내로서 부모의 인정을 받으려 필사적으로 노력했다. 자신이 남자아이를 낳으려는 부모의 마지막 시도였을 거라는 의심은 언제나 세라와 함께였으니까. 또 한 명의 딸로 태어난 순간, 세라는 언니들의 배경 속에 가려졌다. 현재 첫째 언니 루시는 글래스고에 살고 있고 둘째 언니 헬렌은 노팅엄에 살고 있다. 세라는 언니들의 배경 속 어딘가에, 두 언니가 섞인 지점 어딘가에 있었고 결코 전면에 등장하지는 않았다.

차에서 내린 세라가 아이들과 천천히 걸어서 그레이스의 학교 정문에 도착했고, 그레이스에게 입맞춤을 해준 다음 안아주자 아이는 몸을 꿈틀대며 빠져나와 운동장에 있는 친구들을 향해 달려갔다. 세라는 정문에 서서 운동장에 보이는 어른들을 찬찬히 살폈고 오가는 사람들을 확인하면서 평범함 속 무언가를 찾아내려 했다. 모든 게 정상으로 보였다. 잠시 후 세라는 해리의 손을 꼭 잡은 채 언덕을 올라 옆 건물인 유치원의 운동장으로 향했다. 거리에 주차된 차를 하나하나 보면서 지난밤의 검은 BMW 사륜구동차나 이곳에 어울리지 않아 보이는 어떤 차가 있는지 살폈다. 세라는 여기 학부모들을 많이 알았고, 그들의 이름까지는 몰라도 차는 알아볼 수 있었다.

4년간 평일마다 이곳에 오면서, 세라는 아침에 아이들을 내려주고 가는 풍경의 리듬을 익혔다. 리듬에는 일종의 패턴이 있었다. 항상 일찍 오는 부모, 늦는 부모, 자신의 사륜구동차를 항상 도로 경계석에 세워두는 부모, 주정차 금지구역에 차를 세워서 교장의 분노를 사는 부모, 아이들이 먼저 앞질러 달려가게 두는 부모, 학교 정문까지 반쯤은 끌려가는 부모. 금방이라도 이사회실로 들어갈 수 있을 정도로 옷을 차려입은 부모들이 있었고, 어둠 속에서 딱 30초 만에 옷을 입은 듯 보이는 부모들도 있었다. 여기 어울리지 않는 무언가를, 여기 있을 만하지 않은 사람을 알아볼 수 있을 것이다. 그저 눈을 똑바로 뜨고 지켜보기만 하면 되었다.

저기. 검정 슈트에 긴 외투를 입고 울타리 끝에 선 남자가 검은 선글라스 너머로 운동장을 들여다보고 있었다. 남자는 이목을 끌지 않으려, 배경에 묻히려 애쓰는 듯 보였다. 굳은 얼굴로 주변을 훑고 있었다. 세라가 처음 보는 남자였다. 세라가 속도를 늦추자 해리가 세라의 손을 학교 쪽으로 끌어당겼다. 남자가 찾고 있는 사람이 있는 것 같았는데, 붐비는 운동장을 눈에 담으며 머리가 좌우로 흔들렸다.

남자는 뭔가를 숨기고 있었다. 외투 아래 뭔가를 감추고 있다.

안 돼.

세라는 걸음을 멈췄고 숨이 턱 막혀왔다. 주머니 속 휴대폰의 진동이 울렸지만 무시했다. 전날 밤에 만났던 남자의 말이 떠올라 세라는 해리의 손을 꽉 잡았다.

내가 지금 얼마나 진지한지, 사진으로 보여드리겠습니다.

세라의 집과 아버지의 집, 아이들이 다니는 학교와 유치원을 찍은 사진들.

하지만 누구에게도 말하지 않았는데, 이 남자는 왜 여기 있는 것인가? 이해가 되지 않았다.

경고일 수도 있다. 우리가 널 지켜보고 있다. 네가 어디에 있을지, 너의 아이들이 어디에 있을지 알고 있다. 너의 가장 약한 부분을 알고 있다.

"엄마, 얼른 가요." 해리가 또다시 세라의 손을 잡아당겼다.

남자는 세라와 해리를 보지 못했다. 아직 도망갈 시간이 있다.

세라가 차로 가기 위해 뒤로 돌아서려는 찰나, 남자가 운동장을 살피는 일을 멈췄다. 그가 갑자기 미소를 지으며 손을 흔드는 쪽에서는 한 자그마한 남자아이가 달려오고 있었다. 아이가 울타리 사이로 빠져나오자, 남자는 외투 속에서 작은 초록색 용기를 꺼내서 아이에게 건넸다.

수상한 사람이 아니었다. 아이를 등교시켜주는 또 한 명의 아빠일 뿐이었다. 아들에게 줄 점심 도시락을 깜빡했을 뿐이다.

휴우. 세라는 무거운 숨을 내쉬었고 밀려오는 안도감을 느꼈다.

괜찮아. 걱정할 거 없어. 해리와 세라는 운동장에 들어서서 종이 울리자 줄을 섰고 늘 그랬듯 교실까지 함께 들어갔다. 헤어져야 할 시간이 되자, 세라는 평소보다 몇 초 더 오래 해리를 안아주었다. 해리에게서는 사랑스러운 어린아이의 냄새가 났는데, 세라는 아들을 꼭 안아줄 때 달콤하고 깨끗하고 세상이 더럽히지 않은 그 냄새를 들이마시는 걸 좋아했다. 해리에게 무슨 말을 하려 했지만, 입 밖에 내기도 전에 해리는 이미 품에서 빠져나와 종종걸음으로 친구인 에스터와 리에게 갔다. 세라는 그 자리에 조금 더 머물렀다. 아들을 시야 밖에 두고 싶지 않았다. 몇 분 전의 두려움은 잘못된 것이었을지 몰라도, 그렇다고 해서 위험이 실재하지 않는 것은 아니다.

게다가 해리는 너무도 작고 사람을 잘 믿었다. 너무 연약한 존재였다.

해리네 반 선생님인 캐스 부인은 세라와 눈이 마주치자 미소를 지어 보였다. 그러고는 눈썹을 추켜세웠고, 세라는 그 의미를 알고 있었다. 걱정 마세요. 여기서부터는 제가 맡을게요. 반 아이들 모두가 그러하듯 해리도 캐스 부인을 좋아했다. 세라가 캐스 부인의 신호를 받아들여 문 쪽으로 물러났고, 자신들의 아기가 유치원 1학년 학생이 되는 모습을 지켜보며 불안해하는 다른 부모들 사이로 돌아갔다.

캐스 부인이 손뼉을 치자 아이들 모두가 고개를 돌려서 부인을 바라보았다. 눈을 크게 뜨고 열심인 얼굴이었다.

아들을 마지막으로 한 번 더 본 후, 세라는 돌아서서 다시 운동장으로 나왔다.

25

차를 향해 빠르게 걸으며 세라는 휴대폰의 시간을 확인했다. 8시 59분. 마리에게 문자도 와 있었다.

어디야?

빠르게 답을 입력했다.

가는 중. 무슨 일 있어?

차를 타고 학교를 막 빠져나왔을 때 답장이 들어왔고, 세라는 다음 신호에 걸릴 때까지 기다렸다가 읽었다. 캠퍼스로 가는 길 내내 도로는 차로 빼곡했고, 화요일 아침의 직원회의까지는 시간이 조금 빠듯했다.

아침에 이메일 받았어?

느낌이 좋지 않았다. 빨간불에 서자마자 얼른 답장을 보냈다.

무슨 이메일?

29초   159

신호가 초록불로 바뀌자 기어를 넣었다. 연식이 오래된 피에스타의 엔진이 금방이라도 꺼질 듯이 덜덜 떨리다가 다시 살아나 천천히 속도를 내기 시작했다. 열다섯 살인 피에스타는 매주 새로이 이상한 소음을 개발하는 것 같았지만, 수리를 할 여윳돈이 세라에게는 없었다. 다음 자동차 안전 검사가 두려웠다.

길은 계속 막히는데 마리에게 더는 문자가 오지 않았다. 커져만 가는 불안감을 안은 채 세라는 언덕을 올라 중앙 인문학부 건물에 도착했고, 주차할 공간을 찾았다. 아이들을 등교시키고 출근하면 주차할 자리를 찾기란 여간 어려운 일이 아닌데, 무슨 이유에서인지 항상 화요일이 최악이었다. 조지 왕조 시대 영주의 집을 연구실과 세미나실로 개조한 인문학부 건물 앞 주차장을 한 바퀴 돌면서 남은 주차 공간을 찾아 헤맸지만 허사였다. 단 한 곳도 없었다. 세라는 결국 포기하고 다시 언덕을 내려가서 도서관과 직원 회관 쪽에 가보았다. 역시 자리는 없었다.

결국 중앙 직원 주차장에 차를 댄 뒤, 이번에는 두 발로 언덕을 헐레벌떡 올라가서 다시 인문학부 건물에 도착했다. 하늘이 흐렸고 금방이라도 쏟아질 듯 비를 머금은 공기는 후텁지근했다. 학생들이 바삐 강의실로 가고 있었다. 이들 중 몇 명은 세라의 학생들이어서, 세라에게 웃으며 인사를 건넸다. 인문학부 건물 앞으로는 원형으로 만들어놓은 길이 있었고 원 안에 들어가 있는 분수에는 바다의 신 넵튠의 빅토리아풍 조각상이 있었다. 누군가, 아마도 학생일 듯한데, 조각상을 타고 올라가서 넵튠의 머리에 원뿔형 주차콘을 씌워놓았다. 분수 가장자리에 괴어놓은 발판 사다리 밑에서, 건물 관리인인 제닝스 씨가 바다의 신이 새로 쓰고 있는 모자를 가만히 올려다보고 있었다.

"좋은 아침입니다." 제닝스 씨가 세라를 향해 고개를 까딱해 보였다.

"좋은 아침이에요, 마이클." 세라는 빨리 걸어오느라 약간 가빠진 숨을 내쉬었다.

서둘러 정문을 통과한 세라는 2층까지 계단을 뛰어 올라가서 연구실에 노트북을 던져놓고 러브록의 연구실로 향했다. 러브록의 연구실은 세 공간으로 나뉘어 있었다. 개인 비서가 앉아 있는 대기실과, 오른쪽으로는 바닥부터 천장까지 책으로 빽빽한 그의 연구실, 그리고 커다란 회의실이 있었다.

조셀린 스티어는 40대 중반으로, 수년째 러브록의 개인 비서였다. 세라는 조셀린과 기본 예의를 갖추는 관계 이상을 넘어본 적이 없었다. 친밀하게 다가가려 했지만, 이내 조셀린은 누구에게도 웃어주는 법이 없다는 사실을 알게 되었다. 조셀린은 자신을 러브록의 일정과 연구실, 대학 생활의 문지기로 여겼고, 이 역할을 나치의 친위대가 보일 법한 열의와 헌신으로 수행했다. 쓸데없는 문의와 시간 낭비, 대학의 행정 직원은 가차 없이 효율성의 이름으로 차단되게 마련이었다. 세라와 조셀린이 서로를 본 것은, 지난주에 세라가 러브록의 연구실을 박차고 나왔을 때가 마지막이었다.

세라가 다시 시계를 확인했다. 9시 27분. 아직 3분이 남았다.

"안녕하세요, 조셀린." 세라가 조심스럽게 문을 열고 들어서며 인사를 건넸다.

"좋은 아침." 툭툭 던지는 말투였다.

세라가 가던 길을 멈춰 섰다. 조셀린의 평소 태도를 감안하더라도, 유난히 냉랭한 인사였다.

"무슨 일 있나요?"

조셀린이 입을 삐죽였다.

"내가 말할 입장이 아니네요."

"뭘 말할 입장이 아니라는 거죠?"

조셀린은 자리에서 일어나긴 했지만 세라와 눈을 맞추려고 하지는 않았다.

"닫힌 문 뒤에서 일어나는 일은 내가 참견할 일은 못 되지만, 그래도 이건 아셨으면……."

"닫힌 문 뒤라니, 무슨 말씀이시죠?"

"앨런의 연구실에서 말입니다. 앨런은 매우 중요한 사람이에요, 아시겠지만."

"네." 세라가 미간을 찌푸렸다. "알고 있어요."

"다음에 연구실에서 또 단둘이 있게 되면 그걸 꼭 염두에 두셨으면 하네요."

26

세라는 척추를 타고 스멀스멀 불쾌한 한기가 올라오는 것을 느꼈다. 조셀린이 뭘 본 거지? 뭐라고 넘겨짚은 거야?

"뭐라고요?"

조셀린이 몸에 걸친 회색 카디건을 한층 더 여몄다.

"죄송해요." 세라가 다시 한 번 물었다. "지금 말씀하신 게 무슨 뜻이죠?"

"무슨 뜻인지는 본인이 더 잘 알 것 같은데요."

"아니요, 잘 모르겠어요. 하지만 무슨 얘기를 들으셨든, 앨런이 뭐라고 말했든……."

"아무튼." 조셀린이 세라의 말을 잘랐다. "안 그래도 늦었는데 더 늦게 만들고 싶지는 않네요."

세라가 또다시 시계를 확인했다. 아직 1분 전이었다.

"무슨 말씀이시죠?"

"오늘은 9시 정각에 시작했어요."

세라는 당혹감이 파도처럼 밀려오는 것을 느꼈다. 그러고 보니 회의실 문이 닫혀 있었다.

"어째서요? 왜죠?"

"내가 오늘 아침에 한 번 더 이메일을 보냈는데요. 회의 참석자 들한테 서로 알려주라고."

"전 이메일을 못 봤어요."

세라가 휴대폰을 확인했다. 세라는 보통 7시쯤에 일어나서 이메 일을 확인하지만, 이후 출근 준비와 아이들 등교 준비로 계속해서 확인할 시간은 없다. 화면을 스크롤하니 조셀린이 보낸 이메일이 보였다. 8시 52분에 들어온 것이었다.

"바뀐 회의 시간 8분 전이잖아요. 그때는 아이들을 학교에 데려 다주고 있었다고요."

"다들 별 문제가 없었던 것 같은데요."

"다들 8분 전에 통보받은 게 맞나요?"

"회의 안내는 평소대로 지난주에 회람했어요. 러브록 교수님께 서 오늘 학장님의 다른 요구도 수용하려면 회의를 조금 앞당기는 게 좋겠다고 생각하신 거죠."

학장. 젠장. 학부 전체의 장. 사실상 캠퍼스에서 가장 중요한 사 람 중 하나였다. 세라는 오늘 회의에 학장도 참석한다는 사실을 잊 고 있었다.

"학과 회의는 격주로 화요일 9시 30분에 시작하는 거잖아요." 절 망한 세라가 말했다. "항상 9시 30분이었고 지난주에 전달받은 회의 안내에서도 그렇게 되어 있었다고요. 왜 오늘에야 바뀐 거죠?
전 9시 직전에 애들을 등교시켜야 하는데요.”

“헤이우드 박사님, 모든 일정을 박사님의 집안 사정에 맞춰서 정
할 수는 없어요.”

“그런 걸 바라는 게 아니라…….” 세라는 말을 더 이어가지 않기
로 했다. 세라의 ‘집안 사정’은 주로 그녀를 비난할 소재로 쓰이는
것 같았다. 자신이 남자였어도 사람들이 그걸 꼬투리로 잡을까, 공
연히 궁금해졌다. **답은 뻔하잖아.**

세라의 인생은 대부분의 동료와 다른 순서로 진행되었다. 세라
는 스물넷에 임신을 했다. 설마 자신들에게 그런 일이 일어나리라
고는 생각하지 못한 채 **나름대로** 조심하던, 당시 세라와 닉에게 찾
아온 아이였다. 그렇게 두 사람은 호적 등기소에서 급하게 결혼식
을 올렸고, 세라는 그레이스를 낳기 불과 3일 전에 박사 학위를 받
았다. 이후 6개월을 쉬고 학교에 복귀했다. 3년 뒤, 형제간 나이차
가 너무 크지 않기를 바라던 세라에게 해리가 찾아왔을 때도 그녀
는 일을 멈추지 않고 최선을 다했다. 세라가 일과 가정과 육아라는
세 개의 공을 가지고 저글링 곡예를 할 때, 대부분의 동료는 아이는
커녕 결혼 계획도 없었다. 마리처럼, 대부분은 전임 교원이 되어 직
장에서 안정성 비슷한 것이라도 확보되기 전까지는 아이 갖기를 미
뤘다.

세라는 그녀에게 등을 돌리고 회의실 문에 노크를 했다.

서둘러 들어오는 세라를 향해 모두의 시선이 쏠렸고 잠시 회의
진행이 중단되었다. 탁자 맞은편에서 마리가 초조함 어린 미소를
보냈다.

"늦어서 죄송합니다. 이메일을 못 봤어요. 죄송합니다."

학장은 키가 작고 얼굴이 둥그런 조너선 클리프턴 교수로, 탁자 상석에 앉아 있었고 러브록은 그 옆자리였다. 두 사람이 케임브리지 대학에서 함께 공부했다는 사실은 세라도 잘 알고 있었다.

"아, 헤이우드 박사." 클리프턴의 목소리에서 비아냥거림이 뚝뚝 떨어졌다. "이렇게 행차해주시다니 고마울 따름이군."

"죄송합니다." 세라가 다시 한 번 말하면서 가방에서 수첩과 펜을 꺼냈다. 남아 있는 한 자리에 가서 앉자 마리가 안쓰러운 얼굴로 의제 목록을 건넸다.

"계속해도 될까요?" 클리프턴이 날카롭게 말했다.

"물론입니다." 세라는 평정을 되찾으려 애썼다.

기획처장인 피터 모런이 세라를 한 번 매섭게 보더니 러브록을 가리켰다.

"세라, 여태 놓친 걸 알려드리자면, 1월에 있을 시험과 직원 채용, 재원 마련 이슈를 다뤘어요. 지금은 학과 연구에 새로 자금을 대줄 곳에 대해 이야기하고 있었어요. 앨런이 우리 학교에 가져다줄 또 다른 멋진 기회를 찾아낸 것 같군요."

"그렇군요." 세라가 말하며 의제를 훑어보았다.

"학과에 정말 상당한 자금 지원이 될 겁니다. 게다가 다른 곳도 아닌, 보스턴에 있는 곳이고요."

27

의제 목록을 살펴보던 세라가 고개를 들었다. 머릿속에서 비상벨이 울렸다.

"보스턴이요?" 세라가 되뇌었다.

"그래요. 말로의 삶과 작품에 특별한 관심을 보이는 자선단체죠. 작년에 설립된 곳인데 이미 말로 연구를 위해 하버드에 2백만 달러를 내놓았죠. 그러니 우리에게도 중요한 발견입니다. 학과에 정말 큰 도움이 될 거예요."

세라가 무슨 말을 하려는데 클리프턴이 먼저 덧붙였다. "이미 앨런이 그쪽 자금 담당자에게 사전 문의도 해뒀어요."

세라는 얼굴이 달아오르는 느낌이었다.

"애솔 샌더스 재단, 맞나요?"

"맞아요. 앨런이 이미 말해줬나 보군."

"하지만 그건 제……."

러브록이 늘 하던 식으로 말을 끊었다. 굵고 큰 목소리로 세라의 목소리를 묻었다.

"세라, 기억하고 있는지 몰랐네요. 지난 학회 이후로 우리가 이 건을 논의한 적이 없었지요. 아, 그날 환영 행사에서 공짜 와인을 그렇게 잘 이용하는 모습에 늦게나마 경의를 표합니다. 학과장으로서, 난 우리 직원들이 금액 대비 최대한의 가치를 얻어내는 것을 전적으로 지지하거든. 마리랑 같이 거기 와인은 다 마신 것 같던데."

웨버스마이스가 아첨하는 듯 크게 웃음을 터뜨렸고, 모런과 클리프턴, 그 외에 몇몇은 킬킬거렸다. 세라는 마리와 곤혹스러운 표정을 주고받았고, 마리는 이에 더해 얼굴을 찌푸리며 살짝 고개를 저었다.

"앨런이 재단과 계속 접촉해왔어요."모런이 말했다. "또, 그쪽에서 1월에 나흘 일정으로 보스턴으로 와서 강연도 하고 자금 지원 건에 대해서도 더 논의해보자며 앨런을 초대했고요."

세라는 화가 치밀어서 머리가 어쩔했다. 침착하게 감정을 자제해야 한다는 걸 알았지만, 속으로는 활활 타오르고 있었다. 이 부당한 상황에 담즙이 목구멍까지 역류하여 세라를 질식시킬 것만 같았다. 세라는 숨을 한 번 크게 들이마시고 러브록의 눈을 똑바로 보았다.

"앨런, 이 건은 제가 수요일 밤에 말씀드렸던 거잖아요. 학회가 있던 날 택시에서요. 기억나세요?"

"헤이우드 박사, 그날 밤에 대해 기억하는 게 있다니 놀라울 따름이군요."클리프턴이 무미건조하게 웃어 보였다. "앨런이 방금 말한 걸로 보면, 그날의 기억은 정확하지 않을 거라 보는데."

세라는 목에서 뜨거운 숨을 느꼈다. 너무 부당한 상황에 어찌할 바를 몰랐다. 불현듯 끔찍하게 스치는 찰나의 순간에, 자신이 바로 여기 모두가 보는 앞에서 울음을 터뜨릴 것이라고 생각했다. 안 돼. 그러지 마. 우는 건 안 돼. 혀를 깨물었다, 세게. 그 고통으로 눈물이 가시도록. 울지 마. 세라, 절대 울 생각 하지 마. 저 사람들에게 즐길 거리를 던져주지 마. 하지만 그렇다고 그의 말을 반박할 수도 없었다. 강하게 반박할 수는 없었다. 전임 강사 자리가 아직 절실하다면.

"그건 사실과는 다릅니다." 세라의 목소리에는 생기가 없었다.

러브록이 몸을 앞으로 기울이며 깍지를 꼈다. 입가에는 동정 어린 미소를 띤 채였다.

"세라, 사실로 말할 것 같으면, 내가 몇 달간 애솔 샌더스 재단과 접촉해왔다는 것만이 사실입니다."

거짓말! 세라는 생각을 입 밖으로 내지는 않았다. 빌어먹을 거짓말쟁이 개자식아.

클리프턴도 몸을 앞으로 기울였고, 너무도 명백한 무언가를 말하기라도 하려는 듯 손바닥을 위로 향하도록 펼쳤다.

"헤이우드 박사, 기분 나쁘게 듣지는 말아요. 그쪽에서도 학과장과 상대하고 싶어 하지, 일개……." 클리프턴은 적당한 말을 찾기 어려운 듯 세라를 가리켰다. "강사보다는."

"세라, 1월 방문 때 나와 함께해도 좋습니다." 러브록의 목소리에는 감정이 드러나지 않았다. "비컨 힐에 있는 훌륭한 부티크 호텔에서 묵을 텐데, 18세기 후반에 벤저민 프랭클린이 살았던 곳이었지요."

탁자를 둘러싼 모든 눈이 세라에게로 홱 집중되는 것 같았다. 속이 메스꺼웠다. 내 아이디어를 훔치고 거짓말을 해? 뻔뻔하게, 별일 아닌 것처럼? 그 자리까지 이렇게 올라온 거야? 속이고 훔치고 거짓말하고, 그래야 기름칠한 장대를 타고 더 높이 올라갈 수 있는 거야?

그러다 다시 찾아온 생각. 침착하자. 경계를 걸어야 해.

"감사합니다." 세라는 목이 메어 간신히 대답했다. "생각해보겠습니다." 하지만 절대 같이 갈 생각은 없었다. 러브록과 외국에서 나흘이나 보낸다는 것은 완전히, 전적으로 고려할 가치도 없었다. 경력에 도움이 된다 할지라도, 인맥을 쌓을 흔치 않은 기회이고 이력서에도 그럴듯한 한 줄이 된다 할지라도, 애초에 이 기회 자체를 만든 사람이 바로 자신임에도, 세라가 러브록과 함께하는 그 상황으로 걸어 들어가는 일은 절대 없을 것이다. 너무 위험했다. 나흘간 쉴 새 없이 그와 거리를 두려 애써야 하는 상황은 생각만 해도 힘들었다. 그와 단둘만 있을 때는 규칙도 소용이 없을 것이다. 숨을 곳이 없을 것이다.

"좋습니다." 클리프턴이 시선을 다시 의제 목록으로 떨구었다. "그럼, 다음으로 넘어갈까요?"

28

"클리프턴 교수님?" 러브록의 회의실에서 줄지어 나오는 사람들 틈에서 빠져나온 세라가 조용히 말했다. "혹시 5분 정도 시간 내주실 수 있나요?"

학장이 여봐란 듯이 시계를 확인했다. 작은 몸집에 비해 큼지막한 손목시계는 마치 아버지의 침대 머리맡에서 슬쩍해온 양 살짝 우스꽝스럽게 보였다.

"10시 45분에 재정 운영 위원회 모임이 있어요. 3분 줄 수 있겠네요."

"네, 감사합니다." 한 시간의 회의 동안 세라의 가슴속에서 끓어 오르던 분노는 바짝 졸아들어 뜨겁고 딱딱한 응어리가 되었다. 러브록이 애솔 샌더스 건을 따낸 주역이 누구인지에 대해 입을 막은 후로 세라는 거의 아무 말도 하지 않았는데, 절반이 넘는 학과 사람들 앞에서 그에게 정면으로 맞설 수는 없음을 알았다. 그래도 학장에게는 사실을 알려서 그가 직접 결단을 내리도록 할 수는 있었다.

"헤이우드 박사, 무슨 일이죠?"

세라가 어깨 뒤를 보니 근처에 동료들이 몇 명 남아 있었다.

"따로 조용히 말씀드릴 수 있을까요?"

"말했다시피, 내가 시간이 좀 없는데. 괜찮다면 함께 걸으면서 얘기하는 건 어떤가요?" 학장이 복도 끝 계단을 가리켰다.

"물론입니다." 두 사람은 바로 걷기 시작했다. 세라는 다른 직원들에게 들리지 않을 정도의 거리가 될 때까지 조금 기다렸다. "애솔 샌더스 건에 대해 알려드릴 사항이 있습니다."

"아, 그래요. 앨런의 신규 프로젝트."

"정확히는 아닙니다."

클리프턴이 살짝 걸음을 늦추면서 세라를 흘긋 보았다. 의심으로 반짝이는 작은 두 눈이 세라의 눈과 마주쳤다.

"헤이우드 박사, 그게 무슨 뜻이지요?"

"말씀드리려던 사항이 이겁니다. 애솔 샌더스 재단은 제가 발로 뛰어서 찾아낸 곳입니다. 처음에 그 기회를 발견한 사람도 저였고, 일을 진행해온 사람도 저였어요."

"그런가요."

"조금 전 회의에서 앨런이 이번 건을 **자신의** 아이디어였다고 얘기했잖습니까. 하지만 사실은 제 아이디어이고, 그런 만큼 제가 이 건을 주도해서 맡고 싶습니다. 지금 돌아가는 상황은 정당하지 않다고 생각합니다."

계단을 다 내려오자 클리프턴이 걸음을 멈췄다. 얼굴이 어두워지고 있었다.

"헤이우드 박사, 난 앨런을 35년 넘게 봐왔어요. 지금 앨런이 비윤리적이고 부적절한 행동을 했다고 말하려는 것 같은데, 내가 아는 한 앨런은 절대 그런 짓을 할 사람이 아닙니다."

"제 말은 그저 앨런이……."

"또, 난 앨런이 자신의 훌륭한 명성에, 또는 우리 대학의 명성에 누가 될 수도 있는 일을 하리라고는 절대 생각하지 않습니다." 학장은 눈 한 번 깜빡이지 않고 세라를 응시했다. "난 그걸 전적으로 확신해요. 헤이우드 박사, 내 말 알아들었나요?"

세라는 잠시 무슨 말을 해야 할지 몰랐다. 클리프턴은 그저 부정하고 있는 걸까, 아니면 그 오랜 세월에도 러브록이 어떤 사람인지 정말 모르고 있는 걸까? 러브록의 실체를 보지 못하는 게 가능한 일일까, 아니면 개인적인 의리 때문에 못 본 척을 할 뿐일까? 러브록이 대학에 가져다주는 금전적 가치 때문일까? 학장의 속을 알 수 없는 얼굴에서 답을 찾기란 불가능했다.

어느 쪽이든, 학장에게 조용히 알리는 것이 좋지 않은 생각이었던 것만은 분명했다.

"네, 잘 알겠습니다."

"헤이우드 박사, 할 말이 더 남았나요?"

"저는 그저 일이 어, 어떻게 된 건지 알려드리고 싶었습니다. 그게 다예요."

"좋습니다."

"연구비를 따내는 데 더 큰 책임을 맡고 싶습니다. 학과에 도움이 되고 싶어서요."

클리프턴이 목소리를 낮추고 세라에게로 가까이 몸을 기울였다.

"내 작은 충고 하나 해두지요. 자기 상사를 깎아내리는 건, 학과를 돕는 길이 아닙니다." 학장이 다시 시계를 확인했다. "이제는 정말 다음 회의에 가봐야겠네요. 좋은 하루 보내요."

그 말과 함께 학장은 발길을 돌려서 비가 부슬부슬 내리는 11월의 아침 풍경 속으로 사라졌다. 세라는 한동안 학장의 뒷모습만 바라봤다. 가슴속 심장이 심하게 고동치고 있었다.

마리가 세라 옆에 나타났다.

"괜찮아?"

"아니." 세라가 한숨을 크게 내쉬었다. "안 괜찮아. 빌어먹을, 미치도록 화가 나. 앨런이 내 아이디어를 훔친 거라고 학장한테 말한 것뿐인데, 내가 새빨간 거짓말을 하는 걸로 보더라."

"퀸 앤 대학 올드 보이 클럽의 원년 멤버잖아, 저 둘."

세라는 지금 상황을 믿고 싶지 않다는 듯 고개를 저었다. 눈으로는 여전히 학장의 뒷모습을 쫓고 있었다.

"솔직히 다 놔버리고 싶어. 여기 정말 지긋지긋하다."

"커피 한잔할까?"

"안 돼. 11시부터 4시 반까지 쭉 강의가 있어. 나랑 같이 있어봤자 좋을 것도 없을 테고."

***

분노는 하루 종일 세라를 따라다녔다. 아침 회의 때 일을 생각할 때마다 가슴속에서 분노가 치밀어 올라 마구 타올랐다. 세라는 아이들과 집에 도착하고 나서야 감정을 수면 위로 떠오르게 할 수 있었다.

그레이스와 해리에게 통밀 비스킷을 하나씩 쥐여주고, 아이들 저녁 식사용으로 피시 핑거와 감자튀김을 오븐에 넣은 뒤 2층 침실로 올라갔다. 이럴 때가, 그저 함께 앉아 와인 한 병을 나눠 마시며 서로의 삶에서 일어나고 있는 일들을 이야기하고 싶을 때가, 닉이 가장 그리운 순간이었다. 직장 문제와 좌절감, 아이들과의 즐거운 순간들, 소소한 성취, 앞에 놓인 문제들, 그리고 미래에 대해. 닉은 세라의 감정 배출구였다. 일종의 안전밸브였다.

옷장 속 텅 빈 닉의 자리는 좀처럼 익숙해지지 않았다.

세라는 침대의 한쪽 끝에 걸터앉아서 눈물이 흐르도록 내버려두었다. 닉이 떠난 지 이제 겨우 한 달이 넘었지만, 아직도 그를 떠올릴 때면 분노와 사랑의 감정이 날것 그대로 뒤섞여 세라를 가득 채웠다. 어쩌면 체념이라는 감정도 스멀스멀 스며들고 있는지도 몰랐다. 가방에서 휴대폰을 꺼냈다. 닉의 번호로 신호음이 여섯 번 울리다가 음성사서함으로 넘어가자 전화를 끊고 다시 걸었다. 이번에는 신호음이 단 한 번 울리고는 닉이 녹음한 음성이 들려왔다.

"안녕하세요! 닉입니다. 아쉽지만 저는 지금 아마도 무대에 올랐거나, 오디션을 보고 있거나, 다른 일로 바쁜 상황일 거예요. 삐 소리가 나면 메시지를 남겨주세요. 꼭 다시 전화드리겠습니다. 고마워요!"

세라는 다시 전화를 끊고 떨리는 손으로 문자를 보냈다.

언제 집에 올 건데?

화면을 응시하며 닉의 답변이 오길 바랐다. 한 번만이라도 사실대로 말해주길 바랐다.

손에 들린 휴대폰은 고집스레 침묵을 지켰다. 붉은 털의 수고양이 존시가 살며시 들어와서는 세라의 무릎 위로 뛰어오르더니 낮은 베이스로 그르렁거렸다. 세라는 잠시 휴대폰을 내려놓고 존시의 귀 뒤를 긁어주었다. 존시가 만족스러운 듯 눈을 끔뻑였고, 고개를 들어 큼지막한 앞발로 세라의 스웨터를 치댔다. 세라는 다시 휴대폰을 집어 들고 또 다른 문자를 입력했다.

지금 아라벨라랑 있어?

간단한 질문에 대한 답을 구하는 것이라 할지라도, 세라는 닉에게 무언가를 묻는 자신이 싫었다. 그래도 물어야 했다. 아이들과 현실 문제들, 육아, 공과금과 대출금 등 으레 닉과 공유하던 모든 일 때문에. 한 주, 두 주, 한 달이 더 지나야 할까? 그보다 더 오래 걸릴까?

세라는 주소록에 저장된 또 다른 이름을 찾아서 세 번째 문자메시지를 보냈다.

그때 거실에서 날카로운 비명이 들려왔고 거의 동시에 울음소리도 터져 나왔다. 존시가 침대 밑으로 슬그머니 들어가더니 잠시 뒤 죽은 쥐를 입에 물고 다시 나타났다.

"존시! 도대체 그건 어디서 난 거야?"

존시를 와락 잡아챘지만 존시는 곧 잽싸게 빠져나와, 자신의 소중한 쥐와 함께 계단을 내려갔다.

세라는 한숨을 쉬며 두루마리 휴지를 뭉쳐서 눈물을 닦았다.

계단을 내려갈수록 소리를 지르고 울고 하는 소리가 점점 더 크게 들려왔다. 두 아이는 각각 거실의 소파 양 끝에 앉아서 울고 있었다.

"해리가 발로 찼어요." 그레이스가 울먹거렸다.

"누나가 먼저 때렸단 말이에요." 해리는 훌쩍거리며 자신의 팔뚝을 가리켰다. "봐요, 자국도 남았어."

세라가 허리를 굽혀서 해리의 팔뚝을 살폈지만 자국 같은 것은 보이지 않았다.

"아파요." 해리가 작은 목소리로 말했다. "엄청 많이."

"해리가 자꾸 채널을 돌리잖아요." 그레이스가 항변했다. "내가 「트레이시 비커」를 볼 차례였는데 자꾸 애기들이나 보는 채널로 돌렸다고요."

세라는 TV를 끄고 리모컨을 책장 위로 높이 올려놓은 뒤 말했다. "자, 엄마 저녁 차리는 거 도와줄 사람?"

두 아이의 표정을 보면 마치 세라가 영국 해협을 건너라고 말하기라도 한 것 같았다.

"누가 도와줄래?" 세라가 한 번 더 말했다. "그레이스?"

딸이 땅이 꺼질 듯 한숨을 내쉬었고 세라는 그레이스의 TV 시청 시간을 제한해야겠다고 또 한 번 다짐했다. 그레이스는 사춘기에 5년은 일찍 들어서고 있는 듯했다.

"얼른, 그레이스. 저녁이 거의 다 준비됐다니까."

"왜 항상 전데요?" 그레이스는 소파에서 미끄러져 내려와서 엄마를 따라 주방에 들어섰다.

"넌 내 착한 딸이니까. 그렇지? 엄마의 멋진 조수잖아. 주방 어디에 뭐가 있는지도 다 알고. 해리는 아직 좀 작아서 찬장에 손도 안

닿잖니."

그레이스는 수긍하지 못하는 눈치였다.

"아빠는 언제 집에 오는데요?"

그레이스의 질문에 세라가 멈칫했다. 숨을 크게 들이마시고 고개를 돌렸다. 속상한 얼굴을 아이들에게 보이지 마.

"아빠는 또 연극을 하고 계시지. 다양한 도시들을 돌면서."

"멋지다! 그래서 집에는 언제 오는데요?"

"곧. 그레이스, 아빠는 금방 오실 거야. 케첩 좀 꺼내서 식탁에 놔줄 수 있니?"

아이들이 저녁을 먹는 동안 세라는 주방을 정리했다. 집은 치우는 세라와, 레고며 색칠공부, 플라스틱 공룡과 인형, 블록과 옷가지, 장난감 상자를 발 디딜 틈 없이 늘어놓는 아이들 사이에서 언제나 전시 상태였다.

초인종이 울리자 두 아이가 미어캣처럼 허리를 꼿꼿이 세웠다.

"아빠다!" 둘이 동시에 외쳤다.

아이들이 의자를 뒤로 빼고 현관으로 달려 나갔다. 세라는 뒤따르지 않았다. 아이들 아빠가 아니라는 것을 알았기 때문이다. 아이들이 방문객에게 인사하는 높은 목소리가 들렸고, 뒤이어 익숙한 낮은 목소리가 들려왔다. 아이들을 본 지 겨우 하루가 지났을 뿐인데도 한 명에게는 잘생겼다고, 다른 한 명에게는 벌써 다 컸다고 말하고 있었다. 잠시 후 아이들은 종종걸음으로 돌아와서 자리에 앉았고 다시 피시 핑거를 먹기 시작했다.

"할아버지 왔어요." 그레이스가 세라에게 알려주었다.

세라는 아이들이 다시 식사에 집중할 때까지 잠시 기다렸다가 현관으로 나갔다.

세라의 아버지는 외투를 벗고 양손을 내밀었다.

"문자 받았다. 우리 막내딸, 좀 어떠냐?"

그의 표정은 이미 답을 알고 있다고 말해주고 있었지만, 그래도 아버지는 물었다. 언제나 그랬다. 세라가 뭐든 털어놓을 수 있는 한 사람이었다. 비록 지난 24시간 사이에 이상하게 바뀌어버린 자신의 인생에 대해서는 말할 용기가 없지만.

"별로예요, 아빠." 세라가 조용히 말했다. "별로야."

29

주중에 로라네 집에서 보내는 하룻밤은 말할 수 있는 반가운 기회였다. 크리스가 집을 비워서 로라는 같이 있을 사람이 필요했다. 저녁을 먹은 뒤, 아이들에게 이불을 꼭 덮어주고 세라와 로라는 거실 소파 두 개에 각각 드러누웠다. 벽난로의 불은 은은했고 난로 바닥 부근에는 촛불이 일렁이고 있었다. 세라는 레드 와인을 한 모금 홀짝이며, 볼코프와의 만남 이후 줄곧 머리를 떠나지 않던 그 질문을 꺼낼 방법을 고심했다.

"뭐 하나 물어봐도 돼?"

"아니, 당연히 안 되는데?"

세라가 얼굴을 찡그렸다.

"만약에 네가 뭔가를 할 수 있는데, 너 말고는 아무도 모르게 할 수 있다면 어쩌겠어?"

"그 뭔가가 어떤 건데?"

"뭐든 다."

"그리고 아무도 모른다?"

"아무도."

"그럼 부인 모르게 채닝 테이텀이랑 잘 수 있는 거야?"

"글쎄, 그런 쪽은 아니고. 뭔가, 뭔가 좀 나쁜 거 말이야."

로라가 웃었다.

"나쁜 거 맞는데. 우리 관계가 끝날 때쯤엔 채닝이 자기 좀 봐달라고 애걸복걸하게 될 거라고."

세라도 웃으며 고개를 저었다. 다음 질문을 어떻게 말해야 할지 자신이 없어서 잠시 생각할 시간을 가졌다. 조금 위험한 것 같긴 했지만, 질문을 끝까지 가정으로만 둔다면 괜찮을 것이다. 진짜 상황은 머릿속에 단단히 가둬두고.

"뭐랄까, 합법적이라고는 할 수 없는 일이라면?"

로라도 레드 와인을 한 모금 마신 후 옆에 놓인 탁자에 잔을 내려놓고 거의 바닥이 난 병을 기울여 다시 채웠다.

"채닝 테이텀 같은 거 말고?"

"채닝은 잠깐 잊어봐."

"알겠어. 합법적이라고는 할 수 없는 일이라. 옆집 남자가 술에 잔뜩 취해서는 새벽 3시에 시끄럽게 통화해댈 때 망할 놈의 통화 내용이 벽을 타고 하나하나 다 들려오면, 짜증나는 그 자식한테 주먹을 한 방 날릴 수 있다든지 뭐 그런 거야?"

"응, 그런 거."

"그럼 할래. 그놈을 크게 한 방 먹여서 날리면 다음 주쯤에 바닥에

떨어지겠지. 그러고도 잡혀 들어가지 않을 수 있다면야. 실은 몇 달
째 우리 남편더러 옆집 남자 좀 때려달라고 하고 있었거든. 최소한
찾아가서 닥치고 좀 있으라고 말이라도 해주던가. 그런데 크리스는
그 새벽에도 잠만 잘 자더라."

"그러니까, 너라면 하겠다는 거지? 옆집 사람한테 주먹을 휘두
르겠다, 이거지?"

"공짜로 할 수 있는 일이라면? 당연히 하지. 그놈 때문에 잠을 깬
적이 하도 많아서 이제 세지도 못할 정도야." 로라는 생각만으로도
웃음이 났다. "그런데 어떻게 안 걸릴 수 있다는 거야? 내가 투명
인간이라도 되는 거야?"

"투명 인간은 아니고. 뭐랄까…… 추적이 불가능하다고 해야
하나."

"재밌네. 아무도 알아내지 못한다?"

"바로 그거지."

"완전범죄 같은 거네?"

"맞아. 그리고 옆집 남자를 때리는 것보다는 좀 더 심각한 걸 말
하는 거고."

"뭐야. 세라, 너 좀 걱정되기 시작하는데?" 로라가 고개를 들고
세라를 보았다. "괜찮은 거야?"

세라는 볼코프의 경고를 떠올렸다.

아무에게도 말하지 마십시오.

"응. 난 괜찮아. 그냥 좀 와인을 너무 많이 마셨나 봐."

"정말이야?"

세라는 쿠션에 머리를 기대어 촛불이 천장에 비추고 있는 춤추는

그림자를 가만히 보았다.

"몇 주째 이것저것 좀 힘들었어. 그게 다야. 닉이 떠난 거랑 이번에도 승진에서 누락된 걸로. 최근 상황을 감당하기가 어려웠어. 아주 미미하게나마 좋은 소식이 들려오기를, 내 뜻대로 되는 일이 뭐라도 있기를 매일 기도하지. 계속해서 속고 당하는 거 말고. 사람들이 끊임없이 날 이용해먹는 거 말고 말이야."

"러브록 교수가 보스턴의 자금줄에 대한 네 아이디어를 훔쳐서 자기 아이디어인 양 내놓은 것처럼?"

"사람들한테 내가 그날 에든버러에서 술에 잔뜩 취해서 무슨 말을 했는지도 기억 못 할 거라고 말했어." 터져 나오려는 울음을 참느라 세라의 목소리가 갈라졌다. "로라, 미안해. 넌 나를 잘 알잖아. 기분이 최악일 때 누가 잘해주면 무너지는 거. 잘해주는 사람이 있으면 그냥 다 놓고 펑펑 울고 싶어져."

"원한다면 얼마든지 못되게 굴어줄 수도 있는데." 로라가 강한 요크서 억양으로 말했다. "이 더럽고 형편없는 년, 재수 없는 년."

세라가 웃음을 터뜨렸다.

"이 울보 멍청아." 로라가 짓궂은 표정을 지어 보였다. "나 잘하지? 지금 기분은 어때? 나아졌냐?"

"응, 나아졌어. 고맙다. 눈물은 좀 들어갔네."

잠시 둘 사이에 침묵이 흘렀다. 로라는 와인 잔을 바닥에 내려놓고 다리를 휙 돌려서 소파 밖으로 뺀 후 똑바로 앉았다.

"세라?"

"응?"

"나 좀 봐."

세라가 고개를 돌려서 친구와 시선을 맞추었다.

"뭔데?"

"나한테 뭐든 말해도 된다는 거, 알지? 뭐든 다. 다른 사람한테는 말 안 할 거야. 크리스든, 우리 엄마든, 누구한테도 절대 안 해. 너랑 나만의 비밀이 되는 거야, 알겠어? 비밀은 계속 유지될 거고."

"그럼, 알지. 고맙다."

"자," 로라가 말했다. "이제 무슨 일인지 말해줄래?"

30

"로라, 아무 일도 없어."

"닉이 아라벨라인가 뭔가 하는 여자랑 살림을 차린 것 때문이야? 그 여자한테…… 뭔가 하려는 거야?"

세라가 슬픈 미소를 지으며 고개를 저었다.

"아니야."

"아쉽네. 한 대 맞아야 할 사람은 그 여자인데. 그럼 닉한테 뭔가 하려고?"

"닉은 아니야. 우선 애들이 날 절대 용서하지 않을 테고. 아무튼 로라, 아무 일도 아니야. 그냥 쓸데없는 생각 좀 한 거였어. 희망사항 같은 거 말이야. 아무래도 와인을 너무 많이 마셨나 봐. 우리 이제 다른 얘기 하자."

하지만 로라는 그대로 넘어가지 않았다.

"알겠다." 로라가 손가락을 튕기더니 세라를 가리켰다. "네 상사, 맞지? 러브록?"

세라가 소파에서 몸을 일으켜 다리를 접고 앉아서 로라와 제대로 마주 보았다. 로라는 세라와 앨런 러브록 사이에 있었던 모든 일을 알고 있는 몇 안 되는 사람 중 하나였다. 그가 저지른, 저지르려 했던 모든 것을 속속들이 다. 세라는 아버지에게는 절대 말하지 않았다. 걱정을 너무 많이 하실 게 뻔했다.

"너라면 어떻게 할 거야? 러브록이 네 상사라면?" 세라가 물었다.

"내가 어떻게 할지는 너도 알잖아. 열두 번도 더 말했는데. 곧장 인사부로 가서, 그놈 발이 땅에 닿을 새도 없이 빨리 쫓아낸다고."

"인사부도 소용없으면? 러브록은 누구도 건드릴 수 없는 사람인데?"

"그 '방탄 교수'니 뭐니 하는 거 말하는 거야?"

"응."

로라가 어깨를 으쓱해 보였다.

"음…… 나라면, 내가 직접 증거를 모을래. 현장에서 잡아내는 거지. 뭐, 말하는 걸 녹음한다든가. 같은 문제를 겪은 여자들을 찾아서 인사부가 무시하고 넘어갈 수 없는 사건으로 만드는 거야."

"그 모든 게 예전에도 시도되었지만 아무 효과도 없었다면? 사실, 효과가 없었을 뿐만 아니라 피해자들은 결국 대학에서 '정리'되었지."

"모르겠다. 그럼 크리스더러 러브록의 집에 찾아가서 얘기 좀 해보라고 할지도 몰라." 로라는 잠시 말을 멈추고 다시 레드 와인으로 잔을 채웠다. "말로 안 되면, 크리스는 그 쓰레기 자식을 걷어차서 자기 말을 알아들었는지 확인할 수도 있어."

세라가 웃었다. 로라의 남편 크리스는 어린 시절 전도유망한 럭비 선수였고 지금도 지역 팀에서 뛰고 있었다. 190센티미터에 100킬로그램으로, 덩치가 좋았다. 닉보다 한참 위로 높이 솟아 있었다. 크리스는 정말 좋은 사람으로 유쾌하고 가정에 충실했지만, 그가 등장할 때면 신체에서 오는 어떤 강한 위압감이 있었다.

"진심이야?"

"응. 사실은, 아니지."

"크리스한테 러브록 좀 손봐달라고 하진 않겠다고?"

"아, 그럴 거야. 그런데 러브록의 집에서는 안 되고. 어두운 뒷골목이나 뭐 이런 데서."

"그러니까…… 뭐야? 폭력이 답이라는 거네?"

"폭력으로는 어떤 것도 해결할 수 없다고 말하는 사람은 노예제와 히틀러, 2차 세계대전을 잊은 거야."

"수요일 밤 10시치고는 좀 깊은 내용인데."

"왜, 힐러리 클린턴이 대통령 선거에 출마하면서 견뎌야 했던 그 모든 공격에 대해 말한 적이 있잖아. '상대가 저급하게 나올수록 우리는 품위 있게 가자.'라고 했지."

"결국 힐러리가 어떻게 됐는지 우린 알지."

"바로 그거야. 도덕적 우위를 점한다고 해서 끝에 이기리라는 보장은 없어. 상대가 이미 시궁창에 있다면, 때로는 너도 시궁창으로 내려가서 상대에게 결정타를 날려야 해. 그 성범죄자 교수가 몇 번이나 너랑 자려고 시도했다는 거, 닉도 알고 있어?"

"대강은 알고 있어. 더 암울한 세부 사항까지는 아니지만, 대강은 알아."

"그런데도 화가 안 난대? 러브록과 직접 맞서거나, 네 남편인 걸 숨기고 집에 찾아간다거나 그리고 싶어 한 적도 없어?"

세라가 어깨를 으쓱했다.

"너도 닉을 알잖아. 사랑꾼이지 싸움꾼이 아니야. 평화주의자야. 시대를 잘못 타고난, 세상에서 가장 젊은 히피. 그리고 나도 전임 강사가 될 기회를 닉이 망쳐버릴까 봐 늘 거리를 유지하라고 말하기도 했고. 난 내가 일에서 어느 정도 안정성을 확보하면 문제는 사라질 거라고, 그때는 드디어 러브록에게 맞설 수 있을 거라고 생각한 거야. 이제는 닉도 없잖아. 이번에는 돌아올지도 사실 잘 모르겠어. 내가 닉을 받아줄 수 있을지 잘 모르겠어."

"세라, 내가 크리스한테 말해볼까? 변태 교수를 찾아가서 겁줄 수 있을 텐데."

세라가 고개를 저었다.

"로라, 생각해줘서 너무 고맙지만, 크리스를 곤란하게 만들고 싶지 않아."

"그럼 늙어빠진 방탄 교수가 더는 너를 괴롭힐 수 없을 텐데. 크리스는 해줄 거야. 기꺼이."

"알아. 좋은 사람이니까."

"세라, 난 그저 네 이런 모습을 보고 싶지 않아서 그래. 내가 해줄 수 있는 게 아무것도 없는 것처럼 느껴진다고."

둘은 잠시 침묵에 빠졌다. 세라는 남은 와인을 끝까지 다 마시고 잔을 바닥에 내려놓았다. 오늘 저녁만 세 잔째였다. 그 모든 골치 아픈 일에도, 이 부드러운 알딸딸함은 따뜻한 위안을 주었다.

"다른 방법이 있다면?" 세라가 벽난로 속 명멸하는 불꽃을 노려보며 말했다. "아무도 곤란해지지 않는 방법이 있다면? 네가 관여할 필요가 없는, 크리스도, 네가 아는 다른 누구도 그럴 필요 없는 방법 말이야."

"마법의 주문 같은 거야?"

내 고향, 러시아에서 나는 발셰브니크라고도 불렸어요. 마술사. 난 뭔가를 사라지게 할 수 있거든.

"그런 거라고 할 수 있지. 하지만 아무도 네가 벌인 일인지는 모르는 거야."

"나까지 추적할 방법은 절대 없다는 거야? 책임을 묻지도 않고?"

"책임이 없어."

"앞으로도 절대 나를 연관 지을 방법은 없다는 거지?"

"맞아. 알리바이는 완벽해. 일이 벌어졌을 때 넌 근처 어디에도 없을 거야. 너와 연관 지을 수가 없어. 절대."

"흠. 알겠어." 로라가 천천히 고개를 끄덕였다. "괜찮은 생각 같은데."

"그러면, 너라면 할 거야?"

로라가 또 잠시 생각하며 뜸을 들였다.

"결과에 대한 책임 없이 뭔가를 할 수 있는, 평생 한 번 있을 기회라는 거지." 로라는 잔에 남은 와인을 마저 마셨다. "야, 알게 뭐야 젠장. 나라면 하겠어."

31

세라는 로라의 보조 침대에 누웠다. 레드 와인 때문에 머리도 멍하고 잔뜩 피곤했지만, 쉽사리 잠을 이룰 수 없었다. 침대 옆 탁자 위에 놓인 라디오 시계 속 붉게 빛나는 숫자들이 딸깍, 분단위로 전진하는 모습을 가만히 바라보았다.

03:09.

아직도 꿈만 같았다. 전부 다. 알렉산드라라는 작은 여자아이, 흉터가 난 남자, 볼코프와 그의 믿기 힘든 제안까지. 모두가 또 다른 인생의, 다른 사람의 일인 것만 같았다. 세라의 인생이 아니라. 세라는 볼코프의 제안이 다른 사람의 몫인 선택, 다른 사람이 해결해야 할 문제이길 바랐다. 잠시 수면과 각성 사이 그 중간 어디쯤에 둥둥 떠서, 이 모든 것이 그저 자신의 상상의 산물이길 바랐다.

내게 이름 하나를 주십시오. 한 사람의 이름을. 내가 그 사람을 사라지게 해주지.

하지만 꿈이 아니었다. 현실이었다. 세라의 인생이었다.

세라의 선택이었다.

이성과 격정 사이의 선택. 논리와 감정 사이의 선택. 그런 선택이 공정한 싸움이었던 적이 있긴 한가?

세라는 그때 더 자세히 묻지 않았고, 그게 실수였음을 이제야 깨달았다. **사라지다**라는 말은 도대체 무엇을 뜻하는가? 온갖 것을 의미할 수도 있었다. 멀리 보내서 다시는 돌아오지 못하게 한다는 뜻인가? 협박을 해서 현재의 삶에서 도망치도록, 또는 결과를 감수하도록 하는 건가? 돈으로 매수해서 멀리 떨어진 어딘가에서 새 삶을 살게 하는 건가?

어느 것도 그럴듯해 보이지 않았다. 가장 명백한 하나의 답만큼 있음직하지 않았다. 명백한 하나의 답, 사람이 증발한다는 것. 영원히…….

세라는 생각을 떨쳐내려 휴대폰을 집어 들고 이메일을 확인했다.

또 러브룩이었다. 그가 이메일 세 통을 보냈고, 그중 둘은 긴급하다는 뜻의 빨간 깃발을 달고 있었다. 세라는 휴대폰을 가방에 넣으려고 몸을 일으켰다. 그의 미드나이트 메일을 확인해버린 이상 앞으로 몇 시간은 더 잠들지 못할 터였다.

세라의 손이 가방 속 또 다른 휴대폰을 스쳤다. 볼코프가 건넸던 작은 알카텔 폴더형 휴대폰이었다. 충전이 되어 있긴 한가? 혹시 모르니 휴대폰을 켜서 확인해야 했다. 좋은 생각이 아니야. 휴대폰을 켜면 그 안에 저장된 단 하나의 번호에 한발 더 가까워지는 거니까. 그러면 통화 버튼을 누르고 단 두 단어만 말하면 되니까.

앨런 러브록.

세라의 여러 문제가 사라질 것이다. 볼코프의 제안이 사실이기만 하다면.

로라는 세라가 볼코프의 제안을 받아들여야 한다는 데 힘을 실어 주었고, 거의 확신을 주었다. 자신이 무슨 말을 하고 있는 것인지도 모르는 채. 거의 확신을 주었지만 충분하지 않았다.

세라는 이불을 홱 젖히고 침대 옆 등을 켠 후, 다시 가방을 집어 들고 알카텔 휴대폰의 매끈한 플라스틱 형태가 손에 닿을 때까지 안을 뒤적였다. 볼코프가 뭐라고 했더라? 쓰고 버리는 휴대폰이라고 했다. 휴대폰을 꺼내서 손바닥에 올려놓고 차가운 감촉을 느꼈다. 세라가 가진 단 하나의, 유일한 증거였다. 볼코프와 그의 부하들을 만난 일이 상상이 아니라는 증거. 이 작은 직사각형의 검은 플라스틱은 그 만남이 진짜임을, 그가 진짜임을, 그의 제안이 진짜임을 말해주고 있었다. 세라는 휴대폰을 뒤집으며 그 무게를 느껴보았다. 100그램도 채 되지 않았다. 그게 다였다.

세라는 엄지손가락으로 휴대폰의 매끈한 표면을 훑다가 덮개를 젖혔다. 작디작은 화면과 구식 숫자판, 전원 버튼이 다인, 딱히 특별할 것 없는 가장 기본형 모델처럼 보였다. 1990년대 후반에 처음 가져본, 헬렌 언니에게 물려받았던 기본 기능만 탑재된 휴대폰이 떠올랐다.

그냥 한번 켜보자. 어차피 충전도 안 되어 있을 텐데.

한번 켜서 확인만 해보자. 나쁠 거 뭐 있어?

엄지손가락이 전원 버튼 주변을 맴돌고 있었다.

아니다. 거기까지 가지 않는 게 나았다. 전원이 꺼진 상태로 가방

속 깊이 남겨져 있는 편이 나왔다. 그 번호로 전화를 거는 순간 다시는 돌아올 수 없는 선을 넘게 될 터였다. 솔직히 '사라지다'라는 말이 정말 의미하는 것이 무엇이겠는가? 그건 세라가 정상적인 사회와 법, 가족과 자신이 아끼는 그 모든 것에서 이방인이 된다는 뜻이었다. 그럴 수는 없었다. 지금껏 늘 그래왔듯, 그저 쓴웃음을 지으며 참을 것이고 상황이 나아지기를 기다릴 것이다. 그동안의 경험으로 볼 때, 항상, 거의 매번 상황은 나아졌으니까. 그저 충분히 오랫동안 참고 버티면 되었다. 그저 인내의 문제였다. 그게 전부였다. 잔인하기 그지없는 인내라는 문제.

세라는 휴대폰의 덮개를 내리고 다시 가방에 넣은 뒤 머리맡의 등을 끄면서, 그저 인내면 충분하다고 혼잣말을 했다. 쓰고 버리는 그 휴대폰을 없애버릴 생각이다. 쓰레기통에 넣자. 뜰에 묻어버리자. 강에 던져버리자. 이 모든 것을 잊어버리고, 인생에서 일어난 하나의 이상한 일화쯤으로 치부하고, 기억 속 어딘가에 묻어두고, 다시는 입 밖에 내지 말자.

아침이 오자마자 휴대폰을 없앨 것이다. 그러고 나면, 진작 오래 전에 했어야 할 일을 할 것이다. 인사부로 찾아가서 적절한 경로와 적절한 과정을 거쳐 러브록을 정식으로 고발하는 일. 세라가 볼코프의 제안을 받아들일 생각까지 했다는 사실 자체가 러브록과의 문제는 해결되어야 함을 방증했다. 더는 참을 수 없었다.

32

인사부 대기실에 세라가 앉아 있다. 단단히 깍지 낀 두 손을 무릎 위에 올려놓고 머릿속으로는 로버트 웹스터에게 할 말을 정리하고 있었다. 웹스터는 인사부 부처장으로, 징계와 고발 건, 교직원의 위법 행위를 감독하는 사람이다. 넓은 개방형 공간의 한쪽 끝 구석에 통유리로 된 그의 사무실이 있었으며, 그 앞으로 줄을 맞춰 늘어선 책상들은 점심시간인 만큼 자리가 비워져 있었다. 웹스터의 사무실 문은 닫혀 있었다.

세라가 시계를 확인했다. 약속 시간까지 5분이 남았다.

아직 빠져나올 시간이 있어. 그냥 가버리고 적당히 둘러대면 돼. 어려운 일이 아니잖아.

가방 속 휴대폰이 윙윙거렸다. 마리가 보낸 문자였다.

점심 같이 먹을래? 우리 다시 얘기 좀 해야 할 듯.

세라가 빠르게 답장을 입력했다.

안 돼. 미안. 인사부랑 약속 잡았어. 2시쯤 끝나.

오늘 아침, 세라는 마리에게 이제 더는 못 참겠다고, 인사부에 갈 거라고 털어놓았다. 약속이 이렇게 빨리 잡힐 줄은 몰랐지만.

그때 마리는 세라를 빤히 바라보았다.

"정확히 뭘 하려는 건데?"

"말할 거야. 다 말할 거야."

"앨런 일을?"

"응. 휴대폰에 오늘 인사부 면담을 녹음할 거야. 앞으로 앨런과 하게 되는 모든 면담도 다 녹음 할 거고."

"정말이야?"

"나, 더는 못 하겠어. 계속 이렇게 갈 수는 없어. 인내심이 한계에 달했다고. 너무 오랫동안 참고 또 참았더니 이제 내가 누구인지도, 어디서 시작했는지도 잊어버리고 말았어. 난 단지 원하는 곳에 가기 위해 그저 앉아서 매주, 매달, 끝도 없이 더러운 일들을 견뎌내는 사람이 아니야. 그런 사람이 아니었는데, 이제 그런 사람이 되고 있다고. 더는 참기 싫어."

"네 말이 다 맞아. 진심이야. 우리 둘 다, 러브록이 이미 오래전에 잘렸어야 할 이유가 될 행태를 견뎌야만 했잖아. 날마다 아무 말도 못하고 참으며 일한다는 게 어떤 건지 우린 너무 잘 알지. 그런데 인사부에 알릴 거라면, 그 후에 있을 일에 대해서는 준비가 된 거야?"

"모르겠어. 더는 아무것도 모르겠어. 러브록에 대해 뭔가 해야 한다는 것만 알겠어."

"러브록이랑 싸울 준비는 된 거야? 러브록은 알게 되면 바로 전쟁에 들어갈 거라고."

세라는 목이 메어오고 눈 뒤로는 눈물의 무게를 느꼈다. 누구보다 똑똑하고 학구적인 마리가 조곤조곤 논리적으로 말해올 때 그녀를 상대하기란 언제나 어려웠다. 마리는 모든 것을 지나치게 논리적이고 현실적으로 보는 바람에 상대에게 좌절감을 주는 경향이 있었다.

"난 그저 내 일을 하고 싶을 뿐이라고." 세라가 말했다. "누구와도 싸우고 싶지 않아."

"네가 원하든, 원하지 않든, 인사부에 알리는 순간 싸움은 시작돼. 질리언 아널드한테 무슨 일이 있었는지, 러브록이 질리언한테 무슨 짓을 했는지 생각해봐. 싸움의 끝에는 너와 러브록 중 단 한 사람만이 서 있게 된다고. 네가 분란을 일으키면, 우리는 모두 지고 말아."

세라는 전임자의 수척한 얼굴을, 파티가 열렸던 러브록의 정원에서 벌어진 그녀와 러브록의 살기등등한 대치 상황을 떠올렸다. 그녀는 그와 싸워보려다가 자신의 경력이 추락하여 화염에 휩싸이는 광경을 보았다. 그래도 난 해봐야겠어. 세라가 혼잣소리로 중얼거렸다. 어쩌면 내가 티핑포인트(작은 변화들이 어느 정도 기간을 두고 쌓여, 이제 작은 변화가 하나만 더 일어나도 갑자기 큰 영향을 초래할 수 있는 상태가 된 단계—옮긴이)가 되어서 드디어 대학이 사태를 주목하게 될 수도 있잖아.

"마리, 너, 누구 편이야?" 세라는 자기도 모르게 속말을 내뱉고 말았다.

"당연히 네 편이지. 난 그냥 이 방법이 맞는지 확신이 안 설 뿐이야."

"다른 방법은 없어."

"세라, 틀림없이 다른 방법이 있을 거야."

"아니." 세라는 물러서지 않았다. "없어."

이제 세라는 시계를 확인하고 있다. 곧 약속한 시간이다.

입이 말랐다. 자리에서 일어나 개방형 사무실을 가로질러서 정수기 앞으로 갔고 플라스틱 컵에 물을 가득 채운 뒤 천천히 죽 들이켰다. 여기서는 웹스터 사무실의 한쪽 구석이 들여다보였는데, 통유리 벽에 블라인드가 일부만 드리워 있었기 때문이었다. 웹스터는 머리 뒤로 깍지를 낀 채 책상에 늘어지게 앉아서 웃고 있었다.

세라는 눈을 떼지 않고 정수기에서 물을 한 컵 더 받았다. 웹스터는 세라가 처음 이 대학에 왔을 때 환영행사에서 딱 한 번 본 적이 있었다. 그를 다소 뚱하고 유머감각이 없던 행정 관료로, 회색 슈트에 회색 타이를 맨 키가 크고 빼빼 마른 남자로 기억한다. 그런데 어쩌면 세라가 그를 잘못 봤던 것일 수도 있겠다. 지금의 웹스터는 고개를 한껏 뒤로 젖히고 개방형 공간에 울려 퍼지도록 크게 웃음을 터뜨리고 있으니까. 재킷은 벗어두고 소매는 걷어 올린 채.

세라는 대기실로 돌아와서 자리에 앉았다. 다시 시계를 확인했다. 이제 약속시간이다. **빠져나올 수 있는 마지막 기회.**

휴대폰 잠금을 해제하고 녹음 앱에 들어가서 몇 초간 켜두었다가 다시 들어보면서 앱이 제대로 작동하는지 확인했다. 다시 한 번 무슨 말을 할지, 어디서부터 시작해야 할지 머릿속을 정리하고 있는데, 웹스터의 문이 불쑥 열리면서 사무실 밖으로 여러 목소리가 흘

29초

러나왔다. 웹스터가 사무실 밖으로 나왔고 여전히 미소를 머금고 있었다. 어쩐지 부자연스러운 모습이었다. 그가 자신의 손님에게 손을 내밀었고 손님 역시 손을 내밀어 둘은 힘차게 악수를 했다. 몇 마디 말이 더 오가다가 웹스터가 또 한 번 웃음을 터뜨렸다. 손님은 이제 사무실 밖으로 완전히 나와서 웹스터의 어깨를 가볍게 쳤다.

서늘한 공포가 세라를 급습했다.

러브록이었다.

33

그 자리에 그대로 얼어붙은 세라는 자신을 향해 다가오는 러브록을 지켜볼 뿐이었다. 그는 세라를 보고도 전혀 놀란 기색이 없었다.

"좋은 오후, 헤이우드 박사." 가벼운 어조였지만 눈으로는 세라를 뚫어버릴 듯했다. "별일 없나?"

"네. 괜찮습니다."

"여기서 보게 될 줄은 몰랐는데."

"1시에 약속이 있어서요."

"그런가?" 알 수 없는 미소가 그의 입술을 스쳤다. "난 로버트와 근황을 주고받느라. 자주 있는 일이지. 서로의 근황 파악은 테니스 모임 때 세트 사이사이에 끝내자고 늘 말하는데, 로버트가 워낙 승부욕이 넘쳐서 말이지."

"두 분이 같이 테니스도 치시나요?"

"매주." 러브록이 반걸음 더 가까이 세라에게 다가왔다. 목소리는 여전히 낮고 크게 울리고 있었다. "무슨 업보인지 내가 팀의 주장이고 로버트는 부주장이거든."

"두 분이서 말씀 나누실 게 많으신가요?"

그가 미소를 지었다.

"아, 우리는 온갖 것들에 대해서 이야기한다네. 직원 충원 건이나, 골칫거리 동료들, 대학의 명성에 누가 되기 전에 미리 싹을 잘라버려야 할 문제들 같은 걸." 그가 더 가까이 몸을 기울였다. "로버트는 그걸 3P 대화라고 한다네"

"그게 무슨 뜻이죠?"

"잠재적으로(Potential) 문제가 되는(Problem) 사람들(People). 3P, 알겠나?"

그는 눈 한번 꿈쩍이지 않고 세라를 보았다. 세라는 아무 말도 하지 않았고 얼굴에서 피가 다 빠져나가는 기분이었다.

여기 오는 건 좋은 생각이 아니었다.

"사람은 참 끝없이 흥미롭단 말이지. 그렇지 않나?" 러브록이 덧붙였다.

"그런 것 같습니다."

"학과장으로서, 내가 헤이우드 박사의 1시 면담에 대해 알아야 할 것이 있을까?"

"그런 건 없습니다. 정말로요." 세라는 그럴듯한 거짓말을 찾으려 했다. "실은 제가 지금 급히 전화를 할 데가 있어서요. 면담을 할 수 있을지도 잘 모르겠습니다."

"로버트를 바람맞히려는 거라면 내가 배웅해드리지. 가세나."

그는 세라를 문 쪽으로 안내하려는 듯 그녀의 팔꿈치를 잡았다.

"손대지 마세요."

그는 세라에게 더 가까이 몸을 숙여서 그녀를 내려다보면서, 다른 사람은 들을 수 없도록 부드럽게 말했다.

"세라, 다음 처신을 어떻게 하는 게 좋을지 아주 신중하게 생각해보게. 아주 신중하게 말이야." 러브록은 목도리를 고리 모양으로 감은 후 반쯤 돌아서다가 멈춰서 다시 세라를 마주 보았다. "아, 조셀린에게 면담 관련 이메일은 받았나?"

"무슨 면담을 말씀하시는 거죠?"

"오늘 오후 4시 30분."

"박사과정 학생과 약속이 있습니다."

"취소하든지, 시간을 옮기든지."

"무슨 면담이죠?"

"중요한 사항이네. 아주 중요하지."

"네 그렇지만……."

"4시 30분에 내 연구실에서 보세."

그 말과 함께, 러브록은 돌아서서 계단 쪽으로 걸어 나갔다.

세라의 눈이 그를 좇는 사이, 머릿속에서는 그의 말이 계속 메아리쳤다.

다음 처신을 어떻게 하는 게 좋을지 아주 신중하게 생각해보게.

세라가 반대편 웹스터의 사무실로 눈을 돌리자, 문을 여전히 반쯤 열어둔 채 세라를 기다리는 그의 모습이 보였다. 그런데 부처장은 믿을 만한 사람인가? 세라가 공정한 심의를 얻어내는 데 희망을 걸어볼 수 있을까? 아니면 이전에 다른 사람이 밟았던 똑같은 파멸의 길로 가고 있는 걸까?

마리의 말이 머릿속에서 메아리쳤다. 싸움의 끝에는 너와 러브록 중 단 한 사람만이 서 있게 된다고.

세라는 잠시 더 머뭇거리며 두 가지 선택을 놓고 괴로워했다.

뛰어넘을 것인가, 물러설 것인가.

방아쇠를 당길 것인가, 떠날 것인가.

세라는 가방을 집어 들고 계단을 향해 걸어 나갔다.

34

연구실로 돌아와서 책상에 앉았을 때, 면담 초대 메일이 세라를
기다리고 있었다. 첨부된 의제는 없었다. 어쩌면 러브록이 생각을 바
꿨다고 말하려는 걸지도 몰라. 모두가 다 실수였다고, 오래전부터 약
속된 전임 강사 자리를 내게 주겠다고 말하려는 걸 거야.

기대는 러브록의 책상 앞에 앉은 순간 무너졌다.

"세라, 실은 말이지." 러브록이 짧은 서론을 끝내고 말했다. "난
자네 태도가 점점 더 걱정스러워."

"제 태도요?"

"자네 성과도."

"무슨 말씀이신지 모르겠어요." 세라가 미간을 찌푸렸다. "전 강
의 평가에서도 좋은 점수를 받았고, 올해는 새로 석사 학위 과정도
운영했어요. 학술지에 논문도 여러 건 게재를 앞두고 있고…… 꽨

찮은 한 해였다고 생각합니다만."

러브록은 마치 그중 어떤 것도 전혀 관련이 없다는 듯 눈썹을 추켜세웠다.

"잊어버리기 전에, 내가 뭐 좀 확인하고 싶네." 러브록이 세라의 휴대폰을 가리켰다. 세라가 둘 사이 책상 위에 앞면이 위로 오도록 놓아둔 것이었다. "지금 이 대화를 녹음하고 있는 건 아니지?"

"아닙니다. 그럴 리가요."

"대화를 녹음하는 건 인사부 지침에 대한 위반이거든. 직업과 윤리 규범에 대한 중대한 위반임은 말할 것도 없고."

세라는 두 뺨이 붉게 달아오르는 것을 느꼈다.

"알고 있습니다." 이 빌어먹을 위선자야. 세라가 생각했다.

러브록은 세라의 휴대폰을 가리켰다.

"치워주겠나?"

"녹음하고 있지 않습니다." 세라가 다시 한 번 말했다.

"그래도. 자네가 휴대폰을 치워준다면 내 마음이 좀 더 편할 것 같은데."

"좋습니다." 세라는 휴대폰을 들어서 가방의 주머니에 집어넣었다. 밖에서 기다릴 때 휴대폰을 만지작거리는 걸 조셀린이 본 거야.

러브록은 특유의 방송용 미소를 지어 보였다.

"훌륭해."

"제 태도에 대해 말씀하고 계셨는데요."

"너무 세세한 것에 빠지지는 말자고." 러브록이 말했다. "학과장으로서, 난 더 큰 그림을 봐야 하네. 유감스럽게도, 그게 내 역할의 일부이지."

러브록은 동정이라도 바라는 듯 또 한 번 미소를 지었다.

"알다시피, 우리 모두는 어려운 자금 환경 속에서 일하고 있네. 자넨 잘 모르겠지만, 앞으로 힘든 결정이 좀 있을 걸세. 난 모든 선택지를 다 고려해야 하고."

"힘든 결정이라는 게, 무슨 뜻이죠?"

"지금으로선 자세히 말할 수 없지만, 최고 재무관리자가 학부의 모든 과에 지출을 줄일 것을 요구하고 있다는 것만 알아두게. 물론 이건 극비 사항이니 그에 상응해서 처신할 거라고 믿겠네. 우리 둘만 아는 걸로 하자고."

"물론입니다." 스멀스멀 다가오는 두려움과 함께, 세라는 이 대화가 어디로 향하고 있는지 깨닫기 시작했다. "지출을 얼마나 줄여야 하는 거죠?"

"상당한 금액을. 자네가 구체적인 것까지 알 필요는 없지만, 기본적으로 여러 선택지가 있다네. 그중 하나는 현재 인력을 재조정하는 거야. 우리 인력 구성을 살펴보고 학과 전반에 걸쳐서 최적의 균형을 이루고 있는지 확인하는 거지. 적합한 수준을 갖춘 적합한 수의 직원들이 학문적 우수성을 최고 수준으로 달성하고 있는지 보는 걸세."

"감원 조치가 있을 거란 말씀인가요?"

"일부에겐 있을 수 있는 일이지." 그가 자리에서 일어나 책상을 돌아 나와서, 세라 옆으로 의자를 하나 새로 가져왔다. 한 팔은 의자 등받이에 걸치고 세라 쪽으로 보고 옆으로 걸터앉았다. 그의 땀 냄새가 훅 끼쳐왔다. 날카롭고 톡 쏘는 듯했다. "하지만 **세라** 자네가 그 일을 겪을 필요는 없네. 꼭 그럴 필요는 없지."

세라는 앉은 자리에서 몸을 움직여 그와 더 거리를 두었다. 입이 말랐고, 여기만 아니라면 세계 그 어느 곳에 있어도 좋으리라는 생각이 강하게 일었다.

"무슨 말씀이신지."

"내 말은, 이번 구조조정에서 **희생자**가 나올 거라는 얘기네. 말하자면, **나가게 될** 사람들이지. 하지만 자네가 그들 중 한 명이 될 필요는 없어."

"아, 그렇다면 다행이네요. 전 정말이지 그들 중 한 명이 되고 싶지 않습니다."

"물론 필요시 되는 변화에 대해서 학과 내 선임 동료들과 논의할 걸세. 하지만 종국에는 학장이 내 권고에 따라 행동할 거야. 오로지 내 권고에만. 내 명성에 흠집을 내려던 자네 노력에도 불구하고 말이지."

"네? 지금 무슨 말씀을……."

"학장에게 애솔 샌더스 자금 건이 자네 아이디어였다고 말했더군. 내 뒤에서 말이야."

세라는 다시 얼굴에 열이 오르는 것을 느꼈다.

"제 아이디어였어요."

러브록은 미소를 지으며 고개를 저었다.

"이 친구야, 학계는 공동 사업체야. 이걸 빨리 깨달아야 우리가 더 잘 지낼 텐데. 자네가 지금 자리를 지킬 수 있는 가능성도 더 커질 테고."

"알겠습니다." 세라는 자신이 손가락 마디가 하얘질 정도로 가방을 꽉 쥐고 있다는 것을 깨달았다.

"학과에 어떤 변화가 있을지는 내 말이 결정하게 될 걸세."

"네."

"누가 남고 누가 나가는지." 러브록은 마치 세라의 머리 내부까지 들여다볼 작정인 듯 뚫어져라 그녀를 응시했다. "분명, 계약직 임시 직원이, 그러니까 세라 자네 같은 경우가 가장 취약하고 명단의 맨 위쪽에 있을 걸세. 유감이지만, 그게 세상의 방식이지."

"기준이 뭔가요?"

"뭐라고 했나?"

"사선 안에 놓이게 될 직원을 선택하시는 기준을 물었습니다."

"여러 표준 척도를 사용할 걸세."

"예를 들면 어떤 거죠? 전 학과에서 가장 높은 강의 평가 점수를 받고 있어요. 연구도 목표한 대로 잘 나오고 있고 찰리나 패트릭보다 몇 년 더 이 자리에 있었습니다. 두 사람보다 행정 일도 더 많이 맡았고요. 작년에는 딱 하루만 병가를 냈어요. 저는 꽤 좋은 위치에 있을 것 같은데요."

"세라, 많은 것이 고려 대상이 될 걸세. **많은** 것이. 말했다시피, 여러 척도가 있고 나는 그 척도에 의거하여 판단을 내리는 거네." 러브록이 다리를 꼬면서 그의 바짓단이 세라의 정강이를 스쳤다. "그래서 난 우리가 합의에 이르렀는지 확인할 필요가 있네."

그의 말뜻을 이해하려 세라의 머릿속이 뒤죽박죽이 되었다.

"어, 어떤 합의를 말씀하시는 거죠?"

러브록이 더 가까이 몸을 기울였다. 그의 숨에서 싸하고 불쾌한 냄새가 났다. 위스키였다. 오후 5시도 채 되지 않았는데 그는 이미 취해 있었다.

"세라, 생각을 하란 말이야. 자네가 원하는 걸 생각해. 또, 내가 원하는 걸."

그는 자신의 무거운 손을 세라의 무릎에 올려놓고는 허벅지 쪽으로 쓸어 올렸다. 닿은 그의 살결이 부드럽고 축축했다. 세라는 그의 손을 잡아서 밖으로 뿌리쳤다.

"앙칼지긴." 단념을 모르고, 그는 검지 끝으로 세라의 다리를 위아래로 쓸었다. 위아래로.

세라의 몸이 움칠했다. 분노와 좌절과 지금 이 모든 상황의 부당함에 반쯤 눈이 멀어서 속으로는 비명을 지르고 미쳐 날뛰었다. 공들였던 그 모든 업무와 그 모든 시간, 자정이 지나서까지 일하다가 노트북 앞에서 꾸벅꾸벅 졸곤 하던 그 모든 밤. 피로로 정신을 못 차리던, 그럼에도 계속해서 밀어붙이고 나아가야 했던 그 모든 날. 그 모든 것이 아무것도 아닌 듯했다. 그 모든 것은 중요하지 않았다.

"제발 이러지 마세요." 세라는 목소리가 흔들리지 않도록 안간힘을 썼다.

러브록이 꼬고 있던 다리를 풀어서 활짝 벌렸고, 한 손을 바지의 가랑이 부분에 갖다 대더니 태연하게 문지르기 시작했다.

"가식은 그만 버려도 돼." 그의 목소리가 잠겨 있었다. "너도 원하는 거 알아."

"아니요. 난 아니에요. 정말 원하지 않아요." 세라가 다시 한 번 그의 손을 밀쳐냈다.

"젖었지, 그렇지?"

"뭐라고요?"

"네 성기."

잠시간 세라는 충격으로 멍해서 반응할 수 없었다. 입은 벌어졌지만 아무 말도 나오지 않았다. 천천히 고개만 가로저었다.

"뭐라고요?"

"거짓말하지 마. 아니라고 말하지 마. 난 네가 젖은 걸 알 수 있어. 흠뻑 젖었지. 공포 반사가 작용하기 시작하는 거야. 공포는 에로틱해. 성교 욕구를 추동하지."

"아니에요." 세라는 뭔가 더 실체가 있는 말을 하고 싶었지만, 충격으로 모든 말들이 머릿속에서 서로 충돌하고 있었다. "틀렸어요."

그가 몸을 수그리며 손을 세라의 허벅지 위로 쓰윽 올렸다.

"그저 네 안에 억압된 것들을 내보내봐."

"아니에요." 세라가 또 한 번 말했다.

러브록이 손끝으로 세라의 뺨을 매만졌다. 세라는 속에서 무언가 툭 하고 끊어지는 느낌을 받았다. 선을 넘고 있었다.

이건 끝이 나야 했다.

35

세라가 자리에서 일어나 뒷걸음질 쳤다.

"나한테 **손대지 마!**"

러브록은 다리를 넓게 벌린 채 뒤로 등을 기댔다.

"세라, 넌 말이지, 가끔은 너 자신을 놓을 줄 알아야 해. 흐름에 맡겨보라고."

"당신, 고발할 거야."

"아니, 넌 못해."

"지금 당장 인사부에 가서 괴롭힘과 성희롱에 대해 정식으로 고발할 거야."

그는 두 손을 들어 보였다.

"성희롱이라니? 난 그저 내 아랫사람들 모두와 친밀한 업무 관계를 원했을 뿐인데."

"그게 개소리라는 건 당신도 알지? 도를 한참 넘었다고!"

"뭐, 인사부의 로버트에게 가서 말한다는 걸 내가 어찌 막겠나. 행운을 비네."

"난 진심이야."

"알다마다. 맞고발에 대응하는 것도 행운을 비네."

"뭐라고?"

"내가 맞고발을 할 테니 잘 대응해보란 말이야. 몸을 팔아서 위로 올라가려는 네 계획의 일환으로, 내게 몸을 던지고, 섹스하자며 애걸복걸하던 그 모든 사례를 열거하는 거지. 예를 들면, 에든버러의 호텔에서 내 방문 앞을 서성이며 좀 들여보내달라고 졸라댔던 일. 아니면 저번 주 내 파티에서 있었던 일이나."

"그건 사실이 아니잖아." 침착하려 애쓰는 세라의 목소리가 갈라지고 있었다. "사실과 정반대잖아. 새빨간 거짓말."

그가 어깨를 으쓱해 보이며 의자에 등을 기댔다.

"진실이 무엇인지, 그 누가 말할 수 있나? 진실은 유연한 거야. 역사는 승자가 쓴다는 거, 잘 알지 않나. 내가 이미 로버트에게 자네가 어떤 사람인지 몇 가지 힌트를 던져놓기도 했고."

"당신은 진실을 알잖아." 세라가 말했다. "나도 알고."

"진실은 말이지, 자네가 직접 아무 문제도 없다고 말했다는 거네. 내가 추근거렸다는 걸 스스로 부정하지 않았나."

"난 그런 말 한 적 없어!"

"아니, 말한 지 채 2주도 되지 않는걸."

"당신은 거짓말쟁이야."

"파티가 있었던 날 파티오에서, 기억 안 나나? 난 자네가 그렇게 말하는 걸 아주 똑똑히 들었는데 말이지. 다른 증인도 열두 명쯤 되려나."

세라는 고개를 내젓다가 기억이 돌아오면서 메스꺼움을 느꼈다. 그 여자, 질리언 아널드가 모든 사람 앞에서 러브록에 대해 물었다. **그쪽을 침대로 끌어들이려고 하지 않았나요?** 세라는 너무 크게 당황해서 안전한 선택에 기댔다. 거짓을 말하는 것. 목격자들 앞에서, 세라는 어떤 문제가 있다는 것을 부정했다.

세라는 지금 러브록이 하려는 걸 알았다. 다른 사례도 모두 목격자는 없었다. 그녀 편에 선 직접적이고 실질적인 증거는 없었다. 지금 당장 인사부에 알려서 절차를 밟을 수는 있지만, 러브록은 자신에게 제기된 혐의 모두를 바로 다시 세라에게 씌울 것이다. 대학의 인사부는 상황이 가장 좋을 때도 의지가 박약했는데, 두 가지 모순된 주장에 직면하면, 특히 한쪽 주장은 대학 전체를 통틀어 가장 저명한 학자의 입에서 나온 것이라면, 저항이 가장 덜한 길을 찾을 것이다. 기껏해야 두 고발인 중 누구도 만족하지 못하는 형편없는 합의가 이루어질 것이다. 더욱 최악은, 인사부와, 러브록과 수 개월간 이어지는 면담과 회유와 논의의 결과가, 어떤 확정적이고 건설적인 조치는 피한 임시방편이 되리라는 점이다.

또, 의심할 여지없이 세라의 경력은 두 배로 망가질 것이다.

땅이 자신을 삼켜버렸으면 좋겠다고 생각했다.

"개소리야." 세라가 이를 꽉 깨물고 말했다.

"생각해봐, 세라. 난 합리적인 사람이야. 네가 착하게 나오면 나도 꽤 착한 녀석이 될 수 있다고."

"그게 무슨 뜻이지, 정확히?"

"알고 있을 거라 생각하는데." 러브룩은 다리를 다시 모으고 자신의 무릎을 쓰다듬었다. "넌 무슨 뜻인지 아주 잘 알고 있어. 또 뭘 알고 있을까? 난 네가 그걸 원한다는 걸 알아. 네 눈이 말해주고 있거든."

세라는 증오심이 목까지 차오르는 걸 느끼며 러브룩을 응시했다. 그에게 퍼붓고 싶은 말이 천 가지쯤 됐다. 날카로운, 칼날처럼 치명적인 말들. 그를 목부터 배꼽까지 찢어버릴 악랄한 말들. 하지만 입 밖으로 낼 수 있겠다고 생각한 유일한 말은 무력하기 짝이 없었고, 세라는 너무도 명백한 사실을 말하는 것 말고는 할 수 있는 게 없다는 사실이 싫었다.

"앨런, 난 결혼한 사람이에요. 그건 당신도 마찬가지고요."

"일부일처제라는 부르주아적 인습에 얽매이지 말라고. 네 남편은 분명 그 굴레를 벗은 것 같던데, 내가 들은 바로는 말이야. 그냥 욕망에 응하는 게 어떤가?"

그랬다. 일주일 전만 해도, 세라는 경력 사다리의 다음 계단으로 발을 내딛게 될 것이라 기대했다. 전임 강사. 아이들의 안전과 가족 모두의 안정을 지켜주는 것. 이제 그 기회는 내년으로 넘어갔다. 사실, 결국 그 자리를 얻지 못하게 될지도 몰랐다.

러브룩에게 그가 원하는 것을 내어주지 않는 이상.

29초

세라는 주차장에 비스듬히 드리운 캄캄한 그림자 속 자신의 차 안에서 미동도 없이 앉아 있었다. 머릿속이 분노로 가득했고, 목이 쓰라렸으며, 운전대를 움켜쥔 두 손에 힘이 들어갔다. 눈이 매웠지만 너무 화가 나서 더는 울 수조차 없었다. 개자식. 세라가 러브록이 밑바닥까지 내려갔다고 생각할 때면 언제나 그는 바닥을 파서 더 밑으로 내려가곤 했다. 그는 거의 2년 내내 세라를 희롱하고 더듬고 자신과 자도록 압박해왔다. 결코 미묘하지 않던 추근거림은 원치 않는 접근과 신체 접촉으로 커져갔다. 그런데 이제 그는 세라가 굴복하지 않는다면, 가만히 아무것도 하지 않고 그가 원하는 것을 취하도록 하지 않는다면, 그렇다면 간단히 세라를 없애버리기로 결심한 듯했다. 세라를 학과 내 과잉 인력으로 만드는 것이다.

열여섯 살 때부터 세라는 그 누구보다 열심히 살았다. 자신의 운을 스스로 만들어나갈 수 있도록, 여러 선택지를 손에 쥘 수 있도록 언제나 최선을 다했다. 꿈을 이룰 절호의 기회를 잡기 위해서 다른 동료들보다 몇 시간씩 더 일하며 취미와 자유 시간은 희생했다. 스물넷에 찾아온 임신은 돌발 변수였지만, 오히려 자기 운명의 주인이 되어야 한다고 더욱 굳게 마음을 먹게 된 계기가 되었다.

하지만 지금은.

그동안의 노력이, 그 모든 시간이 아무것도 아닌 게 되었어. 그야말로 아무것도 아닌 것. 그 모든 공부와 시험, 박사 학위, 면접, 잠 못 들던 밤과 단기 계약직, 고군분투, 희생, 트라우마, 가끔 찾아와준 작은 승리. 다 아무것도 아닌 게 되었어. 0. 무(無). 러브룩이 모든 패를 다 쥐고 있으니까.

출구도 없이 막막한 상황. 좋은 해결책이란 없었다.

아니, 어쩌면 있을 수도.

세라는 아까 휴대폰을 가방에 넣을 때 녹음 앱을 종료하지 않았다는 생각이 났다. 휴대폰을 꺼내어 잠금을 해제하자, 역시나 홈 화면에 디지털 타이머가 떠 있었다. 41분에 초는 계속 바뀌며 아직도 작동하고 있음을 보여주었다. 로라가 제안했던 그대로.

러브룩을 잡았어. 세라가 생각했다. 맙소사, 내가 잡았다고. 이걸 반박할 수는 없겠지.

아드레날린이 치솟으며 맥박이 빨라졌다. 세라는 운전석에서 자세를 바로하고 녹음을 종료했다. 목록에 '녹음002'가 생겼다. 무슨 일이 있어도, 실수로라도 지워선 안 돼. 집에 가자마자 노트북에 업로드하자. 타이핑도 할까 봐. 문서로도 남겨야 해. 재생 버튼을 누르자 바스락 소리와 함께, 대기실에서 면담에 들어가기 직전에 앱을 실행하던 자신의 모습이 그려졌다. 러브록이 들어오라고 할 때까지 앉아서 기다리던 자신의 모습. 멀리서 배경으로 들려오는 러브록의 개인 비서 조셀린 스티어의 탁 탁 탁 타이핑 소리. 휴대폰 스피커를 귀에 더 가까이 가져갔다. 쉬익 하는 잡음과 세라가 휴대폰을 손에 쥐고 그의 연구실로 가면서 조셀린과 나눈 짧은 대화. 이어지는 노크 소리. 또각또각, 부스럭부스럭. 면담을 시작하는 러브록의 목소리. 늘 그렇듯 서론이 늘어진 후에 세라를 불러들인 진짜 이유가 나왔다.

"세라, 실은 말이지, 난 자네 태도가 점점 더 걱정스러워."

녹음 앱은 그의 말을 하나도 놓치지 않았다. 희미하긴 했지만, 분명 그의 목소리였다.

심장이 빠른 리듬으로 흉곽에 닿으며 뛰기 시작했다. 머릿속 생각은 단 하나였다. 내가 잡았어. 드디어 증거가 생긴 것이다. 녹음을 들려줄 최선의 방법을 떠올려야 했지만, 우선은 처음부터 끝까지 다 들어볼 작정이었다. 오디오 파일이 계속해서 재생되는 동안 세라는 스피커를 귀에 더 가깝게 댔고, 이제 러브록의 날카로운 목소리가 들려올 차례였다.

"……대화를 녹음하는 건 인사부 지침에 대한 위반이거든. 직업과 윤리 규범에 대한 중대한 위반임은 말할 것도 없고."

"알고 있습니다."

"치워주겠나?"

"녹음하고 있지 않습니다."

"그래도. 자네가 휴대폰을 치워준다면 내 마음이 좀 더 편할 것 같은데."

"좋습니다."

이어지는 바스락 소리가 너무 커서, 귀에 꽂히는 그 갑작스러운 소음에 세라는 움찔했다. 그리고…….

아무 소리도 없었다.

세라가 화면을 보며 타이머가 여전히 작동 중인 것을 확인했다. 오디오가 재생되면서 시간은 똑딱똑딱 계속 앞으로 가고 있었다. 쉬익 하는 백색 소음. 볼륨을 최대로 높여서 스피커에 바짝 귀를 갖다 댔다. 여전히 백색 소음뿐. 분명 뭔가 있긴 했지만 배경으로 너무 멀리 떨어져 있어서 어렴풋했다. 러브록과 세라로 특정될 만한 소리는 없었다. 사람 목소리 같은 소리 자체가 거의 없었다. 세라는 몇 분 더 들으며 사람 말소리를 기다렸다. 나오지 않을 것을 알면서도.

소용없었다. 가방에 휴대폰을 집어넣다가 스피커를 가렸던 것 같다. 세라는 휴대폰을 조수석에 던져버리고 손바닥으로 운전대를 쾅 내리치며 좌절감에 소리를 질렀다.

"빌어먹을! 젠장!"

녹음은 결국 무용지물이 되었다. 또다시 세라의 주장만 남게 될 것이다. 사건에 대한 세라 쪽 주장을 뒷받침할 증거는 전혀 없이. 무력감이 몰려왔다. 블랙홀이 세라를 점점 더 깊은 곳으로 빨아들이고 있는 듯했다. 절대 빠져나올 수 없다는 사실만은 알 수 있었다.

차 안 차가운 어둠 속에 앉아서 반쯤 김이 서린 앞유리로 휑한 벽돌담을 응시하며, 손가락 마디가 허옇게 될 정도로 운전대를 꽉 쥐고 있던 세라는 또 다른 대화를 떠올렸다. 힘 있는 낯선 남자와의 대화. 사흘 전 바로 이 주차장에서 남자 세 명이 세라를 기다리고 있었다. 그녀가 추측밖에 할 수 없는 일들을 서슴지 않고 해왔을 무표정한 남자들.

머릿속에서 그의 말이 다시 들려왔다. 그가 태우던 시가 연기 냄새도 맡을 수 있을 것 같았다.

이게 내 제안입니다. 내게 이름 하나를 주십시오. 한 사람의 이름을. 내가 그 사람을 사라지게 해주지.

미친 짓이었다. 복잡하게 생각할 것 없었다. 낯선 사람의 믿기 힘든 제안.

내가 그 사람을 사라지게 해주지.

러브록이 세라의 인생에서 사라진다면, 세라의 인생은 어떻게 될까? 출근 때마다 깊은 곳에서 스멀스멀 기어 나오던 두려움은 여전할까? 당연히 아니다. 앞으로, 위로 나아갈 정당한 기회가 주어져 삶에서 어느 정도 보장을 얻고 아이들에게 안정된 미래를 줄 수 있을까? 그렇다. 러브록이 없는 세상은 더 나은 곳이 될까? 그를 아는, **제대로** 아는 사람 중 상당수는 그 답을 알고 있다.

세라는 가방에 손을 넣어서 앞주머니 속 볼코프에게 받은 작은 휴대폰을 만져보았다. 오늘은 휴대폰을 버릴 짬이 나지 않았다. 휴대폰을 꺼내어 잠시 손에 쥐어보았다. 세라의 손에 들어온 후로 아직 한 번도 켜지 않은 것이었다. 꼬박 1분을 바라보면서 엄지로 매끄러운 검은 덮개를 왔다 갔다 쓸었다. 이내 휴대폰 덮개를 홱 젖히고 전원 버튼을 꾹 눌렀다. 머릿속 한 부분에서는 배터리가 없어서 결정을 내릴 필요가 없기를 바랐다. 선택권이 없기를.

모든 단계는 한 단계씩 더 가까워지는 거니까.

휴대폰이 빛을 내며 살아나 차의 어두운 내부를 밝혀주었다. 잠금 해제 암호는 없었고 그저 기본 앱이 나열되어 있는 초기 화면이 었다. 잠시 화면을 응시하는 동안 목에서 뜨거운 숨이 느껴졌다. 높은 창틀 위에 올라서서 아래를 내려다보는듯한 기분이었다.

현기증은 사실 높은 곳이 무서워서 나는 게 아니야. 끝에 서 있을 때, 발을 떼고 싶은 충동을 억제하지 못할까 봐 두려워서 나는 거야.

세라는 화면 아래쪽의 오렌지색 '연락처' 아이콘을 눌렀다.

러브록이 이렇게 만든 거야. 네가 아니라. 널 또다시 승진에서 제외시켰고, 웰링턴가에서 작은 여자아이를 봤을 때 끓어오르던 건 바로 그로 인한 화, 분노였어. 러브록 때문에 지금 이 상황이 벌어진 거야. 널 어찌할 수 없는 상황에 데려다 놓았어. 이 모든 것의 시작은 그 사람이야.

저장된 번호는 단 하나. 휴대전화 번호였다. 이름은 그저 'AAA'로 되어 있었다. 엄지손가락이 몇 초간 초록색 '통화' 아이콘 위를 맴돌다가, 떠났다. 세라는 뒤로 가기 버튼을 눌러서 홈 화면으로 돌아왔고 전원 버튼을 눌렀다. 화면이 다시 캄캄해졌다.

세라는 그 작은 휴대폰을 두 손에 담아보았다. 100그램도 채 되지 않지만, 바위만큼 무겁게 느껴졌다. 생과 사를 가를 힘의 무게.

세라 자신의 운명에 대한 통제권을 되찾을 힘.

시계를 보았다. 5시 26분. 러시아 남자가 말한 72시간의 시한이 다 되기까지 이제 1시간 남짓 남았다. 곧 제안이 사라질 것이다. 영원히.

세라가 전원 버튼을 다시 눌러서 화면이 빛을 내며 살아나는 모습을 두 번째로 지켜본 후, 주소록을 선택했다. 저장된 휴대전화 번호도 또 한 번 가만히 바라보았다. 어쩌면 다 허튼짓일 수도 있었다. 권력 과시를 하는 또 한 명의 남자에 지나지 않을 수도. 사람들은 이러한 유의 짓을 하지 않았다. 현실 세계에서는 일어나지 않는 일이었다.

그렇다면 다른 선택지는 뭐가 있을까? 아무것도 하지 않고 상사가 자신의 인생을 망치도록 내버려두는 거? 그가 세라를 해고해서 이사를 갈 수 밖에 없도록, 경력이 망가지도록 하는 것을 내버려두는 거? 아니면 그가 원하는 것을 내어주는 거?

아니다. 다른 방법이 있어야 했다. 세라가 굴복하지 않아도 될 방법. 모멸감을 느끼지 않아도 될 방법. 지지 않아도 될 방법.

어찌할 수 없는 상황에는 상상도 할 수 없는 해결책이 필요할 수도 있다.

세라는 초록색 아이콘을 누르고 휴대폰을 귀로 가져갔다.

37

잠은 오지 않았다.

세라는 약을 정량 가득 털어 넣었지만, 머릿속에서 대화가 반복 재생되고 자신이 저지른 일의 심각성을 여러 방면으로 느끼면서 쉽사리 편안해지지 않았다. 몇 번이고 몸을 뒤척이다가 오른쪽으로 돌아누울 때면 어김없이 라디오 시계가 눈에 들어왔다. 마지막으로 디스플레이를 확인한 지 몇 분도 채 지나지 않았음을 보여주고 있었다. 저녁에 느꼈던 뜨거운 분노가 가라앉으면서 관자놀이가 살짝 욱신거렸다. 두통은 멈출 줄을 몰랐다.

전화 통화가 머릿속을 가득 채우면서 다른 생각은 다 몰아냈다.

세라는 이제 그 통화의 의미를 알 수 있었다. 그건 악마와의 거래였다. 포스터스 박사가 결국 어떻게 되었는지 너무 잘 알고 있었다. 그는 24년간 행운과 성공과 명성을 누렸지만, 피로 서명할 때 알고 있었듯 악마가 그의 영혼을 가지러 오자 그 모든 것은 끝났다.

전화 통화는 순간적인 미친 짓이었다. 러브록이 세상에는 한 얼굴을 내놓고 사적으로는 완전히 다른 얼굴을 드러내며 자신의 힘을 이용해서 약자를 먹이로 삼는다는 건 확실했다. 아주 지능적이고 교활한 성 착취자로, 수십 년을 거슬러 올라가는 피해자 목록을 가지고 있을 법했다. 그래도 볼코프가 세라에게 제안한 일을 실행에 옮기는 건 옳지 않았다. 러브록이 지금껏 어떤 짓을 저질렀고 앞으로 무슨 짓을 저지른다고 해도, 옳지 않은 일이었다. 그렇지 않은가?

세라는 밤새 이렇게 마음이 왔다 갔다 하다가 결국 동이 틀 무렵에야 얕은 선잠에 들었다. 꿈에 볼코프가 나왔는데, 그의 손이 있어야 할 자리에 칼이 달려 있었다. 섬뜩하게 흰 날은 끝으로 갈수록 점점 가늘어져 끝이 번쩍거렸다. 러브록도 등장했다. 그는 세라의 식탁에 앉아 있었고 피부는 잿빛에 눈은 텅 빈 빨간 구멍이었다. 그가 말을 할 때 입술 사이로 구더기가 잔뜩 기어 나왔다.

세라가 흠칫 놀라서 일어났고, 심장은 흉곽에 닿으며 두근거렸다. 단 하나의 생각이 다른 모든 생각을 압도하고 있었다.

어떡해. 내가 무슨 짓을 한 거야?

새벽 4시 41분. 자신이 실행에 옮기도록 했을 수 있는 사태의 심각성은 세라의 머리를 떠날 줄을 몰랐다. 새벽 여명의 차가운 회색빛이 방 안에 퍼질 즈음, 세라는 자신이 해야만 할 일을 알았다. 가운을 걸치고 슬리퍼를 신은 후 침실에서 몰래 빠져나와서 아이들이 깨지 않도록 조심하며 계단을 내려갔다. 해리는 잠귀가 밝아서 조금의 인기척에도 벌떡 일어나 엄마를 찾았다. 그렇게 한번 잠에서 깨면, 하루 종일 깨어 있었다. 세라는 지금 해야만 하는 일에 온전히 집중해야 했다.

까치발로 걸으며 최대한 조용히 아래층에 내려와서 주방으로 갔다. 조리대 위에 앉은 존시가 천천히 두 눈을 끔뻑이며 세라를 반겼다. 세라는 문을 닫고 가방을 뒤져서 작은 검정색 알카텔 휴대폰을 꺼냈다. 전원을 켜자 화면이 밝아졌다.

잠을 제대로 못 잔 탓에 머리가 무거웠다. 하지만 세라는 억지로라도 집중하려, 무슨 말을 할지, 어떻게 말할지 생각하려 했다. 분명하고 단호해야 한다. 제안해주신 마음은 정말 감사하지만, 아무래도 제가 실수를 한 것 같습니다. 시간을 좀 더 갖고 생각해보았는데, 제 요청은 없었던 일로 하는 게 좋겠습니다. 지난밤에 제가 한 말은 무시해주세요. 번거롭게 해드려서 정말 죄송하지만, 이해해주길 부탁드립니다. 따님이 그 일을 잊을 수 있기를 바랍니다. 제가 그 일을 잊길 바라듯 말입니다.

존시가 뛰어올라서 세라의 무릎에 앉았고 낮게 가르랑거리며 세라의 가운을 꾹꾹 눌러댔다. 세라는 열두 시간 만에 두 번째로 그 번호로 전화를 걸어서 휴대폰을 귀에 가져다댔다.

몇 초간의 침묵 끝에 여성의 목소리로 된 기계음이 들려왔다.

"지금 거신 번호는 없는 번호입니다. 다시 확인하시고 걸어주세요." 딸깍. 끝이었다.

세라가 미간을 찌푸리며 다시 걸어보았지만, 똑같은 기계음 메시지만 들려올 뿐이었다. 그럴 리가 없어. 목까지 차오르는 당혹감에 세라는 휴대폰의 연락처와 통화 목록을 확인했다. 하나의 번호, 한 번의 통화. 어제 오후 5시 27분, 29초간. 세라의 발신 통화였다. 학교 주차장에서 차 안에 앉아 분노로 바들바들 떨고 있을 때였다.

얼굴이 뜨겁게 달아오르는 것을 느꼈다. 파르르 떨리는 손으로 세 번째 전화를 걸었다. 기계음 목소리가 다시 들려왔다. 이제 아무 소용없었다. 번호가 끊긴 것이다.

세라가 실행에 옮기도록 한 일이 무엇이든, 이제 멈출 수 없었다.

38

커피를 진하게 내렸다. 세라는 주전자 물이 끓는 내내 불안한 듯 엄지손톱을 물어뜯었다. 커피를 가져와서 식탁에 앉은 뒤 노트북을 열었다. 해리가 깨기까지 아직 한 시간 정도 시간이 있다. 수수께끼의 러시아 남자가 누구인지 알아내서 어떻게든 그와 연락이 닿으면, 지난밤 일은 실수였다고, 알려준 이름을 취소하고 싶다고 말할 것이다. 세라는 이미 반쯤은 그 번호가 이제 없는 번호라는 사실이 오히려 좋은 신호라고 자신을 납득시켰다. 어쩌면 이 모든 것이 처음부터 사기극에 지나지 않았다는 의미일 수도 있었다. 순진한 영국 여자를 희생양으로 한, 약간의 장난이 가미된 자아도취적 행위였을 수도 있다. 세라가 홀딱 속아 넘어갔을 뿐.

그래도 세라는 그 낯선 남자가 누구인지 확실히 알아보고 싶었다. 그렇게 돈이 많은 사람의 정체를 알아내는 게 뭐 그리 어렵겠는

29초

가? 그가 실제로 부자라면, 인터넷에 꽤 많은 발자취를 남겼을 것이다. 런던에 기반을 두고 있다는 것만은 확실한데, 그들이 세라를 데려갔던 그 밤에 안 사실이었다. 하지만 런던 어디란 말인가? 또, 돈은 어떤 방법으로 번 것인가?

그가 진짜 이름이 아니라고 말하긴 했지만, 구글에 '볼코프'를 검색했다. 검색 결과는 많이 나왔다. 조회수가 높은 것과 그렇지 않은 것. 그중 그로 보이는 것은 없었다. 이번에는 구글 번역에 그의 이름을 넣어보았다.

볼코프는 '늑대'를 의미했다.

다음으로, 세라는 '러시아인 사업가 런던'을 검색했다. 45만 건이 넘는 결과가 나왔다. 15분간 처음 다섯 페이지까지는 샅샅이 뒤졌지만, 이거다 싶은 것은 없었다. 그의 이름은 몰라도 생김새는 알고 있으니, 이미지 항목으로 넘어갔다. 끝이 없는 듯 주르륵 등장하는 사진 중 대부분은 첼시 구단주 로만 아브라모비치와 피아니스트 보리스 베레좁스키의 것이었다. 세라는 맨 위부터 아래로 내려가며 얼굴 하나하나를 주의 깊게 보면서 낯익은 얼굴이 있는지 살폈다. 이미지가 200여 개 되는 지점까지 내려갔을 때, 볼코프를 닮은 사람을 한 명 발견했다. 사진을 클릭해서 확대해보니 바람이 부는 날에 야외에서 찍힌 옆모습으로 보였다. 사진에 달린 설명은 이름이 다였다. 안드레이 이바노프. 그가 맞나? 턱 모양과 머리 선이 비슷했다. 특별히 잘 나온 사진은 아니었다.

세라는 창을 하나 더 열어서 이름을 검색했다. 맨 위에 나온 결과는 위키피디아 페이지였다.

안드레이 이바노프는 억만장자 사업가로, 러시아와 유럽, 남아메리카에 호텔 여러 개를 소유하고 있다. 조직범죄와 연루되어 있고 러시아 정부 내 고위급과도 밀접한 관계가 있다는 이야기가 있다. 2014년 1월 12일 모스크바 루블료브카 지역의 한 아파트 계단에서 경호원과 함께 총에 맞아 숨진 채로 발견되었다. 오랜 불화를 겪어온 한 사업 경쟁자의 표적이 된 것으로 보이나, 아직까지 범인은 잡히지 않았다.

쓸모없는 정보였다. 이 남자는 이미 몇 년 전에 죽었다. 화면 속 사진을 좀 더 자세히 살펴보니, 분명 눈이 달랐다. 너무 움푹 들어갔다. 나이도 40대 초반으로 보이는데, 세라가 만났던 남자는 50대 중반이 틀림없었다.

다시 스크롤하며 사진을 살피면서 이번에는 어떤 것도 놓치지 않도록 천천히 시간을 들였다. 하지만 15분을 더 살펴본 뒤에도 아무런 소득이 없었다. 다 소용없었다. 이름이 필요했다.

세라는 볼코프의 사람들이 캠퍼스에서 자신을 데려갔던 월요일 밤을 떠올려보았다. BMW 뒷좌석에 복면을 쓴 채 누워, 지나온 시간을 추정해보려 했었다. 머릿속으로 초를 세면서 얼추 14분까지 갔었다. 12분으로 하자. 도시의 평균 속도는 시속 30킬로미터이니까, 12분이면 캠퍼스에서 차로 6킬로미터를 갔을 것이다. 그러면 런던 북부를 가로지르는 원이 하나 만들어지는데, 바네트에서 에드먼턴까지, 남쪽 파머스 그린에서 북쪽 M25 외곽순환도로까지였다. 한쪽에서 다른 쪽까지 10여 킬로미터 정도 거리이다.

인구수를 따지면 대략 2백만 명은 될 것이다.

세라의 계산이 틀렸다면? 시간을 너무 높게 잡았거나, 속도를 너무 낮게 추정한 거라면? 그렇다면 완전히 틀렸을 수도 있다.

세라가 구글에 달리 검색을 해보려는데 해리가 주방 문가에 나타났다. 머리는 사방으로 뻗쳐 있고 눈에는 아직 졸음이 무겁게 걸려 있었다. 아무 말 없이, 해리가 세라를 향해 팔을 뻗었고 세라는 해리를 들어 올려서 무릎에 앉히고 껴안아주었다. 둘은 한참을 그렇게 아무 말 없이 서로 껴안고 있었다. 세라는 해리의 달콤한 아이 냄새를, 면 이불과 지난밤 목욕이 남긴 베이비 샴푸와 탤컴파우더 냄새를 들이마셨다. 그 1분만큼은, 품에 안긴 아들의 온기 속에서 눈을 감은 채 근심 걱정을 흘려보내며 모든 것을 잊을 수 있었다. 해리가 아기였을 때 그랬듯, 세라는 무릎 위의 아들을 부드럽게 흔들었다. 가슴에 기댄 해리의 머리 위로, 막 잠에서 깨어 헝클어진 금발에 키스를 해주었다.

불현듯 그 모든 것이, 자신이 저질렀을지 모를 일에 대한 생각이 다시 떠올랐다.

세라는 다시 눈을 뜨고 해리를 안지 않은 다른 손으로 노트북을 닫았다.

해리가 세라를 올려다보았다.

"오늘 토요일이에요, 엄마?"

"아직 아니란다. 금방 올 거야."

"그럼 오늘 유치원 가는 날이야?"

"응. 자, 이제 유치원 갈 준비 해볼까?"

30분 후, 그레이스와 해리가 아침을 먹는 동안, 세라는 가방 속에서 알카텔 휴대폰을 꺼내어 다시 전원을 켜보았다. 샤워하는 사이에 누군가 전화를 걸지 않았을까, 최근 통화 기록을 확인했다.

연결된 번호는 여전히 단 하나, 어제 오후 5시 27분에 있었던 발신 통화였다. 그다음으로는 오늘 아침 세 건의 연결되지 않은 동일한 번호가 다였다.

결정이 내려진 듯했다. 세라는 러브록이 없는 미래가 어떤 모습일지에 생각을 집중하려 했지만, 여러 감정에 사방으로 뒤흔들리는 기분이었다. 후회. 불안. 공포. 아주 작은, 죄책감이 가미된 안도감. 그래도 여전히 전혀 현실처럼 느껴지지 않았다.

그레이스의 호기심 어린 목소리에 세라는 복잡한 상념에서 깨어났다.

"엄마, 새 전화기 샀어요?"

"아, 이거? 아니야. 이거는…… 엄마 친구 거야."

세라가 전원 버튼을 누르자 화면은 다시 깜깜해졌다.

"나도 한번 해봐도 돼?"

"배터리가 없어." 세라가 휴대폰을 다시 가방 깊숙이 넣었다.

"엄마, 나 아이폰 사주면 안 돼요?"

"아직은 안 돼, 그레이스. 좀 더 크면 사줄게. 큰 학교에 가면."

"우리 반 올리비아 벨러미는 벌써 있단 말이야."

"정말?"

올리비아 벨러미는 다 가졌지, 젠장. 세라의 이런 생각은 처음이 아니었다.

"아이폰7이라고요. 지난주에 학교에 가져왔는데, 브룩 선생님이 가져가버렸어요. 그래서 올리비아가 학교 끝나고 엄마랑 같이 가서 찾아와야 했어요."

세라는 그레이스의 담임선생인 그 만만치 않은 브룩 부인이 올리

비아의 엄마에게 단호하게 이야기하는 모습을 잠시 그려보았다.

"난 브룩 선생님이 잘하신 것 같은데."

"인스타그램도 해요. 팔로워가 100명이야."

"브룩 선생님이?"

"아니, 말도 안 돼!" 그레이스가 얼굴을 찌푸렸다. "올리비아 말이에요."

"인스타그램은 중고등학생이나 하는 거 아니니? 어른들이랑."

해리가 식탁 위로 몸을 숙이면서 재잘거리기 시작했다.

"엄마, 나도 아이스 폰 사주면 안 돼요?"

"응? 무슨 폰?"

"아이스 폰요. 올리비아처럼."

그레이스가 코웃음을 쳤다.

"아이스 폰이 아니라 아이폰이야. 이 바보야."

해리가 엄마에게 입술을 불룩 내밀었다.

"엄마, 누나가 나보고 바보래."

"그레이스, 동생한테 그러지 마."

"쟤 바보 맞잖아요."

해리가 손을 뻗어서 양 갈래로 땋은 누나의 머리 한쪽을 잡아당겼고, 그레이스가 잡기 전에 얼른 손을 뺐다.

"너 가만 안 둬!" 그레이스가 해리에게 달려갔다.

"엄마!" 해리는 엉엉 울며 엄마를 찾았다.

세라는 마치 경찰관이 교통 지도를 하듯, 팔을 양쪽으로 뻗어 한 손에 한 명씩 잡아서 둘을 적당히 떨어뜨려 놓았다. 이제 닉은 없다. 평화 유지는 세라의 몫이었다.

"둘 다 그만해. 그레이스, 가서 양치하고. 해리, 얼른 시리얼 다 먹고. 우리 5분 뒤에 나가야 해."

그레이스가 씩씩대며 쿵쾅쿵쾅 계단 쪽으로 갔다. 해리는 조그마한 입에 한가득 라이스 크리스피를 넣고 그릇을 옆으로 밀어놓은 후, 의자에서 폴짝 내려와서 5분 더 레고를 가지고 놀기 위해 거실로 달려갔다. 그저 평범한 날이네. 세라가 해리를 바라보며 생각했다. 평범한 아침이었다. 아이들에게 옷을 입히고, 아침을 먹이고, 양치질을 시키고, 학교에 데려다주고, 출근하고, 업무를 보고.

평범하지 않은 단 하나의 사실만 빼고는. 그 단 한 번의 통화.

39

금요일은 더디게 흘러갔고, 죄책감이 세라를 갉아먹고 있었다.

식욕이 사라진 듯했으며 점점 더 집중하기가 어려웠다. 자신의 시선이 닿지 않는 곳에서 어떤 일이 일어나고 있다는, 추진되고 있다는 느낌이 점점 커졌지만, 세라의 통제 밖에 있는 일이었다. 브레이크가 없는 폭주 기관차였다. 휴대폰에 저장된 번호도 끊긴 마당에 기관차의 경로를 바꿀 방도는 없었다. 쉴 새 없이 바쁠 때는 잠시나마 잊을 수 있었지만, 몇 분이라도 다른 생각을 할 겨를이 생기면 어김없이 볼코프가 떠올랐다. 회의에 참석할 때, 책상 앞에 앉아 있을 때, 작은 직원용 주방에서 주전자가 끓기를 기다릴 때, 마음은 어둠 속 차 안에 홀로 앉아서 전화를 걸던 그 순간으로 돌아갔다.

그럴 때면 속이 다시 요동치는 듯 메스꺼웠다. 마치 도자기 꽃병이 손에서 미끄러진 순간, 곧 그것이 차갑고 딱딱한 바닥에 닿자마자 천 개의 조각들로 산산이 부서지고 말 것임을 아는 것처럼. 떨어지는 꽃병을 느린 화면으로 보는 것처럼.

한 번의 통화. 30초도 채 되지 않는 시간. 어쩌면 이 시간이 세라의 예전 삶과 새로운 삶을 나누는 순간이, 무죄에서 유죄로 옮겨가는 순간이 될지도 몰랐다. 세라의 삶이 탈선하여 전혀 새로운 방향으로 질주하는 순간이.

또는 이 모든 게 그저 허풍, 정교한 계략, 정체 모를 한 갑부의 세라를 이용한 권력 과시에 지나지 않았을까?

아무 일도 일어나지 않았으니까. 적어도 아직까지는. 세라는 무엇을 예상해야 할지 몰랐다. 전화를 받은 사람에게 앞으로 어떤 일이 벌어질 것이며, 그러기까지 시간은 얼마나 걸릴지 물어보지 않았다. 무슨 일이 일어나긴 할는지. 삶은 아무 동요 없는 듯 그저 계속되고 있었다.

모른다는 것이 세라를 미치게 했다.

다른 것도 있었다. 보이지 않는 감시자가 학교에서 세라를 지켜보고 있는 듯한 기분이었다. 마치 러브룩이 계속해서 세라보다 한발 앞서 있는 것처럼. 그는 세라가 인사부에 갈 것을 미리 알고 있었다. 지난번 둘의 면담을 녹음하려던 시도를, 애솔 샌더스 건에 대해 학장에게 따로 말했던 사실을 알고 있었다. 어떻게 러브룩은 그렇게나 많이 알고 있었을까? 꼭 집어 말할 수는 없지만, 이건 마치……

"헤이우드 박사?"

세라가 공상에서 깨어났다.

"죄송해요. 뭐라고 하셨죠?"

반들반들한 참나무 탁자 맞은편에서 기획처장인 피터 모런이 세라를 빤히 쳐다보고 있었다.

"샬럿의 제안에 추가하실 사항이 있는지 물었습니다."

인문학부에 파견된 홍보팀 부장 샬럿 핸슨이 기대에 찬 얼굴로 세라에게 미소를 지어 보였다. 세라가 탁자를 둘러보았다. 모두의 시선이 세라를 향하는 듯했다.

"아, 그게, 없습니다." 세라가 말했다. "현재로서는요."

샬럿이 구불구불한 금발을 귀 뒤로 빗어 넘겼다.

"제가 제안드린 건, 말로의 탄생 450주년에 즈음해서 SNS 활동을 해보면 어떨까 하는 거였어요. 블로그 등을 활용하고, 《대화》지에 기고하는 것도 좋고요. 여러분께서 언론에 인터뷰도 해주시면 더욱 좋고요. 관심 있으신 분 있나요?"

"네, 좋은 생각 같네요." 세라가 정신을 차리려고 애썼다. "정말 좋아요. 괜찮으시다면 내일 같이 더 얘기해봐요."

"또, 봄에 러브록 교수님의 책이 출간되니 관련하여 미리 준비를 하면 좋겠습니다." 샬럿이 덧붙였다. "교수님께서 BBC와 여러 가지를 하실 테지만, 우리도 만반의 준비가 되어 있어야 할 테니까요."

세라는 고개를 끄덕이면서도 머릿속으로는 단 한 가지 생각뿐이었다. 러브록의 책은 봄에 나오지 않을 거야. 그때쯤이면 그가 사라진 지 오래일 테니. 봄이 오기도 전에 사라진다고. 아니면 책이 그의 유작으로 출간될 수도 있고.

"물론이죠." 세라가 말했다. "좋은 생각이네요."

회의가 끝나자마자 세라는 서둘러 연구실로 돌아갔다. 다음 강의까지 한 시간 정도는 사람들과 떨어져 있고 싶은 마음이 간절했다.

책상에 앉자마자 연구실의 전화가 울리는 바람에 세라가 흠칫하며 놀랐다. 러브록의 개인 비서인 조셀린 스티어였다.

"세라, 5분 정도 시간이 되나요?"

"음, 네, 그럼요."

"잘됐네요. 두 가지 사항입니다. 다가오는 월요일에 학과 회의가 추가로 있을 예정인 거, 다시 한 번 알려드리고요. 또, 앨런 교수님의 연구실에 잠깐 들르실 수 있나요?"

세라는 요청을 피해갈 만한 변명을 생각해내려 했지만, 그러지 못했다. 조셀린이 아웃룩으로 세라의 일정을 볼 수 있어서, 임박한 강의가 있다고 둘러대기란 불가능했다.

"물론이죠." 마음과 달리 말했다. "언제 가면 되나요?"

"바로 와주세요. 감사합니다." 조셀린이 전화를 끊었다.

심장이 내려앉는 듯했지만, 세라는 자리에서 일어나 마음의 준비를 했다. 러브록이 뭔가 아는 건가? 내가 한 일에 대해? 아니면 오늘이 구조조정의 일환으로 내 자리를 잘랐다고 말하는 날일지도 모르지. 잠시 그렇게 책상 앞에 선 채로, 두 경우 중 뭐가 더 최악일지 생각했다. 둘 다 각자의 방식으로 끔찍하긴 했지만, 분명 있을 법한 일은 전자보다는 후자였다.

세라는 결국 재킷을 걸치고 느릿느릿 러브록의 연구실로 갔다. 그는 책상 한쪽 끝에 걸터앉아서 세라를 기다리고 있었다.

"아, 세라. 와줘서 고맙네. 문 좀 닫아주겠나?"

세라가 문을 닫았지만, 문가에 그대로 서서 최대한 그와 거리를 두려 했다. 러브록이 곡선 형태의 긴 소파를 가리켰다. 소파는 연구실 벽에 바닥부터 천장까지 이어지는 책장 두 개 사이에 놓였는데, 고풍스러운 가보처럼 암적색 가죽으로 덮여 있었고 세월에 바랜 모습이었다.

"앉지 그러나?"

"전 괜찮습니다. 감사해요."

"그렇게 문가에 서 있으니 내가 불안해서." 러브록이 세라를 향해 늑대처럼 씩 웃었다. "이리 오게. 여자들은 소파 위를 선호하잖나. 그렇다고 들은 것 같은데."

러브록이 다시 소파를 가리켰고, 세라는 그에게서 가장 먼 쪽의 소파 끝에 걸터앉았다. 러브록은 세라 쪽으로 각도를 틀고 다리를 꼬았다.

"자, 학과 구조조정 건이네. 그동안 자네가 다른 생각을 더 한 게 있나 궁금해서 불렀지."

세라는 러브록과 벌써 3년째 같이 일하고 있지만, 그가 어떤 짓을 하고도 바로 다음 날이면 마치 아무 일도 없었던 양 행동할 수 있다는 게 아직도 놀랍기만 했다. 마치 그가 세라에게 음란한 말을 하거나 그녀를 성희롱하거나 그녀의 몸에 손댄 일이 없었다는 듯. 그건 일종의 선택적 기억상실증이라고, 거기에 자신이 거부할 수 없는 매력을 가졌다는 대단한 믿음이 합쳐진 결과라고, 세라는 생각했다.

"제가 결정할 수 있는 일은 아니라고 생각했는데요."

그가 일어나서 세라가 앉아 있는 소파로 다가가 한쪽 끝에 걸터앉아 오른쪽 다리를 달랑거렸다. 그가 신은 스웨이드 모카신은 직장에는 전혀 어울리지 않아 보였다.

"아, 그런 인상을 주고 싶지는 않은데. 자넨 확실히 결과에 영향을 줄 수 있네."

내가 결과에 영향을 준 것 같긴 해. 당신이 좋아할 방식은 아니지만.

그가 계속해서 말하고 손짓 몸짓을 하고 더 가까이 다가왔지만, 세라에게는 아무 말도 들리지 않았다. 그의 말은 그저 소음이었다. 세라의 머릿속 상념에 묻혀서 잘 들리지도 않는.

러브룩이 알아. 알고 있어.

말도 안 되는 소리. 무슨 수로 알겠어. 바보 같은 생각이었다. 세라와 볼코프의 접촉을 그가 알 리가 없었다. 그래도 만약 알고 있다면? 자기 머리 위로 칼날이 떨어질 준비를 하고 있다는 걸 그가 안다면?

이제 그의 냄새가 더 강하게 풍겨왔다. 날카로운 체취였다. 그는 언젠가 세라에게 남자의 천연 페로몬을 화학물질로 가려서는 안 된다고 말했고, 따라서 그의 연구실에서는 언제나 특유의 냄새가 났다. 수고양이가 찬 국부 보호대 같은 냄새라고 마리가 말한 적이 있다. 당시에는 웃겼지만 지금은 아니다. 세라는 몸을 살짝 옆으로 빼고 최대한 숨을 얕게 쉬었다.

세라는 그를 보며 자신이 한 일에 대해 양심의 가책을 느껴보려 애썼다. 죄책감을 북돋으려, 자신이 실행에 옮기도록 했을지 모를 일에 대한 후회의 가닥을 잡아보려 애썼다.

하지만 그러한 감정은 찾아오지 않았다.

또 다른 생각이 별안간 너무 강하게 일어서 호흡이 가빠졌다.

내가 러브룩에게 알리지 않는다면.

그렇게 하는 게 맞는 건가? 러브룩에게 그가 위험한 상황이라고 경고하는 게?

하지만 그는 세라의 말을 믿지 않을 것이다. 완전히 미친 소리로 들릴 수밖에 없을 것이다. 순식간에 찾아온 그 생각을 세라는 순식간에 떨쳐냈다.

이미 저질러진 일이야. 바람을 뿌리고 회오리바람을 거둔다.

러브록이 슬금슬금 세라 가까이 바싹 다가오자, 단 하나의 생각이 다른 모든 생각을 압도했다. 어쩌면 이것도 마지막이 될 거야. 마지막.

당신은 이제 죽은 목숨이니까, 앨런.

그는 아직도 말하고 있었다.

"시간은 계속 가고 있네, 세라. 째깍째깍. 어느 쪽으로든 결정은 날 걸세." 그가 세라 옆으로 자리를 옮겨 팔을 뒤로하자 그의 손끝이 세라의 어깨에 닿았다. "새로운 구조의 한 부분이 되거나, 그렇지 않거나, 자네에게 달린 거지. 아무튼, 변화는 있을 걸세. 금방 말이지. 변화가 다가오고 있다고."

그렇겠지. 세라가 생각했다.

10분 후, 세라가 비틀거리며 그의 연구실에서 나왔다. 또다시, 분노와 수치를 느끼며. 두려움에 질린 달아오른 얼굴로. 이제 몇 번째인지도 모를 정도였다. 열두 번쯤 될까. 그보다 더 많을 수도. 하지만 오늘은 달랐다. 어쩌면 오늘이 마지막이 될 수도 있으니까.

허겁지겁 복도로 나가는 세라의 뒷모습을 조셀린 스티어의 눈이 좇았다.

40

토요일은 부산스럽게 지나갔다. 집안일에, 아이들과 놀아주고, 택시로 아이들을 수영 강습과 친구들 파티에 보내고, 다시 또 요리하고 청소하고 빨래하고. 세라는 바쁘고 싶었다. 주중의 일들을 잠시나마 잊으려면 뭔가를 하고 있어야 했다. 그래서 아이들이 잠든 뒤 영화를 보다가 푹 쓰러질 수 있었을 때 세라는 기뻤다.

일요일 아침, 세라가 미리 점심을 준비하는 동안 아이들은 식탁에 앉아서 형형색색 물감으로 뒤범벅인 앞치마를 두르고 그림을 그리고 있었다. 해리는 앞에 놓인 종이보다 자신의 몸에 포스터물감을 더 많이 칠한 듯했지만, 잔뜩 집중한 모습으로 충분히 만족스러운 듯 보였다. 그레이스는 전날 파티에서 급격히 악화된, 친구들 사이의 복잡하고 기나긴 갈등에 대해 빠르게 되짚고 있었다.

"클로에가 밀리한테 못되게 굴었어요." 그레이스가 설명했다.

"그랬더니 프란체스카가 자기는 클로에의 생일 파티에 초대를 받았는데 타라가 안 왔으면 좋겠다고, 타라가 오면 자기는 안 갈 거라고 했어요. 그래서 클로에가 타라는 어차피 못 올 거라고 했고, 밀리는 알리샤한테 타라가 안 가면 자기도 가기 싫다고, 클로에네 엄마는 못되고 무섭고 차브(영국에서, 보통 교육 수준이 낮고 아주 저급한 취향과 패션을 즐기는 젊은이를 이르는 말—옮긴이)라고 말했어요."

"어허!"

"그런데 난 다 프란체스카의 잘못인 것 같아요. 걔가 먼저 시작했어."

"음, 그렇구나."

"엄마 생각은 어때요?"

"내 생각에는 그냥 우리 딸이 모두에게 친구가 되어줘야 할 거 같아. 서로에게 잘해주려고 열심히 노력해봐."

"프란체스카한테도?"

"그럼. 프란체스카도."

그레이스는 말도 안 되는 답이라는 듯 큼큼 헛기침을 하고 다시 그림에 집중했다.

세라는 오후에 아이들을 알렉산드라 공원에 데려갈 계획이지만, 비가 오지 않아야 했다. 소리를 죽인 부엌 TV는 점심 뉴스 방송을 내보내고 있었다. 두 아이는 계속 즐겁게 그림을 그리고 있고, 세라는 커피를 손에 들고 조리대에 등을 기댄 채 지역 날씨 예보를 기다렸다. 화면이 전국 뉴스에서 BBC 런던 지역 단신으로 바뀌었다. 세라가 볼륨을 높였다.

"첫 소식입니다." 머리를 말끔히 정돈한 앵커가 말했다. "오늘

이른 아침, 리강에서 남성 시신이 한 구 발견돼 경찰이 수사에 착수했습니다. 경찰은 에드먼턴에 있는 이 강의 둑을 따라 저지선을 치고, 과학수사 팀을 투입하여 단서를 찾기 위해 일대를 샅샅이 뒤지고 있습니다. 리즈 스토리 기자의 보도입니다."

세라의 다리에서 힘이 모두 빠져나간 것 같았다. 커피 잔을 세게 내려놓는 바람에 조리대 위로 커피가 쏟아졌다. 잔은 굴러가다가 바닥에 떨어져 박살이 났다. 그레이스가 놀라서 꽥 소리를 질렀다.

세라는 엎지른 커피와 소음을 무시하고 리모컨을 집어 들어 TV 소리를 키웠다.

화면이 강둑에 선 말쑥한 차림의 젊은 기자로 바뀌었다. 기자 뒤로 보이는 수문을 타고 강물이 굽이쳐 솟아올랐다. 경찰관 한 명이 강변의 나무 두 그루 사이에 걸린 희고 파란 범죄 현장 테이프 옆에 서 있었다.

기자가 카메라 렌즈를 보자 세라는 그녀가 자신을 똑바로 쳐다보는 것만 같았다.

"시신은 50대 중반 남성으로 보이며, 오늘 아침에 개를 산책시키던 한 시민이 발견했습니다. 물속에 적어도 하루 동안 있었던 것으로 보입니다." 화면은 다시 테이프가 둘러진 현장으로 넘어갔다. 근처에 경찰차 두 대가 세워져 있고 위아래가 한 벌로 된 흰색 작업복을 입은 감식반이 왔다 갔다 하고 있었다. "경찰은 이 죽음에 수상한 점이 있다고 보고 있지만, 현 시점에서는 죽은 남성의 신원을 확인하는 데 집중하고 있습니다. 사실 여부가 확인된 것은 아니나 시신이 훼손된 상태라는 이야기도 들려옵니다. 수일 내로 검시관이 시신을 인계받아 사인 규명에 들어갈 예정입니다. 리강 피케츠 수문에서, BBC 런던 뉴스, 리즈 스토리였습니다."

세라는 얼어붙었다.

맙소사. 어떡해. 어떻게 저렇게 빨리 손을 쓴 거지?

세라도 아는 곳이었다. 저기 바로 길 따라 있는 실내 축구 경기장에서 열린 여름 생일 파티에 해리를 데려간 적이 있었다. 우드그린에서 멀지 않은 곳이었다.

떨리는 손으로, 세라가 노트북을 열고 구글 지도를 켜서 화면의 강과 수문이 나올 때까지 스크롤했다. 여기다. 콘크리트 구조물이 강을 좌우로 가로지르는 지점을 표시하는 얇은 수평선. 조금 전에 BBC 기자가 서서 생방송 보도를 하던 그 지점이었다. 천천히 줌 아웃을 하자 축척이 커지면서 지도는 더 많은 이름을 불러냈다. 심장이 너무 세게 뛰어서 기절하거나 토할 수도 있겠다는 생각이 들었다. 조금 더 줌 아웃을 하고 약간 북쪽으로 스크롤하자 세라가 찾는 곳이 나왔다.

크롬웰 배싯 주택가.

수문은 러브록의 집에서 5킬로미터 떨어진 곳에 있었다.

50대 남자.

죽음에 수상한 점이 있다고 보는 경찰.

시신이 훼손된 상태라는 이야기.

해일과 같은 공포와 바늘구멍처럼 작은…… 뭐랄까? 안도감은 아니다. 그건 아니다. 너무도 이상한 감정이었다.

머릿속에서 들려오는 속삭임에 세라는 손으로 입을 틀어막았다. 똑같은 질문을 되풀이하고 있었다. 계속해서.

너, 무슨 짓을 한 거니?

너, 무슨 짓을 한 거야?

속이 울렁거렸다.

시체는 딱 맞는 나이에, 딱 맞는 성별에, 딱 맞는 장소에서 발견되었다. 아직 신원이 밝혀진 건 아니지만 분명 하루에서 이틀 사이에 결과가 나올 것이다. 그렇게 되면 지옥이 열리겠지.

볼코프를 믿다니, 세라는 어리석고 순진했다. 그가 세라에게 거짓말을 했다. 누군가를 사라지게 만들어서 다시는 보이지 않게 할 수 있다고 약속했다. 러브록이 지구상에서 완전히 자취를 감추게 될 것이라 약속했다.

그리고 지금, 러브록의 집에서 5킬로미터 떨어진 곳에서 시체가 하나 나온 것이다.

41

침착해. 세라가 자신에게 말했다. **집중해.** 이제 일은 벌어졌고, 빚은 청산되었다. 네가 그걸 원했든 원하지 않았든. 이제 똑똑해져야 한다. 이 폭력 행위가 절대, 언제라도, 너와 네 가족과 연결되는 일이 없도록 필요한 것을 해야 한다. 너와 네 가족 근처에도 와서는 안 된다.

또렷이 생각해야 했다. 주방 조리대 끝을 잡은 손에 힘이 들어가 손가락 마디가 하얗게 된 채, 세라는 창밖을 내다보았다. 이제 뭘 해야 하지? 지금 당장, 가장 먼저 해야 할 일은? 최우선 사항은 세라를 볼코프와 관련 지을 만한 어떤 증거든, 어떤 것이든 없애버리는 것이었다. 세라는 자신이 볼코프가 준 휴대폰을 아직도 갖고 있다는 사실을 새삼 떠올리며 경악했다. 버리려 했지만 깜빡 잊어버린 것이다. 마음속 깊은 곳에서는 정말 어떤 일이 일어날지 실감하지 못하고 있었다.

하지만 이제 일은 벌어졌다.

가방 깊숙한 곳에서 작은 알카텔 휴대폰을 꺼내어 손바닥 위에 뒤집어놓았다. 단 한 통의 전화로 자신이 촉발시킨 것을 여전히 믿을 수 없었다. 그 통화로 얼마나 큰 파문이 일 것인가? 어디까지 닿을 것인가?

세라가 휴대폰 덮개를 열고 전원을 켰다. 배터리는 아직 58%가 남아 있었다.

연락처로 들어가서 혹시 그 번호가 다시 살아났을까 싶어 전화를 걸어보았다. 자신이 시작한 일이 무엇이든, 그 경로를 바꾸도록 아직 무언가 할 수 있을지도 모른다는 희망이 가슴속에 커져갔다.

번호는 죽어 있었다. 전과 다름없이.

이제 소용없어진 번호였지만, 세라는 왠지 영원히 잃고 싶지 않았다. 포스트잇을 가져와서 볼코프의 번호를 휘갈겨 쓴 뒤 지갑에 넣었다.

휴대폰은 보내줘야 했다. 그런데 어디로? 집 밖의 쓰레기통은 앞으로 열흘간은 비워지지 않을 것이다. 그렇다면 소용없었다. 휴대폰은 여기, 세라의 집과 아이들에게서 멀리 떨어져야 했다. 절대 발견되지 않을 어딘가로 가야 했다.

세라는 휴대폰을 비닐봉지에 넣은 뒤 정원에서 무거운 돌을 한움큼 가져와서 함께 넣고 봉지 위를 대강 묶었다.

잠깐. 지문은 어쩌지?

세라는 뒷문을 통해 다용도실로 가서 작은 개수대 밑 찬장에서 정원 손질용 장갑을 꺼내어 손에 꼈다. 비닐봉지의 매듭을 풀다가

봉지가 살짝 찢어졌지만, 어쨌든 다시 휴대폰을 꺼냈다. 어떻게 했더라? TV에서 본 적은 있지만 현실에서 적용이 될지는 알 수 없었다. 장갑 낀 손으로 세탁기 옆 물티슈를 한 장 뽑아서 휴대폰을 꼼꼼히 닦았다. 구석구석 빠짐없이 닦았다는 확신이 들었을 때, 세탁물 바구니에서 수건을 하나 꺼내어 휴대폰의 물기를 닦은 후 다시 비닐봉지에 넣었다. 봉지를 셀로판테이프로 한 번 더 단단히 감고 나서 가방 안에 밀어 넣었다. 무언가 할 일이 더 있다는 것만은 분명했지만, 그게 무언지 정확히 콕 집어 말할 수는 없었다. 뭐가 더 있더라? 그 남자들과 자신을 관련 지을 만한 것이 또 뭐가 있을까? 하지만 지금 당장은 생각할 시간이 없었다. 휴대폰이 세라에게 있는 매 순간, 그녀는 강에서 발견된 죽은 남자와 연결되고 있었다.

그저 아무 남자가 아닌,

세라의 상사.

세라는 외투를 걸치고 아이들이 있는 주방으로 돌아갔다. 여전히 식탁에서 행복한 얼굴로 그림을 그리고 있는 아이들에게로. 그건 너무도 행복한 일상의 장면이자, 그녀 주위로 몰려들고 있는 어둠과는 너무도 대비되는 장면이어서, 세라는 잠시 문가에 멈춰 서서 숨을 가다듬어야 했다. 손으로 입을 틀어막은 채, 이 순간을 그대로 포착해서 그 안에 영원히 머물 수 있기를 바랐다.

무슨 짓을 더 해서라도, 세라는 이 두 어린 것들을 어둠으로부터 보호해야 했다. 다른 데서 다 실패한다 하더라도 아이들을 보호하는 일만큼은 성공해야 했다.

"자, 우리 이제 손 씻고 외투도 입고 신발도 신자." 세라가 최대한 밝게 말했다. "오리한테 먹이를 주러 갈 거예요."

해리가 의자에서 폴짝 뛰어내렸다.

"우와! 오리!"

그레이스는 코를 찡긋했다.

"꼭 가야 해요?"

"그럼, 그레이스. 우린 바깥바람을 좀 쐬어야 하고, 오리들은 점심을 좀 먹어야 해. 해가 곧 나올 거야. 어서 가자."

"그럼 끝나고 맥플러리 먹어도 돼요?"

"글쎄, 이따 봐서."

"사준다고요?"

해리가 세라의 다리에 달라붙어서 크고 파란 눈으로 세라를 올려다보았다.

"매기플러리! 매기플러리!"

세라가 어렸을 때는 협상이라는 걸 해본 기억이 없다. 부모님이 주시는 것을 받고, 대개는 그대로 만족했던 기억이 난다. 하지만 이제 세라가 내리는 간단하기 그지없는 모든 지시 사항이 흥정의 대상이나 어떤 일의 대가가 될 수 있는 것 같았다. 다른 날 같았으면 짜증이 났겠지만, 오늘은 덕분에 잠시나마 딴생각을 할 수 있어서 오히려 반가웠다.

세라가 딸에게 미소를 지었다.

"이따 보자는 뜻이지. 얼른 외투 입고 신발 신어. 불쌍한 작은 오리들이 배고파 죽겠대."

세라와 아이들은 주말의 교통 체증을 뚫고 크라우치 엔드와 하이게이트를 지나서 햄스테드 히스의 한쪽 끝에 차를 세운 후, 연못 위 첫 번째 구름다리까지 걸어갔다. 거기서부터 아이들은 세라를 앞서 뛰기 시작했는데, 얼른 연못을 건너서 오리가 모여드는 작은 데크에 서로 가장 먼저 도착하려는 것이었다.

하늘은 어두웠고 닥쳐올 천둥을 알리는 듯 공기는 후텁지근했다.

아이들이 데크에 도착했고, 세라는 다리 위에서 아이들을 향해 배고픈 오리 열댓 마리가 물을 가로지르며 일렬로 다가오는 모습을 지켜보았다. 새 모이 봉지를 손에 쥔 그레이스가 동생에게 모이를 한 움큼 건넸다. 해리는 자그마한 손가락으로 모이를 한 번에 한 톨씩 집어서 물에 던지고 자신의 발 언저리에 오리들이 꽥꽥거리며 동그랗게 모여들자 깔깔대며 즐거워했다.

세라는 다리를 건너다 멈춰 섰다. 딱 중간 지점, 발아래 물이 가장 깊을 지점에서.

두 아이 모두 오리에 푹 빠진 듯하자 세라는 빠르게 주위를 살폈다. 뒤로는 아무도 없었다. 그녀 쪽으로 다가오는 사람도 없었다. 저 멀리 둑 위에 개를 산책시키는 남자가 한 명 있었지만, 세라에게 등을 보이고 있었다. 그때 밝은 핑크색 바람막이를 입고 달려오는 여자가 보였다. 세라는 곁눈질로 흘끔거리며 잠시 기다렸다. 여자가 다리에 도착했고, 쉬지 않고 달리며 결국 세라에게서 멀어져 등을 보였다.

좋아. 지금이야.

세라가 가방에서 비닐봉지를 꺼내어 난간 앞으로 갔고, 난간의 기둥 사이에 손을 넣었다. 그대로 손바닥을 펼치자, 봉지가 빠르게 떨어지며 착, 거친 물결에 맥없이 부딪쳤다.

그 소리에 그레이스가 위를 쳐다봤다.

불현듯 스친 생각. 놓친 게 있었어. 유심 칩. 젠장, 유심 칩을 안 뺐잖아.

너무 늦었어, 이젠.

세라는 빵빵하게 부풀어 물 위에 둥둥 떠 있는 비닐봉지를 지켜보았다. 끔찍한 찰나의 순간, 세라는 봉지가 아예 가라앉지도 않을 것이라 생각했다. 하지만 바로 그때, 봉지가 뒤집히며 1초간 테스코 마트 로고를 보이더니 연못의 잿빛 수면 아래로 가라앉았다.

멀리서 천둥이 낮게 우르릉거렸고, 비가 내리기 시작했다.

42

"죄송합니다. 제가 또 꼴찌인가요?" 세라가 가방을 내려놓고 의제 목록을 꺼내려 뒤적였다. 학과 직원회의가 시작되기 불과 몇 분 전에 도착한 것이다.

"그렇지는 않네요." 피터 모런이 대답했다. "앨런도 아직이거든요."

"이전 회의가 길어졌나요?"

"아니요, 조셀린 말이, 이 회의 전으로는 아무 일정도 없다더군요."

세라는 심장이 발 위로 떨어지는 기분이었다. 어제 오후와 저녁 내내 지역 뉴스 웹사이트를 샅샅이 뒤지고 라디오 뉴스에 귀를 기울이며 강에서 끌어 올린 시체에 대해 더 알아내려 했다. 하지만 아직 신원 확인이 나온 건 없었고, 이내 세라는 시체의 주인은 러브록이 아니라고, 그저 우연의 일치일 뿐이라고, 시체는 불시에 끝을 맞이한 다른 불운한 사람의 것이라고 자신을 납득시키기에 이르렀다.

그런데…… 세라는 러브룩이 직원회의에 늦는 사람인 줄은 몰랐다. 그의 학과에서 일한 지난 2년간, 그가 늦는 모습을 단 한 번도 본 적이 없었다. 그의 바리톤 목소리가 학과 회의를 지배했기에, 사실 세라가 그와 함께 들어간 모든 회의를 지배했기에, 그의 부재는 회의 진행에 큰 구멍을 남길 터였다. 그는 보통 늦어도 8시에는 연구실 책상 앞에 앉아서 마구 이메일을 발송하고 시차가 큰 곳에 있는 공동 연구진들과 스카이프를 했다.

오늘, 9시 30분을 몇 분 남겨둔 지금, 그가 앉을 회의실 탁자의 상석이 아직 비어 있다.

어쩌면 오늘이 그날일지도 몰라. 세라가 생각했다. 서로 모순되는 감정들이 속에서 충돌했다. 며칠간 커져온 소름 끼치는 불길한 예감은 이제 꼿꼿이 고개를 들고 일어나 다른 모든 것을 막아서고 있었다. 조금이나마 억지로 겨우 먹은 아침이 속에서 굴러다녔다. 주위에서 사람들이 가벼운 대화를 나누고 있었지만, 세라에게 들리는 것은 어제 아침 TV에서 기자가 했던 말뿐이었다.

……시신은 50대 중반 남성으로 보이며, 오늘 아침에 개를 산책시키던 한 시민이 발견……

모런이 세라에게 의제 목록을 건넸다.

……물속에 적어도 하루 동안 있었던 것으로……

"세라, 무슨 일 있나요? 좀 창백해 보이는데."

"연락도 없었나요?"

……경찰은 이 죽음에 수상한 점이 있다고 보고……

"아직 없어요."

"조셀린이 전화해봤대요?"

"안 받나 봐요."

······죽은 남성의 신원을 확인하는 데 집중하고······

"좀 더 기다려봐야 하지 않을까요?"

모런이 대꾸 없이 끙 하는 소리를 내더니 자신의 휴대폰을 집어
들어 메시지를 확인하고는 다시 내려놓았다.

마리가 탁자 건너편에서 세라에게 안쓰러운 표정을 지어 보이며,
마치 괜찮아?라고 묻는 듯 눈썹을 추켜세웠다.

세라는 고개를 끄덕였고 마리에게 경직된 미소를 보냈다. 속이
울렁거렸다.

모런이 목을 가다듬었다.

"이제 시작해볼까요? 앨런은 곧 오겠지요. 또 불참한 사람은 없
나요?"

모런이 탁자를 빙 둘러보며 얼굴을 살폈다.

"앨런뿐인 것 같습니다." 누군가 말했다.

"좋습니다······." 모런은 무언가를 적어두었다. "첫 번째로 논의
할 사항은 1월 시험 건입니다."

세라는 모런의 말에 집중하려 했지만 불가능한 일이었다. 러브록
은 결코 늦는 법이 없었다. 몇 분 후, 세라는 아래로 손을 뻗어 가방
에서 휴대폰을 꺼냈다. 휴대폰을 무릎 위에 올려두고 모런의 눈에
띄지 않도록 조심하면서 강에서 발견된 시체 관련 뉴스를 검색했
다. 어쩌면 벌써 신원을 확인했을지도 모른다. 그렇다면 곧 언론은
그의 이름으로 도배될 것이다. SNS도.

어쩌면 세라가 여기 모두에게 소식을 전해야 할지도 모른다. 그의 시체가 발견됐다고.

그가 죽었다고.

안 돼. 세라는 자연스럽게 해낼 자신이 없었다. 목소리에서 티가 날 게 분명했다. 마치 아무 일도 없는 듯 가만히 있다가, 늘 그렇듯 소식이 저절로 새어나가도록 내버려두는 게 나았다. 아마 곧 학과 전체에, 대학 전체에 소식이 퍼지게 될 것이다. 시간문제였다.

평소처럼 행동해. 세라가 생각했다. 그저 다를 것 없는 주중 아침인 듯.

악마와의 거래가 성공하지 않은 것처럼 행동해.

세라가 다시 한 번 새로 고침을 눌렀지만 휴대폰은 웹페이지를 불러오지 못했다. 이 건물에는 신호가 잘 잡히지 않는 곳이 군데군데 있었는데, 러브록의 연구실이 그중 하나였다. 세라는 휴대폰을 다시 잠그고 가방에 넣었다.

다른 누가 소식을 전할 수도 있었다. 그게 나을 것 같았다. 어쩌면 지금 조셀린이 통화 중일수도 있었다. 경찰이 대기실에서 기다리고 있을지도 몰랐다. 엄숙한 표정을 한 형사 두 명이 앉아 있고, 건물 바로 앞에는 경찰차가 세워져 있어 학생 모두가 보게 될지도 몰랐다. 어쩌면 경찰은 세라의 손에 수갑을 채운 다음에 양옆에서 그녀의 팔을 틀어쥐고 모두가 보는 앞에서 건물 밖으로 끌고 나갈지도 모른다. 세라는 소식을 들을 때 어떻게 보여야 할지를 생각했다. 충격을 받은 듯, 믿기지 않는 듯. 다른 사람들의 반응을 살핀 후에 똑같이 해야 할 것이다. **자연스럽게 행동해.** 말이야 쉽지.

대기실 문이 벌컥 열렸다.

모두의 시선이 향한 곳에서, 비와 땀과 차가운 11월 공기의 냄새와 함께 앨런 러브록이 부산스레 들어오고 있었다.

43

세라는 그날 하루를 안도의 파도를 타며 보냈는데, 너무 거세어 어지러울 정도였다. 예전 삶을 되찾을 수 있다는 단순한 사실을 넘어선 어느 것에라도 집중하려 애썼다. **모두 오해였어. 사기극이었나.** 볼코프가 말한 바와 달리 그는 누구도 사라지게 하지 않았다. 바로 여기, 전과 다름없이 앨런 러브록이 있으니까.

세라는 자신의 인생을 되찾게 된다. 예전 삶을. 그 이면은 생각하지 않으려 했다. 되찾게 되는 것이 예전 삶 **전부**를 뜻한다는, 즉 러브록이 여전히 여기 있고 여전히 그녀의 상사라는 사실을 뜻한다는 것을 생각하지 않으려 했다.

날이 저물어가면서, 처음 러브록이 살아 있다는 것을 확인하고 느꼈던 안도감은 서서히 무거운 진실에, 그가, 말하자면…… 똑같다는 사실에 짓눌려갔다. 바뀌는 것은 아무것도 없으리라. 그는 세라의 승진을 막고 해고를 들먹이며 협박하고 처벌을 피해갈 수 있기만 하다면 언제든지 그녀를 성희롱할 것이다. 그를 멈추기에 세라는 여전히 무력했다. 지난주에도, 지난달에도, 지난해에도 빠졌던 똑같은 구덩이 속에 다시 들어앉은 것이다. 다시 원점으로 돌아왔다.

***

다음 날 아침, 세라는 연구실에 앉아서 벌써 세 번째로 온라인 BBC 뉴스를 읽었다.

경찰은 지난 일요일 리강에서 발견된 남성 시신의 신원이 56세 브라이언 가넷이라고 밝혔다.

일정한 거주지가 없는 가넷 씨는 월섬스토에 있는 한 노숙인 쉼터에서 목격된 것을 마지막으로 일주일 이상 실종 상태였다. 그의 시신은 피케츠 수문에서 발견되었는데 며칠간 물속에 있었던 것으로 보인다.

검시는 내일 개시될 예정이다. 경찰은 가넷 씨의 사망 직전 행방을 밝혀줄 제보를 기다리고 있다.

에마 샤프 경사는 "우리가 그의 마지막 행적의 퍼즐을 맞출 수 있도록, 브라이언을 알거나 지난 2주 사이 어느 시점에라도 그를 목격한 사람은 꼭 나서주기를 부탁드린다. 브라이언은 런던 북부의 노숙임 쉼터 여러 곳에서 잘 알려진 사람이며, 실종 당일에 술을 마시고 있었을 수 있다."라고 말했다.

세라는 구글에 지역 주간지 《가제트》를 검색해보았다. 여기에는 그 지역의 개를 산책시키는 사람들과 지역 의회 의원들의 흔한 "여기서 이런 일이 일어날 줄은 몰랐어요."와 같은 인터뷰 인용과 함께 좀 더 세세한 내용이 담겨 있었다. 《가제트》에 따르면, 가넷 씨는 수년간 약물과 술에 의존해왔고 둘 중 하나 또는 둘 다에 취해서 강에 빠졌을 수 있다는 의견이 있었다. 일요일에 처음 보도된 TV 내용처럼 시체가 훼손되었다는 언급은 없었다.

더욱 바보가 된 기분이 들어서, 세라는 인터넷 창을 닫고 잠시 멍하니 앉아 있었다. 닫힌 창 뒤로 또 다른 창이 떠 있었는데, 주소가 www.jobs.ac.uk인 학계 내 구직 사이트였다. 영국에서 세라의 전문 분야 연구를 중심으로 하는 다른 두 대학, 벨파스트와 에든버러에서는 진행 중인 채용 건이 전혀 없었다. 브리스틀 대학에는 세라가 지원할 만한 자리가 있었지만, 또 계약직이었고, 세라의 전문 분야 밖인 데다, 경력 측면에서 한 단계 뒤로 후퇴하는 일이었다.

또, 그곳은 160킬로미터 떨어진 곳에 있다.

또, 아이들은 지금 좋은 학교에 다니고 있다.

또, 세라는 월급만으로 빠듯하게 살고 있다. 이사 비용까지 감당하기 어려웠다.

세라는 어디에도 가지 않을 것이다.

남아 있는 인터넷 창을 모두 닫자 이메일 수신함이 모습을 드러냈다. 지난 며칠간 읽지 않은 메일로 가득했다. 누군가에게 상사를 지구상에서 완전히 사라지게 해달라고 부탁한 마당에, 일에 집중하기란 어려운 법이었다.

세라는 이제 그 모든 것이, 그녀의 우주와 나란히 존재한 평행 우주를 들여다본 찰나의 이상한 경험이 우습게 느껴졌다. 그 세계만의 법과 규칙이, 폭력적인 예법이, 복수와 보상의 균형이 존재하는 우주. 그 세계만의 깨진 약속들도.

물론, 러브록이 나타났을 때 안도했다. 하지만 무거운 현실이 그 안도감을 빠르게 짓이겼다. 자신의 지긋지긋한 일상으로 확실히 돌아왔다는, 승산 없는 싸움을 계속해야 한다는 현실이었다. 절대 이길 수 없는 싸움을 이어가야 했다.

세라는 다시 한 무더기 쌓인 1학년 학생들의 에세이를 채점하는 일로 돌아왔다. 튜더 왕조 시대 런던에서 크리스토퍼 말로와 동시대를 살았던 16세기 시인 에드먼드 스펜서에 대한 에세이였다. 한숨을 쉬며 빨간 펜의 뚜껑을 열고 앞에 놓인 에세이에 첨삭을 하기 시작했다. 이 학생이 스펜서의 이름 철자를 올바르게 쓸 수 있다면 에세이가 훨씬 좋아질 거라고 생각했다. 그렇게 하면 분명 좋은 시작이 될 텐데, 세라의 강의를 듣는 학부생 중 가장 똑똑한 아이들조차 철자에는 크게 신경 쓰지 않는 듯했다. 자동 수정 기능의 책임이 컸다.

피터 모런이 세라의 연구실 문가에 나타나서 한 손으로 문틀을 잡았다. 얼굴이 붉었고 숨이 차 보였다.

"오늘 앨런 봤어요?"

"아니요. 연구실에 안 계시나요?"

웬 바보 같은 질문이냐는 듯 모런이 인상을 썼다.

"없으니까 이렇게 물어보는 거잖아요."

"못 보긴 했는데, 솔직히 말씀드리면 전 에세이 채점을 하느라 머리를 책상에 박고 있었어요."

"오늘 아침에 앨런이 부총장님과 이사회에 프레젠테이션하기로 되어 있는데."

"지금 오고 있는 길이지 않을까요?"

"이미 15분 전에 시작했어야 했다고요. 늦는 건 앨런답지 않은데. 그것도 이번만큼 중요한 일에 말이에요. 부총장님이 크게 화내셔서, 모두들 목이 잘린 닭처럼 돌아다니며 도대체 앨런이 어디에 있는지를 알아보고 다니는 거예요."

두려움이 세라의 척추를 타고 스멀스멀 올라왔다. 세라는 목소리를 침착하게 유지하려 노력했다.

"또 차에 문제가 생긴 거 아닐까요? 저번처럼?"

"그랬다면 전화를 해서 우리에게 알렸겠죠. 얼마나 중요한 프레젠테이션인데. 앨런에게 전화해봤지만 휴대폰이 꺼져 있더군요."

모런은 복도를 따라 다음 연구실로 갔다. 그가 똑같은 질문을 하는 소리가 들렸지만 답변은 들을 수 없었다. 세라는 그 자리에서 얼어붙었다.

침착해. 세라가 자신에게 말했다. 또 다른 거짓 경보야. 강 속 시체처럼. 괜찮을 거야. 차가 또 말썽이거나 집에 일이 생겼겠지. 아니면 독감에 걸렸거나. 그게 다야. 아마 아파서 고열에 시달리며 집에 드러누워 있겠지.

하지만 세라의 본능은 다른 말을 하고 있었다. 부총장은 대학 전체의 책임자로서 캠퍼스에서 가장 중요한 사람이기에, 러브록이 그와의 회의에 빠질 리가 없었다. 혹시 러브록이……. 혹시 러브록이 뭐? 마음 깊은 곳에서, 세라는 지금이 바로 그 순간이라는 걸 알았다. 지금이 진짜 거래였다. 러브록이 사라졌다.

세라는 밖으로 나가서 인문학부 건물 뒤 담장을 두른 작은 정원으로 갔다. 역시나 아무도 없었다. 학생들은 절대 이곳에 오지 않았고 점심시간 외에는 늘 조용한 곳이기도 했다. 벤치 하나를 발견하고는 앉아서 자신의 감정을 이해하려, 방금 들은 소식에 대해 자신이 어떻게 느끼는지 파악하려 했다.

일이 벌어졌어. 이번에야말로 그들이 한 거야.

세라가 깊이 숨을 들이마셨고, 또 한 번 반복했다. 입으로 마시고, 코로 뱉고. 몸을 더 꼿꼿이 세우고 앉아서 주위를 둘러보며 누군가 지켜보는 사람이 있는지 살폈다.

네가 원했던 거잖아. 네가 한 거야.

평소처럼 행동하는 것, 앨런 러브록이 어디로 사라졌을지 전혀 모른다는 인상을 주는 것이 중요했다.

결국, 나와 연관 지을 수 있는 건 아무것도 없어.

그렇지?

44

하루, 그리고 또 하루가 희미하게 지나갔다. 세라는 연구실 문을 닫고 가능한 한 동료들과 가까이 접촉하지 않으려 했지만, 여전히 복도에서 직원들이 러브록이 어디로 사라졌으며 그에게 무슨 일이 벌어졌을지 추측하며 나누는 말이 들려왔다. 당연히 이번 일은 학과에서 사람들 입에 가장 많이 오르내리는 주제가 되었고 추측도 만연했다. 학생들조차 무언가 잘못되었음을 알아차리기 시작했다.

모든 대화의 일부가 되어버린 소문과 짐작으로 쳐놓은 거미줄에, 차츰, 드물게나마 몇 가지 사실이 포획되기 시작했다. 화요일 아침, 러브록은 늘 나오던 시간에 집을 나섰고 아내의 주장에 따르면 그는 평소와 다름없는 모습이었다고 한다. 하지만 그는 대학에 도착하지 않았다. 집과 직장 사이 어디쯤에서 실종되었고 48시간이 지난 지금까지 그를 본 사람은 아무도 없었다. 차도 함께 사라졌으며 휴대폰은 전원이 꺼졌거나 배터리가 나갔다.

사실상, 그는 지구상에서 완전히 사라진 것과 마찬가지였다.

동료가 이런 이야기를 하는 것을 들을 때마다 세라는 위가 쥐어짜이는 듯했다. 밤이면 몇 시간을 잠들지 못하고 뒤척였고 같은 생각을 계속해서 되풀이했다.

네가 한 거야. 네가 했어. 네가 했다고.

목요일 아침, 세라가 강의를 마치고 돌아왔을 때 학부 내에 이상하고도 격앙된 분위기가 감돌고 있었다. 세라는 바로 느낄 수 있었다. 긴장감이 감돌고, 연구실 문은 다 열려 있고, 서로 속닥거리며 뒤를 흘끗 내다보고. 아무도 자기 책상 앞에 앉지 않고 삼삼오오 모여서 조용히 말하며 휴대폰을 확인하고 있었다. 세라는 문이 열려 있는 러브록의 연구실을 지날 때 걸음을 늦추었다. 조셀린 스티어가 유일한 예외인 듯했다. 책상에 앉아서 척척 타이핑하는 그녀는 여느 때처럼 차가운 무관심의 가면을 쓰고 있었다.

세라는 가슴이 죄는 느낌을 받으며 걷다가 계단 위에서 마리와 마주쳤다. 마리는 불안해 보였다.

"무슨 일이야?" 세라가 말했다. "무슨 일 있었어?"

마리가 뒤를 흘끗 내다보더니 세라에게 가까이 몸을 기울이고는 조용히 말했다.

"윗선들이 다 모여서 회의하고 있어. 인사부와 대외협력팀, 보안팀과 법률팀의 책임자들이 다 모였어. 벌써 한 시간째야."

세라는 지금 상황에 맞게 들릴 만한 적당한 반응을, 결백한 반응을 찾아 더듬거렸다.

"무슨 일로?"

"장난하니?" 마리가 쏘아붙였다. "다들 하는 얘기가 뭐겠어? 당연히 앨런 일이지."

"돌아왔대? 연락이 된 거야?"

"다 해결이 됐으면 저렇게 학교 본부가 회의하고 있지는 않을 것 같은데, 안 그래?"

"모르지. 소식을 들었을 수도⋯⋯." **경찰로부터**라고 말할 뻔했지만, 다행히 제때 말을 멈추었다.

"어디서 소식을 들어?"

"나야 모르지. 부인한테?"

세라가 다른 말을 하려는데, 조너선 클리프턴이 회의실 중 한 곳에서 나와서 60대 초반으로 보이는 육중한 몸집의 백발 남자와 열심히 대화를 나누었다. 세라는 그 남자를 학보 기사에서 봤던 기억이 어렴풋이 났다. 그는 부총장보로, 대학의 최고 의사결정권자인 총장단 여섯 명 중 한 명에 속했다. 기획처장인 피터 모런과 몇 명이 그의 뒤를 바짝 따랐다. 모두 곤혹스러운 듯 경직된 표정이었다.

세라와 마리가 서로 시선을 주고받은 뒤 서둘러 복도를 따라 휴게실로 들어갔다. 더 많은 직원들이 차나 커피가 담긴 머그잔을 들고 모여 있었다.

"무슨 일이에요?" 마리가 말했다.

모여 있던 사람들의 시선이 모두 다이애나 카버에게로 쏠렸다. 그녀는 학과 내 또 한 명의 강사였다.

"차가 발견됐대요. 앨런의 차가."

"뭐라고요?" 세라가 자신도 모르게 말했다. "어디서요?"

"엔필드의 어떤 저수지 앞에 앨런이 몰던 벤츠가 세워져 있는 걸 경찰이 발견했대요. 산업단지 뒤쪽으로요."

"어머나." 마리가 조용히 말했다.

"제가 검색해봤는데요." 다른 사람이 자신의 휴대폰 화면을 손가락 두 개로 스크롤하며 말했다. "여기랑 앨런의 집 사이 중간쯤 되는 곳이네요. 좀 돌아가는 길이긴 하지만, 앨런이 출근하는 경로에 있어요."

"앨런은 캠퍼스로 오는 길에 사라진 거네요. 그렇죠?" 마리가 말했다.

"네." 카버가 천천히 고개를 끄덕였다. "화요일 아침이죠."

세라가 목소리를 차분하게 유지하려 애쓰며 끼어들었다.

"그런데 앨런은……." 말끝을 흐리는 세라의 입이 바싹 말랐다. "앨런은 차에 없었고요?"

"흔적조차 없었대요."

"어쩌면 저수지 속에 있을지도 몰라요." 누군가 거의 속삭이듯 말했다.

모두들 잠시 침묵하며 여러 가능성을 머릿속에 떠올렸다.

세라의 마음은 다른 방향으로 내달렸다.

일부러 그랬나? 경찰을 따돌리려는 술책인가? 그게 다인가? 앨런과 관련하여 경찰이 찾게 되는 건 벤츠로 끝인가?

"경찰이 저수지도 수색한대요?" 마리가 침묵을 깼다. "다이버를 동원해서요?"

"모르죠. 확인해봤는데, 뉴스에 그런 내용은 없네요." 카버가 말했다.

"빌어먹을. 느낌이 안 좋네요. 안 그래요?" 또 다른 목소리가 말했다.

"차가 발견된 건 어떻게 아셨어요?" 세라가 말했다.

카버는 어깨를 으쓱해 보였다.

"시누이가 교무처장 사무실에 비서로 있는데, 구멍 난 체로 거르듯 보안 수준이 형편없는 곳이죠. 위에서 난리가 났나 봐요. 뭐, 늘 그렇듯 목이 잘린 닭들처럼 우왕좌왕. 그래서 여기서 이렇게 부총장보랑 관리자들이 모여서 회의를 한 거고요."

"대학이 공식 발표를 할까요?"

"그러기엔 너무 이른 것 같아요." 카버가 열린 문을 흘끗 보았다. "하지만 앨런이 곧 나타나지 않으면, 사태는 걷잡을 수 없이 악화되겠죠."

45

    금요일이 오자 세라는 남몰래 기뻐했다. 아이들 학교에서 교사 연수가 있는 날이라, 세라가 휴가를 내고 아이들을 돌보기로 한 것이다. 일에서, 동료들에게서, 앨런 러브록에 대한 소문에서 벗어날 수 있어 기뻤다.

    아이들에게 먹일 점심을 준비하는 사이 휴대폰이 울렸고 저장되어 있지 않은 일반 전화번호가 떴다. 피터 모런이었다. 높고 딱딱한 목소리였다.

    "세라? 통화할 수 있어요?"

    "네, 그냥 아이들 점심 좀 챙겨주려던 참……."

    "경찰이 왔어요. 얘기 좀 하고 싶다는데요."

    "저랑요? 왜죠?"

    "앨런 일이에요."

심장이 쿵 떨어지는 기분이었다.

"앨런을 찾았대요?"

피터 모런은 세라의 질문을 무시했다.

"올 수 있어요?"

"아, 네. 아이들 점심만 먹이고……."

"30분 내로 오면 좋겠군요."

"피터, 무슨 일이에요?"

"그냥 빨리 와요. 경찰이 가능한 한 빨리 끝내고 갔으면 좋겠어요. 벌써 학생들이 건물 밖 경찰차에 대해 묻고 있다고요."

세라가 뭐라도 더 묻기 전에 그는 전화를 끊었다.

세라는 잠시 앉아서 벽을 바라보며 쿵쾅거리는 심장이 조금 잦아들기를 기다렸다.

무슨 말을 할지 생각해. 결백한 사람이라면 이런 때 무슨 말을 할까 생각해.

아버지의 휴대폰으로 전화를 걸었지만 받지 않았다. 집 전화도 받지 않았다. 그제야 금요일은 아버지가 볼링을 치러 가는 날이라는 생각이 났다.

세라는 가방을 확인한 다음 서둘러 배낭을 별도로 하나 더 챙겼다. 아이들의 물병과 색칠공부 책, 색연필, 화장지, 물티슈, 시리얼 바 두 개, 바나나 세 개를 넣었다. 세라가 운전대를 꽉 움켜잡고 차를 모는 동안 아이들은 뒷좌석에서 평소와 달리 조용히 있었다.

연구실에 도착한 후 세라는 해리에게 색칠공부 책과 색연필을 챙겨주었고 그레이스에게는 평소 즐겨 하던 크로시 로드 게임 앱을 켜서 휴대폰을 쥐여주고 책도 한 권 건넸다.

"엄마, 언제 올 거예요?" 그레이스가 물었다.

"오래 안 걸려. 10분이면 와. 옆방에서 경찰 이모랑 얘기하고 올게."

"무슨 얘기 할 건데요?"

"그냥 일 얘기야."

"엄마 혼나는 거예요?"

"아니야, 그레이스." 세라가 억지로 웃어 보였다. "엄마 혼나는 거 아니야."

해리가 색연필을 책상에 쾅 내려놓고 머리를 뒤로 젖혔다.

"나 지루해."

"벌써?"

"지이이이이이루해……."

"우리 여기 온 지 2분도 안 됐어."

해리는 몸을 축 늘어뜨려 의자에서 미끄러져 내려와서는 바닥을 구르며 같은 말을 계속해서 되풀이했다.

"지루해 지루해 지루해."

세라는 해리를 일으켜 세운 후 옷을 털어주며, 한 15분 정도 해리의 관심을 잡아둘 만한 것이 뭐가 있을까 생각했다. 주위를 둘러보다가 연구실 한 구석에 처박아 둔 구식 칠판에 시선이 머물렀다. 10년 전 수학과가 이 건물을 썼을 때 나온 유물이었다.

"봐봐, 해리. 여기 칠판에다가 그림 그려봐. 학교 선생님처럼, 어때? 작은 발판도 하나 있어서 그 위에 올라갈 수도 있어."

세라가 해리에게 길고 두꺼운 흰색 분필을 하나 건넸다.

해리가 총총걸음으로 칠판 앞에 가서 분필을 하나 더 집어 들고는 이제 양 손에 하나씩 분필을 쥐고 활짝 웃었다.

"난 선생님이야." 해리가 말했다. "1학년 모든 반의 선생님."

세라가 그레이스를 향해 몸을 돌렸다. "네가 책임자야. 동생 잘 돌보렴."

"꼭 그래야 해요?" 그레이스가 투덜댔다. "쟤, 짜증나는데."

"그래야 해. 엄만 옆방에 있으니까 무슨 일 있으면 와. 무슨 일 있는 거 아니면 여기 있고. 알겠지?"

그레이스가 마지못해 고개를 끄덕였고 세라는 연구실에서 나와 문을 닫았다.

비어 있던 옆방은 오후에 형사 두 명이 직원들과 이야기를 나눌 장소로 바뀌어 있었다. 세라가 들어서자 경찰관이 미소를 지으며 손을 내밀었다. 그녀는 30대 후반의 나이에 키는 거의 180센티미터에 달해 보였고 몸매가 탄탄했으며 금발은 어깨까지 내려왔다.

"저는 레이너 경위입니다." 그녀가 동료를 가리켰다. 늘씬한 흑인 남자로 레이너 경위보다 적어도 10년은 후배인 듯했으며 바짝 짧게 자른 머리에 깔끔한 턱수염이 돋보였다. "그리고 여긴 닐 경사이고요."

세라는 두 사람과 차례로 악수를 나눴다.

"만나서 반갑습니다."

"앉으시죠. 휴가 중에 와주셔서 감사합니다. 문 좀 닫아주시겠어요?"

세라는 시키는 대로 했다.

"괜찮습니다. 당연히 와야죠."

"옆방에는 자녀분들인가요?"

"네." 세라가 미소를 지었다. "그레이스는 여덟 살이고 해리는 다섯 살이에요."

레이너 경위도 미소를 지었다.

"아이들 때문에 한시도 긴장을 늦추지 못하겠어요."

"맞아요. 아이들 에너지의 반만이라도 있었으면 한다니까요."

경위는 앉은 자리에서 살짝 앞으로 몸을 숙였다.

"자, 저희는 박사님의 동료인 앨런 러브록의 행방을 조사하고 있습니다. 실종 상태인 건 잘 아시겠죠."

"네, 들었습니다. 끔찍한 일이죠."

"저희는 그와 연락이 닿은 사람이 있을지 알아보기 위해서 여기 많은 직원분들과 이야기를 나누고 있습니다. 조사는 아직 초기 단계이긴 하나, 저희가 이해한 바로는 러브록 교수가 이렇게 오랫동안 연락이 두절된 건 너무나 그답지 않은 행동인 것 같습니다."

"네. 맞아요."

"몇 가지 세부 사항을 간단히 정리해드리자면." 레이너 경위가 수첩을 몇 장 뒤적였다. "러브록 교수는 화요일 오전 7시 45분쯤 집을 나선 이후로 지금까지 목격된 바 없습니다. 아내분은 하루 종일 남편과 연락이 닿지 않자 당연히 걱정이 들었을 테고, 그날 밤 저희에게 신고를 하셨어요. 러브록 교수의 차량은 수요일 저녁 엔필드 수문 근처 킹 조지 저수지에서 발견되었습니다. 저는 이 사건을 목요일 점심 즈음부터 맡아서 보고 있는데, 현재까지 러브록 교수의 휴대폰, 은행 계좌, 이메일, SNS 계정에서 그 어떤 움직임도 나타난 게 없어요. 화요일 오전부터 전혀 움직임이 파악되지 않았으므로, 사실상 러브록 교수는 이제 72시간 이상 실종 상태라는 뜻이 됩니다."

세라의 몸이 떨렸다. 추우면서도 동시에 더운 느낌이 들었다.

"네. 저희 모두 걱정이 큽니다. 앨런의 아내도 너무 안됐고요. 끔찍한 상태일 거예요." 말을 하면서 얼굴이 달아오르는 것을 느낄 수 있었다.

그만 말해. 그만해.

레이너 경위가 눈을 살짝 찌푸렸다.

"괜찮으십니까?"

"네. 괜찮아요."

"땀을 흘리고 계신데요."

"그냥 아침에 아이들 때문에 이리저리 좀 뛰어다녀서 그래요. 오늘 아이들 학교가 교사 연수 날이거든요. 그러다 여기 오게 됐고요. 아시다시피." 세라가 팔짱을 꼈다. "좀 정신없는 날이네요."

"그러시군요. 지난 사흘간을 잘 생각해주셨으면 합니다. 러브록 교수와 어떤 연락이라도 닿은 적이 있으십니까? 학교 일로요."

"아니요. 없습니다."

닐 경사가 수첩에 무언가 끄적였다.

"그렇다면." 레이너 경위가 덧붙였다. "사적인 연락은요?"

"뭐라고 하셨죠?"

"업무 외적으로요. 사적으로 연락하신 적이 있으십니까?"

"제가 왜……."

"있습니까, 없습니까?"

세라는 손바닥에 땀이 차는 것을 느끼고 깍지를 꼈다.

"없습니다. 당연히 없죠."

"확실합니까?"

"네. 확실해요."

레이너 경위는 몸을 앞으로 기울여 푸른 눈으로 세라를 뚫어져라 바라보았다.

"그렇다면, 박사님이 러브록 교수와 업무 외적으로 관련된 사이는 아닌가요?"

46

"네?" 세라는 자신이 제대로 들은 것인지 확신하지 못했다.

"앨런 러브록과 사적으로 관련된 사이인지 물었습니다."

"아니에요!" 세라는 의도한 것보다 다소 강하게 대답했다. "절대 아니에요."

레이너 경위가 자신의 파트너와 눈빛을 교환했다.

"그렇다면." 닐 경사가 심문을 이어받았다. "러브록 교수와의 관계를 어떻게 평하시나요?"

"관계라니요?"

"일적인 관계 말입니다."

세라는 적절한 말을 찾느라 주저했다. 손가락에 끼워진 결혼반지만 빙빙 돌려댔다.

"평범한 것 같습니다."

29초

"평범함을 정의해주시죠."

"러브록 교수는 제 직속 상사예요."

"밖에서도 만나십니까?"

"아니요. 그렇지는 않아요."

닐 경사가 수첩을 한 페이지 앞으로 넘겼다.

"몇 주 전에 러브록 교수의 집에서 열린 파티에 가셨던데요."

"초대받았어요. 교수님이 학과 동료들을 많이 초대했어요."

"러브록 교수와 로맨틱한 관계에 있던 적이 있습니까?"

세라는 다시 두 뺨이 붉게 달아오르는 것을 느꼈다.

"로맨틱? 아니요, 절대 없어요!" 세라는 말을 내뱉은 순간, 대답이 너무 빨리 나왔다는 것을 알았다. "이미 말씀드렸잖아요."

"러브록 교수가 잠자리를 제안한 적은요?"

세라가 잠시 멈칫했다. 질문이 예상하지 못한 방향으로 가고 있었다. 하지만 안전하게 가야, 저들이 동기를 눈치채지 못하도록 해야 했다. 거짓말을 하려니 손바닥이 근질근질했지만, 그래도 거짓말을 하는 게 더 쉬웠다. 더 영리한 처신이었다.

"없습니다."

"반대의 경우는요?"

"뭐라고 하셨나요?"

"러브록 교수에게 잠자리를 제안한 적이 있나요?"

"절대 없어요!"

"러브록 교수와 섹스를 한 적이 있습니까?"

"없어요! 누가 그러던가요?"

닐 경사가 어깨를 으쓱해 보였다.

"죄송합니다만, 저희가 절차상 여쭈어야 하는 질문 중 하나일 뿐입니다."

"전 결혼했어요."

레이너 경위가 앉은 자리에서 몸을 앞으로 뺐다.

"저희가 조사한 바에 따르면, 러브록 교수는 결혼 생활 밖에서 관계를, 또는 관계들을 가져왔을 수 있습니다." 경위가 조심스럽게 말했다. "저희 조사의 여러 방향 중 하나는 러브록 교수가 어느 분노한 남편과 문제가 생긴 건 아닌지 알아보는 것이죠. 교수가 자신의 부인과 놀아난 걸 알게 된 누군가 분노했고 복수하기로 결심한 거죠."

"정말 그걸 하나의 가능성으로 보시는 건가요?"

"세라, 남편분은 어떤가요? 남편이 러브록 교수와 만난 적이 있나요?"

"남편은…… 두 사람은 한두 번 정도 만났을 수 있어요. 짧게요. 제대로 본 건 아니고요."

"남편이 질투가 많은 편인가요?"

세라가 질문에 얼굴을 찡그리며 고개를 저었다.

"아니요. 그리고 남편은…… 남편이 지금 여기 없기도 하고요."

"별거 중이신가요?"

"우린 그저…… 시간을 조금 갖고 있어요."

"어떤 계기가 있으셨는지, 여쭤도 괜찮겠습니까?"

"괜찮지 않네요. 이번 일과 전혀 관련이 없는 질문이기도 하고요."

"관련이 있을 수도 있어요. 남편분이 자신의 등 뒤에서 어떤 관계가 진행 중이라고 인지했다면, 아내가 상사와……."

"없었어요."

"다시 한 번 말씀해주시겠습니까?"

"어떤 관계가 없었다고요. 누가 뭐라고 했든, 그 사람이 잘못 안 거예요." 조셀린 스티어, 세라가 퍼뜩 떠올린 이름이었다.

"과거 시제네요?"

"뭐라고 하셨죠?"

"관계가 **없었다**고 말씀하셨어요. 과거 시제로요."

"전 그냥 그런 일이 없었, **없다**는 뜻이었어요."

"러브록 교수는 관계가 있길 원했나요?"

또다시, 세라가 주저했다.

"아니요."

"확실하신가요?"

"네."

"그래도, 어느 시점에는 저희가 남편분과 이야기를 나눠야 할지도 모르겠습니다." 경위가 수첩을 한 페이지 넘겼다. "마지막으로 하나만 더 묻겠습니다. 그 후에 다시 일상으로 보내드리죠. 러브록 교수가 스스로 위해를 가했을지도 모를 어떤 이유라도 생각하실 수 있나요?"

세라는 잠시 생각하는 모습을 보인 다음 고개를 저었다.

"제가 아는 한에서는 없습니다."

"최근 러브록 교수를 봤을 때 어떤 식으로든 우울해 보이거나 기분이 좋지 않아 보였던 적은 있습니까?"

"아니요. 하지만 앨런의 기분이 그랬다 하더라도 제게 털어놓지는 않았을 겁니다."

"좋습니다." 경위가 또 뭔가를 적었다. "고마워요, 세라. 지금으로서는 저희가 할 수 있는 질문을 다 했습니다. 도움이 될 수 있겠다고 생각하는 어떤 것이든 떠오르면 연락 주세요. 아시겠죠?" 경위가 세라에게 명함을 건넸다.

세라는 명함을 받아들고 방에서 나왔다. 복도에 들어서고 등 뒤로 문이 닫히고 나서야 작은 안도의 한숨을 내쉴 수 있었다.

뭔가를 아는 것 같지는 않았어, 별로. 볼코프에 대해서는 모르고 있어. 그의 제안에 대해서는 모르고 있어. 그런 건 전혀 모르고 있어.

앨런에게 무슨 일이 벌어졌는지 모르고 있어.

혹시…….

혹시 내게 말하는 것보다 더 많이 알고 있는 게 아니라면.

47

세라는 잠가뒀던 연구실 문을 열자마자 공기 중에 떠다니는 하얀 먼지구름과 맞닥뜨렸다. 모든 것의 표면 위로 얇게 하얀 층이 덮여 있었고 칠판은 온통 분필로 그린 막대기 사람과 비행기, 탱크와 집, 한쪽에서 다른 쪽까지 쭉 이어진 하얀 얼룩으로 가득 차 있었다. 해리와 그레이스가 고개를 돌려 세라를 보고는 도둑이 제 발 저린 듯 활짝 웃어 보였다. 둘 다 양손에 칠판지우개를 하나씩 들고 있었고 머리부터 발끝까지 하얀 분필 가루를 뒤집어쓰고 있었다. 해리가 칠판지우개 두 개를 서로 팡팡 부딪치자 더 많은 먼지기둥이 자욱하게 피어올랐다.

"엄마, 이것 봐요!" 해리가 씩 웃었다. "우리가 연기 만들었어!"

그레이스는 한 박자 기다리며 엄마가 화를 내고 동생에게 소리를 지를 것인지 살폈다. 세라가 그런 유의 반응을 보이지 않자, 그레이스도 자신의 칠판지우개를 서로 맞대어 두드리며 하얀 가루 구름을 만들어냈다.

"연기다!" 그레이스도 같은 말을 했다.

"이거 재밌다!" 활짝 웃는 해리의 머리며, 피부며, 눈썹마다 분필 가루로 얇은 막이 씌워졌다. 해리의 누나도, 책상도, 의자도, 문서 보관함도, 바닥에 쌓아놓은 책도, 세라의 연구실 내 다른 모든 것의 표면도 하얗게 되었다.

"이제 그만." 세라가 온전히 집중하지 못한 채 말했다. "그만 놀고. 우리 이제 가야 해."

세라가 해리의 몸을 털어주자 더 많은 분필 가루 구름이 만들어지면서, 노출된 표면마다, 세라의 옷 위로도 하얀 가루가 두껍게 겹겹이 쌓여갔다. 세라는 자신이 그저 하얀 가루를 한 곳에서 다른 곳으로 옮기고 있을 뿐임을 빠르게 깨달았다.

"끝내주네." 세라가 조용히 중얼댔다. "이거면 됐지."

"끝내주네!" 해리가 싱긋 웃으며 따라 했다.

"얼른, 너희 둘. 우리 가야 해."

세라는 가지고 왔던 색칠공부 책과 색연필, **스타워즈** 장난감, 연필, 시리얼 바를 주워 모으고 아이들의 코트와 스웨터도 챙겨서 모두 배낭에 쑤셔 넣었고, 아이들을 이끌고 연구실 밖으로, 아래층으로, 건물 밖으로 나가서 중앙 주차장으로 갔다.

경찰 순찰차 한 대가 원형으로 만들어놓은 길의 넵튠 조각상 옆에 주차되어 있었고, 근처에서 학생 10여 명이 신이 난 목소리로 떠들며 순찰차를 배경으로 사진을 찍고 있었다. 분명 스냅챗과 인스타그램, 트위터 같은 곳에 올리겠지. 세라는 이 대학의 귀중한 교수에 대한 비밀이 알려지기까지 얼마나 걸릴지 궁금해졌다. 경찰차에 몰린 관심의 양으로 볼 때 머지않은 일이었다. 그는 화요일에 사라진 후로 강의를 다섯 번 빠졌고, 세라는 SNS에서 학생들이 내놓는 추측이 이미 바이러스처럼 퍼지고 있다는 것을 알았다. 또, 바이러스처럼, 소식은 곧 더 많은 사람들에게 옮아갈 것이다. 시간문제였다.

세라는 자신의 차로, 불법으로 차를 세워둔 장애인 전용 주차 구역으로, 아이들이 도망가지 못하도록 양손에 한 명씩 손을 잡고 향했다. 그레이스가 차에 타려고 꿈틀댔다.

"잠깐만." 세라가 말했다.

"왜요?" 그레이스의 목소리에 예비 10대의 반항심이 묻어났다.

"분필 가루 좀 털고 들어가야지."

"무슨 분필?" 그레이스가 하얀 막으로 덮인 입술로 말했다.

"가만히 있어 봐."

세라가 가방을 차 안에 두러 가다가 돌아봤을 때, 겨우 몇 초가 지났을 뿐인데 해리는 울고 있고 그레이스는 해리에게서 고개를 돌리고 팔짱을 끼고 있었다. 짐짓 무관심한 표정으로.

"어떻게 된 거야?" 세라가 말했다.

해리가 누나에게 달려들었다. 그레이스는 옆으로 슥 비켜났고, 가속도 때문에 해리는 노면에 대자로 뻗어버렸다.

해리가 벌떡 일어나서 그레이스에게 다시 달려들었다. 세라가 해리를 막으려 손을 뻗다가 가방을 떨어뜨렸고 내용물이 아스팔트 위로 쏟아졌다.

"무슨 일인데? 너희 왜 또 싸우는 거야?"

"나한테 막 분필을 묻히잖아요." 그레이스가 말했다.

"어차피 이미 분필로 덮여 있잖아."

해리가 코를 훌쩍이며 아랫입술을 삐죽 내밀었다. 분필을 뒤집어
쓴 얼굴 위로 눈물방울이 또렷한 선을 하나 긋고 있었다.

"엄마, 누나가 꼬집었어요."

"둘 다 그만해. 엄마가 지금 신경 쓸 게 얼마나 많은데. 너희 둘
이 꼭 이제 막 걷기 시작한 아기처럼 행동하는 거까지 봐야 하느냐
고, 빌어먹을."

"엄마 지금 욕했어요." 그레이스가 비난조로 말했다.

세라는 아이들 옆에 무릎을 꿇고 앉아서 쏟아진 가방의 내용물을
주워 모으다가, 아이들에게서 하얀 가루를 조금 더 털어내고 아이
들이 다시 또 티격태격하지는 않는지 살폈다.

"도와드릴까요?" 옆에서 친절한 목소리가 들려왔다.

세라가 고개를 들자 검은 머리에 키가 크고 한쪽 어깨에는 배낭
을 걸친 남자가 눈에 들어왔다. 대학생이라기엔 나이가 조금 많아
보이고 그렇다고 교직원이라기엔 너무 어린 것 같다고, 세라는 생
각했다. 그는 럭비 선수처럼 어깨가 넓었고 보통 학생보다 멋을 부
린 모습이었다.

그가 세라의 핸드백에서 떨어진 립스틱 두 개를 건넸다.

세라는 도움에 고마워하며 립스틱을 건네받았다.

"고마워요. 감사합니다."

"아닙니다."

그는 바로 자리를 뜨지 않고, 무언가 말할 용기를 끄집어내기라
도 하는 듯 잠시 서성댔다.

"러브록 교수님이랑 같이 일하시죠?"

세라는 러브록의 이름이 언급되자마자 훅 걱정이 들었다.

"같은 과 소속이니까, 그렇죠."

"그럴 것 같았어요." 남자가 활짝 미소를 지었다. "제 여자친구가 수요일마다 러브록 교수님을 보는데, 지금껏 들었던 강의 중 최고라더군요. 그런데 이번 주에는 교수님이 나오지 않았고 들리는 말로는 다른 강의도 다 빠졌다고 해서요."

"들리는 말이라니요?"

"트위터에서 난리예요. 교수님이 아프시거나 한 건가요?"

"아니요, 그건 아닌 것 같아요."

남자가 눈썹을 추켜세웠다.

"이야. 그럼 소문이 사실이네, 그렇죠?"

48

세라는 마지막 물건 몇 개까지 가방에 넣고 지퍼를 채웠다.

"무슨 소문요?"

"트위터에서 사람들이 하는 말이, 러브록 교수가 정직 처분을 받았다는데요. 범죄행위로요."

그러기만 했어도. 세라가 생각했다.

"그것도 아닌 것 같네요."

남자는 자신감에 찬 검은 눈으로 세라를 내려다보았다.

"그런가요? 아픈 것도 아니고 정직당한 것도 아니고. 그럼 어디로 튄 거네요, 맞죠?"

검은 머리에 늘씬한 여자가 남자 옆에 나타났다. 세라는 여자를 어디서 본 것 같긴 했지만 누구인지 기억나지 않았다. 여자는 손에 아이폰을 들고 빳빳한 흰 블라우스 위로 정교하게 재단된 검은색

정장 바지를 입고 있었다. 세라는 여자의 목에 걸린 대학 신분증에 적힌 이름을 읽었다. 홍보실 리사 갤러거.

"안녕하세요." 여자가 키 큰 남자를 향해 시원스레 말했다. "학생이세요?"

"네. 대학원생이에요. 정치학 전공."

"그쪽 학부 건물에서 멀리도 오셨네요, 안 그래요?"

"기숙사로 돌아가던 길이었어요."

"그래요? 어느 기숙사요?"

"죄송한데 전 이제 가봐야 할 것 같네요."

"그런데 우리 아는 사이 같은데, 맞죠?"

"아니요, 그럴 리가요."

"맞다. 올리 베일리. 《데일리 메일》 맞죠? 《이브닝 스탠더드》였던가?"

남자는 여자를 보며 자신에게 남은 선택지를 생각하는 듯했다. 잠시 후, 그가 미소를 지으며 항복한 척 그녀에게 한 손을 들어 보였다.

"《데일리 메일》." 그가 말했다. "자, 어디에 있습니까?"

"어디에, 누가요?"

"앨런 러브록. 당신네 스타 교수?"

"명함을 주시면, 저희 입장을 보내드릴게요."

베일리가 뒷주머니에서 작은 노트를 하나 꺼내어 속기로 무언가 끄적였다.

"공식 방침은 이미 들었습니다. 별말이 없더군요. 그런데 경찰 수사가 진행 중인 건 맞죠?"

"대학의 공식 입장을 보내드릴게요." 갤러거가 같은 말을 되풀이했다. "한 시간 내로요."

"러브록 교수가 유트리 작전의 일환으로 경찰에 체포된 게 사실입니까?"

"이제 가보셔도 돼요."

"사실인가요?"

"안녕히 가세요."

"전 안 가도 돼요. 이곳은 공공재산이에요."

"틀렸어요. 보안팀을 불러다가 당신을 캠퍼스 밖까지 에스코트할 수도 있어요, 원하신다면."

그가 어깨를 으쓱하고는 다시 세라에게 고개를 돌렸다.

"만나서 반가웠습니다, 헤이우드 박사님."

그가 자리를 뜨자 세라는 고개를 숙였고 자신도 목에 교직원 신분증을 걸고 있음을 깨달았다. 이름과 직함이 떡하니 나와 있었다.

"저 사람, 기자예요?" 세라는 창피함에 두 뺨이 달아오르는 것을 느꼈다.

"기자의 의미를 가장 넓게 본다면요." 갤러거가 세라를 마주보았다. "교직원이시죠? 저 사람한테 무슨 말을 하셨나요?"

"그게, 앨런이 아픈 건 아니라고요." 세라는 얼굴이 다시 빨개지는 기분이었다. "정직 처분을 받은 것도 아니라고요."

갤러거는 청록색 눈동자를 세라에게 고정한 채 미간을 찌푸렸다.

"그걸 어떻게 아시죠?"

세라는 차 문을 열고 해리를 카시트에 앉혀 띠를 매었다.

"그게, 제가 지금 형사 두 명과 면담하고 나오는 길이거든요."

"베일리한테 또 무슨 말을 했나요?"

"앨런과 제가 동료 사이이고 앨런이 며칠째 안 보인다고만 했어요. 사람들이 트위터에서 온갖 추측을 하고 있나 봐요."

"다른 어떤 말도 하지 마세요. 그 누구한테도요. 아시겠어요?"

세라에게 갑자기 끔찍한 생각이 들었다.

"저 사람이 제 말을 인용하는 건가요?"

"그런다고 해도 놀랍지 않은 걸요."

"내일요?"

"오늘일 수도 있고요. 온라인판이라면."

"하지만 난 허락한 적이 없는데요."

"《데일리 메일》이니까요."

세라는 해리의 카시트 띠를 다 채우고 문을 닫았다.

"미안해요, 그 생각은 못했어요. 아이들 때문에 정신이 없는 사이에 대화를 하게 됐어요."

갤러거가 세라에게 명함을 건넸다.

"혹시 또 언론에서 접근해온다면 저한테 바로 알려주세요. 여기 제 번호가 다 있습니다."

"물론이죠." 세라는 명함을 가방에 집어넣었다. "앨런이 그렇게 큰 뉴스가 될 줄은 몰랐어요. 미안해요."

"피 냄새를 맡으면 상어가 몰려들게 마련이죠."

세라는 가슴이 죄이는 느낌이었다.

"피요? 앨런이…… 앨런이 다쳤나요?"

"그냥 비유적인 표현이에요. 앨런은 괜찮을 겁니다. 제 말은, 나라에서 가장 인기 있는 교수가 무단결근을 했으니 몇몇 선정적인 언론이 관심을 갖는 게 당연하다는 거예요. 이야깃거리가 될 냄새를 맡은 거죠."

"정말 너무 미안해요. 그 남자가 언론인인 줄은 몰랐어요. 자기소개도 안 해서요."

갤러거가 휴대폰을 들어서 화면을 확인하고는 재킷에 넣었다.

"이것만 기억하세요. 다른 어떤 언론에서라도 의견을 물어온다면 **바로** 저한테 넘기세요. 예외는 없습니다. 러브록 교수의 이번 상황은 정말 대단한 난장판이 될 만한 모든 요소를 갖추고 있어요. 지금도 이미 상황이 충분히 나쁜데 더 악화시키고 싶지는 않잖아요. 안 그래요?"

49

토요일 아침, 세라는 지독한 화이트 와인 숙취와 함께 잠에서 깼고, 이제 매일 아침이 그러하듯 현실감을 되찾기까지 잠시 시간이 필요했다. 동트기 전 잠에서 깨어 눈도 채 뜨지 못하고 부유하는 찰나의 순간. 그 순간만큼은 아무것도 인식하지 못했다. 볼코프와 흄터가 난 남자도, 앨런 러브록도, 세라의 직장 상사의 운명을 결정지은 전화 통화도.

그러다가 모두 한꺼번에 머릿속으로 쏟아져 들어왔다. 그때부터 온종일, 세라가 깨어 있는 매 순간마다, 앨런 러브록에 대한 생각은 손에 닿을 거리에 있었다.

요즘은 늘 이렇다.

세라는 아이들이 먹을 아침을 준비한 뒤, 한 시간이 넘도록 뉴스 웹사이트와 SNS를 샅샅이 뒤지며 경찰이 러브록을, 또는 그의 시체를 발견하는 데 더 가까워졌음을 보여주는 어떤 힌트나 단서가 있는지 살폈다. 역시나 《데일리 메일》은 웹사이트에 퀸 앤 대학 캠퍼스에서 벌어진 실종 미스터리에 대한 기사를 게재하며 다양한 익명의 제보를 인용하고 대학의 공식 반응도 담았다. 대학이 경찰에 최대한 협조하고 있으며 '이렇게 힘든 시간을 겪고 있는' 러브록의 가족과 마음을 함께한다는 것 말고는 별 내용이 없는 반응이었다. 기사에는 전날 세라를 붙들고 이야기를 늘어놓던 올리 베일리 기자의 이름이 달려 있었는데, 불현듯 그가 세라의 말만 콕 집어내어 실명으로 인용했을지도 모른다는 생각이 스치자 세라는 잠시 얼어붙었다.

하지만 이내 안도의 한숨을 내쉬었다. 올리 베일리는 세라의 말을 인용하기는 했지만, 그녀의 이름을 밝히지는 않고 "가까운 동료 학자"라고만 언급한 것이다.

10시가 되자, 세라는 아이들을 데리고 해리의 축구 시합을 보러 갔고 거기서 아버지도 합류하여 함께 응원했지만 결국 해리의 팀이 12 대 1로 패배했다. 점심을 먹은 후 아버지와 해리는 집에 있기로 하고, 세라는 그레이스를 데리고 더 몰 우드그린 지점으로 여자들만의 쇼핑 여행을 떠났다.

4시가 되자 세라는 체력이 떨어졌고 둘은 코스타 커피로 가서 자리를 잡았다. 그레이스가 핫 초콜릿 속 마시멜로를 가지고 호들갑을 부리는 동안 세라는 카푸치노를 한 모금 마시고 휴대폰으로 러브록에 대한 새로운 소식이 있는지 빠르게 검색했다. 《이브닝 스탠더드》도 글을 실었는데, 사실상 《데일리 메일》의 기사를 글자 그대로 가져온 것이었고, 지역 신문인 《가제트》 역시 《데일리 메일》의

글에 약간의 지역색만 더했을 뿐이다. 새로운 소식이라고는 러브록의 예전 사진이 몇 장 더 공개된 것과 그의 아내가 보인 "드릴 말씀이 없다."라는 반응이 다인 듯했다.

세라는 휴대폰을 내려놓고 두 손으로 남은 카푸치노를 감싸 들고서, 강렬한 세속의 맛과 급습하는 카페인을 음미했다. 그레이스가 새로 산 문구 세트를 가지고 노는 사이 세라는 처음으로 주위를 찬찬히 살펴보았다. 평범한 토요일 오후, 평범한 사람들이 평범한 행위를 하고 있었다. 각자의 휴대폰을 보며 킥킥대는 10대 여자아이들, 신문을 읽는 노인, 유모차에 아이를 태운 젊은 아빠. 맞은편 탁자에 휠체어를 탄 남자와 그를 마주 보고 앉은 여자. 여자는 가벼운 고음의 웃음소리를 내고 있었다.

세라가 얼굴을 찌푸렸다. 상황과 장소에 맞지 않는 소리였다. 왠지 저건 아닌데 싶었다. 여자의 웃음소리는 익숙하면서도 동시에 낯설었다. 세라가 여자를 더 자세히 살폈다. 40대 후반에 모직 재킷과 청바지로 멋을 냈고 어깨까지 오는 생머리였다. 아는 여자다. 그런데, 상황이 달랐다. 여자는 달라 보였다. 여자의 모든 것이 달랐다.

자리에서 일어난 여자가 외투를 걸치며 또 한 번 소리 내어 웃자 이번에는 휠체어를 탄 남자도 따라 웃었다.

세라는 여자에게서 눈을 떼지 못하며 직장 밖 그녀의 너무도 다른 모습을 믿기 어려워했다. 저 여자의 웃음소리를 들어본 적이, 아니 이 여자의 입꼬리가 올라가는 모습이라도 본 적이 있던가.

"조셀린?"

조셀린 스티어가 돌아봤고, 입가에는 아직 작은 미소가 머물러 있었다.

"어머, 안녕하세요, 세라."

"하마터면 못 알아볼 뻔했어요."

"그 말, 칭찬으로 받아들일게요."

"너무…… 너무 달라 보여서요."

정말 그랬다. 학교에서 그녀는 언제나 탁한 회색이나 검정색 계열의 가디건과 긴 원피스만 입었고 머리는 질끈 묶었으며 화장도 전혀 하지 않았다. 미소도, 당연히 웃음도 없었다.

"내가 일할 때 입는 옷이 평상시에 입는 옷이랑은 좀 다르답니다." 조셀린이 휠체어에 앉은 남자를 가리켰다. "여기는 내 남편, 앤드류예요."

"만나서 반갑습니다." 세라가 말했다.

앤드류가 미소를 보내며 고개를 끄덕였지만 말은 하지 않았다. 세라는 부부에게 그레이스를 소개했고 조셀린은 함박웃음을 지으며 그레이스의 작은 손을 잡고 살짝 흔들었다.

"제가 무례했다면 죄송해요." 세라가 말했다. "그저 좀 놀라서요, 그게 다예요."

"무례하다니요. 아니에요, 정말."

세라를 혼란스럽게 하는 것은 한낱 조셀린의 외모만은 아니었다. 분위기도 그랬다. 지금 조셀린은 얼마나 명랑한가.

"요즘 어떠세요? 그러니까…… 학교 일 말이에요."

"난 괜찮아요. 세라는?"

"저도 그런 것 같아요."

조셀린이 몸을 굽혀서 외투의 단추를 채우는 남편을 도왔다.

"저기, 우리는 이제 집에 가려던 참이에요. 혹시 같은 방향이면, 지하철역까지 같이 걸을래요?"

그들은 땅거미가 스며드는 언덕을 타고 우드그린 역으로 향했다. 공기는 차갑고 겨울 냄새를 풍겼으며, 거리는 집으로 돌아가려는 쇼핑객들과 일찌감치 주말의 술 한잔을 즐기러 나온 사람들로 북적였다. 세라는 그레이스의 손을 꽉 잡았고, 조셀린은 휠체어를 밀며 군중 속에서 남편을 능수능란하게 이동시키고 있었다.

"지난주 일은 사과하고 싶어요." 조셀린이 말했다. "월요일 회의 때 말이에요."

"제가 늦었을 때요?"

"러브록 교수의 연구실에 단둘이 있던 것에 대해서 했던 말이요. 말이 잘못 나왔던 것 같아요. 미안해요."

"그럼 경찰한테 제가 그와 어떤 관계라고 말하신 게 아니에요?"

"아니에요! 당연히 아니죠. 난 러브록 교수가 사람들을 대하는 방식을, 박사님을 대하는 방식을 싫어해요. 그러고도 항상 빠져나가는 것도 정말 싫고요."

"러브록 교수한테 제가 그와의 면담을 녹음하려 한다는 얘기도 안 하셨나요?"

조셀린은 깜짝 놀란 듯 보였다.

"내가요? 난 아니에요. 전혀 몰랐어요."

그들은 군중 사이로 조금 더 걸었다.

"러브록 교수가 싫다면, 왜 그냥 떠나지 않으시고요?"

조셀린이 어깨를 으쓱해 보였다.

"다른 일을 찾아야 한다는, 그 큰 변화를 감당할 수가 없네요. 집에 일이 좀 있고, 이제 내가 가장이기도 하니까. 앨런은 2년 전쯤 나를 다음 급여 등급의 맨 위로 바로 올려줘서, 다른 곳보다 여기서 돈을 가장 많이 받아요." 조셀린이 시선을 휠체어로 떨구며 서글픈 미소를 지었다. "또, 앨런은 내가 그만두면 추천서를 써주지 않을 거고, 설령 써준다 하더라도 최악으로 써주겠다고 몇 번이고 말했죠. 앨런은 뭐랄까, 사람을 떠나기 어렵게 만드는 재주가 있다고나 할까요?"

"저도 느꼈어요."

"말하자면, 내가 시체가 묻힌 곳을 알고 앨런도 내가 알고 있다는 사실을 아는 것 같은 거죠. 우리 사이 무언의 합의라고나 할까."

"당신이 보고 들은 게 있으니까 자기 가까이에 두길 원하는 거군요?"

"그렇죠. 그래서 나는 살아남는 법을 생각해냈어요. 연기를 하는 거예요. 쌀쌀맞고, 꽉 막힌 나쁜 년을 연기하면서 모든 사람과 적당한 거리를 두는 거죠. 앨런을 포함해서요."

"앨런이 당신한테도 접근했나요?"

"한 번, 내가 일을 갓 시작했을 때요. 그때 나는 나만의 규칙을 만들었어요. 위장술이죠. 박사님은 박사님의 규칙이 있고 나는 나만의 규칙이 있는 거랍니다."

"우리들의 규칙을 아세요?"

조셀린이 어깨를 으쓱해 보였다.

"난 귀를 열어두고 있답니다."

"이번 일에 크게 개의치 않으신 것 같아요. 그러니까, 앨런이 사라진 거요."

"아, 앨런은 나타날 거예요. 언제나 이기는 쪽이거든요, 무슨 방법을 써서라도."

"나타나지 않는다면요?"

그들은 지하철역 입구에 멈춰 섰고 조셀린이 세라에게 몸을 기울여 낮은 목소리로 말했다.

"그게 끔찍한 비극일 것 같지는 않다고 말해두죠. 박사님 생각은 어떤데요?"

"저요?" 세라는 적당한 감정을 찾았다. "당연히, 앨런이 무사하길 바라죠. 다들 그러하듯."

조셀린이 잠시 세라의 얼굴을 살폈다.

"물론이죠. 다들 그러하듯."

세라가 손을 내밀었고 두 사람은 악수를 했다.

"만나서 반가웠어요. 그러니까, **진짜** 비서님을요."

"나도 반가웠어요." 세라의 손을 꽉 잡으면서 조셀린의 표정이 다시 딱딱해졌는데, 일할 때의 페르소나가 엿보였다. "오늘 일을 다른 사람에게 말한다면 난 당연히 부인할 겁니다."

"물론이죠."

"하지만 말하지 않는다면, 어쩌면 우리가 이런 시간을 또 가져볼 수 있을 것 같은데요?"

두 사람은 휴대폰 번호를 교환한 뒤 각자의 길을 갔다.

50

집에 돌아온 세라를 맞이한 것은 캐럴라인 러브록의 창백한 얼굴이었다. 세라는 TV 뉴스를 틀어놓고 아이들 저녁 식사를 준비하면서 조셀린 스티어와의 만남을 곱씹어 생각하고 있었다. 파스타 면을 삶고 찬장에서 참치 두 캔을 꺼내면서도, 계속해서 학교 밖 조셀린의 너무 다른 모습에 받은 충격을 극복하려 애썼다. 조셀린이 실제로는 어찌나 다른 **사람이던지**, 그동안 자신이 조셀린을 어찌나 오해하고 있었는지. 세라는 빨간 피망과 양파를 썰고 가스레인지 위 파스타소스를 저었다.

벽걸이 TV에서는 전국 뉴스가 끝나고 BBC 런던 지역 단신으로 넘어가고 있었다.

"오늘 밤 주요 뉴스입니다. 방송 출연 교수인 앨런 러브록의 부인이 남편의 무사 귀환을 호소합니다."

29초

세라가 돌아보다가 쨍그랑 소리를 내며 포크와 나이프를 떨어뜨렸고, 리모컨을 잡아채고 보니 앵커가 말을 이어가는 동안 러브록의 사진이 화면 상단의 왼쪽 구석에 떠 있었다.

"경찰은 방송에도 출연하는 이 유명 교수가 화요일 아침 출근을 하지 못한 뒤 시간이 계속 흐르면서 그의 안전이 점점 더 걱정되고 있다고 말합니다. 오늘 오후, 교수의 아내인 캐럴라인 러브록이 경찰의 기자회견 자리에 나타났습니다. 애나 포사이스 기자가 보도합니다."

화면이 바뀌어 사람들이 가득 들어찬 한 사무실이 등장했고, 마이크로 장식된 탁자 뒤로 네 사람이 밝은 조명을 받고 있었다. 레이너 경위와 제복을 입은 또 한 명의 선임 경찰이 보였고 한쪽 끝에는 세라가 모르는 한 여자도 있었다. 탁자 중앙에는 캐럴라인 러브록이 크림색 블라우스에 검정색 재킷 차림으로 앉아 있었다. 수많은 마이크가 숲을 이루며 그녀의 얼굴을 향하고 있는데도, 캐럴라인 러브록은 침착하고 평온해 보였다.

"앨런 러브록 교수가 마지막으로 목격되고 나흘이 지났습니다." 화면 밖 목소리가 말했다. "런던 경찰청은 이번 사건이 점점 더 최우선 순위 사건이 되고 있다고 말하며, 수색을 한층 더 강화하고 있습니다. 관련하여, 캐럴라인 러브록의 오늘 발언을 들어 보시겠습니다."

이내 캐럴라인 러브록을 가까이 잡은 화면으로 전환되었다. 뒤로 보이는 파란 배경은 큼지막한 런던 경찰청 로고로 도배가 되다시피 했다. 캐럴라인 러브록은 탁자에서 종이 한 장을 집어 들고 읽어 내려가기 시작했다.

"앨런, 혹시 지금 보고 있다면, 우리 모두가 걱정하고 있으며 당신이 가능한 한 빨리 집으로 무사히 돌아오기를 바라고 있다는 걸 알아줬으면 해요. 나에게나 런던 경찰청에 연락해서 당신이 안전하다는 것만 알려줘요. 또는 앨런이 있을 만한 곳에 대해 어떤 것이라도 아시는 분이 계시다면, 경찰에게 전해주시기를 간청드립니다."

캐럴라인 러브록은 말을 마치고 종이를 내려놓은 후 카메라를 똑바로 응시했다. 몹시 불편해 보였지만, 그녀는 울지 않기로, 전국 방송에서 무너지는 모습을 보이지 않기로 굳게 다짐한 듯 보였다.

내가 그랬어. 세라는 목 뒤로 얼음장 같은 한기를 느꼈다. 내가 저렇게 만들었어. 내가 저 여자를 저 자리에, 저 공간에, 저 사람들 사이에 데려다 놓은 거야.

내가 저 여자를 과부로 만들었어.

세라는 고개를 돌리고 싶었지만 화면에서, 자신을 똑바로 쳐다보고 있는 캐럴라인 러브록의 깜빡이지 않는 갈색 눈동자에서 눈을 뗄 수 없었다. 사방에서 죄책감이 세라를 짓눌러오며 그녀의 폐에서 공기를 다 쥐어짜낼 것만 같았다. 또다시 세라는 『포스터스 박사』를, 자신이 읽고, 해부하고, 분석하는 데 그리도 많은 시간을 들였던 엘리자베스 시대의 비극을 떠올렸다. 포스터스 박사는 세속적인 성공과 돈, 권력, 지식을 얻는 대가로 악마에게 영혼을 팔았고 피로 쓴 계약으로 거래를 확정 지었다. 그리고 24년 뒤, 악마가 돌아와 박사의 영혼을 영원히 지옥으로 끌고 갔다.

그만해. 너와는 아무 상관도 없어. 네 상황과는 관련이 없다고.

포스터스는 그저 이야기일 뿐이야. 한낱 책장에 적힌 글자에 불과하다고.

TV 속 화면이 진입로 끝에서 찍은 러브록의 집 사진으로 넘어갔다. 기자가 보도를 마무리하느라 아직 말을 하고 있었지만, 세라는 아무것도 들을 수 없었다.

"미안합니다." 세라가 나지막이 중얼거렸다.

하지만 이미 저질러진 일이에요.

"뭐가 미안해요?" 그레이스가 세라 옆에 나타났다.

세라는 화들짝 놀랐다.

"그레이스! 엄마 심장마비 올 뻔했잖아."

"엄마, 뭐가 미안한 건데요?"

"어, 아무것도 아니야. 이제 끝났어."

그레이스가 바닥에 흩뜨려진 포크와 나이프를 한번 슥 보고는 졸아붙기 시작하는 파스타와 뜯지 않은 참치 캔으로 시선을 돌렸다.

"엄마, 저녁 다 됐어요? 배고파 죽겠어."

51

월요일, 이야기는 곳곳에서 들려왔다.

구내식당이 사람들로 가득 찼고 세라가 보기에는 그녀가 고개를 돌리는 곳마다 학생들이 긴 의자에 앉아 밥을 먹으며 한 가지 이야기만 하는 것 같았다. 이제 거의 일주일째 실종 상태인 앨런 러브록 교수에 대한 것이었다. 세라 뒤로 줄을 서 있던 학생들도 벌써 5분째 SNS에서 돌고 있는 여러 이야기를 서로 주고받고 있었다. 러브록이 정직 처분을 받았거나, 체포되었거나, 라스베이거스에서 필로폰에 취해 있다는 것. 어쩌면 셋 다일 수도 있다고, 그중 한 학생이 말했고 목소리에는 살짝 경외심까지 담겨 있었다.

"아니면 IS에 납치라도 됐나?" 다른 친구가 웃음을 터뜨리며 말했다.

세라는 떨림을 억누르고 계속해서 정면만 응시했다. 드디어 차례가 오자 계산대에서 햄샐러드 샌드위치를 산 후 식당 뒤쪽의 작은 탁자에 앉은 로라와 합류했다. 월요일은 로라의 명목상 '재택근무' 날이지만, 세라가 급히 할 이야기가 있으니 캠퍼스에서 만나서 점심을 같이 먹자고 했고 로라는 곧바로 동의했다.

세라가 친구 맞은편 자리에 앉아서 샌드위치 포장을 벗기기 시작했다.

"와줘서 고마워."

로라는 몸을 잔뜩 숙이고 피시 앤 칩스에 열중하고 있었다. 세라는 로라가 그렇게 먹고도 날씬할 수 있다는 것이 언제나 놀라웠다.

"괜찮습니다요." 로라가 말했다. "그래서, 넌 어떻게 생각해?"

"뭐가?"

"네 상사한테 무슨 일이 생긴 거냐? 도대체 그 자식은 어디로 간 거야? 신문마다 **온통** 난리야."

"내가 어떻게 알겠어?"

로라는 어깨를 으쓱해 보이며 포크로 감자튀김을 찍어 들었다.

"네가 안다는 말이 아니라, 그냥 네 생각이 궁금하다고나 할까? 토요일에 TV에서 그놈 부인이 호소하는 걸 봤어. 뭐 들리는 소문 같은 건 없어?"

"그냥 엄청난 미스터리지. 진짜 뭔가를 아는 사람은 없어."

"넌 안 궁금해?"

세라는 샌드위치를 한 입 베어 물고 씹으면서 생각할 시간을 가졌다. 샌드위치는 얇았고 별다른 특징이 없었으며 거의 아무 맛도 나지 않았다.

"물론. 우리 다 궁금해하지." 세라가 계속 샌드위치를 씹으며 말했다. 휴대폰이 핑 하고 새로 도착한 문자메시지를 알려오자 세라는 움찔했다가 탁자 위로 휴대폰을 뒤집어놓았다.

"그래서, 윗선에서는 뭐라고 하는데?"

세라가 어깨를 으쓱했다.

"학장은 말을 아끼고 있어. 다들 침묵을 지키기로 맹세라도 한 것 같아. 그게 아니라면 그냥 아는 게 없어서 그런 거고."

"그렇게 생각해?" 로라가 이번에는 튀김옷을 입힌 대구 한 조각을 찍어서 입에 넣었다. "윗선은 당연히 알고 있지. 말을 안 할 뿐이야."

"왜 그렇게 생각해?"

"누군가는 항상 알고 있는 법이거든."

세라가 샌드위치를 작게 한 입 더 베어 물었다.

"그럴 수도."

"그런데, 넌 즐기고 있지 않냐?"

"뭐? 아니야. 무슨 뜻이야?"

"내 말은, 그 소름 끼치는 개자식이 없으니까?"

"그런가 보네."

"세라, 너 괜찮아? 설마 러브록을 걱정하는 건 아니지?"

세라가 샌드위치를 씹다가 멈췄다.

"내가 왜 걱정을 하겠어?"

"몰라. 그냥 난 네가 신나서 옆으로 재주넘기라도 하고 있을 줄 알았어. 러브록이 사라졌으니까."

"재주넘기하기엔 나이가 좀 많지 않니."

로라가 어깨 너머로 뒤를 흘끗 본 다음 앞으로 몸을 숙이고 다른 사람은 들을 수 없게 목소리를 낮췄다.

"죽었을까?"

세라는 가슴에 바늘이 꽂힌 듯 찌릿한 두려움을 느꼈다. 또다시 샌드위치를 작게 베어 물었지만, 타다 남은 재와 같은 맛이 났다.

사람들이 알기까지 시간이 얼마나 걸릴까? 시체가 없어도, 머지않아 분명해지겠지.

"뭐?"

"죽었을 수도 있지 않을까? 왜, 스코틀랜드 고지에 잭 다니엘 한 병이랑 파라세타몰(해열·진통제―옮긴이) 100알을 가지고 가서 그걸 한꺼번에 다 입에 털어 넣고는 산꼭대기에 누워버리는 사람들 있잖아."

그러기나 했다면. 세라가 생각했다.

"러브록이 할 법한 행동 같지는 않아."

"유감이군." 로라가 조용히 말했다.

"그런 말 어디 가서 하면 안 돼. 러브록이 사라진 마당에."

"그놈이 세상에 기여하는 일이 될 텐데."

"그런 말 하지 말라니까."

"사실이잖아, 안 그래? 넌 그 자식의 최악을 경험했고, 지난 2년간 가장 큰 타격을 입은 사람 중 하나잖아. 모두가 알아."

"모두가?" 세라가 되뇌었다. 신경이 곤두서는 듯했고 목에서 열기가 올라오는 듯했다.

"맞잖아. 지난주에 우리 집에서 했던 얘기는 뭔데? 아무도 절대 알아낼 수 없는 정말 나쁜 뭔가를 한다는 거? 그놈이 버스 밑에 깔려버렸으면 좋겠다고 생각해본 적도 없다는 건 아니겠지?"

세라가 고개를 저었다.

"그런 적 없어. 너, 그 얘기도 다른 사람한테 하면 안 돼."

"왜?"

"그냥 하지 마, 알겠지?"

로라는 포크를 입으로 가져가다가 도중에 그대로 얼어붙었다. 포크를 접시에 내려놓았다.

"잠깐, 경찰이 러브록의 무단결근에 네가 관련됐다고 의심한다는 거야?"

"사람들이 내가 러브록의 피해자 중 한 명이었다고 계속 말한다면, 그렇게 될 거야."

"하지만 넌 피해자가 맞잖아."

세라가 손바닥으로 탁자를 쾅 내리쳤고 그 소리에 두 사람 모두 놀랐다.

"나도 알아. 하지만 경찰은 그걸 동기로 볼 거라고!"

식당 내 학생들과 교직원들이 돌아보자 둘 사이에 침묵이 작게 원을 그리듯 감돌았다. 싸움이 커질 것 같지 않자, 사람들은 다시 각자 음식에 집중했다.

세라는 손가락으로 이마를 문지르며 제발 진정하자고 혼잣말을 했다.

"경찰은 동기가 있는 용의자를 찾고 있어. 내가 앨런에게 해를 가할 이유가 있었다고 생각한다면, 나도 용의자 그룹에 포함될 거야." 세라는 풀썩 의자 뒤로 몸을 기댔다. "또는 내가 다른 사람을 시켜서 앨런에게 해를 가했을 수도 있다고 생각한다면."

"미안해. 널 속상하게 하려는 의도는 아니었어. 하지만 말도 안 되는 소리야, 안 그래? 너한테 동기가 있다니?"

"경찰은 그게 말도 안 된다고 생각하지 않을 수도 있어."

"난 네가 걱정하지 않아도 될 것 같다. 네가 **정말** 관련된 것도 아니잖아, 그렇지?"

세라는 잠시 친구의 얼굴을 살피며 그녀가 자신이 털어놓은 것 이상을 알고 있는지 파악하려 했다. **당연히 모르지. 내가 예민한 거야. 그렇겠지?**

"응." 세라가 기어이 말했다. "하지만 경찰은 2와 2를 더해서 5를 만들 수도 있다고."

"자주 있는 일이지."

"들어봐." 세라가 말했다. "네 도움이 필요해."

"물론이지. 뭐든 말해봐."

"지난밤에 애들이랑 너희 집에서 하룻밤 잘 때 말이야. 만약 들키지 않을 걸 알고 어떤 일을 할 수 있다면 하겠느냐고 내가 너한테 가상의 질문을 했잖아. 가령, 불법일 수도 있는 일을."

"응, 기억 나."

"그 얘기 말야, 그냥 우리 둘 사이의 비밀로 해주면 고마울 것 같아."

"알겠어."

"지금껏 말했듯, 경찰이 속단할지도 모르니까."

"맞아. 그럴 수도 있지."

"정말 그래줄 수 있겠어?"

"그럼. 그런데 정말 네가……." 로라가 말꼬리를 흐렸다.

"아니야, 당연히 내가 그런 거 아니야. 하지만 경찰이 우리 대화에 대해 알게 된다면, 그걸 가지고 어떻게 할지는 아무도 모르는 거잖아."

"알겠어." 로라가 입에 지퍼를 채우는 시늉을 보였다. "봉인 완료."

"고마워, 네가 최고야." 세라가 시계를 보는 동작을 크게 하고는 일어서서 반쯤 먹은 샌드위치를 근처 쓰레기통에 넣었다.

"있잖아, 나 다시 연구실로 올라가봐야 해. 와줘서 고맙다."

로라가 접시에 마지막으로 남은 감자튀김을 집어서 반을 베어 물었다.

"주차장까지 데려다줄게."

함께 중앙 홀로 걸어 나가면서, 세라는 심란한 마음으로 휴대폰을 확인했다. 모르는 번호로 몇 분 전에 도착한 문자메시지가 있었다. 눌러보았다.

나는 네가 한 짓을 알고 있다.

52

세라 주위로 모든 것이 조용해진 듯했다. 아득했다. 걸음을 멈추고 휴대폰 문자메시지를 뚫어져라 보았다. 단 한 줄. 그러나 모든 것을 파괴할 수 있는 잠재력이 담긴.

나는 네가 한 짓을 알고 있다.

마치 자유낙하를 하고 있는 듯, 속이 요동치고 아래로 곤두박질하는 느낌이었다.

"세라? 너 괜찮아?"

세라는 아무 반응도 보일 수 없었다. 갑자기 목이 턱 막혀와 말을 빚어낼 수가 없었다.

휴대폰 화면을 보려는 듯, 로라가 더 가까이 다가왔다.

"닉한테 뭐가 온 거지?"

세라가 간신히 휴대폰의 홈 버튼을 눌러서, 로라가 내용을 보기 전에 메시지는 사라졌다.

"아무것도 아니야." 세라가 겨우 내뱉고는 휴대폰을 가방에 밀어 넣었다.

"정말? 너 좀 넋이 나간 거 같은데. 괜찮은 거야?"

"나, 가봐야겠어."

"세라, 내가 도와줄까?"

"나 정말 가봐야 해."

두 사람은 다시 학과 건물로 향했고, 세라는 친구가 하는 모든 질문을 짧은 대답으로 쳐냈다.

책상 앞에 돌아온 세라가 휴대폰을 꺼내어 또 한 번 문자메시지를 읽자, 살결을 타고 오싹 소름이 끼쳤다.

나는 네가 한 짓을 알고 있다.

발신자는 번호로만 표시되어 있었다. 주소록에 없는 번호였다. 누가 보낸 걸까? 누가 이런 메시지를 보낼까? 학부 내 러브록의 친구나 동료 중 한 사람일까? 문득 세라에게 훨씬 더 그럴듯한 후보가 떠올랐다. 그의 아내, 캐럴라인 러브록. 며칠 전 그녀가 TV 뉴스에 나와서 카메라를 정면으로 응시하던 모습을 떠올렸다. 몇 주 전 파티에서 세라와 마리에게 던진 얼음장같이 차가운 시선도 떠올랐다. 그날 밤, 질리언 아널드가 뭐라고 했더라? "러브록의 부인인 캐럴라인에게 모욕적인 문자와 이메일을 받고 있기도 했고요. 믿어지나요? 마치 이게 다 자기 남편을 빼앗으려는 내 잘못인 양……."

캐럴라인이 어떤 이유에서든 남편의 실종에 세라가 연루되어 있다고 의심한 것일까? 반만 먹었던 점심이 세라의 배 속에서 굴러다녔고, 지난 엿새간 러브록의 아내가, 어쩌면 과부가 된 그녀가 겪었을 일을 생각하니 메스꺼움과 죄책감도 밀려왔지만 간신히 삼켜냈다. 심호흡을 세 번 한 뒤, 세라는 조심스럽게 답장을 입력했다.

누구세요?

전송을 눌렀다.

계속 화면을 응시하면서, 메시지가 실수였기를, 다른 사람에게 보내려다 엉뚱한 곳으로 보낸 문자였기를 바랐다. 쉽게 일어날 수 있는 일이었다. 번호 하나만 잘못 누르면 되니까.

하지만 어쩐지 실수는 아닌 것 같았다.

나는 네가 한 짓을 알고 있다.

그런데 무엇을 알고 있다는 것인가? 정확히 무엇을 알고 있나? 더 중요한 것은, 어떻게 알고 있다는 걸까?

세라에겐 답이 필요했다. 하지만 휴대폰은 고집스레 침묵을 지켰다. 떨리는 손으로, 또 한 번 짧은 문자를 입력했다.

누구시죠?

답이 없었다.

세라는 자리에 앉아서 화면을 응시하며 답장이 들어오길 기다렸다. 참을성이 다했을 때, 문득 어쩌면 발신자가 바로 지금, 저 밖에서 자신을 올려다보고 있을지도 모른다는 생각이 스쳤다. 세라는 자리에서 일어나 창가로 갔다.

창밖을 내다보며 주차장을 유심히 살폈다. 늘 그렇듯 학생들이 서너 명씩 무리를 지어 대화를 나누며 느릿느릿 강의실이나 학생회관으로 향하고 있었다.

러브록의 부인이나, 이곳에 어울리지 않아 보이는 다른 어떤 사람의 흔적도 없었다.

창가에 선 채, 세라는 휴대폰을 들고 문자메시지를 다시 불러왔다. 무슨 말을 할지 아주 어슴푸레한 생각만으로 메시지의 발신번호를 선택하고 통화를 눌렀다.

이 사람이 누구인지, 어떻게 자신의 연락처를 손에 넣었는지 알아야만 했다.

캐럴라인이 아닐 수도 있어, 그녀가 알 리 없잖아, 그렇지?

어떻게든 알아야 했다. 신호음이 세 번 울리다가, 딸깍, 연결이 되었다.

전화를 받았어.

세라는 숨을 참고 목소리를, 뭐라도 들으려 귀를 기울였다.

전파가 흐르는 거리를 가로질러서 희미한 숨소리가 넘어왔다. 세라는 휴대폰을 귀에 더 바짝 붙이며 상대편 목소리를 들으려 안간힘을 썼다.

"여보세요?" 세라가 말했다. "누구시죠?"

상대방의 숨소리가 차츰 잦아들며 정적만 남았다.

"누구세요?" 세라의 목소리가 높아지고 있었다.

딸깍 소리와 함께 전화가 끊어졌다.

53

다음 날, 세라는 병가를 냈다. 도저히 일을 할 수 없을 것 같았다. 아이들은 학교에 갔고 세라만 혼자 집에 남았다.

머릿속을 두드리는 생각과 함께.

캐럴라인 러브록의 협박 문자를 앉아서 기다리기보다는, 차를 몰고 러브록의 집으로 가서 그녀와 직접 얼굴을 맞대고 대화를 해볼까도 생각했다. 하지만 이 생각이 머리로 들어온 순간, 세라는 수많은 이유로 아주 나쁜 생각임을 깨달았다. 휴대폰이 핑 하고 문자메시지의 도착을 알려오자 세라는 화들짝 놀랐다. 놀란 마음을 진정하지 못한 채 휴대폰의 잠금을 풀었다. 발신인에 닉의 이름이 보이자 공포는 좌절로 바뀌었다.

우리 얘기 좀 하자. 애들은 잘 있고? 당신도?

닉은 집을 나간 지 이제 6주가 넘었고, 세라가 보낸 지난 두 건의 메시지에도 답을 하지 않았다. 세라는 휴대폰을 내려놓으며 답장을 할지 말지 고민했지만, 확실한 것은 곧바로 답을 하지는 않겠다는 생각이었다. 한동안 닉이 마음을 졸이도록 내버려둘 생각이다. 남편에 대한 자신의 마음을 확실히 알 때까지. 지금이든 언제든, 남편이 다시 돌아오길 바라고 있는지.

휴대폰이 또다시 울리며 아이들이 없는 집 안 한낮의 고요를 가르자 세라는 또 한 번 흠칫 놀랐다. 닉은 분명 세라의 침묵을 견딜 수 없을 것이다. 먼저 연락을 한 이상, 그는 세라가 답을 할 때까지 계속해서 문자를 보낼 터였다. 세라는 휴대폰을 집어 들고 화면 잠금을 풀면서, 남편과의 기나긴 결론 없는 논쟁이 시작되리라 예감했다.

네가 한 짓을 모두가 알아야 할 것 같은데.

닉이 아니라 어제 그 번호로 온 익명의 문자였다.

글자를 하나하나 뚫어져라 보는 사이 숨이 턱 막혀왔다. 떨리는 손으로, 세라는 전날과 같은 질문을 입력했다.

누구시죠?

이번에는 거의 즉시 답장이 왔다. 하지만 세라의 질문을 완전히 무시한 답이라는 점에서는 어제와 다를 바 없었다.

네 집. 오늘. 오후 1시.

세라가 휴대폰을 떨어뜨리고 손으로 입을 막았다. 이제 20분도 채 남지 않았다.

그게 누구이든, 세라의 집으로 오고 있었다.

세라가 바닥에서 휴대폰을 줍는 사이 문자메시지가 하나 더 도착했다.

누구에게라도 알린다면, 나는 네 집이 아니라 경찰서로 간다.

세라는 999를 누르기는 했지만, 엄지손가락이 초록색 통화 아이콘 주위만 맴돌고 있었다.

무슨 말을 해야 한단 말인가?

저, 경찰관님, 누가 제 상사를 죽여주겠다고 제안했는데, 이제 그 상사의 아내가, 그러니까 제 생각에는 그의 아내가 맞는 것 같은데, 아무튼 제가 한 짓을 밝히겠다고 협박하고 있어요. 심지어 그 여자는 15분 안에 우리 집에 도착할 거예요. 경찰을 이리로 좀 보내주시겠어요?

말도 안 되는 일이었다. 당연히 세라는 경찰에 이렇게 알릴 수 없었다.

경찰 대신 아버지에게 전화했지만, 벨이 울리다가 음성 사서함으로 넘어갔다. 전화를 끊었다가 다시 걸었고, 이번에는 음성 사서함의 안내 메시지가 끝날 때까지 기다렸다.

"아빠? 세라예요. 메시지 확인하는 대로 저한테 전화 좀 주실래요? 급한 일이에요. 정말 중요한 일이요. 고마워요."

전화를 끊고 현관으로 달려가서 문에 걸쇠를 고정했다.

여자가 집으로 오고 있다.

세라가 창문을 앞뒤로 확인하며 이미 와서 자신을 지켜보고 있는 사람은 없는지 확인했다. 거실과 주방에도 차례로 가본 뒤 위층으로 올라가서 거리와 맞닿아 있는 침실도 확인했다. 다시 아래층으로 내려와 거실로 가서 소파의 한쪽 끝에 앉았고, 벽난로 위 커다란 시계를 빤히 쳐다보았다.

준비하자. 뭐가 됐든.

다시 주방에 들어온 세라가 칼꽂이에서 가장 날카로운 칼을 빼냈다. 검은 손잡이가 달린 보닝 나이프(고기의 뼈를 발라내는 데 사용되는 작고 뾰족한 칼—옮긴이)였다. 잠시 손에 쥐고 있다가 다시 칼꽂이에 넣었다. 이내 다시 빼내어 거실로 가져갔고, 칼을 숨겨둘 만한 장소를, 눈에 띄지 않을 곳을 찾았다.

저기다. 칼을 책장 맨 위에 올려두었다. 눈에 띄지 않지만 세라가 팔을 뻗으면 바로 잡을 수 있는 알맞은 위치였다.

그런 다음 공구 상자에서 커터 칼을 가져와서 차가운 칼집을 손에 쥐고 딸깍 딸깍 딸깍, 날카로운 칼날이 3센티미터 정도 나올 때까지 밀어 올렸다. 칼날은 완전히 새것이었지만, 그래도 시험을 해보겠다고 엄지에 대보다가 슬쩍 손을 베였다. 상처 사이로 새어나온 피를 빨아들이자 입에서 쇠 맛이 났다. 칼날을 다시 칼집 안으로 집어넣고, 부엌 한쪽에 아이들 손이 닿지 못할 높이로 쌓여 있는 요리책 위에 올려놓았다. 벽난로에서 부지깽이를 꺼내서 같은 과정을 반복한 뒤, 부지깽이는 침대 옆 바닥에 내려놓았다.

그래도 소용없었다. 벽이 사방에서 세라를 향해 다가왔다.

더 나은 방안이 필요하다. 여기 그대로 앉아서, 거미줄에 걸린 채 거미가 돌아오기만을 기다릴 필요는 없다. 세라는 외투와 스카프, 닉의 챙이 달린 비니를 집어 들고 현관에 놓인 우묵한 통에서 차 열쇠를 꺼낸 다음, 마지막으로 창문 밖을 한 번 더 확인한 뒤 걸쇠를 풀고 현관문을 열었다. 등 뒤로 문이 쾅 닫히는 사이 빠르게 도로를 위아래로 살폈다. 경보 해제. 차에 올라탄 뒤 후진해서 길 반대편, 집에서 세 집을 더 내려간 지점에 차를 세웠다. 세라는 비니를 쓰고 외투를 입고 스카프를 두르고서 운전석에 낮게 쪼그려 앉았다.

12시 57분.

정해진 시간까지 3분이 남았다.

수신 전화를 알리며 휴대폰이 웅웅거렸다.

"세라?" 아버지였다. "메시지 받았다. 무슨 일 있는 거냐?"

"괜찮아요. 다…… 다 잘 처리되고 있어요."

"집이냐? 내가 갈까?"

세라가 다시 거리를 위아래로 살폈다. 여전히 조용했다. 지금 위
치에서는 집에 온 누구라도 그녀가 먼저 볼 수 있었다. 그리고 필요
하다면, 방문객이 누군가 자신을 지켜보고 있다는 사실을 알아채기
도 전에 세라는 차를 몰고 자리를 뜰 수도 있다. 비니를 조금 더 아
래로 내렸다.

"아니에요. 전 괜찮아요. 그런데 아빠, 부탁 하나만 들어주실 수
있어요? 애들을 학교에서 데려와서 오후 동안 아빠네 집에서 데리
고 있어주실 수 있어요?"

"물론이지. 아예 저녁까지 먹이고 잘 시간 전에 너희 집으로 데
려가마."

"완벽해요."

"넌 정말 괜찮은 거냐?"

"그럼요. 고마워요, 아빠."

둘은 인사를 나누고 전화를 끊었다.

세라의 이웃인 라우리 부인이 작은 테리어종 반려견 버스터와 길
을 내려오고 있었다. 세라는 고개를 숙이고 휴대폰을 보는 척하면서
그녀와 눈이 마주치지 않도록 애썼다. 하지만 세라가 몇 초 늦어버
렸다. 라우리 부인이 천천히 세라의 차 옆에 멈춰 섰음을 감지했다.

결국 세라가 고개를 들어 부인을 보았고, 바로 창문을 내렸다.

"안녕하세요." 세라가 밝게 인사했다.

"안녕하신가." 라우리 부인은 허리가 굽어 지팡이를 짚고 있었고 11월의 바람에 맞서 옷을 잔뜩 껴입은 모습이었다. "여기서 뭐 하우?"

"그냥 잠깐 가게 좀 다녀오려고요."

"아." 부인은 세라의 어깨 너머를 슬쩍 보면서 뒷좌석에 동행이 있는지 확인했다. "애들은 학교에 갔고?"

"네, 이따가 데리러 가야 해요."

"그런데 이렇게 밖에다가 차를 세워두고 앉아 있기에는 날이 끔찍하게 추워."

"바람 좀 쐬고 싶어서요." 세라는 부인이 눈치를 채길 바랐다. 이렇게 계속 서 있으면 거리에서 세라의 존재에 더욱 관심을 불러 모을 터였다. "부인께서는 들어가보셔야죠. 버스터도 몹시 추워 보이네요."

사실, 버스터는 언제나 몹시 추워 보였다. 몸에 털이 별로 없어서 겨울이든 여름이든 항상 떨고 있었다. 수염 난 작은 얼굴은 파리했고 불안해 보였다.

가세요. 세라가 다시 생각했다. 이제 누군가 도착하면 부인이 제일 먼저 눈에 들어올 거라고요. 부인, 그다음엔 나.

라우리 부인은 눈치를 채지 못했다.

"고양이는 잘 있고?"

"존시요?"

"그 털이 붉은 녀석 말이우. 얼마 전에 또 우리 집 정원에 들어와서는 화단에다가 용변을 보지 않았겠나. 버스터가 어찌나 무서워하던지."

"어머, 죄송해요. 제가 나중에 울타리 점검 좀 할게요." 세라가 출발하려는 듯 시동을 걸었고, 피에스타의 엔진이 털털거리며 살아났다. "우선 쇼핑부터 마쳐야겠어요."

"아, 그렇지. 다음에 보우, 그럼."

세라는 안전띠를 매고, 라우리 부인이 옆에서 바들바들 떨고 있는 버스터와 함께 천천히 길을 따라서 발을 질질 끌며 걸어가는 광경을 사이드미러로 확인했다. 다시 창문을 위잉 올리고 의자에 등을 기대어 미끄러지듯 아래로 내려와서는, 비니의 챙을 밑으로 당겨 눈에 그늘을 드리웠다. 구름으로 가득한 오후의 하늘 아래, 세라는 그게 누구든 자신의 집을 방문하려는 사람이 자신을 쉽게 발견하지 못하길 바랐다.

1분이 지난 후, 세라는 시동을 끄고 다시 휴대폰을 확인했다. 추가 메시지는 없었다. 벌써 1시 4분이다. 수수께끼의 발신자는 늦고 있었다.

세라는 뒷거울을 조절하여 뒤에서 길을 따라 운전해 오는 사람이 있는지 잘 볼 수 있도록 했다.

경찰차 한 대가 멀리 길 끝에서 세라를 향해 오고 있었다.

뭐야? 경찰이 여기서 뭐 하는 거지?

순찰차는 길을 따라서 계속 천천히 다가왔고 제복을 입은 경찰관 두 명이 앞좌석에 앉아 있는 모습이 보였다. 집을 찾고 있는 건가? 조수석에 앉은 경찰은 그렇게 보였는데, 고개를 좌우로 왔다 갔다 하고 있었다. 세라가 다시 고개를 숙여서 어두운 휴대폰 화면을 보았지만, 스스로도 너무 눈에 띈다고 느꼈다. 자리에서 좀 더 아래로 미끄러지듯 내려왔고, 저 두 경찰관 중 누구와도 눈을 마주치지 않으려고 필사적으로 애썼다.

세라는 순찰차가 가까이 다가오면서 속도를 점점 늦추고 있음을 감지했다. 이제 거의 세라의 차에 붙을 정도까지 왔다. **차가 멈출까? 경찰이 여기 있을 때 그 방문객이 도착한다면? 경찰은 세라가 999에 전화했다고 생각하는 걸까?** 세라는 무릎만 쳐다보며, 순찰차가 멈추지 않고 계속 길을 따라 올라가길 바랐다. 그때 차가 세라를 지나쳤다. 세라는 사이드미러에 시선을 고정한 채, 차가 교차로로 멀어지고 방향 전환 신호를 보내고 애비 드라이브로 들어가는 광경까지 지켜봤다.

세라는 안도의 한숨을 크게 내쉬고 다시 뒤로 머리를 기대어 잠시 눈을 감았다.

진정해. 넌 이미 경찰과 얘기를 했고, 잘 통과했잖아. 널 이번 일과 연관 지을 수 있는 건 아무것도 없어. 그 수수께끼의 발신자가 뭔가를 알아냈다는 증거도 없잖아. 그저 우선 그게 누구인지 확인하고, 다음에 뭘 해야 할지 판단하면 돼.

나타나기나 한다면.

그때 유리창을 두드리는 날카로운 소리에 깜짝 놀란 세라는 눈을 떴고, 옆으로 어렴풋이 나타난 얼굴을 맞닥뜨렸다. 망치로 한 대 얻어맞은 듯, 눈으로 보고도 자신이 지금 누구를 마주하고 있는지 도저히 믿을 수가 없었다.

앨런 러브록이었다.

3부

54

러브록은 세라를 따라 집 안으로 들어오며 현관문에 걸쇠를 걸고
자물쇠에 열쇠를 꽂아 돌렸다. 이어 문틀에 정수리를 찧지 않도록
살짝 고개를 숙이며 거실로 들어선 뒤 내닫이창의 커튼을 쳤다.

거실이 어둠에 잠기자, 세라는 본능적으로 불을 켰다.

"아니." 그가 말했다. "불 꺼. 소파에 앉아."

"앨런, 무사해서 정말 다행이에요." 세라가 목소리에 최대한 진
심을 담아서 말했다. "우리 모두 정말 걱정 많이 했어요."

그는 손을 휙 내저으며 세라의 말을 묵살했고, 그녀의 맞은편으
로 닉이 즐겨 앉던 안락의자에 앉아 긴 다리는 꼬고 긴 손가락이 달
린 손은 팔걸이에 걸쳐놓았다. 어둠 속에서도 그의 두 눈은 부자연
스럽게 밝았다. 눈동자가 왠지 다르게 보였는데, 세라가 전에는 본
적 없던 무언가로 빛나고 있었다.

"세라, 내가 세상에서 가장 혐오하는 게 뭔지 아나?"

"모르겠습니다."

"아둔함." 그가 천천히 말했다. "특히 여자의 아둔함을 혐오하지. 그럼 내가 그 무엇보다도 가치를 두는 한 가지는 뭔지 아나?"

"타인의 인정인가요?"

"정보. 제대로 된 정보만 있다면, 거의 무엇이든 다 할 수 있지. 다른 사람들이 거의 무엇이든 하도록 만들 수 있어. 이를테면, 논의의 편의를 위해 말하자면, 난 나를 납치하고 불법으로 감금한 일에 네가 관련되어 있다는 걸 알고 있다."

세라는 마치 얼음장처럼 차가운 물에 뛰어든 기분이었다. 간신히 떨림을 억눌렀다.

"사실이 아닙니다."

"네가 단지 알고 있던 것에 그치는 게 아니라, 어떤 식으로든 그 일이 벌어지도록 했다는 것도."

"아니에요! 틀렸어요."

러브록이 웃음을 터뜨렸다. 귀에 거슬리는, 개가 짖어대는 듯한 그 소리가 암흑에 휩싸인 거실에 퍼졌다.

"내가 문자메시지를 보냈을 때, 네가 나한테 묻지 못한 게 뭔지 아나?"

세라가 고개를 저었다.

그는 휴대폰을 꺼내 잠금을 해제하고 메시지 목록을 스크롤했다.

"이 멋진 새 휴대폰은 경찰 녀석들이 줬지. 내가 몸을 추스르는 동안 쓰라고 말이야. 내 휴대폰이 없어진 모양인데, 경찰은 나랑 연락이 빨리 될 수 있길 바랐거든. 참 사려 깊지 않은가? 아무튼, 이

새 휴대폰으로 난 네가 한 짓을 알고 있다고 보낸 거네. 넌 내가 누구냐고 물었지, 그것도 두 번이나. 하지만 네가 아닌 다른 사람이라면 응당 했을 질문은 하지 않았어. 내 메시지가 도대체 무슨 뜻인지 묻지 않은 거야. 네가 **했을 짓**이라는 게 뭔지 묻지 않았어. 왜 그랬을까? 넌 이미 알고 있었으니까."

"앨런, 많이 힘들었을 거란 건 알지만……."

"그리고 아까 밖에서 네 표정을 봤을 때, 난 알았지. 어제 아침을 시작으로 날 본 사람들은 하나같이 미소를 짓고, 웃고, 기뻐하고, 안도했어. 내 불쌍한 아내는, 경찰에게서 내가 발견됐다는 말을 듣자마자 와락 울음을 터뜨렸다고. 그런데 네 반응은 참으로 독특했단 말이야. 다른 사람들과 달리 넌 마치 유령을 본 듯, 맥베스가 연회장에서 덩컨의 목이 잘린 시체를 보는 듯했지. 저승에서 돌아온 망령이라도 본 것처럼 말이야. 왜냐, 네가 알기로는, 난 **죽었**으니까."

세라는 고개를 저으며 반박할 말을 생각해내려 애썼다.

"아니에요, 그게 아니……."

"너 외에는, 실제로 최악을 생각한 사람은 없었다. 대개는 내가 그저 어린 대학원생과 눈이 맞아서 며칠간 술판을 벌이고 섹스를 즐기러 떠났다고 생각했지. 내가 신경쇠약일 거라고 생각한 사람들도 있긴 했다. 하지만 그중 누구도 내가 정말 죽었다고 생각하지는 않았어. 너만 빼고."

"죽었다고 생각한 게 아니에요."

러브록은 천천히 자리에서 일어나 어둑한 거실 중앙에서 세라를 내려다보았다. 그는 검정 트위드 재킷을 벗어서 바닥에 던졌고, 셔츠 소매 끝의 단추를 풀었다.

"아니, 넌 내가 죽었다고 생각했어. 그리고 난 생각했지. 왜 우리 꼬맹이 세라가 날 저승에서 돌아온 사람을 보듯 하는 거지? 왜일까? 다른 사람들은 모르는 뭔가를 알고 있는 게 아니라면 말이야. 경찰도 모르는 뭔가를 알고 있는 게 아니라면 말이야." 러브록이 소파의 세라 옆자리에 앉았고 손은 아무렇지도 않게 세라의 무릎 위에 올렸다. "세라가 흉터가 난 남자와 뭔가 관련 있는 게 아니라면 말이야."

볼코프의 심복이 언급되자 세라는 움찔했다.

"누구인지 몰라요."

"부인할 거 없다. 네 얼굴에 다 쓰여 있으니. 솔직히, 난 너 자신보다 너를 더 잘 안다고 생각해." 그가 손을 뻗어, 세라가 피할 새도 없이 그녀의 삐져나온 머리카락 한 올을 귀 뒤로 넘겼다. "아무튼, 넌 거짓말을 정말 못해. 네가 어떻게 그 문신투성이 러시아 남자를 설득했는지, 그 남자에게 뭘 해줬는지는 모른다만, 네가 연루됐다는 건 알아. 어디서 그 남자를 만난 건가? 바에서? 인터넷상으로 서비스를 제공하던가?"

"말씀드렸잖아요. 누구를 말하고 계신 건지 모르겠습니다."

"돈은 얼마나 줬나? 아니면 몸을 대주고 있나? 그런 건가?"

"저는 절대……."

"그거로군? 머리를 따라 흉터가 난 그 남자랑 자는 사이야. 남자가 날 납치했을 때, 그때는 도통 이해가 안 되던 말을 하더란 말이지. 그자들이 나를 결박하고 입에 재갈을 물린 뒤에, 남자가 차 트렁크 문을 닫을 때 말이야. 남자는 나를 내려다보며 러시아 말로 뭔가를 말했어. 내가 알아듣지 못할 거라고 생각했겠지."

러브록이 소파를 따라 세라에게 더 가까이 다가왔다.

"너한테는, 그리고 그 남자한테는 참 안된 일이지만, 난 소싯적에 모스크바 국립대학에서 1년을 있었고, 아직도 기본적인 러시아어는 할 줄 알거든. 남자가 뭐라고 했는지 알고 싶지 않나?"

"뭐죠?"

"밀라야 말라도야 브라치 젤라티 밤 브세고 나일루치시고. '그 예쁘고 어린 박사가 당신에게 안부 전하란다.'라는 뜻이지." 그가 미간을 찡그렸다. "자, 남자가 말한 사람이 누구라고 생각하나? 그 예쁘고 어린 박사?"

"전 모릅니다." 가슴속 심장이 너무도 세게 쿵쿵대서 고통스러울 정도였다. "누구라도 될 수 있죠. 수많은 사람이."

러브록은 고개를 저었다. 아주 천천히.

"난 그렇게 생각하지 않아. 이 모든 일의 타이밍과 내 문자메시지에 대한, 무덤에서 기적적으로 귀환한 나에 대한 네 반응을 보면 아니지. 지금도 넌 설득력이 있는 부정의 근처에도 전혀 가지 못하고 있어. 거의 답이 나온 거지."

"그래서…… 그래서 뭘 어쩌시려는 거죠?"

"글쎄, 경찰이 트렁크에 날 태우고 있던 그 러시아 깡패를 잡았으니, 더는 그놈으로 인한 위험은 없다고 봐야지. 꼼짝없이 현행범으로 잡혔으니까. 놈은 재판을 받게 될 거고 감옥에 가겠지. 어쩌면 그 과정에서 네 이름을 댈 수도 있고 아닐 수도 있고. 하지만 난 한 가지는 확실히 알아. 지난 36시간 동안 경찰과 많은 이야기를 나눴거든. 그래서 말인데." 러브록이 한 손을 들어 엄지와 검지를 머리카락 한 올의 너비만큼 벌렸다.

"경찰이 널 체포하기까지 **이만큼** 남았단다, 세라."

55

날카로운 공포가 얼음 파편처럼 척추에 박혔다.

"날 체포한다고요? 그게 무슨 말이죠?"

"경찰이 널 체포하지 않은 유일한 이유는, 내가 아직 러시아 남자가 했던 말을 알리지 않았기 때문이야. 남자가 내게 작별 인사로 했던 '예쁘고 어린 박사'에 대해 말하지 않았거든. 하지만 **조만간** 경찰에 알릴 거야. 네가 나에게 정직하고 정당한 태도로 나오지 않는다면."

정직하고 정당한 태도. 세라는 사람들이 자신의 행동을 위장하려 완곡어법에 기댄다는 사실이 언제나 흥미로웠다. 세라의 시선이 책장 위, 눈에 띄지 않는 곳에 놓인 검은 손잡이가 달린 칼로 향했다. 두 걸음만 가면 손을 뻗어서 칼을 잡을 수 있다. 그가 무슨 일이 벌어지고 있는지 깨닫기도 전에 그의 가슴에 칼을 자루 끝까지 찔러 넣어 갈비뼈 사이로 미끄러지듯 움직이고, 후에 정당방위를 주장하면……

안 돼. 미친 짓이다. 이미 한 번 그가 죽기를 바랐고, 그 결과 세라는 바로 지금 여기, 하나의 괴로운 상황에서 또 다른 괴로운 상황으로 내던져진 것이다.

"사실이 아니에요." 세라가 말했다. "무슨 말씀을 하시는 건지 모르겠다고요."

"내가 그저 엄포를 놓는 거라 생각한다면, 내가 아는 걸 그냥 경찰에게 알려볼까?"

세라는 러브록을 볼 수 없었다.

"도대체 왜 그러시는 거죠?"

"세라, 이건 그냥 카드게임 휘스트 같은 거란다. 넌 킹 카드를 냈고, 난 이제 에이스 카드를 내고 있는 거지. 네가 졌어."

세라는 목소리에 두려움이 묻어나지 않도록 기를 썼다. 그가 네 두려움을 듣게 해서는 안 돼. 하지만 불가능한 일이었다.

"앨런, 당신이 겪은 일은 유감이지만, 저는 무슨 말씀을 하는 건지 전혀……."

"그만해! 우리는 새로운 관계를 맺게 될 거야, 너와 나 말이야. 네가 싫어요라고 말하는 걸 멈추고 네라고 말하기 시작할 관계." 그가 몸을 더 가까이 기울여서 세라의 팔을 잡았다.

세라가 움찔하며 피했지만, 그는 다른 손으로 세라의 어깨를 꽉 쥐고 눌러서 세라를 그 자리에 얼어붙게 만들었다.

침착하자, 침착해, 막아야 해. 그가 날…….

"앨런, 아파요. 놔줘요."

그의 숨이 거칠어졌고 목은 붉게 상기되어 있었다.

그가 세라의 가슴을 움켜잡았고 엄지와 검지 사이로 젖꼭지를 세게 비틀자, 세라는 거의 비명이 나올 뻔했다. 돌연 그가 손을 풀어 세라의 손을 잡더니 자신의 사타구니 위로 가져갔다. 세라의 손을 붙잡아 딱딱하게 발기된 자신의 것에 밀어붙였다.

"어때?" 굵은 목소리였다. "좋아. 아주 좋군."

세라는 자신의 귀로 들어오는 작고 숨이 찬 목소리가 끔찍이도 싫었다.

"제발…… 제발 이러지 말아요."

아빠, 아빠가 필요해요. 닉, 로라, 누군가, 누구라도.

날 도와줘요.

제발.

러브록이 앞으로 몸을 숙여서 이제 그의 입은 세라의 귀와 불과 몇 센티미터밖에 떨어지지 않았고, 세라의 옆얼굴에 닿은 그의 숨이 뜨겁고 축축했다. 위스키가 깃든 시큼한 악취가 느껴졌다.

"네가 일을 개인적인 걸로 만들었어. 네가 그런 거야. 네가 판을 키웠어. 그러니 멈춰달라고 애원해도 난 멈추지 않을 거다."

말을 마친 그가 세라에게 거칠게 키스했다. 까칠하게 자란 수염이 세라의 뺨을 할퀴었다. 그는 세라를 소파에 더 깊숙이 밀어붙였다. 세라가 고개를 돌리자 그의 얇은 입술에서 흘러나온 침이 그녀의 목과 귀를 적셨다. 그가 손을 다시 세라의 가슴에 올려서 움켜쥐었고, 블라우스 아래 피부를 고통스럽게 죄었다. 알싸한 땀 냄새가 너무도 강렬했다. 세라는 그의 육중한 몸이 자신을 더욱 짓누르고 있는 것을 느끼고는 버둥거리며 벗어났고, 너무도 세게 쿵쾅거리는 자신의 심장이 터져버릴까 봐 두려웠다. 두려움은 경찰이라는 아득하고 추상적인 걱정에서, 곧 벌어질 일에 대한 눈부시게 선명한 공포로 옮겨갔다.

이거였어. 이게 종착지였던 거야. 내 집에서, 바로 여기 내 소파 위에서 날 강간하려는 거야.

세라는 이런 상황에서 생존하려면 어떻게 해야 하는지 떠올리려 애썼다. 순응할 것. 맞서지 말 것. 침착할 것. 싸우지 말 것.

"앨런, 여기서는 안 돼요. 여기 집……."

"닥쳐. 닥치라고. 더는 아무 말도 하지 마. 말은 내가 한다. 앞으로 우리 사이의 규칙을 일러두지. 지금부터, 넌 내가 시키는 것을, 내가 시킬 때 하는 거야."

그가 세라에게 다시 키스하며, 까칠하게 자란 수염이 세라의 목을 긁고 커다란 손은 세라를 다시 소파 깊숙이 밀어 넣었다. 그의 손이 세라의 몸 구석구석에 닿으며 움켜쥐고 쥐어짰다. 세라의 다리를 밀어서 벌리고 멍이 들 정도로 세게 허벅지를 움켜잡았다. 세라는 주변 세상의 속도가 느려지며 모든 것이 지금 여기 한 지점으로 초점이 맞춰지는 듯한 기분이 들었다. 그대로 얼어붙은 세라는 팔다리가 무겁게 느껴졌고 심장은 흉곽에 마구 부딪치고 있었다. 눈을 감고 그에게서 고개를 돌린 채, 그의 손에서 무겁게 느껴지는 막 시작된 폭력을 절실히 피하고 싶었다.

침착해. 맞서지 마. 그의 분노는 폭발하기 일보 직전이야.

불현듯, 무언가 나무 바닥 위를 잽싸게 달리는 소리가 들려왔다. 그가 키스를 멈춘 것도 알 수 있었다.

세라가 두 눈을 떴다.

붉은 털의 수고양이 존시가 구석에 쪼그리고 앉아 그르렁거리고 있었다. 자신과 러브록을 향해 그르렁댄다고 생각한 찰나, 존시가 몸을 돌렸다. 입에 크고 잿빛인 무언가를 문 게 보였다. 가슴이 뚱뚱한 비둘기 한 마리가 날개 하나를 부자연스러운 각도로 펼친 채 몸을 축 늘어뜨리고 있었다. 존시가 머리를 바닥으로 낮추며 계속해서 그르렁댔다. 새의 깃털 사이로 피가 뚝뚝 떨어졌다.

러브록이 세라를 잡고 있던 손을 풀자 세라는 황급히 벗어나 소파에서 내려왔다.

존시가 다친 새를 바닥에 떨어뜨렸다.

그 즉시, 비둘기가 갑자기 살아나더니 날개를 미친 듯 퍼덕거리며 커튼이 쳐진 창문을 향해 맹렬히 돌진했다. 날개가 거실 가구를 내리치면서 잿빛 깃털이 사방에 날렸다. 러브록이 놀라서 비명을 지르며 손으로 얼굴을 가리는 사이, 비둘기는 커튼에 덮여 격렬하게 날개를 퍼덕이며 떨어져나갔다가 결국 창문 위 커튼 봉에 자리를 잡았다.

존시는 커튼 발치로 가서 가슴 깊은 곳에서 끌어올린 그르렁 소리를 냈다.

고맙다, 몸집만 큰 우리 바보 고양이. 세라가 생각했다. 고마워, 존시. 제발 이걸로 상황이 끝이 나길. 제발 그의 감흥이 깨졌길.

러브록이 나가려는 듯 문 쪽으로 향했다. 세라가 무언의 감사 기도를 올리려 할 때, 그가 세라의 손목을 거칠게 잡았다.

"위층으로." 그가 식식거리며 말했다. "침실이 어디지?"

희망이 산산이 부서지자, 세라는 다리에 힘이 풀리는 듯했고 다시 무력감을 느꼈다. 그래도 필사적으로 그의 관심을 돌릴, 그를 멈출 방법을 생각하려 애썼다. 그를 늦춰야 했다. 방해해야 했다. 뭔가를, 뭐라도 생각해내서 곧 일어날 끔찍한 일을 피해야 했다.

"**침실.**" 그가 반복해서 말했지만, 이번에는 질문이 아닌 명령이었다. 그는 세라를 끌고 계단으로 향했다.

생각을 해.

"지금은 안 돼요." 세라의 목소리가 갈라지고 있었다. 울며 무너지기 일보 직전이었다.

"뭐?"

"곧 있으면 아버지랑 애들이 집에 올 거예요."

그가 코웃음을 쳤다.

"그렇다면 뭐, 빨리 해치우자고."

그는 세라를 잡아끌며 첫 계단을 올랐다.

"앨런, 제발요. 이렇게 빌게요. 여긴 안 돼요. 당장에라도 애들이 들어올 수 있는 이 집에서는 안 돼요."

"뭐?"

"이 집만 아니면 돼요. **제발요.** 방해받지 않을 곳으로 가요. 당신 집으로 가요. 같이 갈게요."

그가 두 번째 계단에 멈춰 서서 자신의 시계를 보았다.

"오늘 오후에는 캐럴라인이 집에 있어."

뭔가 말을 해. 뭐라도. 일이 더 진행되지 않도록 막아야 해.

"그럼, 오늘 말고 다른 날 저녁은 어떤가요? 당신 집에서."

그가 잠시 곰곰이 생각했다.

"이번 주말에 캐럴라인이 친정에 갈 거야. 집 전체가 우리 차지가 될 수 있지."

"그럼, 토요일로 할까요?"

그가 천천히, 이를 드러내며, 늑대 같은 미소를 지었다. 홀로 고개를 끄덕였다.

"좋아. 토요일 저녁을 시작으로, 매주의 일정인 거다. 매주, 일주일에 한 번, 넌 내 연구실로 오는 거야. 우린 문을 잠근 뒤, 난 의자에 앉아 등을 기대고 넌 무릎을 꿇은 채 일을 시작하는 거지." 그가 몸을 앞으로 기울이자 그의 얼굴이 세라와 몇 센티미터 가까이로 다가왔다. 지독한 악취를 풍기는 그의 숨이 세라의 코로 들어왔다. "또는 네가 바로 눕거나, 엎드리거나. 셋 다도 좋고. 매주, 내가 너한테 싫증 날 때까지 말이야."

거실에서 굉음과 새된 소리가 들리더니 이내 존시가 다시 등장했다. 날개를 퍼덕거리는 비둘기를 입에 꽉 물고 있었다. 러브록이 존시를 겨냥해 포악하게 발길질했지만, 존시는 민첩하게 러브록과 세라 사이 빈 공간으로 뛰어들어 베이지 양탄자 위로 짙은 핏자국을 남기며 계단을 올라갔다.

"토요일 저녁." 러브록이 마침내 세라를 놓아주었다.

그는 문을 쾅 닫고 밖으로 나갔다.

56

걸어 잠근 욕실 문 뒤에서 얼마나 있었을까, 세라는 계속해서 얼굴을 씻고 또 씻으며 그의 냄새를 떨쳐내려, 코에 남은 그의 악취를 없애려 했다. 머리는 쿵쿵댔고 울음을 참느라 목이 아팠지만, 울기 시작하면 멈출 수 없을 것을 알았다.

카디건과 블라우스를 벗어 세탁 바구니에 던지고 나서야 문을 열고 나온 세라는, 깨끗한 옷을 가지러 침실로 향했다. 그제야 존시가 엉망으로 만든 층계참이 눈에 들어왔다. 비둘기의 잔해가, 날개의 상당 부분과 머리, 깃털이 짙은 핏자국과 알 수 없는 것들과 함께 빛바랜 양탄자 위로 흩어져 있었다.

"젠장!" 세라가 텅 빈 집에다 대고 소리쳤다. "젠장! 젠장!"

비닐봉지를 하나 가져와 손에 씌우고 존시가 먹지 않은 새의 부위들을 주운 다음, 봉지를 뒤집어 단단히 묶었다. 그런 다음 양동이에 물을 가득 담고 세제를 풀어서 스펀지를 적신 뒤 계단을 문지르고 또 문지르며 피와 내장을 없애려 했다. 하지만 계단 위로 깔린 해진 양탄자가 물을 먹어가며, 베이지색에서 진갈색으로 변할 뿐이었다. 그래도 세라는 계속해서 문지르고 짜내고 적시고 문질렀는데, 덕분에 두 손에 무언가 할 일이 주어졌기 때문이었다.

마음 한구석에서, 세라는 어떤 문제가 자신을 압도하려 할 때면 언제나 하던 일을 지금도 하고 있음을 알았다. 계속 바쁘게 몸을 움직여 다른 생각이 비집고 들어올 틈이 없도록, 최악의 상황에 침잠하지 않도록 하는 것. 관심을 돌릴 만한 일을 찾고 그 외에 모든 것은 밀어내는 것.

오늘만큼은 쉽지 않았다.

아직 현관과 거실과 계단에서 그의 매캐한 땀 냄새가 나니까.

아직 뺨과 목에서 그의 까칠한 수염이 느껴지니까.

머릿속에서 똑같은 생각이 빙글빙글 돌았고 망막 위로 똑같은 잔상이 활활 타올랐다. 눈과 뺨의 실핏줄이 터진 채, 세라에게 몸을 숙이고 손을 들어 엄지와 검지를 1센티미터 벌리던 러브록의 모습.

경찰이 널 체포하기까지 이만큼 남았단다, 세라.

사실일까? 그저 허튼소리일까? 더 중요한 것은, 어느 쪽인지 알아낼 위험을 세라가 감수할 수 있을까? 그에게 해볼 테면 해보라고 할 수 있을까?

난 상황이 나아지도록 노력했어. 하지만 결국 그 상황을 열 배쯤 더 나쁘게 만들고 말았지.

러브록은 내가 관련됐다는 걸 알아. 이젠 대학에서 잘리지 않는 게 문제가 아니야. 감옥에 가는 것만 피해도 난 운 좋은 걸 거야. 우리 가족은 이제 그 어느 때보다 위험한 상황이고. 그중 으뜸은, 케이크 위 체리는, 어찌된 일인지 내가 앨런을 피해자로 만들었다는 거야. 사람들이 그를 가엾게 여기도록 만들었어.

오후에 그 일이 있은 뒤, 만약 다른 남자였다면, 다른 상황이었다면, 세라가 취할 조치는 분명했을 것이다. 경찰에 간다. 신고한다. 고소한다.

하지만 러브록은 안 된다.

지금은 안 된다.

그가 전에는 날아오는 탄알을 막았다면, 지금은 탄알 자체가 그를 향해 날아들 수조차 없었다.

생각이 여기까지 미치자, 경찰의 적절한 도움을 바랄 수 없다는 사실에 세라는 갑자기 하던 일을 멈췄다. 살면서 지금처럼 지독히 혼자라고 느낀 적은, 철저히 비참했던 적은 없었다. 양탄자를 문지르던 손을 멈추고 층계참의 한쪽 구석에 무너지듯 주저앉았다.

다시 나오는 눈물을 느꼈고, 이번에는 억지로 삼키지 않았다.

엄마의 죽음 이후 처음으로, 세라는 온 숨을 다해, 온 마음을 다해 흐느껴 울었다. 무릎을 턱 밑까지 끌어 올리고 문틀에 얼굴을 기댔다. 몸이 덜덜 떨렸다. 잃은 것과 앞으로 잃게 될 모든 것을 떠올리는 사이, 마침내 무언가 그녀 안에서 부서져 내렸다. 세라는 목이 메어 쓰라리고 가슴이 아파올 때까지 울었다.

남은 눈물이 사라질 때까지 울었다.

그렇게 얼마나 있었을까. 바깥 하늘이 어두워지며 땅거미가 깃들기 시작하자, 세라는 천천히 그리고 조심스럽게 아래층으로 내려갔다. 팔다리가 쑤셨고 머리는 욱신거렸다. 양 볼은 눈물이 남긴 소금

기를 머금고 있었다. 전에는 결코 알지 못했던 절망에 휩싸여 속이 울렁거리고 기운이 다 빠졌다. 얼핏 현관 거울에 비친 자신의 모습이 보였지만 세라와 눈을 맞춘, 눈에 분노가 이글거리는 그 낯선 사람을 알아볼 수 없었다. 문득 이 모든 것으로부터 아이들만큼은 필사적으로 지켜내고 싶은 마음이 들었다. 이런 몰골을 아이들에게 보이고 싶지 않았다. 러브록이 머물렀던 곳에, 아이들이 그 근처에도 오지 않았으면 했다. 집에 남은 그의 흔적을 다 지우기 전까지는.

세라는 아이들과 세상의 잘못된 모든 것들 사이에 놓인 방화벽이었다. 세라는 아이들을 보호할 것이다.

아버지에게 문자를 보냈다.

오늘 애들을 아빠 집에서 재우고 내일 학교에도 데려다주실 수 있을까요?

답장은 거의 바로 왔다.

물론이다. 무슨 일 있는 거니?

세라는 너무 지쳐서 그럴듯한 거짓말을 생각해낼 수조차 없었다.

그냥 몇 가지 처리할 일이 있어서요. 채점할 게 산더미예요. 한숨 자고 나서 시작하려고요. 내일 봐요, 아빠. 애들에게 나 대신 뽀뽀해주시고요.

세라 자신에게조차 그럴듯하게 들리지 않는 말이었다. 아버지가 곧 전화를 걸어와, 딸이 정말 괜찮은지 확인할 게 뻔했다. 하지만 세라는 아버지에게 자신의 이런 모습을 보이고 싶지 않았다. 그 누구에게도 보이고 싶지 않았다.

5분 후, 아버지가 전화를 했다. 또 5분 후에도.

세라는 받지 않았다.

57

그가 거기 있었다. 그녀를 향해 다가오고 있었다. 문이, 출구가 없었다. 그는 현관에 있었고, 그녀는 안락의자에 앉아 있었다. 그런데 그곳은 그의 집 거실이었고, 단둘뿐이었으며, 그녀를 도와줄 사람은 아무도 없었다. 그가 서서히 다가오는데 그녀는 움직일 수가 없었고, 그가 손을 뻗어 그녀의……

세라는 깜짝 놀라 잠에서 깼다.

그녀는 몸에 담요를 느슨하게 두른 채 거실 바닥에 앉아 있었다. 자정이 넘은 시간이었다. 중앙난방이 꺼져서 집에는 한기가 돌았다. 두 뺨이 젖어 있었다. 자면서 내내 울었던 모양이다. 주변은 뒤죽박죽 엉망이었다. 신문과 책, 깨진 와인 잔, 옆으로 누워서 굴러다니는 빈 병, 여기저기 흩어져 있는 옷들, 옛 일기장, 반쯤 열린 채 벌렁 누워 있는 노트북. 줄 쳐진 종이 몇 장은 세라도 자신의 것임을 겨우 알아볼 수 있을 정도로 마구 휘갈겨 쓴 글씨로 뒤덮여 있었다. 액자의 유리는 잔뜩 금이 가 있었고, 아이들 사진이 담긴 앨범은 세라가 가장 좋아하는 페이지로 펼쳐져 있었다. 두꺼운 하드커버로 제본한 세라의 박사 논문은 펼쳐진 채 구석에 내팽개쳐져 있었다.

머리가 쿵쾅거렸고 팔다리는 무거웠다. 백 살쯤 먹은 노인이 된 기분이었다. 무언가 먹어야 한다는 생각이 들었지만, 이미 몇 주 전에 사라진 식욕은 돌아올 줄을 몰랐다.

세라는 와인을 한 병 더 따고 휴대폰을 꺼내 닉에게 보낼 문자를 썼다.

당신이 필요해. 얘기 좀 하자. 언제 돌아올 거야?

세라는 같은 내용을 표현을 달리 해 세 번 작성했고, 전송하기 전에 세 번 삭제했다. 결국 좌절감에 휴대폰을 바닥에 던져버렸다.

문득 새삼스레, 어쩌면 이렇게 되고 말 일이었다는 생각이 들었다. 닉의 최고의 모습과 함께 보낸 몇 년이라는 최고의 시간. 닉이 줘야 했던 것은 그게 다라는 생각이었다. 두 사람은 너무도 많은 일을 함께 겪었고, 예쁜 두 아이를 낳았고, 삶을 공유했다. 하지만 이제 그는 세라의 과거 속 한 부분일지도 모른다. 미래가 아닌.

어쩌면 닉은 아예 돌아오지 않을 수도 있다.

이 생각만으로도 세라는 지난 6주간 많은 눈물을 흘렸지만, 이제 눈물은 나오지 않는다. 슬픔 대신 체념을 느꼈다. 선이 하나 그어지고 있었다. 닉은 가능한 모든 방식으로 세라를 실망시켰다. 바꿀 수 없는 것으로 울어봤자 소용없는 일이었다. 더는 울지 않을 것이다.

세라는 와인을 더 마시고 집 안을 배회했다. 발을 질질 끌며, 커튼이란 커튼은 다 치고 문과 창문이 제대로 잠겼는지 다시 한 번 확인했다. 주방 서랍에서 칼을 모조리 다 꺼내어, 조리대 위에 큰 것에서 작은 것 순으로 늘어놓았다. 계단 밑 찬장을 뒤져서 얼마 쓰지 않은 닉의 공구 상자에서 자신의 무기 목록에 추가할 연장 몇 개를 더 챙겼다. 그리고 와인 병을 들고 소파에 앉아서 어두컴컴한 벽난로를 응시했다. 그 캄캄한 어둠 속에서 세라는 그의 얼굴을 보았다. 러브록의 얼굴을.

그렇게 얼마나 더 있었을까. 아마도 몇 시간쯤 지났을 것이다.

아직 동이 트기 전, 녹초가 된 세라가 일어나 욕실로 가서 세면대 위 수납장을 열었다. 맨 위 칸에 신경안정제 몇 상자가 있었다. 작년에 러브록과의 상황이 세라의 수면에 영향을 주기 시작했을 때 의사에게 처방받았던 것이다.

경험상, 보통 두 알이면 졸음이 오기에 충분했다. 그 이상으로는 복용해본 적이 없었다.

세라는 투명 플라스틱으로 개별 포장된 알약 판을 모두 꺼내어 남은 약의 개수를 세어보았다. 세 판은 아직 거의 다 차 있어서, 약은 총 마흔한 정이 있었다. 어떻게 이만큼이나 삼키는 걸까? 양손 가득 담아서 모두 한꺼번에 삼키는 게 좋을까, 아니면 한 번에 두 알씩? 아니면 이 작은 플라스틱 캡슐을 하나하나 열어서 안에 담긴 하얀 가루를 큰 숟가락에 담아서 먹는 건? 가루를 물 한 컵에 타서 마실까? 아니다, 한 번에 두 알씩 먹는 게 나을 것 같다고 세라는 생각했다. 그렇게 하면 얼마나 먹고 있는지 파악할 수 있다. 그게 방법이었다. 약이 효력을 발휘할 때까지 충분히 오랫동안, 토하지 않고 버틸 수 있을 것이다. 500밀리리터 컵에 물을 가득 채우고 옆에는 약을 두어, 한 번에 두 알씩 계속해서 먹는 거다. 두 알씩, 두 알씩, 두 알씩. 그 후, 그저 누워서 기다리기만 하면 된다.

러브록도 끝. 경찰도 끝. 두려움도 끝.

매주, 일주일에 한 번. 난 의자에 앉아 등을 기대고 넌 무릎을 꿇은 채 일을 시작하는 거지.

세라는 긴 유리잔에 수돗물을 가득 채우고 투명 플라스틱판을 뒤집어서 차례로 하나씩 뚫으며 약을 빼냈다. 손에 움켜쥔 알약 수십 정. 모든 것을 사라지게 할 힘이 충분한, 마흔한 개의 작은 오렌지색 어뢰. 약이 이렇게 한꺼번에 쌓여 있으니 그렇게 많아 보이지는 않았다. 세라는 깨끗한 세면 수건을 하나 가져와서 그 위로 약을 쏟아놓고 두 개씩 짝을 맞추었다. 두 알씩, 두 알씩, 두 알씩. 그렇게 하는 거였다. 세라는 가운 주머니에서 휴대폰을 꺼내어 제대로 꺼져 있는지 확인했다.

첫새벽의 어스레한 회색빛이 욕실 창문으로 슬며시 들어오고 있었다.

세라는 알약 두 정을 물 한 모금과 함께 삼켰다. 그러고는, 남은 약을 모두 변기에 넣고 물을 내렸다.

수납장 문을 닫은 후, 세라는 거울 속 자신을 똑바로 쳐다보았다. 더는 보기 힘들어지자 무거운 다리를 끌며 침실로 가서 침대 위로 무너져버렸다. 그러곤 간신히 이불을 목까지 끌어 올리고 잠에 빠졌다.

몇 시간 뒤 아버지가 들어왔을 때, 세라는 그렇게 몸을 웅크리고 곤히 잠들어 있었다.

340

58

아버지는 소리를 죽인 TV 화면만 멍하니 보며 세라가 늘어져 있는 소파로 차를 내왔다. 세라는 속이 텅 빈 듯한, 울다가 구멍이 난 듯한 기분이었다. 극심한 피로가 마치 수의처럼 세라를 덮고 있었다.

"애들은 잘 있고요?"

"잘 있다. 학교에 데려다주고 오는 길이야."

"고마워요, 아빠."

아버지는 소파 끝에 걸터앉아, 김이 폴폴 나는 머그잔을 세라에게 건넸다.

"세라, 기억하니? 네가 일곱 살 때, 네 바비 인형을 전부 집 안 곳곳에 숨겨뒀던 거. 네 언니들이 자꾸 네 방에 들어와서 가져간다면서 말이다."

29초

"그 별거 없는 인형을 놓고 언니들이랑 엄청 싸웠죠."

"이번만큼은 언니들을 이겼다고 어찌나 뿌듯해하던지. 그렇게 일주일쯤 지났을까, 퇴근하고 와보니 네가 눈이 퉁퉁 붓도록 울고 있는 거다. 인형들을 어디에 숨겨놨는지 잊어버렸다는 거야. 그 것도 기억나니?"

세라는 그 기억에 옅게 미소를 지었다.

"투명 잉크로 인형을 숨긴 장소의 목록을 써뒀던 기억이 나요. 그 종이를 잃어버린 거죠."

"그래서 내가 그 인형들을 찾아다녀야 했지. 온 집 안을 샅샅이 뒤지긴 했지만, 어쨌든 결국 다 찾아냈지 않았니?"

"하나도 빠짐없이요."

아버지가 세라의 발목을 부드럽게 쓰다듬었다.

"세라?"

"네?"

"보여줄 게 있다."

"뭔데요?"

"가자. 이제 일어나야지."

아버지가 TV를 껐다. 세라는 끙 앓는 소리를 내며 몸을 일으켜 소파에서 내려왔다. 아버지를 따라 주방에 들어서자, 아버지가 식 탁을 가리켰다. 식탁 위에 한 줄로 정렬된 것은 세라가 집 안 곳곳에 숨겨둔 무기였다. 보닝 나이프와 부지깽이, 커터 칼.

"집 안 엉뚱한 곳에 둔 물건이 몇 개 있는 것 같더구나."

세라가 마른침을 삼키며, 눈물이 왈칵 나오는 것을 느꼈다.

"지키려고요."

"뭐로부터 지킨다는 거냐?"

"설명드릴 수가 없어요. 죄송해요."

아버지는 잠시 생각하더니 세라에게 답을 강요하지 않기로 한 듯했다.

"알겠다. 하지만 이번에도 내가 다 찾은 건지는 알려줄래?"

"네. 여기 세 개가 다예요."

"내가 발견하기 전에 해리나 그레이스가 이…… **도구**들 중 하나라도 먼저 봤다면 어쩔 뻔했니?" 아버지가 부드럽게 말했다.

"애들 손이 닿지 못하도록 높은 곳에 올려뒀어요. 애들 눈에 안 띄는 것만큼은 확실히 해뒀어요."

"흠." 아버지가 천천히 고개를 끄덕였다. "세라, 잠깐 앉아보거라."

아버지가 시키는 대로 맞은편 자리에 앉으면서, 세라는 사실을 털어놓을지 고민했다. 사실 **전부**를. 집 안 곳곳에 남겨둔 무기와 다시 돌아올까 봐 두려운 남자, 그가 하려는 짓에 대해 어떻게 설명할 수 있을지 생각했다. 처음 그가 이 집을 찾았을 때 느꼈던 처참한 무력감도.

세라가 두 손으로 찻잔을 감싸 쥐고 한 모금 홀짝였다. 뜨겁고 달콤했다. 보통은 설탕을 넣지 않지만, 이번만큼은 그 달콤함이 반가웠다.

"고마워요, 아빠."

"세라, 난 네가 걱정된다."

세라는 아무 말도 하지 않았다.

"무슨 일인지 내게 말해줘야 할 때라고 생각한다."

세라가 고개를 저으며 볼코프의 말을 떠올렸다. 아무에게도 말하지 마십시오.

"그럴 수 없어요."

"못 하는 거니, 안 하는 거니?"

"아빠, 나도 말할 수 있다면 좋겠어요. 정말이에요."

둘 사이에 잠시 침묵이 이어지다가, 아버지가 세라 옆으로 가서 가만히 그녀를 안아주었다. 부녀는 한동안 그렇게 있다가 세라가 아버지를 놓아주었고 둘 다 의자에 등을 기댔다.

아버지는 차를 길게 한 모금 마셨다.

"있지, 좀 놀랄 수도 있는 얘기지만, 네 엄마가 죽고 나는 아주 나쁜 짓을 했단다."

세라는 아버지를 보며 그가 지금 농담을 하는 것인지 살폈다.

"네?" 세라가 어깨를 으쓱했다. "뭘 하셨는데요?"

"지금껏 아무에게도 말한 적이 없으니, 너도 말하지 않겠다고 약속해야 해."

"약속해요."

"특히 네 언니들한테 말하면 안 된다."

"물론이죠."

"로라나 다른 친구들, 직장 동료들에게도."

세라는 아버지에게서 어떤 말이 나올지 불안해서 얼굴을 찡그렸다.

"알겠어요." 세라가 천천히 말했다.

"그래. 네 엄마가 죽고 나서, 나는……." 그가 머뭇거렸지만, 잠깐뿐이었다. "6개월간 한 남자를 죽일 계획을 세웠다."

59

세라는 사레가 들려 기침을 했고 차를 쏟을 뻔했다.

"네? 거짓말이죠? 무슨 말씀을 하시는 거예요?"

"사실이다."

"말도 안 되는 소리 하지 마세요. 아빤 누구도 죽이려 한 적 없어요."

"리 구다이어."

세라가 번쩍 고개를 들었다. 아버지는 수년간 그 사건을 언급하지 않았다. 자신의 죽은 아내, 그러니까 세라의 어머니에 대해서는 자주 이야기했지만, 그녀의 죽음에 얽힌 상황에 대해서는 아니었다. 더는 아니었다. 그리고 세라는 절대, 언제라도, 그가 자신에게서 아내를 앗아간 남자의 이름을 입 밖에 내는 것을 본 적이 없었다. 리 구다이어. 서른두 살의 영업사원으로, 다음 약속에 맞춰 가려는 그의 조급함이 비극을 낳았다. 구다이어는 늦게 출발한 몇 분을 만회하려고 도로에서 화물차 한 대를 위험하게, 난폭하게 추월했다. 반대편에서 운전해 오던 세라의 어머니는 그를 피하려 급히 방향을 틀 수밖에 없었다. 어머니는 운전대를 너무 강하게 꺾었고, 맞은편에서 오던 또 다른 화물차를 곧바로 박았다.

그렇게 즉사했다.

배심원단은 구다이어가 난폭운전으로 타인의 사망을 초래한 것을 유죄로 보았고, 판사는 그에게 징역 4년을 선고했다.

"2년이면 나오는 거였지. 모범적인 수형 생활을 할 경우." 로저가 비통하게 말했다. "목숨을 앗아간 대가가 고작 2년이었어, 빌어먹을. 충분하지 않았어. 턱없이 **모자랐지**. 그래서 그자가 감옥에 가자마자, 난 내가 할 일을 생각하기 시작했다."

"우리한테는 철저히 숨기셨죠. 전 아빠가 비탄에 빠져 있다고만 생각했어요."

"비탄에 **빠져 있었지**. 하지만 난 그 슬픔을 계획을 세우는 일에 쏟았다."

세라는 아버지가 털어놓고 있는 말을 좀처럼 믿기 어려워 고개만 저었다. 다른 사람도 아닌, 그녀의 아버지였다. 아버지는 해상보험 분야에서 평생을 일했고 과속 과태료조차 물어본 적이 없는 사람이었다.

"세상에. 아빠, 뭘 하시려 했던 거예요?"

"몇 가지 서로 다른 계획이 있었다. 모두 내가 잡혀 들어갈 수도 있는 계획이었지만, 그때는 개의치 않았지. 이미 내게 최악의 상황이 벌어졌는데, 감옥에 간다고 해서 뭐 그리 대수였겠니? 세라 넌 이해해야 해. 난 너무 화가 났어. 네 엄마가 죽고 난 뒤 내게는 오로지 분노만 남은 것 같았다."

"우리가 있었잖아요. 루시와 헬렌과 제가요."

"안다, 알다마다. 내가 어리석었지. 하지만 그땐 이미 너와 네 언니들은 다 커버린 후였고, 더는 우리에게 기댈 필요가 없었지. 나와 네 엄마는 33년을 함께 살았는데, 그자가 단 몇 분 때문에 네 엄마의 목숨을 앗아간 거다. 그런데도 감옥에서 편히 2년을 보내다가 나와서는 남은 인생을 즐기겠지. 난 그자가 대가를 치르길 바랐다. 제대로 된 대가를."

세라가 아버지를, 자신이 아는 최고의 남자를 바라보자 그의 눈에 그득한 눈물이 보였다. 세라는 몸을 숙여 다시 아버지를 안았고 아이를 달래듯 등을 쓸어주었다.

"그럼, 어떻게 마음을 바꾸시게 된 건가요?"

아버지가 몸을 뒤로 빼고 미소를 지었다. 눈물 한 방울이 그의 뺨을 타고 흘러내렸다.

"네가 그렇게 만들었다."

세라가 미간을 모으며 주머니에서 티슈를 꺼내어 아버지에게 건넸다.

"제가요? 제가 어떻게요?"

"정확히 말하자면 네가 아닐 수도 있다. 그레이스 덕분이었지."

"하지만 엄마가 돌아가신 건 그레이스가 태어나기도 전의 일인데요."

"병원에서 처음으로 그레이스를 보았을 때, 처음으로 그 아이를 내 품에 안았을 때." 아버지가 눈물을 훔치며 말했다. "난 내가 선택을 해야 한다는 걸 알았다. 그자에게 복수를 한다면, 난 잡혀서 감옥에 갈 확률이 높았지. 그레이스가 자라는 모습을 놓치게 될 테고, 어쩌면 그레이스는 내 존재조차 모르고 클 테지. 구다이어에게 복수하려 했던 그 모든 계획들을, 그 모든 목록과 지도와 사진과 정보를, 나는 그날 밤 벽난로에 모두 던져버리고 불태웠다. 그러고는 거나하게 취했지. 아침이 되자 난 너희 둘을 병원에서 집으로 데려왔어."

"리 구다이어가 석방되면 하려던 일이, 설마 진심은 아니셨겠죠?"

"진심이었다, 분명. 하지만 날 구해준 건 그레이스였어. 네가 날 구했지." 아버지가 미소를 지었다. "내게 첫 손주를 안겨줌으로써. 물론 네 계획보다는 좀 이른 일이었겠지만."

세라가 고개를 가로저었다.

"전 누구를 구할 수 있는 사람이 아니에요. 저 자신도 구하지 못하는 걸요." 세라가 아버지를, 자신의 다정하고 온화한 아버지를 올려다보았다. 새삼 그가 새롭게 보였다. "그런데 왜 전에는 이런 얘기를 안 했어요?"

그가 어깨를 으쓱했다.

"그 누구에게도 말한 적이 없다."

"아직 복수를 원하세요?"

"그랬지, 몇 년간은. 하지만 그레이스가 날 바른길로 인도했어. 이어서 해리도."

"지금은요?"

"있잖니, 난 내 기분이 나아질 거라 생각했다. 구다이어에게 복수를 하면, 그자를 다치게 하면, 어쩌면 죽여버리기까지 한다면 말이다. 하지만 그런다고 해서 네 엄마가 아직 살아 있던 때로 시간을 돌릴 수 있는 건 아니었지. 난 분노를 놓아주어야 한다는 걸, 그렇지 않으면 종국에는 그 분노가 날 태워버릴 것임을 알았다."

"왜 저한테 이 얘기를 들려주시는 건가요?"

"난 앞으로 나아가는 법을, 삶을 있는 그대로 받아들이는 법을 배웠거든. 내가 원하는 삶에 집착하는 것이 아니라." 아버지가 세라를 가리켰다. "너도 그래야 한다. 그리고 이제 내 비밀을 알았으니, 이번엔 네가 네 비밀을 말해줄 차례다."

60

"말할 수 없어요." 세라가 말했다. "그냥 그럴 수가 없어요."

"난 내 비밀을 말했다. 네 엄마의 복수를 계획한 것보다 더 나쁜 일은 아닐 거 아니냐."

세라는 웃었다. 물론 아버지의 말이 재밌어서 나온 웃음은 아니었다.

"놀라실 거예요, 아빠."

"딸아, 내 나이가 되면 놀랄 일이란 없단다."

"제가 말하면 다치는 사람이 생길 수 있어요."

아버지는 식탁에 정렬된 무기를 다시 한 번 가리켰다.

"누군가 다치긴 할 것 같구나."

"애들 말이에요. 애들이 다칠 수 있다고요."

세라의 아버지, 로저가 허리를 더 꼿꼿이 세웠다.

"너 지금 협박당하고 있는 게냐? 해리랑 그레이스가 위험한 거야?"

"제가 비밀을 잘 지키기만 한다면 괜찮을 거예요."

"무슨 비밀인데? 도대체 무슨 얘기냐? 아무래도 경찰에 알려야 할 일 같다."

세라가 그의 팔을 잡았다.

"안 돼요, 아빠! 안 돼. 경찰은 안 돼요."

"그러니까 말을 해."

세라가 그를, 자신의 멋진 아버지를, 그의 표정에 어린 걱정을 보았다. 그의 눈에 담긴 애정도. 그러자 또다시 눈물이 나오려 하면서 눈이 따끔거렸다. 결국 참지 못한 세라가 가슴을 들썩거리며 흐느끼기 시작했다. 지난 몇 주, 아니 몇 달간의 감정들이 마구 쏟아져 나왔다 .

"아빠, 내가 다 엉망으로 만들었어요." 세라가 흐느끼며 말했다. "모든 게 다 잘못돼버렸어요. 다 내 잘못이에요."

아버지가 세라를 꽉 안아주었다.

"세라, 뭐가 잘못됐다는 거니?"

"전부 다요."

아버지는 잠시 기다렸다가 조용히 말했다. "다만 내가 아는 건, 네가 지난 몇 주간의 모습으로 계속 살 수는 없다는 거다. 그리고 이건." 그가 또 무기를 가리켰다. "네가 삶을 사는 방식이 아니야. 그러니 세라, 내게 말하는 게 어떠냐?"

"다른 누구한테도 말하지 않겠다고 약속하셔야 해요. 절대요. 헬렌이나 루시한테도, 내 친구들한테도, 직장 사람들한테도 안 돼요.

그리고 경찰은 더더욱 안 되고요."

"약속한다."

"맹세해주세요. 손주들의 목숨을 걸고."

그가 오랫동안 곰곰이 생각하더니 마침내 고개를 끄덕였다.

"말하지 않겠다고 맹세하마."

세라가 머리를 아버지의 어깨에 기댔다.

"아빠, 내가 나쁜 짓을 저질렀어요. 아주 나쁜 짓을. 그리고 이제 모든 게 엉키고 있어요. 점점 더 엉망이 되고 있는데, 어떻게 멈출 수 있을지 모르겠어요."

세라는 아버지와 나란히 앉아 모든 이야기를 털어놓았다. 지난 2년간 겪었던 러브록의 행태를, 규칙을, 그와 일하기가 얼마나 힘들었는지를. 세라의 승진이 수포로 돌아간 것과 그녀를 학과 내 구조조정 대상에 포함시키려는 그의 계획을. 볼코프와 그의 제안, 2주 전의 전화 한 통으로 벌어진 일들을.

아버지는 세라의 말을 끊지 않고 계속 이야기하도록 내버려두었다. 마침내 세라가 말을 마쳤을 때, 세라는 아버지의 눈에도 눈물이 고여 있음을 알았다. 30년이 넘는 세월 동안 세라는 아버지가 정말로 화가 난 모습을 본 적이 거의 없었다. 기억하기론 두세 번 정도였다. 아버지는 현실적이며 침착한 사람이었고, 모든 것에 논리적으로 답할 수 있는 보험 중개인이었다.

하지만 지금, 아버지는 화가 나 있었다. 분노의 파도가 거세게 일고 있었다.

"어쩜 그럴 수가 있단 말이냐. 가서 그 개자식을 내 손으로 죽여버리고 싶다."

아버지는 여간해서는 욕도 하지 않는 사람이었다.

세라가 아버지에게 티슈를 건네고는 자기 몫으로 한 장을 더 뽑았다.

"아빠, 어떻게 해야 할지 모르겠어요. 바로잡을 수도 없고 없던 일로 만들 수도 없어요. 점점 더 나빠지기만 해요."

"왜 더 일찍 말하지 않은 게냐? 내가 도와줬을 텐데."

"걱정하셨을 거잖아요, 그건 원하지 않았어요. 아빠가 나를, 내가 성취한 것을 자랑스러워하길 바랐어요."

"난 네가 **자랑스러워**. 네가 생각하는 것보다 훨씬 더 널 자랑으로 여긴다."

"전 그저 상황을 바로잡고 싶을 뿐이에요. 어떻게 하면 바로잡을 수 있는지 알고 싶어요."

로저는 잠시 아무 말도 하지 않고 식탁 중앙에 놓인 세라의 손을 가만히 잡고 있을 뿐이었다. 그러더니 자리에서 일어나 둘이 마실 차를 더 끓였다.

"우리가 방법을 생각해낼 거다." 마침내 아버지가 입을 열었다. 그는 다시 식탁으로 와서 세라를 한 번 더 안아주었다. "하지만 우선 네 선택지가 어떤 것이 있는지부터 정리해야 해. 생각할 시간을 몇 시간만 다오."

61

세라는 레이너 경위를 따라 우드그린 경찰서의 미로 같은 복도를 지나서 아무 표시도 없는, 전자 키패드가 전부인 문 앞에 다다랐다. 경위가 일련번호를 누르자 잠금장치에서 딸깍 소리가 났다. 경위는 손잡이를 돌려 문을 밀고 들어갔다. 세라도 경위를 따라 안으로 들어섰다.

레이너 경위가 세라에게 전화를 해서, 출근길에 경찰서에 들러줄 수 있냐고 물어왔다. 20분이면 됩니다라고 말했을 뿐, 세라가 왜 와야 하는지는 알려주지 않았다. 두 사람은 이제 가구가 드문드문 채워진 하얀 방 안에서 회색 철제 책상을 사이에 두고 서로를 마주 보고 앉았다.

"갑자기 부탁드렸는데도 이렇게 와주셔서 감사해요." 경위가 말했다. "박사님의 동료가 무사히 발견됐다는 사실은 알고 계시겠죠."

"네, 들었습니다." 세라가 간신히 웃어 보였다. "정말 잘됐어요."

"괜찮으세요? 좀 창백해 보입니다."

"물론이죠. 아무튼 다행이에요. 저희는 모두 앨런이…… 그러니까, 앨런한테 무슨 일이 있어났을지도 모른다고 생각했거든요."

"예를 들면?"

세라는 경위의 질문에 흠칫 놀랐다.

"글쎄요……. 아무도 앨런의 소식을 접한 사람이 없으니, 최악의 경우도 생각했던 것 같습니다."

"그렇게 생각하신 다른 특별한 이유가 있을까요?"

"그런 건 없어요. 다만 연락 두절이 앨런답지 않았을 뿐이에요."

경위가 잠시 세라의 얼굴을 살핀 후 말을 이었다.

"말씀드렸다시피, 이건 기밀사항이니 차후 언행에 신중을 기해주시면 감사하겠습니다. 저희에게 러브록 교수가 러시아 범죄 조직의 목표가 되었을 수 있음을 보여주는 정보가 있습니다. 지금으로서는 알 수 없는 이유로요."

"그렇군요." 세라의 살갗에 소름이 돋았다. "그쪽으로 생각하신 이유는요?"

"보여드리죠." 레이너 경위가 한쪽 벽에 길게 난 창으로 세라를 이끌었다. 그제야 세라는 그 창이 인접한 방을 보여주는 유리 칸막이임을 알았다. "이 남자를 보신 적이 있습니까?"

유리 반대편에 얼굴에 흉터가 난 남자가 앉아 있었다.

세라가 그를 응시했다. 그는 차분해 보였다. 재킷을 벗은 채 셔츠 소매를 말아 올려서 양팔에 가득한 고르지 않은 무늬의 문신이 드러났다. 종교적 상징과 세라가 모르는 다른 것들의 조합이었다.

떠오르는 의문들이 마구 뒤섞여 세라의 맥박이 거칠게 뛰었다.

경찰이 뭘 알고 있지? 남자가 어디까지 말했을까?

그 무엇보다, 전날 러브록이 비아냥대며 했던 말이 자꾸 떠올랐다. 경찰이 널 체포하기까지 이만큼 남았단다, 세라.

경위가 세라 옆에서 자세를 바꾸었다.

"헤이우드 박사님?"

세라가 지켜보는 사이, 흉터가 난 남자가 자리에서 천천히 몸을 돌려 세라의 눈을 똑바로 쳐다보는 듯했다. 세라는 황급히 고개를 돌렸다.

"저 남자한테 우리가 보이나요?"

"아니요. 저쪽에선 거울로 보여요. 방음도 됩니다. 저희는 박사님의 학과 내 여러 사람들에게 지난 몇 주 사이 캠퍼스에서 저 사람을 본 적이 있는지 묻고 있어요."

세라는 숨을 한 번 들이마시고, 목소리가 흔들리지 않도록 하려고 애썼다. 생각하자.

"저 남자가 누군데요?"

"현재로서는 저희도 모릅니다. 체포될 당시 저 남자는 신분증을 소지하고 있지 않았어요. 현금 한 다발이 다였죠. 데이터베이스에 남자와 일치하는 지문과 DNA도 전혀 없었고요. 다만, 저 사람이 러시아 조직범죄에 연루되었을 수 있다는 정보가 있습니다. 문신도 그걸 뒷받침해주죠. 러브록 교수를 납치하기까지 며칠간 남자는 교수의 행적을 쫓았을 가능성이 있습니다. 그러니 어떤 것이든, 어떤 사람이든, 러브록 교수와 저 용의자를 연결하는 고리가 있을 걸로 보입니다. 아직 그게 무엇인지 또는 누구인지 모를 뿐이죠. 남자를 알아보시겠습니까?"

세라는 의식적인 노력으로, 마치 오늘 처음 보는 사람인 듯 흉터가 난 남자를 다시 보려 했다. 그는 이제 반대편 벽을 응시하고 있었고, 얼굴에는 표정이 없었다.

저 남자를 봤다고 해서 입증되는 건 아무것도 없어.

"네, 알 것 같아요. 몇 주 전에 봤던 남자예요. 당시에 신고도 했죠."

레이너 경위가 손에 든 파일을 뒤적였다.

"저 남자가 스토커일까 봐 걱정하셨네요."

"네."

경위는 유리 칸막이 반대편의 남자를 가리켰다.

"확실한가요?"

"그런 것 같아요. 저 사람이 뭘 한 거죠?"

"음, 저 남자는 사실 박사님이 아닌, 러브룩 교수를 스토킹한 걸수도 있어요."

"그럼 저 사람이 앨런한테 일어난 일과 관련 있다는 건가요?"

"네. 물론, 기밀사항이고요."

"물론이죠." 세라가 손바닥을 턱 밑에 댔다. "와, 어떻게 잡은 건가요?"

"사실, 얻어걸린 거죠. 운전 중에 휴대폰을 사용하길래 교통경찰이 남자의 차를 세웠어요. 그렇게 경찰이 남자에게 주의를 주고 있는데, 차량 뒤편에서 어떤 소리가 들린 겁니다. 트렁크를 열어보니박사님의 동료가 눈가리개를 하고 입에는 재갈을 물고 몸이 묶인

29초

357

채 누워 있었고요. 러브록 교수가 실종된 지 5일째 되던 날이었고, 그가 왜 그렇게 감금되어 있었는지는 저희도 아직 잘 모릅니다. 어느 시점에 몸값을 요구하려 했을 가능성이 있지만, 현재 단계에서는 확신할 수 없고요."

"너무 끔찍하네요." 세라는 충격을 받은 사람처럼 보이도록 애썼다. "뭐라고 하던가요?"

"용의자가요? 말한 게 아무것도 없어요. 계속 저렇게 돌처럼 앉아 있을 뿐이에요. 하지만 결국에는 입을 열게 될 겁니다." 경위는 수첩을 새 페이지로 넘겼다. "자, 박사님이 보시기에 러브록 교수에게 적이 있었나요?"

"적이라고요?" 세라가 되뇌었다.

"교수가 다치길 바랐을 사람들 말입니다."

"학문적인 측면에서는 경쟁자가 있을 거예요. 연구비 등을 두고 경쟁해야 하는 사람들요. 또, 학계 내에서 앨런에 대해 험담할 사람도 몇 있고요. 하지만 적이라고 할 만한 사람은 딱히 없습니다."

"말씀하신 학문적 경쟁자들 중에서 러브록 교수가 사라지길 바랐을 사람이 있을까요?"

세라는 잠시 생각하는 체하다가 고개를 저었다.

"그건 아닌 것 같아요. 그런 증거가 있나요?"

"조사 중입니다. 교수 본인과 가족의 상당한 재산을 염두에 두고 벌인, 몸값을 노린 납치를 포함하여 다른 여러 측면으로도 조사 중이에요. 그런데 러브록 교수에 대해 나쁜 말을 하는 사람은 없는 것 같더군요."

질리언 아널드와 한번 얘기해보지 그래.

"그건 맞아요."

세라는 경위의 시선을 느꼈다.

"최근에 사람들 앞에서 박사님과 러브록 교수의 사이가 틀어진 일이 있었다는 것도 압니다. 미국에서 새로운 연구비 지원을 따내는 일로요."

"그건 사이가 틀어진 게 아니었어요. 약간의 의견 차이가 있었을 뿐입니다."

"하지만 박사님은 러브록 교수가 그 일을 처리하는 방식에 불만이 많으셨던데요."

"그런 게 아니에요. 저는……."

"러브록 교수를 사기꾼이며 거짓말쟁이라고 비난하셨죠. 교수의 직속 상사에게 그에 대한 불평을 말하면서요."

"그런 말 한 적 없어요!"

"그런 취지의 말은요? 제가 들은 바로는 그런데요."

"사실이 아니에요."

"확실합니까?"

세라가 깊은 숨을 들이마시고 천천히 내뱉었다. 마음 한구석에서 무언가 딱 들어맞는 것이 있었다. 두 개, 세 개, 네 개의 정보 조각이 한데 모여 마치 퍼즐처럼 서로 맞물리고 있었다. 이제 그렇게 맞춰진 전체 그림이 보였고, 조금 전까지도 전혀 알아채지 못했다는 사실이 놀라울 따름이었다.

세상에. 세. 상. 에. 이걸 알아내는 데 왜 이렇게도 오래 걸렸을까?

레이너 경위가 앞으로 몸을 숙였다.

"헤이우드 박사님?" 경위가 재촉했다. "확실해요?"

"죄송해요…… 그래요, 좀 실망하긴 했어요. 제가 직접 일을 추진하게 해주길 앨런에게 바랐지만, 결국 그가 가져갔죠."

"화가 많이 났을 텐데요."

"처음엔 그랬죠. 하지만 별일 아니었어요. 앨런이 연구비를 따내면 학과 전체가 이득을 볼 테고, 그럼 우리 모두에게, 대학 전체에 좋은 일이 될 테니까요." 불현듯 긴박하게, 어떤 생각이 세라의 머리를 스쳤다. "제가 변호사를 선임해야 하나요?"

"전적으로 박사님에게 달렸죠." 레이너 경위가 차를 한 모금 마셨다. "아직까지는 박사님 동료들 중 그 누구도 자신에게 변호사 선임이 필요하다고 느낀 사람은 없었지만, 원하신다면 그러셔도 됩니다. 이건 정식 심문이 아닙니다. 저희는 그저 이 흉터가 난 신사와 대학의 연결 지점이 어디에 있을지 알아내려는 것뿐입니다. 실은 말이 나온 김에 말씀드리자면, 다른 게 또 있습니다."

"그게 뭐죠?"

"전화 통화요."

62

세라는 가슴속에 압박감을 느꼈다.

"경찰이 용의자를 잡았을 때." 레이너 경위가 말을 이었다. "전면 수색과 감식을 위해 그의 차를 견인차량 보관소로 가져왔죠. 박사님의 동료가 발견됐던 트렁크 내부에는 일회용 플라스틱이 빈틈없이 깔려 있었어요. 아마도 피해자의 DNA 검출을 최소화하려는 의도였겠죠. 경찰은 차량 자체에서는 다른 도움이 될 만한 것은 찾지 못했어요. 하지만 용의자를 체포했던 경찰관의 보고서를 토대로, 우리는 유용한 증거를 찾아냈습니다."

"뭐에 대한 증거죠?"

"용의자의 체포를 담당했던 경찰관은 자신이 처음 다가갔을 때 용의자가 무언가를 열심히 씹고 있었다고 했어요. 뒤이어 그가 소지했던 휴대폰 두 대가 모두 유심 칩이 빠진 채로 발견되었고요."

"유심 칩을 먹은 건가요?"

"잘근잘근 씹어서 삼켜버렸죠. 하지만 우리는 그 조각들을 되찾을 수 있었어요. 어떻게 찾아냈는지는 모르시는 게 좋을 겁니다. 아무튼, 최신 유심 칩은 생각하시는 것보다 훨씬 더 복원력이 좋아요. 우리 연구소에서는 유심 칩 중 하나에서 데이터 일부를 추출해냈고, 그 후 데이터상의 전화와 문자 기록을 분석했습니다. 전화가 걸려온 장소와 발신자의 번호 등이 나왔죠."

세라는 자기도 모르게 몸을 떨었다. 지금 경찰은 그저 세라를 가지고 노는 것일까?

경찰은 그게 너라는 걸 알아. 너인 걸 안다고!

"이 번호로는 단 한 건의 전화만 들어왔어요." 레이너 경위가 계속해서 말했다. "단 한 번, 29초간의 통화. 박사님의 대학 캠퍼스 동쪽 기지국을 거쳐서 전송됐죠. 러브록 교수가 납치되기 5일 전에요."

세라는 자신에게 침착하라고 말했다.

"아. 누구한테 온 거죠?"

"또 선불 전화였어요. 아직은 찾지 못했지만, 현재 계속해서 번호를 추적하고 있고 전화가 다시 사용되기만 한다면 바로 찾을 수 있습니다."

문득 세라에게 기억 하나가 스쳤다. 비닐봉지에 돌과 함께 넣어서 무거워진 휴대폰. 햄스테드 히스의 연못에서 아이들이 오리에게 먹이를 주는 사이, 수면 아래로 가라앉은 그것.

목소리를 침착하게 유지하며 세라가 말했다. "통신사 같은 곳을 통해서 주인을 추적할 수 있는 거 아닌가요?"

"선불 전화로는 쉽지 않은 일이에요. 하지만 선불 전화를 사용했다는 건 용의자의 휴대폰과 박사님의 대학 캠퍼스 사이에 직접적인 연관이 있다는 뜻이기도 하죠."

세라는 속이 뒤틀리는 기분이었다. 입이 바싹 말랐다. 입술을 핥았다.

"잘됐네요. 그렇죠? 그러니까, 진전이 있다는 얘기잖아요."

"우리가 찾고 있던 연결고리일 수 있어요. 용의자가 다른 이유로 대학의 누군가와 접촉했을 것 같진 않아요. 그래서 러브룩 교수에게 적이 있는지 물었던 겁니다."

"그런데 학기 중에는 캠퍼스에 학생과 교직원이 수천 명은 있는 걸요."

"박사님이 계신 건물은 캠퍼스 어디쯤에 있나요?"

"제 연구실요?"

"네."

"인문학부 건물에 있어요. 캠퍼스 북쪽."

"그런데 가끔 동쪽에 주차하시죠?"

"네?"

"가끔 캠퍼스 동쪽에 주차를 하시잖아요. 공학관 옆에요."

세라가 숨을 들이마셨다.

"가끔요. 제가 도착할 즈음에는 제 연구실 근처에 남은 자리가 없을 때가 있어요. 공학관 주차장이 가장 크기도 하고요."

"바로 그쪽에서 이 전화가 걸려왔습니다. 오후 5시 27분, 퇴근 무렵이죠. 집에 가기 위해 자신의 차로 가던 누군가의 전화였을 수 있어요."

"그러네요."

"저희가 캠퍼스 동쪽에 있는 CCTV 세 대의 영상을 확보하여 검토하고 있습니다. 뭐가 나올지 지켜봅시다."

"그 휴대전화 기지국 범위는 얼마나 넓은가요?"

경위가 어깨를 으쓱해 보였다.

"캠퍼스 절반과 건너편 외곽순환도로 쪽 집들까지 포함하는 반경이에요."

"그럼 해당되는 사람이 많네요."

"그래도 저희 조사의 한 방향이니까요. 혹시 이 번호가 익숙하게 들리시나요?"

경위가 열한 자리 숫자를 두 번, 사이사이 고개를 들어 세라의 반응을 확인하면서 읽었다.

세라는 성급해 보이지 않도록, 진실해 보이도록 애쓰며 고개를 저었다.

"외우고 있는 번호가 많지는 않지만, 그 번호는 처음 듣는 것 같네요."

울렁거릴 정도로 아드레날린이 치솟으며, 세라는 휴대폰을 강에 던지기 전에 볼코프의 전화번호를 포스트잇에 적어두었던 기억을 떠올렸다. 포스트잇은 아직 세라의 지갑 속에, 보통우편 우표 묶음에 붙어 있었다. 그리고 지갑은 세라의 가방 속에 있다. 가방은 지금 책상의 한쪽 끝, 경위의 왼손에서 약 30센티미터 떨어진 곳에 놓여 있다.

세라가 과장스럽게 시계를 보는 동작을 취했다.

"죄송하지만, 이제 정말 가봐야 해요. 10시에 강의가 있거든요.

그래도 될까요?"

"물론입니다." 레이너 경위가 세라에게서 시선을 떼지 않은 채 말했다. "갑작스레 부탁드렸는데도 와주셔서 감사합니다. 관련 있을 만한 뭐라도 기억이 나시면 연락 주세요. 저희가 알아야 한다고 생각하시는 것이라면 뭐든지 좋습니다."

세라가 고개를 끄덕이며 자리에서 일어났다. 불안정한 두 다리가 자신을 저버리지 않기를 바랐다.

63

강의를 마친 뒤 세라는 연구실로 돌아와 가만히 그리고 조용히 앉아 있었다. 문을 걸어 잠그고 불을 다 꺼서, 문 앞에 와서 노크를 하며 그녀를 귀찮게 하는 사람이 없도록 했다. 세라의 점심인 치즈 샌드위치가 책상 위에 손대지 않은 채로 놓여 있었다. 어차피 식욕도 전혀 없었다. 그저 자신의 상황을 생각할 혼자만의 시간이 필요했다. 앞으로 어떻게 해야 할지 생각해야 했다. 떠오르는 것이라고는 지난밤 아버지와의 대화가, 세라에게 남은 선택지에 대한 아버지의 침착하고 논리적이며 이성적인 분석이 다였다. 아버지와 무거운 짐을 나눈 것은, 자신의 비밀을 나눈 것은 큰 위안이 되었지만 세라는 자신이 이제 선택을 해야 한다는 사실을 알았다. 어느 길로 갈지……

가벼운 노크 소리가 들리더니 소리를 잔뜩 낮춘 여자 목소리가 이어졌다.

"세라?"

세라는 얼어붙어, 상대방이 포기하고 가기만을 바랐다.

"안에 있어? 나 마리야."

세라는 완벽하게 꼼짝도 하지 않았다.

노크 소리가 또다시, 이번에는 더 크게 들려왔다. 역시 목소리가 이어졌다.

"안에 있는 거 알아."

세라가 한숨을 내쉬고 자리에서 일어나 문을 열었다.

마리가 한 손에는 타파웨어 용기를, 다른 한 손에는 휴대폰을 들고 서 있었다.

"안녕. 점심은 먹었어?" 마리가 말했다.

"그냥 여기서 해결하려 했지."

"같이 먹어도 돼?"

"물론이지." 세라가 문을 더 활짝 열었고, 마리는 구석에 쌓아 올린 책들 사이에 끼여 있던 접의자를 펴고 앉았다. 세라는 문을 닫고 책상으로 돌아갔다.

"너 괜찮니?" 마리가 말했다. "좀 멍해 보여. 여긴 또 왜 이렇게 어둡고. 전구가 나간 거야?"

"그냥 두통이 좀 있어서 그래. 어젯밤에 잠도 많이 못 잤고. 그게 다야."

"해리가 또 악몽을 꾸는 거야?"

"악몽?"

"커다란 햄스터가 나오는 꿈."

마리가 말하는 것이 무엇인지 기억하는 데 잠깐의 시간이 필요했다. 지난여름에 해리는 일주일 내내, 밤마다 적어도 세 번씩은 깨며 침대 밑에 커다란 햄스터가 있다고 주장했다.

"아, 맞아." 세라는 거짓말을 했다. "그래서 그래."

마리가 타파웨어 뚜껑을 벗겼다.

"그건 그렇고, 넌 어떻게 생각해?"

"뭐가?"

"앨런 말이야."

세라는 앉은 자리에서 불편하게 몸을 뒤척였다. 마리가 뭘 알고 있는 거지? 뭘 의심하는 거야?

"무슨 말이야?"

"앨런이 대체 왜 저러는 거야?"

세라는 억지로 미소를 지어보려 했지만, 쉽게 나오지 않았다.

"원래 앨런은 이상한 점이 한두 가지가 아니잖아."

마리가 쿡 웃으며 비건 파스타를 포크로 한 가득 찍었다.

"그건 그래. 그런데 내 말은, 앨런이 돌아온 뒤에…… 그 일을 겪고 나서 말이야."

"납치?"

"뭔가 달라졌어. 똑같은데, 다르단 말이야."

"전보다 더 나빠졌다는 거야?"

마리가 고개를 끄덕였다.

"뭐랄까 좀…… 미친 사람 같아. 정상의 경계를 넘었다고 해야 하나. 내 개인적인 생각으로는, 앨런이 너무 빨리 업무에 복귀한 것 같아."

"마리, 앨런은 오랫동안 미친 사람이었어. 대부분의 사람이 그 모습을 보지 못했을 뿐이지."

"나도 알아, 하지만 전보다 더 **미친** 것 같다니까. 이상해, 마치 그 사건이 그 인간이 가진 온갖 최악의 특성들을 최대치로 끌어 올렸고, 앨런은 그걸 다시 돌려놓는 법을 찾지 못한 사람 같아."

세라는 샌드위치를 집어 들고 잠시 생각에 빠졌다. 다시 샌드위치를 내려놓았다.

"당연히 영향을 받았겠지. 처음 보는 러시아 사람이 널 납치해서 차 트렁크에 던져놓는다고 생각해봐."

마리가 얼굴을 찡그렸다.

"러시아 사람이었대?"

세라는 놀라서 가슴이 철렁했다. 조심해, 아주 **조심**하라고.

"경찰한테 들은 얘기야."

"나한테는 얘기 안 하던데." 마리가 포크로 세라를 가리켰다. "어째서 항상 최고의 뒷이야기를 알고 계시는 거죠, 헤이우드 박사님?"

"실은 어디서 들었는지 기억이 잘 안 나."

"그 나쁜 남자가 어디 출신이든, 그 경험으로 앨런이 정상의 경계를 넘게 된 건 맞는 거 같아." 마리는 생각에 잠긴 채 파스타를 우물거렸다. "어쩌면 외상 후 스트레스 장애가 아닐까?"

"그럴 수도."

"앨런이 한두 달 정도 병가를 내면 좋겠는데, 안 그래?"

세라가 쓸쓸레 웃었다.

"저렇게 일찍부터 술을 마셔대는 건 아무 도움이 안 되지." 마리는 입안에 가득한 파스타를 비집고 말했다. "경찰이 또 뭐라고 했어?"

세라는 두려움으로 속이 죄이는 느낌이었다. **조심해.**

"다른 사람들한테 한 말이랑 똑같겠지, 뭐."

"새로운 소식 들었어? 앨런 말로는, 경찰이 이번 납치에 연루된 또 다른 사람을 체포하기 직전이래. 공범 말이야."

세라가 마른침을 삼키며 고개를 돌려서 휴대폰을 들고 확인하는 체했다.

"정말?" 세라가 겨우 말을 내뱉었다.

"듣자 하니 체포는 시간문제인가 봐. 아무튼 앨런이 그렇게 말하고 다녀. 내 생각은 어떤지 알아?"

"뭔데?"

"경찰이 공범을 너무 멀리서 찾을 필요는 없을 것 같아."

"응?" 세라는 얼굴에 열이 오르기 시작하는 것을 느꼈다. "무슨 뜻이야?"

"묻지마는 아닐 거 아니야, 그렇지?"

"네가 무슨 말을 하는 건지 모르겠다."

"앨런의 아내 캐럴라인. 남편이 닥치는 대로 여자랑 자고 다니는 거에 넌덜머리가 나서, 혼을 좀 내주기로 한 거지. 언제나 남편 아니면 아내가 범인이잖아, 이런 사건에서는."

"그럴 수도." 세라가 조용히 말했다.

"아니면 질리언 아널드일지도 몰라. 동기가 충분하잖아."

"동기는 넘쳐나지."

마리가 마지막으로 남은 펜네 파스타를 입에 넣고는 지휘자처럼 포크를 위로 쳐들었다.

"있잖아, 난 이 모든 경험으로 앨런이 충격을 크게 받은 나머지, 자만심이 한풀 꺾였으면 했거든. 모르겠어, 앨런이 한발 뒤로 물러나서 자신을 바라보고 좀 더 나은 사람이 됐으면 했던 거 같아. 그런데 그렇지가 않네."

"응, 더 나빠지기만 했지. 훨씬 더." 세라는 말을 멈추고 잠시 그대로 있었다. "많이 궁금했겠네, 마리."

마리가 고개를 들었다. 영문을 모르겠다는 표정.

"뭐가 궁금하다는 거야?"

"앨런이 너와 거래한 약속을 지킬 것인지."

64

마리가 가슴 앞으로 팔짱을 꼈다.

"무슨 뜻이야?"

"네가 러브록과 한 거래 말이야. 정확히 언제부터 날 속이기로 결심한 거야?"

"아니야…… 세라, 네가 지금 무슨 말을 하는 건지 잘 모르겠어."

"있잖아, 내가 러브록을 인사부에 고발하러 갔던 날 네가 했던 말이 한동안 날 괴롭혔는데, 이유는 알 수 없었지. 네가 분란을 일으키면, 우리는 모두 지고 말아, 넌 이렇게 말했어."

마리는 앉은 자리에서 불편한 듯 몸을 뒤척였다.

"그렇게 말한 기억이 안 나."

"아니, 넌 그렇게 말했어. 그때는 나 자신의 분노에 사로잡힌 나머지 그 말이 다른 걸 의미한다고는 생각하지 못했어. 그런데 어느 날 밤, 자려고 누웠다가 그 말을 다시 생각하게 됐는데, 이해가 잘 되지 않더라고. 왜 우리 **모두**가 지고 마는 걸까?"

"세라……."

"그러다가 깨달았지. 그건 절대 연대 의식이 아니었어, 그렇지? 순전히 사리사욕이었어. 넌 나와 함께 오명을 쓰게 될 거라 생각한 거야. 연좌제 말이지. 게다가 러브록과 한 거래가 위태로워질 수도 있었고."

"정말이야, 세라, 네가 무슨 얘기를 하는 건지 모르겠어. 우리 친구잖아, 안 그래?"

세라가 한 손을 들었다.

"잠깐, 나 아직 안 끝났어. 러브록은 너와 내가 친구라는 걸 알았어. 그날 밤 에든버러에서, 그는 우리가 '의심스러울 정도로 같이 붙어 다닌다.'라고 했어. 아마도 러브록은 내가 정식으로 자기를 고발하면 네가 날 부추긴 거라 생각할 테고, 그렇게 되면 그가 너한테 약속했던 승진은 물 건너갈 테지. 너한테는 그냥 우리 모두가 조용히, 고분고분하게 앉아서 러브록이 서류 작업을 마치도록 두는 게 나았을 거야. 누군가 정식으로 그를 고발해서 전 과정이 서서히 멈추는 일이 없도록 말이지."

불이 꺼진 연구실의 어둠 속에서도, 세라는 마리의 두 뺨이 달아오르는 모습을 볼 수 있었다. 세라는 단호하게 밀고 나갔고 목소리에는 차분한 분노가 어려 있었다.

"러브록이 어디에서 정보를 얻고 있는 건지 알 수가 없었지. 그가 보스턴에 있는 새로운 자금 출처에 대한 내 아이디어를 훔쳤다고 클리프턴한테 말했는데, 다음 날 앨런이 그걸 알고 있었어."

"클리프턴이 말해줬겠지." 마리가 작은 목소리로 말했다. "둘은 오랜 친구 사이잖아."

"아니, 말을 전할 생각조차 들지 않았을 것 같은데. 학과 내 그런 유의 알력은 학장한테는 그저 송사리 같은 거야. 그런데 네가 바로 그 자리에, 내가 클리프턴과 얘기를 나눈 직후에 나타났지. 난데없이 나타났어. 넌 우리 대화를 엿듣고 있었던 거야, 그렇지 않아?"

마리는 고개를 저었지만, 아무 말도 하지 않았다.

"난 너한테 인사부에 간다고도 말했어." 세라가 말을 이었다. "그런데 러브록이 나보다 먼저 도착해서, 날 문제 있는 사람으로 만들어놓는 기초 작업을 해둔거야. 웹스터와의 면담에 들어가려는 바로 그 순간 러브록은 그와 함께 있었어. 내가 미쳤다고, 불안정하다고, 질리언 아널드에게 던졌던 그 모든 허튼소리를 나에 대해서도 했겠지. 그날 오후 앨런이 날 불렀을 때, 그는 또다시 나보다 한발 앞서 있었어. 내가 대화 내용을 녹음하려 한다는 걸 알았지. 녹음할 계획이라고 내가 너한테 말했으니까. 경찰한테 내가 앨런과 관계를 맺고 있다고 말한 것도 너지?"

마리는 대답이 없었다.

"세상에." 세라가 말했다. "네가 날 배신하다니, 믿기지가 않는다. 규칙은 어떻고? 우리가 **함께** 만든 거잖아, 빌어먹을."

"알아."

"그래서, 왜 그런 짓을 한 건데?"

마리는 어깨를 축 늘어뜨리고 잠시 숨을 골랐다. 바닥에서 눈을 떼지 않은 채 입을 열었다.

"러브록이 곧 구조조정이 있을 거라고, 난 계약직이라 위험하다고 했어. 내가 사선 안의 맨 앞에 놓이게 될 거라고. 몇 주 전 일이야. 그가 파티를 열었을 때쯤."

"나한테도 그 얘기를 했어."

"내가 자기를 도와주면, 정보를 주면 날 좋은 위치에 둘 수 있다고 했어. 몇 사람을 주시해주면."

"날 포함해서."

마리는 고개를 들어 끄덕였다.

"러브록은 널 골칫거리로 여겼어."

"내가 그와 자지 않아서?"

"널 어떻게든 분수를 알게 해야 할 사람으로 못 박았지."

"그래서 그와 거래를 한 거구나."

"그러고 싶지 않았어. 하지만 내 경력이 걸린 일이잖아."

"망할 내 경력이기도 하다고!"

세라의 분노에 마리가 움찔했다.

"하지만 넌 아이들에 멋진 집에, 그 모든 걸 가졌잖아. 난 아니야. 나한테는 그저 이것뿐, 경력이 다라고. 여기에 모든 걸 다 쏟아부었는데, 러브록이 그걸 빼앗겠다고, 내가 선택을 해야 한다고 말한 거야. 그리고 우리가 파티에서 질리언 아널드를 보았을 때, 난 그녀처럼 되고 싶지 않다고 생각했어. 그렇게 되는 것만은 꼭 피하고 싶었어."

"질리언은 잘못한 게 없어."

"아니, 잘못했지. 러브록에게 맞서려 했잖아. 질리언을 보니, 그와 맞서서 이길 방법은 없다는 걸 알게 됐어. 난 그걸 너한테 말해주려 한 거야. 네가 이길 수 없는 싸움을 시작하는 걸 막으려 한 거야. 하지만 넌 듣지 않았지."

잠시 둘 사이에 침묵이 흘렀고, 마리가 자리에서 일어나 가방과 외투를 주워 들고는 문으로 향했다.

세라는 고개를 가로저었다. 분노가 섬광처럼 지나간 뒤, 갑자기 미친 듯이 피로감이 몰려왔다. 기만과 배신에 지쳤고, 누구를 믿을 수 있는지 파악하는 데 지쳤다. 그 어떤 것보다도, 세라는 친구가 안타까웠다. 이렇게까지 하도록 몰린 친구가 안쓰러웠다. 두 사람이 이제 서로를 잃었다는 사실이 슬펐다.

물어볼 말이 딱 하나 남아 있었다.

"마리." 세라가 지친 목소리로 그녀를 불렀다. "섹스도 했니?"

"그건······."

"됐어." 세라가 한 손을 들어 말을 끊었다. "대답하지 마, 알고 싶지 않으니까. 그냥 가."

마리는 복도로 나가서 조용히 문을 당겨 닫았다.

65

로저는 오래된 참나무 식탁 위로 두 손을 맞잡고 막내딸 쪽으로
몸을 기울였다. 세라는 3, 4시쯤 집에 왔고 그레이스와 해리는 방
과 후 클럽에 가고 없었다. 집은 세라가 엉망으로 만들어놓은 모습
에서 외관상으로는 질서를 되찾았다.

"그래." 로저가 말했다. "네 상황에 대한 얘기를 나눈 후로 아빠
가 생각을 좀 해봤다."

"네." 세라가 천천히 대답했다.

"세라, 아빠가 보기에 지금 중요한 질문은 딱 한 가지다."

"딱 하나요? 저한테는 백만 개쯤 되는 질문이 있는데요. 하지만
답은 없고요."

"중요한 건 단 하나의 질문뿐이야." 로저가 고개를 저었다.

세라는 한숨을 내쉬며 눈을 감았다.

"제가 좋아할 질문인가요?"

"네가 좋아하느냐 아니냐는 중요하지 않아. 중요한 건, 넌 지금 안 좋은 상황에 처해 있고 앞으로 더 악화될 거라는 사실이다."

"좋네요. 덕분에 벌써 기분이 나아지고 있어요."

"세라, 넌 되돌아갈 수 없어. 일이 벌어지기 전으로, 러시아 사람과 거래하기 전으로 시간을 되돌릴 수는 없다. 이제 문은 닫혔어. 넌 앞으로 나아가야 하고, 세상을 있는 그대로 상대해야 해. 그러니 딱 한 가지만 물으마. 너, 어떻게 할 셈이냐?"

세라는 아버지의 말이 옳다는 것을 알았다. 지난 며칠 동안, 몇 주 동안 알고 있던 사실이다. 세라를 거울 너머 또 다른 삶으로 보내버린 그 전화 통화 이후로.

"어떻게 할 셈이냐고요?" 세라가 되뇌었다. "제가 뭘 할 수 있는데요?"

"넌 선택을 해야 해. 네가 열여섯 때 어느 길로 갈지 선택해야 했던 것처럼. 넌 지금 또 다른 갈림길에 서 있고, 아빠가 볼 때 네겐 세 가지 선택지가 있다."

세라는 차를 한 모금 마시며 목을 타고 내려가는 뜨거움을 느꼈다. 그녀의 침착하고 논리적인 아버지는 언제나 한결같았다. 위험을 분석하는 일을 하며 평생을 보내서, 늘 상황을 쪼개어 다각도로 보는 데 능한 사람. 관련 없는 것은 모두 벗겨내고 사실만을 정확히 집어내는 데 능한 사람.

"인생은 그렇게 단순하지가 않다고요." 세라가 말했다.

"인생은 복잡할 수 있지. 우리가 그렇게 선택한다면 말이야. 하지만 꼭 그럴 필요는 없다."

"그래서 그 세 가지 선택이란 게 뭔데요?"

"정말 듣고 싶은 거지?"

"아니요." 세라가 한숨을 내쉬었다. "네. 말씀해보세요, 그럼."

"당연한 말은 생략하기로 하고, 난 아무것도 하지 않는 건 애당초 기댈 수 없는 선택이라고 생각했다."

"맞아요. 고려할 만한 것이 못 돼요."

"자, 첫 번째 선택은 뻔한 거다. 그만 손을 떼고 도망가는 것. 시스템이 실패하기도 한다는 걸, 좋은 사람에게도 나쁜 일이 일어난다는 걸, 현재 상황에서 네게 불리한 점이 너무 많다는 걸 인정하는 거다. 효과적이고 정당한 해결책이 없을 때도 있다는 걸 인정해버리는 거야. 그냥 그게 인생이라는 걸 받아들이는 거지. 여기 말고 다른 곳에서, 다른 도시로 가서, 다른 분야로 새롭게 출발하는 거다. 내가 도와줄 수 있다."

"제가 여기서 얻으려 노력했던 모든 것은 물거품이 되고요."

"그래. 처음부터 다시 시작해야 할 거다."

세라가 한숨과 함께 의자 뒤로 등을 풀썩 기댔다.

"그건 별로 매력적인 선택지는 아니네요."

"나도 안다."

"뭔가 다시 시작하기에는 나이가 많다고 느끼기 시작하는 시점이 오더라고요. 두 번째 선택지는 뭐예요?"

"제도의 힘을 믿는 것. 대학에 정식으로 고발하고 필요하다면 공개적으로도 밝히는 거다. 유능한 변호사를 구해서, 러브룩이 네가 러시아 사람과 관련됐다는 혐의를 제기하며 공격하는 것에 대비하는 거야. 그자를 만난 사실조차 부인하고, 흔들리지 말고, 침착하게 상대보다 더 오래 버텨야 해. 너와 볼코프가 대화를 나눴다는 증거가 없길 바라야지."

"새빨간 거짓말을 하면서, 무너진 절차를 믿으라고요? 지금 당장 자수하는 게 낫겠어요."

"그런 말이 아니잖니." 그가 고개를 옆으로 기울였다. "하지만 자수가 꼭 최악의 선택만은 아니란다. 고통과 고민을, 불필요한 트라우마를 상당 부분 덜어낼 수 있어."

세라가 고개를 들어 충혈된 눈으로 아버지를 바라보았다.

"하지만 아빠라면 절대 자수하지 않을 거잖아요, 그렇죠?"

"리 구다이어의 일이라면, 난 자수했다. 때로는 자수가 답이라고, 내가 말하는 건 그게 다야."

세라는 눈을 감고 찰나의 암흑을 만끽했다.

"세 번째는요?"

"세 번째 선택이 가장 어려운 거란다, 세라."

"도망치거나, 남은 인생을 거짓말을 하면서 사는 것보다 더 어려운 일이라고요?"

"음. 그건 네가 어떻게 보느냐에 따라 달려 있다."

66

세라는 끊임없이 주변을 살피며 서둘러 차 트렁크에 쇼핑백을 실었다. 브렌트 크로스 쇼핑센터의 다층식 주차장은 자리가 거의 다차 있다. 수요일 저녁 7시에 있을 법한 일은 아니지만, 세라는 아는 사람 누구와도, 난감한 질문을 할지 모를 직장 사람 누구와도 마주치고 싶지 않았다. 우드그린에 있는 쇼핑센터가 집에서는 더 가깝지만, 세라는 동네에서 벗어나 익명의 존재가 되어 단 한 시간만이라도 자신의 문제를 잊을 수 있는 무언가를 하고 싶었다. 그래서 아버지에게 아이들을 맡기고 쇼핑을 나온 것이다.

그 누구와도 대화하고 싶지 않았다. 구석에 몸을 웅크리고 앉아 숨고 싶은 마음만 간절했다.

세라는 트렁크 문을 닫고 카트를 수거 지점에 가져다 놓고는, 얼른 다시 차로 돌아왔다. 폐소공포증을 유발하는 이곳에서 얼른 나가고 싶었다. 차가 너무도 빽빽하게 들어차 있어서 누군가 몰래 접근해와도 바로 코앞에 오기 전까지는 모를 것 같았다. 온 신경이 잔뜩 곤두섰고, 이 다층식 건물 안에 머물러야 하는 1분 1초가 너무도 길게 느껴졌다. 그녀는 출구가 단 한 곳만 있는 장소를 싫어하게 되었다. 두 곳이면 좀 낫고 세 곳이면 더 좋았다. 어딘가에서, 또는 누군가로부터 서둘러 벗어나야 할 상황이 된다면 출구는 많을수록 좋을 테니. 하지만 이곳 주차장에는 단 하나의 출구만이, 1층으로 내려가는 콘크리트 경사로만이 전부였다. 이곳에서 빨리 벗어날수록 더 좋았다.

세라는 가는 곳마다 그를 보았다. 러브룩을. 군중 속에서, 상점의 통로 끝에서, 거리에서, 창문 뒤에서 자신을 지켜보는 그를 설핏 보았다. 그의 뒤통수나 특유의 걸음걸이를 보았고 낮게 울리는 목소리를 들었다. 그럴 때면 매번 훅 끼쳐오는 두려움에 속이 뒤틀렸다. 세라는 그건 그가 아님을, 그러니까 그저 상상의 산물일 뿐임을 알았다. 잔뜩 지친 마음이 세라의 시야에 키 큰 남자만 들어오면 그들에게 러브룩을 투영한 것뿐이었다.

하지만 정말 그일 수도 있다는 것도 알았다. 어떤 날에든, 어떤 시간에든. 그리고 어느 날, 정말 러브룩이고 말 것이다.

집에 가야 했다. 커튼을 치고, 문을 잠그고, 휴대폰을 무음으로 해놓아야 했다.

세라가 시동을 걸고 피에스타에 기어를 넣어 후진하며 나오는 사이, 곁눈으로 번쩍이는 회색빛 금속을 보았다. 주차장의 낮은 콘크리트 천장에 부딪쳐 울리는 끼익 하는 브레이크 소리를 들었다. 세라도 본능적으로 브레이크를 밟아서, 차가 들썩하며 가까스로 멈춰 섰다. 거대한 회색 사륜구동차가 세라의 차 뒤에 멈춰 서서 꿈쩍도 하지 않고 그녀를 막아서고 있었다. 창문은 모두 짙게 색이 들어가 있어서 안이 보이지 않았다. 별생각 없이, 세라는 손바닥으로 경적을 울렸고 그 소음은 주차장 벽에 부딪쳐 시끄럽게 되돌아왔다.

보통날이었다면, 그저 도시에서 으레 마주하는 또 한 번의 쓰레기 운전으로 넘겼을 것이다. 하지만 오늘은 보통날이 아니었다. 보통의 한 주가, 보통의 한 달이 아니었다.

사륜구동차는 그 자리에 그대로 있었다. 아무도 차에서 내리지 않았다.

공포의 땀 한 방울이 세라의 척추를 타고 조용히 흘러내렸다. 뭐지, 도대체?

세라가 한 번 더 경적을 울렸고, 정적 속에서 그 날카로운 소리는 더욱 크게 들렸다. 회색 대형 사륜구동차는 여전히 꿈쩍도 하지 않았다.

세라는 앉은 자리에서 좌우로 고개를 돌리면서 다른 누군가가, 목격자가, 자신을 도와줄 누군가가 있기를 절실히 바랐다.

아무도 없었다.

방울방울 떨어지던 공포는 이제 철철 흐르며 그녀의 속을 액체 상태로 바꿔놓고 있었다. 담즙이 목까지 차올랐다.

잠시 말도 안 되는 순간에, 세라는 가속페달을 힘껏 밟아서 저 차를 들이받아 치워버릴까도 생각했다. 하지만 차는 세라의 피에스타보다 두 배 컸고, 아마 무게도 두 배 더 나갈 듯했다. 들이받아도 소용없을 것이다. 세라는 떨리는 손을 가방에 넣어 휴대폰을 찾았고, 도망가기로 했다. 999에 전화를 건 다음 차에서 내려 달릴 것이다.

그러면…….

키 큰 남자가 조수석에서 내렸다. 턱수염을 기른 남자는 선글라스를 끼고 청바지에 검정 슈트 재킷을 입고 있었다. 그는 벤츠 사륜구동차를 돌아 나와 뒷좌석의 문을 연 뒤, 세라의 피에스타로 걸어와 운전석 문을 당겨 열었다. 바로 앞에서 본 남자는 몸집이 더 컸고, 목과 등 근육으로 재킷의 어깨선이 팽팽히 당겨져 있었다.

그는 피에스타의 시동을 끄고 열쇠를 주머니에 넣으며 다른 손으로는 벤츠의 열린 문을 가리켰다.

세라는 그 자리에 그대로, 공포감에 마비된 채 앉아 있었다.

턱수염이 난 남자가 몸을 굽혀서 운전석에 상체를 들이밀었다. 그의 얼굴이 세라의 얼굴에서 불과 몇 센티미터 떨어진 곳까지 다가왔다. 순식간에 차 안은 담배와 땀과 느끼하게 달콤한 애프터셰이브 냄새로 가득 찼다. 세라는 등받이에 몸을 바짝 붙이고 두 주먹을 말아 쥐어서 남자나 경적을, 또는 둘 다를 칠 준비를 했다. 그때, 남자의 재킷 아래로 어깨에 멘 권총집이 눈에 들어왔다. 세라는 얼어붙었다.

남자가 세라의 안전띠를 풀었고, 일어나서 다시 사륜구동차를 가리켰다.

세라가 천천히 차에서 내리자 남자는 문을 밀어 닫았다. 세라의 손에서 휴대폰을 빼앗은 뒤, 1미터 정도 떨어진 곳에 시동을 끄지 않은 채 정차한 벤츠를 다시 한 번 가리켰다. 차량의 미색 내부가 보였다. 뒷좌석에 사람 한 명이 앉아 있는 듯했다.

턱수염이 난 남자가 세라의 팔을 잡고 이끌었다. 마지막으로 한 번 더 필사적으로 주차장을 둘러보았다. 누군가, 누구라도, 도와달라는 외침을 듣고 경찰에 신고하거나 직접 나서줄 사람을 찾아서.

하지만 아무도 없었다.

이제 턱수염 남자의 손은 세라의 허리 잘록한 부분에 놓여, 벤츠의 열린 문을 향해 그녀를 밀고 있었다.

세라가 차에 올라탔다.

67

"안녕하신가요, 세라."

볼코프였다. 가죽으로 감싼 널찍한 차량 내부에, 그가 흰색 셔츠와 진청바지 차림으로 다리를 꼬고 편히 앉아 있었다.

세라가 그에게서 멀리, 좌석 끝에 앉았고 심장은 요동쳤다.

"무슨 일이시죠?"

"안전띠를 매요."

"네?"

그가 세라의 어깨를 가리켰다.

"안전띠. 니콜라이는 속도 내는 걸 즐기거든."

세라는 어깨로 손을 올려 딸깍, 안전띠를 맸고 몸을 반쯤은 창문에 붙여서 그를 계속 볼 수 있도록 했다. 턱수염 남자가 앞자리 조수석에 올라타자 차는 부드럽게 움직이며 세라의 피에스타를 남겨

두고 떠났다. 차는 경사로를 따라 내려가서 출구를 빠져나왔고 저녁의 차량 행렬 속으로 들어갔다.

볼코프가 도어 콘솔의 버튼 하나를 누르자 운전석과 나머지 부분을 가르는 유리 칸막이가 올라왔다. 이제 차 안은 훨씬 더 조용해져서, 엔진과 바깥세상의 소음만이 은은하게 들려왔다. 세라는 볼코프에게서 절대 눈을 떼지 않고 그의 표정을 읽으려, 차가 어디로 향하는지 알아내려 애썼다.

납치가 목적이라면, 공개된 장소에서 그랬을 리가 없어. 주차장에는 CCTV가 곳곳에 있었어. 납치할 사람의 차를 내버려두고 오지도 않았겠지.

"무슨 일인지 말해주실 건가요?"

"잘 지냈나요, 세라? 피곤해 보이네."

"아주 잘 지내죠. 이보다 좋을 수가 없네요. 제가 있는 곳은 어떻게 아셨죠?"

그는 답이 뻔하다는 듯 어깨를 으쓱해 보였다.

"요즘 같은 세상에 누가 뭘 어떻게 찾아내겠습니까?"

"우리가 다시 볼 일은 절대 없을 거라고 하지 않으셨나요?"

"그랬지요. 하지만 예외적인 상황은 우리가 그에 맞게 조정해야 한다는 걸 의미합니다. 실은 세라, 난 당신이 걱정됩니다."

"제가요? 왜죠?"

"잠은 좀 잡니까?"

그의 질문에 세라는 잠시 무장해제 되었다.

"자다가 말다가 해요."

"어제 아침에는 경찰도 만나셨지, 맞습니까? 케이트 레이너 경위?"

"그걸 어떻게 아세요?"

"난 많은 걸 알지요. 어떤 대화를 나눴습니까?"

"경위가 앨런에 대해 물었어요."

"그래서 뭐라고 말했습니까?"

"아는 게 없다고 말했어요."

"나에 대해서는 뭐라고 말했습니까?"

"아무것도요. 아무 말도 안 했어요."

"내가 준 휴대폰은?"

"제가 처리했어요."

그는 잠시 그 말에 대해 생각했다.

"좋습니다. 하지만 이걸 경고이자 개인적인 약속으로 생각하세요. 우리 대화에 대해, 내 제안에 대해 경찰에게 단 한마디라도 한다면, 나는 바로 알게 됩니다. 약속드리지, 내가 알게 될 거요. 무슨 뜻인지 아시겠습니까?"

세라는 고개를 끄덕이며 그가 보여줬던 아이들의 사진을 떠올렸다. 그레이스가 아무것도 모르는 얼굴로 학교 운동장 한가운데에서 있었다.

"네."

"좋습니다. 말이 통하니 다행이군요."

"그쪽 사람은 어쩌고요? 경찰이 데리고 있어요. 경찰이 그의 차 트렁크에서 러브룩을 발견했다고요."

"그래서요?"

"그 사람이 경찰에 말하면 어쩌죠?"

볼코프는 재미있다는 듯 끙 하는 소리를 냈다.

"유리에 대해서, 유리가 어쩌다가 그런 흉터를 얻게 됐는지에 대해서 알려드리지요. 몇 년 전, 모스크바의 내 경쟁자들 중 하나가 유리를 잡으려고 사내 넷을 보냈습니다. 유리는 한 명을 죽이고 또 한 명은 한 달간 병원 신세를 지게 만들었죠. 하지만 남은 두 놈이 쇠막대기로 유리를 패서 의식을 잃게 한 다음, 지하실로 데려가서 또다시 사흘간 내내 폭행했어요. 유리의 손톱을 하나씩, 모조리 다 뽑았고, 남은 상처는 담뱃불로 지졌지. 발가락 세 개는 절단기로 잘라냈어요. 전기고문도 했고. 그리고 귀에서부터 두피를 베어서." 볼코프가 손가락 하나를 머리 위에 댔다. "이마 위로 벗겨냈지. 드러난 두개골에 더 많은 담배를 비벼 끌 수 있도록 말입니다. 그동안, 그러는 내내, 유리는 단 한마디도 하지 않았습니다. 단 한마디도."

"그 사람들이 유리한테 원한 게 뭐였죠?"

"나와 내 가족에 관한 정보. 놈들이 내게 접근할 수 있도록 말입니다. 하지만 유리는 사흘간 고문을 당하면서도, 놈들에게 아무 답도 주지 않았어요. 그러니 당신의 질문에 답하자면, 유리는 당신네 영국의 순하기 그지없는 경찰에게 입을 열지 않을 겁니다. 아무리 말하도록 강요해도 소용없을 테지요. 유리는 이미 사람이 저지를 수 있는 최악을 경험했고, 그럼에도 입을 열지 않았습니다. 지옥이 얼어붙고 악마가 참회하며 무릎을 꿇고 애원해야 일어날 수 있는 일이에요. 당신도 유리처럼 하는 게 현명한 처사일 테고."

"제가 경찰에 말해서 얻는 건 아무것도 없어요. 오히려 모든 걸 잃게 되겠죠."

"좋습니다. 그렇다면 우리가 말이 통한 거요."

세라의 눈에 이 값비싼 차의 가죽 덮개와 좌석 뒤에 달린 스크린과 미니바가 들어왔다. 런던 북부의 번잡한 거리를 지나며 부드러우면서도 강한 엔진 소리에 귀를 기울였다.

세라가 볼코프를 보지 않고 말했다.

"도대체 어떻게 된 건가요?"

"무슨 뜻입니까?"

"그쪽 사람, 유리. 흉터가 난 남자 말이에요. 앨런을 트렁크에 묶어둔 채로 어떻게 경찰에 잡힐 수가 있느냐고요."

볼코프가 어깨를 으쓱했다.

"우리는 보통 대상을 데려온 뒤 며칠간 기다리면서 초반의 관심이 조금 잦아들기를 기다립니다. 대상이 약해지고 좀 더 고분고분해질 때까지 기다리지요. 이번 경우에만, 유리가 임무를 완수하려 도시를 벗어나는 길에 약간 운이 나빴던 것뿐입니다. 있을 수 있는 일이지요. 때로는 운명이 개입하기도 하니까. 여하튼, 이번 건에 대해서는 사과드리지요."

"뭐, 다행이긴 해요, 저로서는."

볼코프가 인상을 썼다.

"교수가 아직 살아 있어서 다행이라는 거요?"

"네. 아니, 꼭 그렇지는 않아요. 아직도 그 사람이 끔찍하게 싫거든요. 그래도 그가 죽지 않아서 다행인 것 같아요. 제 책임이 없어서 다행이에요."

"2주 전만 해도, 당신은 그자가 사라지길 바랐잖습니까."

"알아요. 그땐 화가 나 있었어요."

"변덕스러운 여자로군." 볼코프가 엷은 미소를 지었지만 그 안에는 슬픔이 어려 있었다. "내 아내도 똑같았지."

차가 멈추고 세라는 창문을 내다보았다. 다시 쇼핑센터의 주차장으로 돌아와 있었고, 세라의 작고 파란 피에스타도 그 자리에 그대로 있었다. 운전자가 내려서 차를 빙 둘러 세라의 문 앞으로 다가왔고, 주변을 살핀 뒤 열어주었다.

볼코프가 손을 내밀었다.

"잘 가세요, 헤이우드 박사. 행운을 빕니다."

68

세라가 볼코프를 빤히 보았다.

"이게 다예요? 끝이라고요? 경찰한테 말하지 말라고 경고하러 온 건가요?"

세라는 파도에 몸을 맡긴 채 수영을 하다가 너무 멀리까지 와버려서 바닥에 발이 닿지 않는 듯한 기분이었다. 차가운 물을 밟으면서, 공포와 싸우며 물 위로 머리를 들어 올리려 애쓰는 것만 같았다. 하지만 얼마나 더 버틸 수 있을까?

볼코프가 고개를 한 번, 까딱했다.

"그게." 그가 말했다. "다입니다."

영원히 물을 밟을 수는 없어. 곧, 아래로 가라앉고 말아.

무언가, 뭐라도 널 계속 떠 있게 해줄 것을 붙잡지 않는 이상.

세라의 머릿속에 아주 희미하게나마 한 가지 계획이 있었지만,

너무 멀리 있어서 지평선 너머로 거의 자취를 감추고 있었다. 하지만 절박함이 그녀의 목소리에 분노를 담았다.

"그쪽이 약속을 지키는 사람이라고 생각했어요."

"난 약속을 지키는 사람입니다."

"아니요, 나한테 약속을 했지만 그 약속을 어겼어요." 세라는 그의 얼굴이 분노로 어두워지는 것을 보았지만 개의치 않고 말을 이었다. "스스로 도의를 지키는 사람이라고, 빚을 갚는 것의 의미를 아는 남자라고 했잖아요."

볼코프가 손짓을 하자 운전자는 세라의 문을 다시 닫았다.

"변수가 있었으니까요. 이젠 상황이 바뀌었습니다."

"내 상황은 바뀌지 않았어요." 세라가 다시 내뱉었다. "아니, 바뀌었죠. 상황이 열 배는 더 나빠졌으니까요. 당신은 아직 빚을 갚지 못했어요."

볼코프가 미간을 모았다. 분노가 그의 얼굴에서 떠나자 그는 천천히 고개를 끄덕였다.

"맞는 말입니다. 빚을 갚지 못했지요."

"당신이 나한테 이 제안을 할 때, 다시 되돌릴 수는 없다고 했어요. 당신의 조건 중 하나였다고요."

"그랬지요."

"하지만 당신이 약속을 번복했어요. 내가 아닌 당신이."

볼코프가 세라를 가리켰다.

"호랑이가 다시 돌아온 걸 보니 좋군. 그런데 그 키 큰 교수가 계속 숨을 쉬고 있어서 다행이라고 하지 않았던가요?"

"그래도 뭔가 해야 해요. 이렇게 계속 갈 수는 없어요."

"당분간 발셰브니크가 누군가를 사라지게 하는 마술을 부릴 수는 없을 것 같습니다만."

"그건 저도 알아요. 하지만 누군가를 사라지게 할 다른 방법이 있어요."

"내 세계에는 없습니다. 내 세계에는, 단 하나의 방법만 있지. 가장 오래된 방법."

"난 지금 내 세계를 말하는 거예요."

볼코프가 잠시 세라의 얼굴을 살폈다.

"당신 세계에는 어떤 방법이 있나요?"

"그 고민은 제가 할게요."

그가 잠시 세라의 말을 곱씹었다.

"이제 좀 흥미롭군. 더 얘기해봐요."

"사람을 사라지게 하는 데는 한 가지 방법만 있는 게 아니죠. 난 당신이 나한테 약속했던 것을 해줬으면 해요. 우리 빚을 청산해줬으면 해요. 하지만 이번에는 당신 방식이 아닌 내 방식으로요." 세라는 전에 배운 러시아어를 끄집어내어, 발음에 최대한 신경을 쓰면서 말했다. "우가보르 다로제 데네그."

볼코프가 웃음을 터뜨리며 손뼉을 쳤다.

"하! 아주 좋습니다, 아주 좋아. 그게 무슨 뜻인지는 압니까?"

세라가 어깨를 으쓱해 보였다.

"거래는 거래다."

"맞습니다. 남자의 말은 그의 명예라는 뜻이기도 하고. 아주 중요하지요." 볼코프가 미소를 지었다. "발음은 좀 손을 봐야겠지만."

"그렇다면…… 절 도와주실 건가요?"

볼코프가 검은 눈동자로 세라를 뚫어져라 바라보았다.

"우선 들어보지요. 헤이우드 박사님, 필요한 게 뭔가요?"

"그쪽 나라 사람들이 잘하기로 유명한 거요."

"우리가 잘하는 건 많습니다." 그가 두 손을 펼쳤다. "좀 더 구체적으로 얘기해야 할 겁니다."

그래서 세라는 볼코프에게 말해주었다.

볼코프는 세라에게서 눈을 떼지 않은 채 귀를 기울여 들었다. 그는 메모를 하지 않았지만, 세라는 그가 이 대화를 단어 하나도 빠짐없이 모두 기억할 것임을 알았다.

마침내 볼코프가 고개를 끄덕였다.

"생각해보겠습니다."

"도구를 주시면 제가 하겠습니다. 제가 직접 할게요."

"위험이 많아요."

"지금 저한테 가장 큰 위험은 아무것도 하지 않는 거예요."

그가 잠시 세라의 말을 곱씹었다.

"그렇겠죠. 하지만 말했다시피, 생각을 해보겠습니다."

"결정하시면 어떻게 알려주실 건가요? 제가 어떻게 연락하면 되죠?"

"당신은 연락하지 않습니다. 우리가 일을 진행하기로 결정하면, 내가 연락을 하죠."

볼코프는 뒷좌석의 둘 사이에 놓인 중앙 수납 칸을 올렸다. 안에는 똑같은 휴대폰이 여섯 개 있었고, 마치 최상등급 스테이크 덩어리인 양 모두 투명 비닐로 진공포장 되어 있었다. 볼코프는 그중 하나를 골라 세라에게 건넸다.

"일회용 전화기입니다. 충전해서 항상 켜두세요. 다른 목적으로 사용하면 안 됩니다. 그러면 우리가 알게 될 거고, 그걸로 끝입니다." 그가 몸을 앞으로 숙였다. "하지만 내가 당신이 제안한 방식으로 당신을 돕기로 결정한다면, 내 사람 중 한 명이 내일 6시까지 연락할 겁니다. 그 뒤에는 유심 칩을 빼서 휴대폰과 함께 폐기하세요."

"연락이 없으면요?"

"그저 행운을 빌겠습니다, 헤이우드 박사님."

만남은 이제 끝난 듯했다.

세라는 차에서 내려 문을 닫았다. 대형 사륜구동차가 끼익, 타이어 소리와 함께 출발했고 다시 출구로 가는 경사로를 따라 사라졌다. 낮은 콘크리트 벽에 부딪쳐 되울려오는 메아리만 남겨둔 채.

69

마지막 학생까지 나간 뒤, 세라는 강의실 책상 위로 흩어진 책과 서류를 주워 모았다. 주제에 대해 진심 어린 관심을 보이는 똑똑한 3학년 학생들로 구성된 좋은 반이었지만, 세라는 피상적인 수준 이상으로는 집중할 수가 없었다. 말은 대부분 학생들이 하도록 두었고, 세라는 그저 주어진 시간이 다 될 때까지 논의가 계속 이어질 수 있을 정도로 가닥만 잡아주었다. 마지막 서류까지 챙겼을 때, 딸깍, 등 뒤로 강의실 문이 닫히는 소리가 들려왔다. 세라는 그대로 얼어붙었다. 동물적 공포감이 혈관을 타고 밀려 내려왔다. 뒤를 돌아보지 않고도 누가 있는지 알 수 있었다.

"세라, 자네가 다시 일상으로 돌아온 걸 보니 좋군." 러브록의 낮은 바리톤 음성이 강의실 곳곳을 가득 메우고 있었다.

목요일 아침이었다. 러브록이 세라의 집 거실에서 그녀를 공격한 후로 그녀가 업무에 복귀한 지 이틀째였다. 세라는 그를 최대한 피해 다니며 그와의 접촉을 최소한으로 제한하기로 결심했다. 모든 것이 준비될 때까지.

세라가 뒤로 돌아 그를 마주했다. 그녀는 가슴 앞으로 가방을 들었다.

"다음 강의에 가야 해요." 세라가 조용히 말했다.

그는 걸쇠를 건 뒤 문틀에 등을 기대고 서서 출구를 막았다.

"걱정 말게, 오래 걸리지 않을 테니. 그저 우리의 새로운 약속을 분명히 해두려는 것뿐이야. 일전에 우리가 대화를 나눴지 않나."

"알겠습니다."

"난 자네 같은 여자들을 알아. 자네 생각이 어떻게 돌아가는지 알지."

"그러신가요." 세라는 목소리를 차분하게 유지하려 애썼다.

"그렇고말고. 자넨 그저 거처를 옮겨서 본인이 만들어놓은 이 작은 난장판에서 도망칠 수 있다고 생각하고 있지. 사직을 하려는 거야."

"아닙니다." 세라가 말했다.

"좋아. 자네가 정말 사직을 결심하면, 난 불현듯 우리 러시아 친구의 말이 기억날 테고, 레이너 경위에게 알릴 수밖에 없을 테니. 경위가 그 말을 어떻게 받아들일지 상상해보게나."

세라는 추락하는 듯, 곤두박질치는 듯한 기분이어서, 한 손으로 옆에 있는 책상을 짚고 균형을 잡았다.

"제가 떠날 수 없다는 말씀이세요?"

"자네가 원하는 대로 하면 되네." 그가 가슴 앞으로 팔짱을 꼈다.

"난 그저 그 결과가 무엇일지 말해주는 것뿐이야."

"언제까지요?"

"내가 우리의 새로운 약속에 질릴 때까지."

"그러니까 결국, 저한테 전임 강사 자리를 주지 않을 거지만 제가 그만둘 수도 없다는 거네요."

"난 참 그 말이 싫네. **그만둔다.** 살면서 난 그만둬본 적이 없거든. 세라, 여기에 교훈이 있는 걸세. 그리고 이것만 생각하게. 자네가 그 길을 택해서 결국 납치 모의로 감옥에 가게 되면, 자네 아이들은 어떻게 될 것 같나?"

"네? 아이들이라니요?"

그는 잠시 세라가 그 말을 곱씹게 둔 뒤 말을 이었다.

"자넨 아이들을 빼앗길 테니까. 믿음직스럽지도 않고 방랑벽 있는 자네 남편이 아이들을 맡게 되겠지. 아마도 부부는 결국 이혼을 할 테고, 그 작은 애새끼들은 엄마 없이 사는 법을 배워야 할 거야. 또, 누가 알겠나? 유죄판결이 내려지면 아이들을 평생 못 보게 될지도 모르지."

어찌된 일인지, 지난 몇 주간 그 모든 일을 겪고 그 모든 선택을 하면서도, 결과가 자신의 아이들에게까지 미칠 수 있다는 생각은 단 한 번도 하지 못했다. 엄마와 헤어지고 무책임한 아빠에게 맡겨질 아이들이 가장 큰 피해자가 되리라는 생각을 하지 못했다. 그렇게 되면 아이들에게 무슨 희망이 있겠는가? 세라는 자신이 했던 그 모든 것은, **그 모든 것이,** 아이들의 미래를 보호하고 그레이스와 해리를 양육하기 위해 엄마로서 필요한 일을 하는 것이었다고 스스로에게 말하곤 했다. 그녀의 작은 가족을 혼자 힘으로 부양하는 데 필요한 안전과 안정을 확보하기 위해서라고.

그 결과가 바로 현재 상황이었다.

세라는 러브록을 응시하며 쌓이는 분노를 느꼈다.

바로 그 순간, 억눌린 감정을 잡아두던 댐이 무너지면서 그 모든 감정이 거센 파도처럼 세라에게 밀려들었다. 어린 자녀가 위협받고 있는, 궁지에 몰린 엄마의 격렬한 분노와 절망, 공포였다. 그때 세라는 확실히 알았다. 필요하다면 이 남자를 죽일 수도 있음을. 그를 향해 책상을 넘어 달려가서 손에 닿는 것은 무엇이든 쥐고 심장을 찌르고 싶은 마음을 억누르려면, 세라가 가진 자제력을 최대치로 발휘해야 했다. 목을 잡아 뜯고 눈구멍을 엄지로 쑤셔 누르지 않으려면…….

러브록이 독백을 이어갔지만, 그의 음성은 세라의 분노로 쿵쿵대는 관자놀이 아래로 피가 잔뜩 몰린 귀에 흐릿하게 들렸다.

"경력 면에서는?" 그가 말했다. "생각도 하지 말게. 세라, 자넨 하자 있는 물건이 되겠지. 학계 사람 누구도 자네에게 가까이 가려 하지 않을 걸세. 직업전문학교나 가서 여드름 숭숭 난 열여섯 살짜리 중퇴자들에게 철자법을 가르칠 수는 있겠지만, 대학으로는 어떤 자리로도 가지 못할 거네. 영원히."

침착해. 경계를 걸어.

세라가 마른침을 삼켰다.

"알고 있습니다."

"좋아. 말이 통하니 다행이군. 나한테 화가 난 게 보인다만, 내 잘못이 아니잖나, 그렇지? 우리는 우리가 하는 일의 결과를 고려해야 한다고." 러브록이 벽에 걸린 액자 속 그림을 가리켰다. 크리스토퍼 말로의 가장 유명한 작품의 표지였다. "포스터스는 악마에게 영혼을 팔 때 이걸 알고 있었어. 자네도 러시아 사람과 얽혔을 때 알았어야 했는데 말이지."

"어떻게 바로잡아야 할지 알고 있습니다."

"그렇지! 자, 그럼 토요일 저녁. 자네가 제안한 대로, 자넨 우리 집으로 오는 거야."

마리가 옳았어, 세라가 생각했다. 납치 사건이 러브록을 극단으로 몰았어.

"우리의 합의죠." 세라가 조용히 말했다. "집 주소를 메일로 한 번 더 보내주실 수 있나요?"

그가 웃으며 고개를 저었다.

"좋은 시도였네, 세라. 하지만 우리의 새로운 약속에 대해서는 그 어떤 전자 기록도 남기지 않는 게 좋을 것 같은데, 안 그런가? 그냥 우리끼리 비밀로 하자고, 구두로만. 파티 때 와봤으니 집 주소는 알 것 같은데."

세라는 의도를 들킨 데 당황하여 그에게서 고개를 돌렸다.

"초대장을 찾아볼게요."

"토요일 밤, 캐럴라인은 데번에 가고 없지. 자네와 내가 우리의 새로운 약속을 개시하는 거야." 그가 몸을 숙여 세라의 귀에 속삭였다. "넌 무릎을 꿇은 채로."

세라가 고개를 들어 끄덕였다.

"토요일에 뵙죠."

70

세라는 가는 곳마다 그 작은 폴더형 휴대폰을 들고 다니며 전화
벨이 울리기만을 기다렸다. 이번에도 특별할 것 없는 알카텔 전화
기로, 작고 값싸 보였으며 파라세타몰 한 갑보다도 그리 크지 않았
다. 벌써 열 번째, 휴대폰 덮개를 열어젖혔다. 여전히 전화도, 음성
메시지도, 문자도 없었다. 세라는 오늘도 아프다는 핑계로 조퇴를
했고, 어둡고 조용한 주방에 앉아서 손에 쥔 작은 휴대폰이 살아나
기만을 바랐다. 러시아 남자는 세라를 돕는 쪽으로 결정을 내리면
6시까지 전화를 주겠다고 했고, 이제 몇 시간밖에 남지 않았다.

제발. 난 할 수 있지만, 당신의 도움이 필요해요.

조리대 위에 놓인 집 전화가 울리자 세라는 화들짝 놀랐다. 발신
번호 표시제한이었다. 직장에서 온 전화일까? 받지 않는 게 좋겠
다. 세라는 발신자가 전화를 끊을 때까지 기다렸다.

전화벨이 다시 울렸다. 세라는 두 번째로 전화를 무시했다.

1분쯤 지났을까, 현관에서 노크 소리가 들려왔다. 나무에 닿는 크고 확신에 찬 네 번의 두드림. 멈췄다가, 다시 또 네 번.

세라는 방문객이 지쳐서 돌아가기를 기다렸다.

노크 소리가 다시 들려왔다.

세라는 살금살금 계단을 올라가서 전면에 보이는 침실로 들어가 커튼 사이로 힐끔, 집의 작은 진입로를 내려다보았다.

문 앞에는 아무도 없었다.

세라의 침대 옆 탁자 위에서 충전 중이던 휴대폰이 윙윙댔다. 문자메시지였다.

문 열어요, 세라. 케이트 R.

세라는 들킨 사실에 바보가 된 기분으로 아래층으로 내려갔고 현관문을 열었다. 레이너 경위였다.

"죄송해요." 세라가 얼굴을 붉히며 말했다. "여호와의 증인인 줄 알았어요."

"연구실에 갔었는데 아파서 일찍 가셨다고 하더군요. 들어가도 될까요?"

"제가 지금 뭘 좀 하고 있어서요."

"10분이면 됩니다."

세라가 걸쇠를 풀고 경위를 안으로 들였다. 레이너 경위는 커피를 거절했고, 두 사람은 커튼이 닫혀 어둑한 거실에 놓인 소파에 서로를 마주 보며 앉았다.

레이너 경위가 가방에서 수첩과 펜을 꺼냈다.

"괜찮으세요? 피곤해 보입니다."

"요새 잠을 못 잔 날이 많아서요. 약을 먹고는 있는데 상황이 길어질수록 효과가 덜한 것 같네요."

세라는 너무 많이 말했다는 생각에 말을 멈추었다

"뭐가 길어진다는 거죠, 세라?"

"다요. 인생요." 세라는 그럴듯한 거짓말을 찾았다. "남편과 제가, 저희에게 좀 문제가…… 있거든요. 남편은 지금 여기 없어요."

"네, 말씀하신 기억이 나네요. 그럼, 상사분과는요?"

세라가 고개를 들었다.

"상사라니요?"

레이너 경위가 깍지를 끼고 직업적인 공감을 표정에 담아 세라를 바라보았다.

"세라, 난 알아요. 다 알고 있어요."

세라는 가슴이 쿵 하고 내려앉는 듯했다.

"뭘 안다는 거죠?"

"그가 어떤 사람인지, 그 사람의 **진짜** 모습을요. TV 속 페르소나도, 훌륭한 학자도, 열정적인 자선기금 모금자도 아닌, 이 모든 가면 뒤에 감춘 진짜 얼굴을 말입니다. 사람들 대부분은 절대 보지 못한 그 얼굴을요. 우리는 지미 새빌(2011년 사망한 BBC의 진행자로, 450여 명의 여성을 성추행, 성폭행한 사실이 사후에 밝혀져 영국을 충격에 빠뜨렸다.—옮긴이)을 비롯하여 그런 유의 사람들을 많이 봐왔습니다." 경위는 앞으로 몸을 숙였다. "박사님은 앨런 러브록의 진짜 모습을 봐왔던 거죠, 아닌가요?"

세라는 고개를 끄덕였지만 아무 말도 하지 않았다.

"쉽지 않았다는 거 압니다." 레이너가 말을 이었다. "경찰에도 그런 개자식이 많아요, 정말로요. 우리가 여자라는 이유만으로, 가르치듯 말하고 얕잡아 보는 남자들이죠. 남자 동료들한테는 절대 하지 않을 억측을 하는 남자들이고요." 경위가 말을 멈추고 세라의 눈을 바라보았다. "절대 단둘만 남아서는 안 될 남자들이죠."

세라가 시선을 피했다.

"하루가 멀다 하고 그런 남자를 상대해야 한다는 게 어떤 건지 알아요. 그러니 박사님과 러브록 사이에 무슨 일이 있었던 건지, 말해봐요."

"아무 일도 없었어요." 세라가 감정을 싣지 않고 말했다.

"세라, 이제 털어놓을 때도 됐어요."

"털어놓다니요?"

전화벨이 울리기 시작했다. 휴대폰이었다. 약한 벨소리는 아이폰의 기본 마림바 음을 조악하게 모방한 깡통 소리처럼 들렸는데, 세라는 설정한 적 없는 소리였다. 레이너의 휴대폰이라고 생각했지만 경위는 전화를 받을 생각이 없어 보였다. 가슴이 철렁하며, 세라는 소리가 어디서 나오고 있는지 깨달았다. 전날 볼코프가 그녀에게 건넨 작은 폴더형 휴대폰이었다. 세라와 경위가 앉은 자리에서 불과 1미터 떨어진 곳, 소파 옆 탁자 위에 있었다.

세라는 얼굴에서 피가 다 빠져나간 기분이 들었다. 발신자가 전화를 끊고 대신 메시지를 남겨놓기를 바랐다.

두 여자가 서로를 바라보았다. 벨소리가 돌고 도는 동안, 대화는 중단된 상태였다.

"받으시겠어요?" 레이너 경위가 말했다.

"아니에요, 괜찮습니다."

"그래도 되겠어요?"

"중요한 용건이면 메시지를 남길 거예요."

마침내, 벨소리가 멈췄다.

"확인해보시겠어요?"

"나중에 할게요. 무슨 얘길 하고 계셨죠?"

"다 털어놓을 때도 됐다고 말하고 있었어요."

부재중 전화에 대한 생각으로, 세라의 심장이 계속 쿵쾅거렸다. 호흡을 다시 정리하려 잠시 시간을 가졌다.

"쉬운 일처럼 말씀하시네요."

"쉬울 수 있어요. 박사님과 앨런 러브록 사이에 정말 무슨 일이 있는 건지 말해줘요. 속 시원히 말해봐요." 경위가 한 손을 세라의 팔에 올렸다. "약속합니다, 내가 전적으로 보장해요, 일단 털어놓고 나면 기분이 나아질 거라는 걸. 기분이 나아질 겁니다."

"제 남편이 무슨 말을 하던가요, 전화 통화를 했을 때요."

"왜죠?"

"그냥 알고 싶어요."

"러브록이 박사님의 직장 생활을 아주 어렵게 만들었다고 하더군요. 닉에게 러브록을 상대해달라고 부탁하신 적은 있나요?"

"아니요."

"왜죠?"

"제 남편은 그런 유의 남자가 아니에요."

"그래서 다른 사람을 찾은 거군요?"

"아니에요."

"러브록을 혼을 내줄 사람을요?"

"아니에요!"

경위가 세라의 손을 잡았다. 크고 다정한 눈으로 세라를 보며, 걱정을 담아 미간을 찡그렸다. 문득 경위에게 다 털어놓고 싶은 충동이 밀려왔다. 문제는, 경위의 말이 옳다는 사실이었고 세라도 그걸 알았다. 이 비밀을, 외로이 짊어온 이 무거운 짐을 다른 사람이 함께 들어준다면 기분이 나아질 것임을 알고 있었다.

"난 당신 편이에요, 세라. 돕고 싶어요."

고백하고 싶은 충동은 세라의 가슴을 밀어붙이는 물리적인 힘과 다름없었다.

네가 하려던 건 잊어. 그냥 레이너에게 말해. 털어놔.

세라는 시선을 바닥으로 떨구어 경위의 시선을 피했다. 갑자기 거실이 답답한 듯, 두 사람이 있기에는 너무 작은 듯했다. 현재 상황에서 빠져나올 떳떳한 방법이 있었다. 전부 자백하여 속 시원히 털어놓는 것. 레이너는 분명 이해한다고 했다. 러브록 같은 남자가 어떤 사람인지 알았다. 그녀가 세라에게 가장 공정한 발언권을 줄 것이다. 세라는 허공 속으로 발을 내딛는 줄타기 곡예사가 된 기분이 들었다. 불현듯 모든 것을 말하고 싶었다. 모든 것을 쏟아내고 싶었다. 하나도 빠짐없이.

세라가 고개를 들었을 때, 경위의 연민 어린 표정은 사냥감이 과녁 안으로 들어오길 기다리며 잔뜩 집중한 사냥꾼의 눈빛으로 바뀌어 있었다. 곧 죽음을 맞이할 사자를 기대하는 눈빛. 찰나의 스침이었지만, 그것으로 충분했다. 가면이 살짝 벗겨진 것이다. 아주 잠깐이나마.

가면이 다시 제 위치를 찾기 전에 세라는 진짜 얼굴을 본 것이다.

세라는 소파에 파고들어 몸을 움츠리고 가슴 앞으로 단단히 팔짱을 꼈다.

저 여자를 믿지 마. 그 누구도 믿어서는 안 돼. 저 여자는 네 친구가 아니야.

"드릴 말씀이 없네요. 저와 앨런 사이에는 아무 일도 없어요. 앨런한테는 어떤 평판이 있긴 하지만, 특별히 제가 다른 사람보다 더 심하게 시달린 건 아닙니다."

"그 이상이 있다는 걸 알아요. 전 그가 어떤 사람인지 꽤 잘 알고 있다고 생각합니다."

세라가 고개를 저었다.

"경위님은 아무것도 모르세요. 절 믿으셔도 좋아요."

71

세라는 경위를 배웅하고 문을 걸어 잠근 뒤, 창문 밖으로 그녀가 차에 올라타 멀어지는 것을 보았다. 그제야 세라는 볼코프가 준 휴대폰을 가져와서 덮개를 열어젖혔다. 화면에 부재중 전화 한 통이 표시되어 있었다. 발신자는 음성메시지를 남기지 않았고 번호도 밝히지 않았지만, 문자메시지 한 통이 있었다. 아무 내용 없이 휴대폰 번호 하나만 적혀 있었다. 세라는 번호를 입력하고 통화 버튼을 누른 뒤 휴대폰을 귀로 가져갔다.

"말씀하시죠." 건너편에서 남자 목소리가 들려왔다.

"방금 저한테 전화를 주셨는데요."

"따님이 태어난 날짜와 시간이 어떻게 되죠?" 러시아 억양이 실린, 세라도 들어본 적 있는 목소리였다. 젊은 남자였다.

"네?"

29초

"날짜와 시간. 당신 딸 말입니다. 빨리 말씀해주시죠."

세라가 기억에 집중했다.

"2009년 12월 17일 오전 11시 35분에 태어났어요."

"몸무게는?"

이제 혼란이 걷혔다. 날 시험하고 있구나. 신원을 확인하는 거야.

"음, 3킬로그램이었어요."

잠깐의 침묵 후 목소리가 말했다 "좋습니다."

"그게 맞는다는 건 어떻게 아시죠?"

"병원 데이터베이스." 목소리에서 그가 어깨를 으쓱하는 것이 느껴졌다. "잘 들으세요. 저번과 같은 주차장, 같은 층, 같은 자리입니다. 1시간 후에요."

"그 말은 그럼……."

남자가 빨랐다. 이미 전화를 끊은 뒤였다.

55분 뒤, 세라는 브렌트 크로스 쇼핑센터의 다층식 주차장에 진입했고, 어제 대형 사륜구동차가 자신의 차를 막아 세웠던 자리를 발견했다. 차에서 내려 주차된 차량들 사이사이를 걸으면서 그중 사람이 타고 있는 차가 있는지 살폈다.

별 특징이 없는 흰색 밴이 세라의 피에스타 옆에 멈춰 섰다. 운전석에 앉은 사람은 어제 여기서 만났던 선글라스를 낀 남자였다. 세라가 몸을 앞으로 숙여 남자 너머를 유심히 보았지만, 앞좌석에는 남자 혼자인 듯했다. 세라 옆에서 밴의 옆문이 열렸고 뒷좌석에 놓인 작은 탁자가 눈에 들어왔다. 탁자에는 젊은 포니테일 남자가 앉아 있었고, 그 앞에는 노트북 하나와 다른 물품들이 죽 늘어서 있었다. 남자가 세라에게 손짓했다. 여기, 들어와요.

세라는 밴에 올라타 그 젊은 러시아 남자의 맞은편에 앉았다.

남자가 문을 닫았다.

72

집에 오자마자 세라는 작업에 착수했다. 방과 후 클럽에 아이들을 데리러 가기 전까지 아직 두어 시간이 있었다.

우선, 전화 네 통을 걸어서 시간과 장소, 다른 여러 세부 사항을 적어두었다. 내일로 만남을 두 건 잡았고 일정도 하나 잡았다. 노트북을 부팅하고 온라인 뱅킹에 접속하여, 종이에 급히 적은 번호를 신중하게 입력해서 계좌 이체를 했다. 그러고는 옷장으로 가서 옷을 세 벌 고르고 침대 위에 나란히 늘어놓았다. 하나는 저녁 외출용의 깔끔한 차림으로, 검정 재킷과 그녀의 엄마라도 허락했을 법할 긴 치마였다. 또 하나는 연구실로 출근할 때 입는 비즈니스 캐주얼 복장이었다. 여기에는 선글라스와, 이제 겨울이 왔으니 슬슬 손이 가기 시작한 챙이 달린 털모자도 함께였다. 마지막 한 벌은 닉의 낡은 작업복으로, 그가 이따금씩 집 안을 손보거나 정원 일을 할 때 입었던 것이다.

다음으로, 세라는 침대 옆 서랍장을 뒤져서 오래전에 쓰던 휴대폰인 소니 엑스페리아를 꺼냈다. 충전기를 찾아 꽂아둔 뒤 A4용지 몇 장을 가져와 침대에 앉아서 나머지 해야 할 일의 목록과 계획을 적었다. 머릿속 시간표도 함께.

사이사이에 잠도 들었다.

다음 날인 금요일, 세라는 아침에 강의 한 건과 세미나 두 건을 소화했고, 모두 마치자마자 학과를 슬쩍 빠져나와 엔필드 체이스에 있는 기차역으로 차를 몰고 갔다. 현금으로 1일 교통권을 산 다음 기차를 타고 핀스버리 파크로 가서 지하철 피커딜리 라인으로 갈아타 홀본에 도착했다. 사야 할 물건이 많았다. 캠퍼스나 집에서 더 가까운 상점은 여럿 있었지만 그만큼 아는 사람을 마주칠 위험이 더 클 테고, 세라는 사는 곳이나 일하는 곳 근처에서 목격되고 싶지 않았다. 사람이 많은 곳, 군중 속에 묻힐 수 있는 어딘가에 있는 편이 더 나았다.

세라는 작은 휴대폰 가게를 찾아서, 볼코프에게 배운 대로 가장 저렴한 선불 전화 세 대와 자신의 구형 휴대폰에 새로 넣을 선불 유심 칩을 현금으로 샀다.

첫 만남까지는 아직 15분이 남았기에, 세라는 러셀 스퀘어를 바로 벗어난 곳에 있는 작은 카페로 향했다. 중심 관광지에서 떨어진 골목에 자리한 곳으로 점심시간과 브레이크 타임 사이 소강상태로 꽤 조용했다. 대학을 마치고 난 첫해에 세라는 이곳에서 닉과 만나곤 했다. 닉이 전문 배우의 길로 첫걸음을 내디디고 세라는 유니버시티 칼리지 런던에서 박사과정을 막 밟기 시작한 때였다. 카페는 이탈리아풍 공간으로 작고 친근한 느낌을 주었다. 낮은 기둥에 아늑한 좌석과, 세라가 맛본 최고의 커피가 있는 곳이었다. 세라는 카푸치노 한 잔을 주문한 다음 뒤쪽 좌석에 자리를 잡고 기다렸다.

기다리는 동안, 세라는 가방에서 구형 소니 엑스페리아와 새로 산 유심 칩을 꺼냈다. 휴대폰 뒷면을 떼어내어 유심 칩을 끼워 넣은 뒤 다시 붙였다. 화면이 살아나면서 휴대폰은 새로운, 더 중요하게는 익명의 전자 신원을 설정하기 시작했다.

계획의 파편들이 한데 모이기 시작했다. 러브록이 아직 살아 있음을 알게 된 바로 그 순간부터, 세라 자신도 의식하지 못할 때조차, 마음 한구석에서 조용히 합쳐지고 있던 조각들이다. 마지막으로 던질 주사위가 될 계획이었다.

세라의 첫 손님이 제시간에 딱 맞게 도착했다. 세라는 미소를 지으며 맞은편 빈 좌석을 가리켰다.

"또 뵙네요. 급히 말씀드렸는데 나와줘서 너무 고마워요. 차 한 잔하시죠?"

정확히 한 시간 반 뒤, 세라의 두 번째 손님이 도착했다. 다른 대화가 같은 목표를 향해 이루어졌다.

세라는 빚을 갚으라고 요구했다. 도움을 요청했다. 이제 남은 것은 상환 기회를, 아니, 어쩌면 복수할 기회를 주는 것뿐이었다.

73

"뭐?" 그날 늦게, 로라가 차갑게 한 피노 병의 코르크 마개를 열면서 말했다.

"이제 더는 못 참아."

"드디어!"

"계획이 하나 있는데, 네 도움이 필요해. 아빠의 도움도."

"그래, 나도 껴줘." 로라가 펑 소리와 함께 코르크를 따서 세라의 잔을 채워주었다.

"결정하기 전에 계획이 뭔지 들어보고 싶지도 않니?"

"그게 뭐든, 난 무조건 할 거야." 로라는 자신의 잔도 채웠다. "그래서, 계획이 뭔데?"

"네가 내내 말해왔던 걸, 1년 동안 나보고 하라고 말해왔던 걸 하려고. 중요한 건 증거잖아, 안 그래? 대학에 그들이 무시하고 넘어

갈 수는 없다는 걸 보여줄 참이야."

"어떻게?"

"러브록이 나한테 내 자리를 지키려면 자기와 자야 한다고 말하는 걸 녹음할 거야."

"좋오오아." 로라가 말했다. "그런데 대학이 전처럼 그걸 묻으려 들면 어쩌려고?"

"그럼 언론에 알릴 거야. 《가디언》은 신이 나서 떠들어댈 테지."

로라가 잔을 내려놓았다.

"진심이야?"

"완전히 진심이야."

"미친. 너 진짜 진심이네, 그렇지? 생각이 왜 바뀐 거야?"

"상황이 더 나빠졌어." 세라가 잔을 들며 말했다. "훨씬 더 나빠졌어. 요새 러브록은 시도 때도 없이 화를 내고 이성을 잃어."

"납치 사건 이후로?"

세라가 고개를 끄덕였다.

"응. 맞아."

"그래서, 러브록의 연구실에 도청장치를 달아줄 보안정보국 요원이랑 친구라도 된 거야?"

"그런 건 아니고. 내가 녹음할 거야."

"다음 면담 때?"

세라가 고개를 저었다.

"러브록은 이제 학교에서는 그런 얘기를 안 할 거야. 하지만 집에서 경계를 풀고 있을 때는 말할지도 모르지. 술에 취한다면 말이야. 그와 나, 둘뿐이고 내가 기꺼이 자기한테 협조할 거라고 생각한다면."

"워워!" 로라가 한 손을 들어 올렸다. "잠깐 멈춰봐. 방금 뭐라고 한 거야?"

"러브록의 집에 간다고."

"너 지금 빌어먹을 농담하는 거지? 그건 일부러 규칙을 송두리째 다 깨겠다는 거잖아."

"맞아."

세라의 아버지가 나타나 입술에 검지를 댔다.

"애들 잔다."

"고마워요, 아빠."

로라는 그에게 엄지를 들어 보이고는 다시 친구에게 고개를 돌렸고, 목소리는 한층 낮아졌다.

"정확히 어떻게 러브록이 네가 협조한다고 생각하게 만들 건데?"

세라가 어깨를 으쓱했다.

"알맞게 행동하고, 알맞게 말을 하고, 알맞게 옷을 입고?"

"세상에나!" 로라가 목소리를 다시 높였고, 두 손을 들었다. "미안한데, 너, 마약 하냐?"

"미친 소리로 들린다는 거 아는데, 그래도 끝까지 좀 들어봐. 말이 되는 얘기라니깐? 잠시만 차근차근 따져보자고. 먼저, 우리가 러브록에 대해 아는 게 뭐가 있지? 앨런 러브록 교수의 핵심적인 본질이 뭐지?"

"엄청난 머저리다?" 로라가 말했다.

"그것도 맞는데, 내가 의도했던 건 아니고."

세라의 질문을 곰곰이 생각하는 동안 잠시 침묵이 이어졌다.

"자아." 로저가 말했다. "그놈의 자아는 빅벤만 하잖니."

세라가 아버지를 손가락으로 가리키며 미소를 지었다.

"바로 그거예요. 그렇다면, 그 말인즉슨?"

아버지가 어깨를 으쓱했다.

"자신에 대한 믿음이 엄청나게 크고, 확고부동하다는 거지."

"맞아요. 계속해보세요."

"그러니 네가 그렇게나 퇴짜를 놓았는데도, 여전히 그놈은 네가 마음 깊은 곳에서는 자기한테 끌리고 있다고 믿고 있는 거다. 왜냐 하면, 당연히, 너는 끌려야 하는 거니까. 안 그러냐? 넌 여자이고, 어떤 여자가 안 그러겠냐?"

"빙고." 세라가 말했다. "러브록은 자기가 거부할 수 없는 존재 인 줄 알아요. 그게 바로 그의 약점이죠."

"게다가 엄청난 머저리이고." 로라가 덧붙였다.

"그래서 러브록의 약점을 이용할 길이 있는 거야. 하지만 그럴듯 한 방법으로 접근해야 해."

로라는 가슴 앞으로 팔짱을 단단히 꼈다.

"어떻게 할 작정인데?"

"역할을 하나 맡아서 연기할 거야. 닉이 지난 몇 년간 나한테 그 랬던 것처럼."

"연기를 한다고?"

"응. 인생 연기를 할 거야."

"함정수사를 말하는 거야?"

"난 증거를 말하는 거야. 내 일을, 그리고 내 제정신을 지켜줄 증거를."

로라는 이제 한층 차분하게 말하고 있었고, 걱정을 담은 목소리는 부드러웠다.

"있지, 흔히 기업에 대한 잠재적 평판 위기를 낮음, 중간, 높음, 치명적 위험의 네 단계로 분류하거든? 네가 지금 말하는 걸 보면 네 계획은 치명적 위험의 위쪽 어디쯤, 아마도 '완전히 정신이 돈' 걸로 분류될 거야. 내 말 알아듣겠어?"

"로라, 나도 이 계획이 매우 위험하다는 건 알아. 하지만 나한테는 남은 선택지가 없어. 아무튼, 네가 무조건 도와줄 거라고 했던 거 같은데?"

로라가 얼굴을 찌푸렸다.

"알았어, 도울게. 당연히 도와야지. 러브록은 평생토록 비열한 싸움만 해왔는데, 우리라고 비열하게 나오지 말란 법 있냐? 그런데 녹음은 어떻게 할 건데?"

"러브록이 날 토요일 저녁에 자기 집으로 초대했어. 뭐, 사실 내가 날 초대한 거나 다름없지만."

"부인은 어쩌고?"

"웨스트 컨트리에 있는 친정집에 간대. 러브록은 학교 사람들한테 자기는 주말 동안 집에 틀어박혀서 책 작업 마무리를 할 거라고, 그러니 찾아오거나, 전화하거나, 방해하는 건 절대 금지라고 말하고 다니느라 바빴지. 최고의 걸작을 완성하기 위해서 이틀간 눈부신 고립을 자초할 거라고 말했다나."

"잠깐만, 이번 토요일에 가는 거야? 그러니까, 내일이라고?"

"응." 세라가 브렌트 크로스 다층식 주차장에서 미하일에게 건

네반은 상자를 가져와 부엌 한쪽에 올려놓고 보닝 나이프로 갈라서 열었다. "그래서 준비할 시간이 많지 않아."

74

"이건 정말 좋지 않은 생각이다." 세라의 아버지 로저가 말했다. "너무 위험해."

"저도 같은 생각이에요." 로라가 말했다.

세라는 식탁 너머 두 사람을 차례로 바라보았다.

"위험한 부분이 있다는 건 나도 알아요." 세라가 차분하게 말했다, "하지만 이게 내 최선이기도 해요. 내가 생각해낼 수 있는 최선이라고요. 러브록의 집 안으로 들어갈 수 있는 건 이번이 처음이자 마지막일지도 몰라요. 이 기회를 **잡아야 해요.** 내가 잡을 수 있는 단한 번의 기회일지도 모르잖아요. 지금이 아니면 절대 못한다고요."

아버지가 앞으로 몸을 숙이는데, 암울한 표정이었다.

"왜 꼭 그자의 집이어야 하는 거냐?"

"집이 그 사람의 구역, 그의 왕국이니까요. 가장 경계를 풀 만한 장소죠."

"네가 그자의 손에 놀아나고 있는 것만 같다."

"봐봐, 나한테 더 좋은 생각이 있어." 로라가 말했다. "공공장소로 가는 거야. 공원이나 카페나 아니면 네 연구실도 좋고. 그럼 아저씨랑 내가 근처에서 대기하면서 혹시나 일이 잘못되기라도 하면 바로 뛰어들 준비를 하는 거지. 우리가 망할 몇 킬로미터 떨어진 곳이 아닌 몇 미터 내에 있을 수 있잖아."

"같은 생각이다." 로저가 고개를 끄덕였다.

"안 통할거야." 세라가 반박했다. "그러기엔 그 사람이 너무 똑똑해. 금방 알아차릴걸? 자기 근거지여야 해. 혀가 풀릴 만큼 술에 취해야 하고."

"하지만 얘야, **바로** 그것 때문에 네가 더 위험하다는 거다." 로저의 목소리가 높아졌다. "위험이 너무 커."

"위험은 불가피해요." 세라의 목소리는 담담했다. "아빠, 제가 할 수 있는 선택지를 알려주신 건 아빠잖아요. 이게 제가 선택한 방법이에요."

"난 아저씨랑 같은 생각이야." 로라가 말했다.

세라가 자기 앞 식탁 위로 팔짱을 꼈다.

"있지, 두 사람이 도와주지 않는다 해도 난 할 거야. 지원을 받으면 성공할 가능성이 더 크겠지만, 아무튼 난 혼자라도 할 거야. 장비도 다 있고, 필요하다면 단독으로 그걸 사용할 거야."

"너 혼자서 해낼 수는 없어."

"두고 봐."

아버지와 세라의 가장 친한 친구는 식탁 너머로 세라를 한참 바라보다가 서로 시선을 교환했다.

결국, 아버지가 고개를 끄덕였다.

"알겠다, 그럼. 우리에게 장비를 보여줘봐라."

***

"날쌘 갈색 여우가 게으른 개를 뛰어넘는다." 아버지가 세라에게 말했다.

"스페인의 평야에는 추적추적 비가 내린다." 세라가 답했다.

이번에는 좀 더 조용히, 아버지가 말했다. "일만 하고 놀지 않으면 바보가 된다."

세라가 잠시 멈췄다.

"약간 뒤로 기대서 다시 말해보세요."

아버지는 세라가 시키는 대로 하며 같은 문장을 반복했고, 둘은 서로를 바라보았다. 세라는 둘 사이에 놓인 탁자 위 자신의 휴대폰을 소파의 팔걸이 위로 옮겼다.

"한 번 더." 로라가 옆방에서 외쳤다. "세라 네 말은 잘 들리는데, 아저씨 목소리는 잘 안 들려."

아버지와 세라가 다시 대사를 읊었고 잠시 후 로라가 방에서 노트북을 들고 나왔다.

"휴대폰을 최대한 러브록한테 가까이 대야 할 것 같아. 주변에 소음이 있으면 특히나 더."

"그래서 다른 장비도 준비한 거야."

"응. 그거 말인데……."

로라는 젊은 러시아 남자가 제공한 노트북의 화면에서 창을 하나 더 불러왔다. 지금 세 사람이 있는 공간의 영상을 보여주는 창이었다. 로라가 되감기를 선택하자 화면이 뒤로 건너뛰면서 위아래로 휙휙 움직였다. 화면을 멈추자 보이는 것은 로저의 무릎과 탁자, 양탄자 일부가 다였다.

"이 작은 카메라는 많이 흔들려. 그다지 좋지 않아." 로라가 세라의 블라우스에 꽂힌 새 브로치를 찬찬히 살펴보았다. "이걸 좀 더 단단히 고정해야 할 거야. 안정감이 있게. 그리고 넌 되도록 가만히 있어야 해. 흔들림 없이 천천히. 안 그러면 화질이 엄청 구려져."

"로라, 난 움직일 수밖에 없을 거야. 조각상처럼 거기 가만히 앉아 있을 수는 없잖아."

"네가 덜 움직일수록 영상은 더 잘 나온다고."

"말이 쉽지."

"이상적으로는, 우린 브로치 카메라에서 영상을, 휴대폰으로는 음성을 따내고 그 둘을 맞춰서 무슨 일이 있었는지에 대한 하나의 완전한 기록을 남기려는 거잖아. 가방도 있긴 하지만, 내 생각에는 가방에만 기대서는 안 될 것 같단 말이야."

"그래도 녹음이랑 녹화 자체는 다 잘되지?"

"응. 음성이랑 영상은 무선으로 전송돼서 바로 여기에 담겨."

로라가 노트북을 툭툭 쳤다.

로저는 자리에서 일어나 부엌으로 향했다.

"물 좀 올려놓으마."

그가 자리를 뜨자, 로라가 한층 목소리를 낮추고 말했다. "우리

비상 암호도 만들어야 해."

"뭘 만든다고?"

"비상 상황을 알리는 신호로 네가 쓸 수 있는 암호 말이야. 러브록이 알아차리지 못하도록 대화 도중에 슬쩍 껴 넣을 말. 의심을 사지 않도록 거슬리지 않는 단어로 말이야."

"그 단계까지 간다면, 이미 너무 늦었을 텐데?"

"그래도 네가 위험해지면, 그러니까 도움이 필요하면 우리한테 알려줄 방법이 하나쯤은 있어야 해. 그래서 우리가 그 암호를 들으면, 아니면 네가 아저씨한테 문자를 하거나 하면, 계획을 전면 중단하고 우리가 널 거기서 빼내러 가는 거야."

"어쩔 셈인데, 문을 발로 차서 부수기라도 하겠다는 거야?"

"그럴 수도." 로라가 말했다. "아니면 경찰을 부르거나."

세라가 고개를 흔들었다.

"안 돼. 경찰은 안 돼."

"아예 경찰을 배제할 수는 없어. 상황이 잘못되면, 그 자식이 폭력을 쓰거나 하면 어쩌려고?"

"그건 내가 걱정할 일이야."

"개소리 마!" 로라가 두 손을 들었다. "그건 그냥 개소리야, 네가 더 잘 알잖아."

"경찰은 안 돼." 세라가 반복했다.

"왜?"

"알잖아."

로라는 치미는 짜증을 감출 수가 없었다.

"네 계획 말이야, 그러다가 돌아올 수 없는 강을 건널 수도 있어. 그러니까, 그 자식이 눈치라도 채면, 심각하게 잘못될 수도 있다고."

"그건 우리가 이미 다 알고 있는 사실 같은데," 세라가 나지막이 말했다.

"내 말은, 돌이킬 수 없이 잘못될 수 있다는 거야, 젠장. 너도 알고 있잖아, 안 그래?"

세라는 바닥만 보았다.

"그래. 나도 알아."

로라가 목소리를 낮추었다.

"널 강간하려 할지도 모른다고. 무슨 짓을 할지 몰라."

"하지만 러브록과 정면으로 부딪쳐야 해."

"또, 정말 나쁜 일이 벌어지면, 상황이 잘못되면, 애초에 네가 왜 그 집에 갔는지 설명하기란 아주 어려운 일이 될 거야. 그것도 토요일 저녁에, 러브록의 부인이 자리를 비웠을 때 말이야. 지금 내가 무슨 말을 하는 건지 알지, 그렇지?"

"알아."

"이게 얼마나 위험한 일인지 아는 거지?"

세라는 또다시 고개를 끄덕였지만 아무 말도 할 수 없었다. 계획을 떠올린 후로 다른 생각은 거의 하지 못했다.

"빌어먹을. 이리 와."

로라는 친구를 안아주었다. 두 사람은 그렇게 거실 한 가운데에 서서 아무 말도 하지 않았다. 서로가 서로를, 그리고 스스로를 위로하려 애쓰면서.

"미안해." 로라가 결국 입을 열었다. "하지만 난 네가 그 개자식의 집으로 간다는 생각이 마음에 안 들어. 널 도와줄 사람도 없이 혼자서 간다는 게 말이야. 그러니 세 번째로 물을게. 이 미친 계획을 꼭 실행해야겠어? 정말 완전히 미친 계획이야."

세라가 다시 로라를 껴안았다.

"나도 알아, 하지만 그게 내가 기대는 점이야. 미친 짓이 아니라면, 러브록이 금방 알아챌 테니."

"가끔 보면 네가 나보다 더 황소고집이라니까."

"그럴 리가."

"그래도 비상 암호는 만들어놓아야 해. 평범한 대화에서는 쓰지 않을 만한, 좀 특이한 걸로 해야 하는데. 우리가 들으면 그게 신호라는 걸 알 수 있게 말이야."

"예를 들면?"

싸구려 선불 전화 두 대가 들어왔다. 세라가 로라와 아버지에게 각각 사준 것이었다. 둘 다 탁자 위에서 충전되고 있었다.

"휴대폰에 관련된 거로 하면 어때? 네가 전화를 걸고 싶은데 그럴 수 없는 상황이라는 걸 알 테니까. '최신형 휴대폰' 같은 거?"

로저는 김이 모락모락 나는 머그잔 세 개를 들고 돌아왔다.

"아주 좋은데?" 세라가 말했다. "내가 그 말을 하면 어떻게 되는 거야?"

로저가 얼굴을 찌푸렸다. "우리가 네가 위험하다는 신호를 들으면, 내가 곧장 그 집으로 가서 그놈이 나올 때까지 문을 부서져라 두드리는 거지. 난 근처 술집 주차장에서 기다리고 있을 거니까. 거기서 2분이면 그놈 집에 도착할 수 있다."

로라가 한 손을 들었다.

"잠깐만요, 세라가 비상 암호를 말할 경우, 우리의 구조 계획은 아저씨가 문을 두드리는 거라고요? 러브록이 그냥 무시해버리면요?"

"더 좋은 생각이라도 있는 게냐?"

"큰 망치를 하나 가져가세요. 문을 부숴버려요."

세라가 고개를 저었다.

"단단한 참나무로 만들었어. 5센티미터 두께야. 아무도 현관을 때려 부술 수는 없을걸."

"알겠어." 로라가 말했다. "그런데 우리가 들어가서 널 데려올 수 없다면, 비상 암호를 말하는 게 무슨 소용이야?"

"그냥 상황이 거기까지는 가지 않길 바라야지. 계획대로 가자. 넌 정확히 8시 10분에 내 휴대폰으로 전화를 거는 거야. 해리가 계단에서 굴러서 병원으로 가는 구급차 안이라고. 우리 아빠가 날 데리러 오는 길이라고."

"왜 8시 10분이랬지?"

"타이밍이 중요해. 난 7시 30분에 도착할 건데, 필요한 걸 얻는데 40분은 걸릴 거야."

"40분은 많은 게 잘못되기 충분한 시간이라고, 젠장."

"나도 알아. 그러니까 내가 언제라도 '최신형 휴대폰'을 말하면, 넌 바로 내게 전화를 걸어서 해리와 구급차에 대한 장광설을 늘어놔, 바로 그 순간 계획을 중단하는 거야."

"네가 전화를 못 받으면?"

"걱정 마. 내내 손 닿는 곳에 둘 테니."

75

세 사람이 식탁에 앉았다. 정해진 약속 시간까지 한 시간을 남겨둔 지금, 모든 것이 준비되었다. 로라 앞에 놓인 노트북은 실황 영상과 오디오 피드를 화면에 보여주고 있었고, 휴대폰이 USB로 연결되어 모든 것을 녹음할 준비를 하고 있었다. 코트를 입고 신발을 신고 손에는 자동차 열쇠를 쥔 아버지는, 아버지 모습 그대로였다. 60대 중반의 온화한 은퇴자. 세라는 말쑥한 재킷에 블라우스와 긴 치마를 입었는데, 몇 달간 벽장에서 꺼내지 않았던 옷이었다. 전에는 딱 알맞게 맞았던 재킷은 이제 여분의 공간이 생긴 듯했다. 몇 주간 계속 거의 먹지 못한 결과라고, 세라는 생각했다. 재킷의 한쪽, 세라의 가슴 위로는 새로이 크리스털 브로치가 달려 있었다.

"예쁘다, 너." 로라가 친구의 손을 잡았다.

"고마워."

"나도 너랑 같이 가면 좋을 텐데. 하지만 네가 허락하지 않을 테니, 그냥 가방에 넣어 갈 걸 하나 더 준비했어. 일종의 보험으로."

"난 괜찮을 거야."

"괜찮다는 건 개소리고." 로라는 주머니에 손을 넣어 검은 플라스틱으로 된 얇은 직사각형의 무언가를 꺼내더니, 한쪽 끝에 있는 버튼을 눌렀다. 철커덕, 소리와 함께 위험해 보이는 10센티미터 길이의 칼날이 튀어나와 자리를 잡았다.

"어머나." 세라가 나직이 외쳤다. "플릭 나이프?"

"원래 우리 오빠 거였는데, 어릴 때 내가 슬쩍했지. 그때부터 계속 갖고 있었어."

"이거 불법 아니야?"

로라가 눈썹을 추켜세웠다.

"우린 이미 그 선을 살짝 넘은 거 같은데, 안 그러냐?"

로라는 날을 다시 손잡이 안으로 집어넣고는 가방에 살짝 던지듯 넣었다.

"고마워." 세라가 말했다. "둘 다 선불 전화는 켜둔 거지?"

로라와 로저가 싸구려 선불 전화기를 들어 보였다.

"이게 왜 필요한 거라고?" 로라가 물었다.

"만약 이 모든 게 잘못되면, 아빠와 너는 이 일에 관여하지 않았고 이 일과 아무 상관도 없다고 주장할 수 있을 테니까. 내 말을 반박할 휴대폰 기록도 없을 거야. 혹시 몰라서 선불 전화 두 대의 번호를 가지고 있는 거지만, 일이 어떻게 되든 내일이면 이 전화기 두 대는 템스강으로 가는 거야. 다시는 눈에 띄지 않는 거지."

"일이 잘못된다는 생각 자체가 싫어."

"로라, 잘될 거야."

로라는 고개를 끄덕이며 억지 미소를 지어 보였다.

"좋아." 세라가 말했다. "그럼, 우리 모두 준비가 다 된 거죠? 각자 해야 할 일을 숙지한 거죠?"

"넌 준비가 된 거냐?" 아버지가 말했다.

"잘 모르겠어요. 하지만 확실히 준비될 때까지 기다린다면 절대 어디로도 가지 못할 거예요, 그렇죠?"

"확신은? 확신은 틀림없는 게냐? 이 일을 원하는 게 맞아?"

세라가 자리에서 일어섰다.

"네, 전 확신해요." 가방을 집어 들었다. "이제 가볼까요?"

76

세라는 러브록의 침실 여섯 개짜리 저택의 진입로를 조심조심 걸어갔다. 으드득, 자갈을 밟는 구두 소리만이 들려왔다. 야윈 몸에 헐렁한 재킷이 새삼 감사했다. 블라우스 밑으로 감춘 물건들이 잘 티가 나지 않았으니까. 머리는 올려서 핀으로 고정했고, 왼손에는 새로 산 가방을 들고 있었다. 평상시에 메던 가방보다는 살짝 더 크고 차림과도 잘 맞지 않았지만, 앨런 러브록 같은 남자가 이상한 낌새를 챌 것이라고는 생각하지 않았다.

세라가 접근하자 보안등이 딸깍, 켜지면서 진입로 위쪽이 밝은 할로겐 빛에 휩싸였다. 저편에 보이는 집은 거대한 그림자 덩어리였고, 차가운 11월 밤을 배경으로 서서히 모습을 드러냈다. 집에 보이는 빛이라고는 기다란 내닫이창 중 하나에서 희미하게 타오르는 것이 유일했다. 그 외에는 모두 캄캄했다.

몇 주 사이에 이곳에 온 게 벌써 두 번째였다. 처음, 러브록의 연례 자선기금 모금 파티에서, 담소와 음악으로 시끌벅적하던 이 집에서 세라는 그의 초대가 그녀의 자리와 앞으로의 경력에 대한 좋은 소식을 알리는 서곡이길 바랐다. **우리는 어쩌나 스스로 착각에 잘 빠지는지.** 세라는 현관으로 향하며 생각했다. 그래도 감사한 것이 하나는 있었다. 파티에서 질리언 아널드를 만난 것. 자신과 공통점이 아주 많았던 여자.

오늘 밤은 다를 것이다. 이번에는, 집이 손님으로 가득하지 않을 것이다. 다수에 묻혀 안전을 찾을 수가 없다. 그의 행동을 저지할 목격자도 없다. 조수석의 동료도 없다. 사실 세라는 자신이 너무도 완벽하게 규칙을 어겨서, 아직 존재하지도 않는 새로운 규칙조차 이미 깨버렸을지도 모른다고 생각했다. 닫힌 문 뒤로, 그의 홈그라운드에서, 세라는 당연히 취해 있을 러브록과 단둘만 남게 될 것이다. 세라가 곧 하려는 일을 마리가 알았더라면, 그녀는 빌고 애원했을 것이다. 제발 그만두라고. 물론 두 사람은 이제 서로 말도 하지 않는 사이가 되었지만.

어쨌든 마리는 모른다. 그래야만 했다.

세라가 고개를 들어서 현관문 위에 눈에 잘 띄지 않도록 덮개로 싸인 작은 CCTV를 보았다. 어둠 속 담쟁이덩굴 사이로 작고 빨간 불빛이 깜빡이지 않고 있었는데, 이는 카메라가 작동 중이며 진입로에 등장한 모든 사람을 찍고 있다는 의미였다. **일생일대의 연기가 되어야 해.** 다시 한 번 마음을 다잡았다.

문으로 이어지는 넓은 계단을 오르는 동안, 반질반질한 판석 위로 구두 굽이 또각댔다. 문의 양옆으로는 로마 양식의 기둥이 배치

되어 있었다. 세라가 한 손을 들어 초인종의 황동 버튼을…….

그러다 멈췄다. 문 앞의 넓은 깔개 위에 서서, 손가락은 초인종과 몇 센티미터를 사이에 두고 멈춰 있었다. 2초, 5초. 그리고 10초.

돌아설 수 있는 마지막 기회야. 사자 굴에 제 발로 기어 들어갈 필요는 없잖아. 그냥 여기서 가버리면 돼. 러브록이 뭘 더 최악으로 할 수 있겠어?

마지막 기회야.

세라는 조용히 기도를 올리고 초인종을 눌렀다.

77

러브록이 천천히 미소를 지으며 세라를 맞이했고, 거실로 안내하더니 소파를 가리켰다. 흰색 셔츠의 풀어 헤친 목에는 크라바트(남성들이 넥타이처럼 목에 걸어 매는 사각형 천―옮긴이)를 끼워 넣었고, 밤색 코듀로이 바지를 입고 있었는데 벨트 버클에 배가 꽉 죄였다. 이제 겨우 7시 30분이지만, 두 뺨은 이미 술기운이 올라 혈관이 붉게 확장되어 있었다. 거대한 벽난로에는 장작이 탁탁, 소리를 내며 불이 활활 타오르고 있었다. 참나무 대들보로 떠받친 천장의 스피커에서는 재즈의 불협화음이 들릴듯 말듯 낮게 흘러나오고 있었다. 캄캄한 11월 밤에 드리운 두꺼운 커튼으로, 저택은 외부 세계와 완벽히 단절된 공간처럼 느껴졌다.

세라는 살면서 이토록 철저히 혼자라고 느낀 적이 없었다. 침착하자고 스스로 되뇌며, 천천히 숨을 들이쉬고 내쉬면서 마구 뛰는 심장을 가라앉히려 했다.

러브록은 만족스러운 듯 세라를 위아래로 훑어보았다.

"진토닉, 맞지?"

"네, 주세요."

그가 커다란 주류 보관함 앞에서 분주하게 움직이더니 이내 세라에게 큼지막한 컷글라스 잔을 건넸다. 잔은 거의 넘칠 정도로 가득 차 있었다.

"감사해요."

세라는 가죽 소파에 앉아 구두는 두꺼운 크림 빛 양탄자에 파묻힌 채로, 조심스레 휴대폰을 탁자 위 자신의 잔과 러브록의 커다란 위스키 잔 사이에 두었다. 그 옆으로는 가방도 올려두었다. 가방 바닥이 평평해서 탁자 위에 똑바로 서 있을 수 있었고, 세라는 가방의 한쪽 끝이 그녀의 맞은편 가죽 안락의자를 바로 향하도록 줄을 잘 맞추었다. 러브록이 우선 그쪽에 앉은 다음, 머지않아 세라 옆으로 자리를 옮길 것이라는 가정에 패를 걸고 있었다. 당연히 러브록은 그럴 것이다.

"결국. 이렇게 됐네요." 세라가 말했다.

러브록은 자신의 잔을 가져가서, 세라의 예상대로 가죽 안락의자에 앉아 다리를 꼬았다.

"그렇지."

"우리 둘뿐인 거죠?"

"말했다시피, 캐럴라인은 친정에 가고 없고 요리사도 보내버렸네." 그는 의자 뒤로 한쪽 팔을 걸쳤다. "그러니 우리 둘뿐이지."

세라는 탁자 위 가방 위치를 조정하고 싶은 충동과 싸웠다. 카메

436

라의 관측 시야가 어떻게 되지? 60도인가? 미하일이 뭐라고 했는지 기억나지 않았지만, 너무 티가 날까 봐 감히 가방에 손을 대지도 못했다.

"지난번 왔을 때보다 확실히 더 조용하긴 하네요."

"파티 말인가? 맞아. 파티 끝이 불청객 하나로 다소 더럽혀진 게 유감일 따름이지."

그가 말을 멈추고는 마치 기도라도 하듯 두 손바닥을 마주 댔다. "세라, 내가 먼저 하나만 말하겠네."

세라가 앉은 자리에서 몸을 조금 움직였다.

"네."

"내 행동에 대해 사과하고 싶어."

세라가 전혀 예상하지 못한 말이었다. 그가 누군가에게, 어떤 이유로든 사과하는 것은 들어본 적이 없었다.

"사과요?"

"일전에, 내가 좀…… 자제력을 잃었네."

또 그럴듯하게 돌려 말하네, 세라는 생각했다.

"상관없습니다." 세라가 말했다.

"아니, 상관있어. 난 자네가 오해하지 않는다는 걸 확실히 하고 싶네."

"전 괜찮아요, 앨런."

"정말인가?"

"네."

"훌륭해." 그가 미소를 지으며 커다란 안락의자 뒤로 몸을 기댔다. "자, 우리 아가씨. 우리 무슨 이야기를 해볼까나?"

29초

세라가 술을 한 모금 홀짝였다. 진이 너무 많이 들어 있어서 토닉이나 레몬 맛은 거의 느껴지지 않았다. 여기에 다른 것도 들어 있는 건가? 진에 감춰진 다른 무언가?

"원하시는 건 뭐든지요, 앨런."

"보스턴 여행은 어떤가? 갈 수 있을 것 같나?"

"사실, 생각해봤는데요, 제 결정은……."

초인종이 울렸다. 두 가지 음이 섞인 종소리가 널찍한 현관에 울려 퍼졌다.

세라는 얼어붙었고, 얼굴에는 공포가 역력히 드러났다.

"누구죠?" 세라가 낮게 속삭였다. "이번 주말은 글 작업을 이유로 누구도 방해하지 말라 해두신 걸로 알았는데요?"

러브록이 진정하라는 뜻으로 손을 들어 보였다.

"걱정 말게, 저게 누구든 없애버릴 테니."

세라가 자신의 입을 막았다.

"어떡해, 닉이면 어쩌죠?"

"자네가 여기 있다는 걸 알고 있나?"

"아니요. 적어도…… 그건 아닐 것 같아요."

러브록이 천천히 미소를 지었다.

"듣던 중 반가운 소리군." 그는 술잔을 유리를 씌운 낮은 탁자에 내려놓고 일어섰다. "거기 그대로 있게. 저게 누구든, 내가 없애버릴 테니."

그가 현관으로 나갔다. 세라는 심장이 몇 번 뛰는 사이에 현관문이 열리고 짧게 말이 오간 다음 문이 다시 쾅 닫히는 소리를 들었다. 금속성의 **철컥**, 문이 잠기는 소리가 이어졌고 현관 걸쇠도 걸렸다. 잠시 뒤, 러브록이 신발 상자 크기의 소포를 들고 나타났다. 그는 상자를 사이드 탁자에 던져놓고, 전에 앉았던 안락의자는 무시한 채 세라 옆으로 와서 앉았다.

"걱정 말게. 자네 남편이 감시하러 온 게 아니야. 택배였어."

세라는 몸을 뒤로 기대어, 다리를 꼬고 무릎 위 긴 치마의 주름을 폈다. 한쪽 발이 초조하게 바닥을 툭툭 치고 있었다.

"중요한 건가요?"

"또 캐럴라인이 주문한 거겠지. 솔직히 말하면, 인터넷 쇼핑이 생기기 전에는 이 여자가 어떻게 시간을 때웠을지 감도 안 잡힌다네." 그가 다시 위스키 잔을 집어 들었다. "아무튼, 자네 남편은 자네가 어디에 있는 걸로 알고 있나?"

"그 사람은 잘……. 우린 지금 잠시 떨어져서 시간을 갖는 중이에요."

러브록이 미소를 지으며 작고 누런 이를 드러냈다.

"그런가? 잠시 휴식을 취하는 거로군?"

"뭐, 그런 거죠."

"그게 현명한 건지도 모르지."

세라는 손에 쥔 잔을 뚫어져라 보면서, 이 남자에게 개인사를 말하고 있다는 극도의 불편함에 맞서 마음을 단단히 먹었다. 지금은 다 털어놓으며 틈을 보여야 했다. 그래서 때가 되면, 그도 똑같이 할 수 있도록.

"남편이 또 떠났어요." 세라가 말했다. "다른 사람의 집에 있죠. 자기 자신을 찾고 싶다나요? 그게 도대체 무슨 말인지 모르겠지만."

"여자?"

"네?"

"여자와 함께 있는 건가?"

"네, 작년에 어떤 오디션 자리에서 만났대요."

"유감이군." 별 진심이 담기지 않은 말이었다. "자네 혼자서 외로울 거야."

"힘들어요. 애들이랑 그 외에 모든 게 말이죠. 하지만 우리 둘 다 생각을 해보는 시간이니, 몇 가지는 해결할 수 있겠죠. 다음은 어떻게 할지 생각할 수 있겠죠."

"다음은 어떻게 했으면 좋겠나?"

세라가 술을 한 모금 더 홀짝였고, 혀에 닿은 진은 날카로웠다. 수조 위 시계를 흘끗 보았다. 7시 42분. 남은 시간은 28분.

미끼를 던져. 지금이야.

"제가 해야 할 일을 할 준비가 된 것 같아요." 체념이 담긴 무거운 목소리였다. "당신과 보스턴에 가고 싶어요. 단둘이서."

78

"하!" 그가 손뼉을 쳤다. "결국 나와 함께 가기로 결정했군. 훌륭해."

"애솔 샌더스 사람들을 만나보고 싶어요. 당신이 이번 연구비를 따낼 수 있도록 돕고 프로젝트에 함께하고 싶어요."

"드디어 생각을 바꾼 거로군. 난 자네가 종국에는 그럴 거란 걸 알고 있었지! 세라, 마음에 드네. 아주 흡족해."

"이제 상황을 이해합니다. 말씀드렸다시피, 해야 할 일을 할 준비가 되었어요."

"흐름에 맡긴다?"

"네."

그는 지금껏 세라가 본 중 가장 환한 미소를 지었다. 승리감에 도취되어 크게 벌린 입을 일그러뜨리는 미소였다. 세라는 떨리는 몸

29초   441

에 힘을 잔뜩 주었다.

"바로 그거라네." 그가 말했다.

세라는 마른침을 삼키며 적당한 말을 찾았다.

"애솔 샌더스의 자금 담당자를 만나고 인맥을 쌓으면 제 경력에 좋을 거라고 말씀하셨죠."

그가 세라에게 더 가까이 다가왔고 긴 팔 하나를 소파 뒤로 늘어뜨렸다.

"물론이지. 그 뿐만 아니라 우린 아주 즐거운 시간을 보내게 될 거야, 자네와 나 말일세. 월요일 아침에 제일 먼저 조셀린에게 얘기해둬야겠군. 자네 항공권을 예매하고 호텔 예약도 수정하라고 말이야. 자네 방은 내 바로 옆방으로 하면 되겠지?"

세라는 마치 자동조종장치가 달린 듯 고개를 끄덕이는 자신을 느꼈다.

"전 보스턴은 전혀 몰라요."

"아, 굉장히 멋진 도시지." 그가 몸을 앞으로 숙였다. "내가 직접 가이드를 해주는 것도 즐거울 거 같군."

"좋아요."

세라를 찬찬히 살피는 그의 얼굴은 어마어마하게 만족스러운 표정을 담고 있었다. 그가 다시 손뼉을 쳤다.

"세라, 자네가 내 생각을 따라줘서 아주 기쁘네. 멋진 여행이 될 걸세." 그가 잔을 세라의 잔에 쨍, 하고 부딪쳤다. "건배."

"건배." 세라가 답례로 말했다.

이제 거래를 매듭지어. 필요한 걸 얻어내.

"얼른 보스턴에 가고 싶네요." 세라가 술을 한 모금 더 살짝 마셨다. 움찔할 만큼 강렬했다.

"아, 자네도 그 도시에 푹 빠지고 말 거야. 2월에는 시카고에서 학회가 하나 있는데, 그때도 오도록 해. 아주 매력적인 미국 학계 사람들을 소개시켜줄 수 있네. 시카고에는 가봤나?"

"전 미국 자체를 못 가봤어요, 앨런. 기회가 없었죠."

"음." 그가 잔을 들어 다시 세라와 건배했다. "이제 자주 가게 될 걸세."

그가 계속 말을 하게 만들어.

"날짜는 언제인가요?"

"4주 뒤. 영국항공. 물론 비즈니스 클래스이고. 조셀린이 자네한 테 모든 세부사항을 보내놓도록 해두겠네. 1월의 보스턴은 특별해. 내 장담하지."

"보스턴 공부를 좀 해둬야겠네요."

"아, 그건 걱정 말게나." 그가 머리를 조아리는 체했다. "내 기꺼 이 가이드가 되어드릴 테니. 볼 만한 건 다 보여주지."

세라가 다시 잔을 입으로 가져가서 한 모금 홀짝였다.

"앨런, 우리 약속 조건에 대해 묻고 싶어요."

그의 입가에서 미소가 옅어졌다.

"조건? 무슨 말인가?"

무슨 말인지는 당신이 더 잘 알잖아, 세라는 며칠 전 그가 했던 말을 떠올렸다.

매주, 일주일에 한 번, 넌 내 연구실로 오는 거야. 우린 문을 잠근 뒤, 난 의자에 앉아 등을 기대고 넌 무릎을 꿇은 채 일을 시작하는 거지. 또는 네가 바로 눕거나, 엎드리거나. 셋 다도 좋고.

"그러니까, 오늘 밤 이후에 어떻게 되는 건지요?" 세라가 신중히 말을 골랐다. "매주 만나자는 말을 하셨잖아요? 학과에 있을 변화에 대한 얘기와 함께 말이에요."

"천천히 좀, 세라. 무슨 말인지 당최 따라갈 수가 없네."

세라는 그를 마주 보도록 몸을 틀어서 그를 향해 조금 더 가까이 몸을 기울였다.

계속해, 말하라고.

"학과 내 구조조정 말이에요. 자리를 잃게 될 사람이 있을 거라고, 제 이름이 그 명단 상위에 올랐다고 말씀하셨어요."

이제 러브록은 너무 가까이에 있어서, 그의 숨이 불쾌하고 싸한 위스키 냄새를 전해왔다.

"앞으로 힘든 결정이 여럿 있긴 할 걸세. 그건 사실이네."

"제 자리가 위태롭다고 하셨잖아요."

"그것도 사실이네. 다른 사람들도 마찬가지고."

"하지만 제가 잘리지 않기 위해 할 수 있는 일이 하나 있었죠." 흉터 난 남자에 대한 그들의 대화가 세라의 뇌리에서 떠나지 않았다. "그리고 당신이 아는 무언가를 경찰에게 알리지 않도록 하기 위해서도요."

그가 남은 위스키를 단숨에 벌컥 들이켜고는 또다시 잔을 채우려 주류 보관함으로 갔다. 세라는 그를 가만히 지켜보았다. 똑같이 생긴 유리병에서 각각 위스키 조금과 물 조금을 따랐다. 그는 소파로 돌아와, 흰색 리넨 셔츠의 두 번째 단추를 풀었다.

"이런 얘기는 지금 할 필요가 없지 않나? 그 얘기는…… 나중에 하는 게 어떤가? 추후에?"

"괜찮으시다면, 지금 얘기하고 싶은데요."

그의 얼굴에 분노의 빛이 살짝 스쳤고, 세라는 그가 또 거부할 것이라고 생각했다. 하지만 그 순간, 그의 찌푸린 미간이 펴졌다.

"물론이지, 왜 안 괜찮겠나." 그가 소파에 파고들면서 세라 쪽으로 다리를 꼬았고, 이제 두 사람의 다리는 거의 닿을 듯 가까이 있었다. "알고 싶은 게 뭔가?"

79

"제 자리가 안전할지 알고 싶어요." 세라가 말했다.

"우리 자리 중에 진정으로 안전한 자리가 있긴 한가?"

"제 말이 무슨 뜻인지 아시잖아요, 앨런. 연구실에서 저한테 말씀하셨어요, 아주 분명히 하셨다고요."

"분명한 건 좋은 거지, 안 그런가? 문제가 분명해지면, 우리의 걱정도 멈춘다."

"네?"

"프리드리히 니체."

"우리가 이 새로운 약속을 시작하게 되면, 제가 구조조정에서 정리 해고 당하지 않게 해주시겠다고 한 걸, 우리가 섹스를 하면 위협은 사라진다고 했던 걸 똑똑히 기억해요."

"배고픈가?" 그가 불쑥 말했다.

"뭐라고요?"

"육즙이 풍부한 립 아이 스테이크도 있고, 기가 막힌 1991년산 샤토 무통 로칠드도 한 병 따놓았네. 배고프면 말만 하라고."

딴 길로 새지 않도록 해야 해.

세라는 그가 입을 열기를, 며칠 전 자신에게 했던 말을 그대로 반복해주기를 바랐다. 벽시계는 7시 51분을 가리키고 있다. 로라가 전화해서 미리 준비한 말을 하기까지, 탈출 신호를 보내기까지 19분밖에 남지 않았다.

"먼저 우리 사이 일을 분명히 하고 싶어요. 저한테 말한 대로 오늘 밤 우리가 새로운 관계를 시작하게 되면, 그다음은 뭐죠?"

세라는 기획처장인 피터 모런과 학장, 인사처장과 회의실에 둘러앉아 이들에게 지금 대화의 녹음을 들려주는 자신의 모습을 그려보았다. 대화의 의미를 알게 되었을 때 짓게 될 이들의 표정도. 처음에는 불신하다가, 부정하겠지. 그러다가 공황 상태에 빠질 거야. 그 표정은, 그 순간은 세라가 지난 2년 동안 겪어야 했던 악몽을 어느 정도 상쇄해줄지도 모른다.

러브록은 뒤로 몸을 기대며 한 손을 벗겨진 정수리 위로 천천히 가져갔다.

"피로 서명이라도 하라는 건가?"

"우리가 서로 이해하는 바가 같은지 알고 싶을 뿐입니다. 직접 말씀해주셨으면 해요."

"정확히 뭘 말하라는 거지?"

"제가 약속에 동의하면 자리를 지킬 수 있다는 걸요. 당신과 자겠다고 동의한다면."

29초   447

말해. 한 번이면, 그거면 돼.

그가 미소를 지었다. 길고 게으르게 올라가는 입꼬리가 눈까지는 닿지 않았다.

"그나저나, 오늘 자네 의상이 마음에 드는군."

그의 방향 전환에 세라가 잠시 휩쓸렸다.

"감사해요."

"머리 모양이랑 화장도 마음에 들어. 자네가 이렇게 멋 부린 걸 본 적이 있던가?"

세라는 억지로 웃어 보였다.

"그냥 노력을 좀 해봤어요. 제 의지를 보여드리려고요."

"그런데 세라, 딱 한 가지 문제가 있네."

세라는 자리에서 불편하게 몸을 뒤척였다.

"문제라뇨?"

"유감스럽게도 그렇다네."

세라는 두려움에 속이 얼얼한 기분이었다.

갑자기 러브록이 자리에서 일어나 현관으로 나갔다. 잠깐 침묵이 흐른 뒤, 세라는 턱 하고 문을 잠그는 둔탁한 금속성 소리를 들었다. 이어지는 또 한 번의 소리.

현관문. 빗장을 채우고 있어.

그는 거실로 돌아와 열쇠 꾸러미를 주머니에 넣었다. 거실 문을 닫은 뒤 다시 소파의 세라 옆자리에 앉았다.

"한결 낫군."

세라는 심장이 흉곽을 치며 쿵쿵대는 것을 느낄 수 있었다.

넌 이제 갇힌 거야.

"무슨 일이에요, 앨런?"

그의 탐욕스런 눈이 세라를 훑었다.

"세라, 들어보게. 화장이며 머리며, 의상에 구두, 향수까지, 아주 훌륭한 시도였네. 아주 사랑스러워." 그가 잠시 더 세라를 응시했다. "딱 하나, 문제는 말이야, 내가 자네를 믿지 않는다는 거야."

80

세라가 그를 빤히 쳐다보았다.

"무슨 말씀이신지."

"간단하지, 정말." 그가 세라의 블라우스를 가리켰다가 손을 아래로 훑었다. "난 네가 이런 좋은 옷을 입고 가장 예쁜 구두를 신고 가장 비싼 향수를 뿌리고, 잔뜩 치장한 채로 여기 올 사람이라고는 생각하지 않아. 직전에 못 오겠다고, 애새끼 중 하나가 코감기에 걸렸다느니 뭐 그런 변명을 대면서 취소할 거라고 확신했지. 난 네가 올 거라고 믿지 않았어. 특히나 이런 모습으로 올 거라고는 생각도 못했지."

"우리가 동의한 일이잖아요."

그가 고개를 저었다.

"아니, 넌 너무 쉽게 굴복했어. **지나치게 쉽게 말이야.** 넌 내심,

마음 가장 깊은 곳에서는, 네가 모든 것 위에 있다고 생각하지. 넌 네가 너무 선하고, 너무 고결해서 이런 일은 할 수 없다고 생각하는 거야."

세라는 공포감에 가슴속이 마구 요동치는 기분이었다. 머릿속에서는 로라가 했던 경고의 말이 메아리쳤다. 이 계획을 그 자식이 눈치라도 채면, 심각하게 잘못될 수도 있다고. 돌이킬 수 없이 잘못될 수 있다는 거야, 젠장.

벽시계가 7시 53분을 가리키고 있었다. 세라가 이곳에 온 지 23분이 지났고, 로라의 구조 전화가 오려면 아직 17분이 더 지나야 했다.

17분은 너무 길어. 지나치게 길어.

"너무 선해서 뭘 못한다고요, 앨런? 무슨 말씀이신지 잘 모르겠어요."

"진실은, 우리 모두가 희생을 해야 한다는 거야. 우리는 모두 죄인이야, 세라. 우리 모두가. 말로도 말했지. '자신이 죄가 없다고 말한다면, 스스로를 속이는 일이니.'라고."

"오해예요. 당신은……."

그가 입술에 손가락을 댔다.

"쉿."

여기서 나가. 지금 비상 암호를 말해. 그냥 나가.

세라가 입을 열어 말을 하려는데, 그가 탁자 위 검은 리모컨을 낚아채서 버튼 하나를 눌렀다. 천장 스피커에서 흘러나오던 재즈 음악이 점점 커지면서, 거의 귀가 먹을 정도로 강한 트럼펫과 색소폰의 맹공격이 이어졌다.

29초

"뭐 하는 거예요?" 소음 때문에 세라는 자신의 목소리조차 잘 들을 수 없었다.

그가 탁자 위 세라의 휴대폰을 잡아채고 화면을 켠 다음 세라 옆 소파 자리에 몸을 더 깊이 파묻었다. 세라의 오른손을 잡아 엄지를 움켜쥐고 소니 엑스페리아의 홈 버튼에 갖다 댔다. 지문이 인식되자 휴대폰 잠금이 해제되었다. 세라가 그에게서 휴대폰을 빼앗으려 했지만, 그는 세라의 손을 밀치고 화면을 유심히 살폈다. 찾던 것을 발견하자, 세라에게 보여주었다.

실행 중이던 녹음 앱의 화면 속 디지털 숫자가 25분이 경과했음을 보여주고 있었다. 그가 **종료** 버튼을 누르자 숫자도 멈췄다. 그가 세라에게 다가와 귀에 대고 외쳤다.

"녹음해서 뭘 하려던 계획이었나?"

세라의 심장이 흉곽에 너무 세게 부딪치고 있었고, 세라는 겨우 입을 뗐다.

"아무것도요."

"어쨌든 쓸 만한 건 없겠군." 그가 음악 소리보다 더 큰 소리로 외쳤다.

세라는 고개만 저었다.

그는 앱의 파일 관리로 들어가서 둘의 대화 녹음을 삭제했다.

"상관없어. 이제 없으니."

그는 휴대폰을 끄고 열대어가 노닐고 있는 수조로 다가가서 그 위로 휴대폰을 들어 보였다.

"앨런, 안 돼요!" 비상 암호를 다시 떠올리며, 세라가 소리쳤다. "그건 내 최신형 휴대폰이라고요!"

그가 어깨를 으쓱하더니 수조 속에 휴대폰을 떨어뜨렸다.

"저런." 그의 말과 함께 세라의 휴대폰이 빠르게 바닥으로 가라앉았다.

이렇게 시끄러운데 로라가 알아들을 수 있었을까? 그럴 것 같지는 않아.

러브록은 탁자로 돌아와 세라의 가방을 집어 들고 안을 뒤져서 내용물을 확인하고 안감도 만져보았다. 플릭 나이프를 유심히 보더니 바지 주머니에 넣었고, 다시 관심을 가방으로 돌려서 한쪽 끝에 달린 금속 장식처럼 보이는 것을 여러 각도에서 보며 면밀히 살폈다. 그러더니 눈썹을 추켜세우고 천천히 고개를 끄덕였다.

그는 가방과 그 안의 내용물을 함께 수조에 빠뜨린 뒤 다시 세라 옆으로 와서 앉았다.

"저런 작은 몰래 카메라는 참 놀라워, 안 그런가? 찾으려고 작정하지 않으면 사실상 안 보이지. 이제 날 들을 수도 볼 수도 없겠군, 그렇지? 네 친구들 말이야? 네 말도 안 들릴 텐데."

카메라 한 대가 남았다. 이 일을 해낼 마지막 단 하나의 기회.

"앨런, 제발." 세라가 내리꽂히고 요동치는 재즈 음악의 불협화음 사이로 소리쳤다. "얘기 좀 해요."

"일어나."

"왜죠?"

"그냥 시키는 대로 해."

세라는 자리에서 일어나 그에게서 한 발 뒤로 물러났다.

그는 머리를 한쪽으로 기울이며 세라를 찬찬히 살폈다. 이마에는 땀방울이 맺혀 있었다.

"한 바퀴 돌아. 천천히."

세라는 시키는 대로 하면서 눈으로는 주변에 무기로 쓸 만한 것이 있는지 찾았다. 벽난로 옆 부지깽이. 벽난로 위 꽃병. 한 바퀴를 다 돌자 다시 그와 마주했다.

얼굴에는 승리의 표정이 깃들어 있었다.

"그럴 줄 알았다니까. 브로치로군, 그렇지? 어째 그게 좀 튄다 싶더라니." 그가 천천히 말했다.

"엄마가 물려주신 거예요." 세라의 귀에도 그럴듯하게 들리지 않는 거짓말이었다.

"그런 작고 요란한 걸로 왜 말쑥하게 잘 차려입은 재킷을 망치겠나?" 그가 손동작을 해 보이며 말했다. "떼어내."

"이건 망가지면 안……."

"떼라고!" 그가 소리쳤다.

세라는 떨리는 손가락으로 더듬더듬 브로치를 풀려 하면서, 떼어낼 수 없다는 것을, 떼어낸다면 오늘 밤 여기 온 목적을 확실히 확인시켜주는 셈이 될 것임을 알았다.

"천에 끼었어요, 뗄 수가 없어요." 목소리가 갈라지고 있었다. "재킷이 망가질 거라고요. 앨런, 제발."

그가 세라에게 다가와 옷깃의 작은 은빛 브로치를 움켜쥐고 잡아뜯었고, 재킷에는 구멍이 남았다. 그는 손에 쥔 브로치를 자세히 살폈다. 아주 얇은 검은색 선이 브로치에서 재킷으로 이어져 있었다. 선을 잡아당기자 세라가 앞으로 끌려왔다.

"예상대로야. 망할 놈의 카메라가 또 있었어." 그는 주머니에서 플릭 나이프를 꺼내어 딸깍, 날을 꺼냈다. 섬뜩하게 날카로운 10센티미터 길이의 강철로, 끝이 바늘처럼 뾰족했다. "이런 터무니없는 짓은 이제 그만."

세라의 머릿속이 여러 선택지를 떠올리며 마구 뒤엉켰다. 그녀는 목에 걸린 두려움 덩어리와 힘써 싸웠다. 벽시계를 흘끗 보았다. 7시 56분이었다.

소용없어. 이제 로라의 전화를 받을 수도 없으니.

"앨런, 제발."

그는 세라의 말을 무시하고 플릭 나이프로 브로치에 달린 선을 잘라버렸다. 카메라가 숨겨진 브로치를 벽난로에 던져 넣자, 카메라는 순식간에 화염 속으로 사라졌다.

그가 칼끝을 세라에게 겨누자 강철 날에 난로 불빛이 반사되어 번쩍였다.

"자 이제, 또 어떤 장치가 숨겨져 있으려나? 발칙한 년 같으니라고."

"없어요, 앨런. 맹세해요!"

"흠. 안타깝지만, 그동안 신뢰가 좀 깨져서 말이야, 안 그런가? 나도 어쩔 수가 없다고." 그가 한 발자국 더 가까이 다가와 세라를 내려다보며, 손가락 하나를 새로 생긴 재킷 구멍에 넣었다. "아무래도 다 벗어야 할 것 같은데? 모조리 다."

29초

81

세라가 두 팔로 가슴을 감싸며 뒤로 한 걸음 물러났다.

"무슨 말씀이시죠?"

"무슨 말인지 아주 잘 알 거야. 벗어. 지금 당장."

"싫어요."

"뭐라고 했지?"

"싫다고 했습니다. 안 해요."

"이봐, 뭔가 오해한 것 같은데, 난 부탁을 한 게 아니야. 이건 명령이야." 그가 주머니에서 자신의 휴대폰을 꺼냈다. "네가 응하지 않겠다면, 난 내 친구 레이너 경위에게 전화를 걸 수밖에. 우리 러시아인 친구에 대해 기억나는 대로 말하는 거지. 경찰서며 집이며 휴대폰까지, 경위의 번호란 번호는 여기 다 저장되어 있거든."

차가운 공포의 파도가 세라를 휩쓸었다.

러브룩이 칼끝을 세라에게 겨눴다.

"두 번 말하지 않겠어."

세라는 삼시 더 길게 그를 응시하며, 차오르는 분노를 느꼈다. 이내 발을 차서 구두를 벗었다. 가만히 어깨에서 재킷을 내려놓았다. 블라우스를 머리 위로 잡아당겨서 벗고는 손을 아래로 뻗어 치마 뒤 지퍼를 내려서 치마가 바닥으로 스르륵 흘러내리도록 했다. 그의 앞에 선 세라의 두 뺨이 달아오르고 있었다. 몸에는 브라와 팬티, 스타킹만 남았다.

살면서 이토록 약하고 혼자라고 느낀 적은 없었다.

러브룩이 굶주린 눈으로 세라를 보았고 그의 목과 얼굴은 피가 몰려서 시뻘겠다.

"다시 돌아."

브라 뒤로 얇은 무선 송신기와 전원함이 꽂혀 있었는데, 얇은 검정색 강력 접착테이프로 감아서 고정해둔 상태였다. 그는 이 작은 전자 장비를 모두 떼내어 역시 벽난로에 던져버렸다. 그제야 자신이 더는 녹음되고 있지 않다는 사실에 안심한 그는, 검은 리모컨을 집어 들고 재즈 음악을 죽였다.

순식간에 두 사람은 정적에 휩싸였다.

세라가 소파 옆에서 그에게 물러섰다. 그는 세라를 따라갔다. 세라가 한 발자국 더 뒤로 가자, 그도 따라서 움직였다.

"나머지도." 그의 목소리는 이제 잠겨 있었다. "나머지 옷도."

"싫어요. 그게 다예요. 다른 건 더 없어요."

"시키는 대로 하란 말이야!" 그가 으르렁댔다.

세라는 흠칫하며 반 발자국 더 뒤로 물러나 스타킹을 발목까지 말아 내리고 발을 빼서 벗었다.

그는 한 손으로 턱에 까칠하게 난 수염을 문질렀다.

"나머지도." 그가 또 한 번 말했다. 그의 목소리는 이제 숨소리가 섞였고 쉬어 있었으며, 얼굴에는 땀방울이 뺨을 따라 흘러내렸다.

세라는 브라를 풀어서 바닥에 떨어뜨린 뒤 팬티까지 벗고 두 팔로 몸을 가렸다.

이거야. 이게 바로 로라가 경고했던 일이야.

얼굴이 잔뜩 붉어지며 달아올랐지만, 이 모든 수치심과 분노와 증오심에 우선하는 하나의 가장 중요한 생각이 있었다. 머릿속에서 울리는 하나의 동물적 본능. 이 공간을 벗어나서 어디든 들어가 문을 잠가. 너와 러브룩 사이에 장벽을 두어야 해. 다음 일은 그때 가서 생각하자. 그다음 일은 또 그때 가서.

이렇게 끝이 나는 거니까.

그가 한 발자국 더 천천히 다가와 세라의 가슴을 향해 오른손을 뻗었다.

그의 손을 빠르게 피한 세라는, 달렸다.

82

벌거벗은 몸에 닿는 거실 밖 공기가 시렸다. 세라는 본능적으로 오른쪽으로 돌았고, 계단을 향해 달리며 가는 길에 보이는 불을 모두 켜 넓은 계단을 빛에 휩싸이도록 했다.

잠글 수 있는 문을 찾아.

한 번에 두 계단씩 오르는 사이, 뒤에서 그의 육중한 발소리가 들릴 때마다 공포가 밀려왔다. 계단 끝 커다란 층계참 좌우로 다섯 개의 문과 복도가 있었다. 바로 정면에 보이는 열린 문틈으로 타일을 깐 바닥과 욕조 일부가 보였다. 그 문을 향해 뛰면서, 세라는 문에 잠금장치가 있기를 빌었다.

욕실에 몸을 던지고 문을 쾅 닫았다. 너무나 다행히도, 손잡이 밑으로 은빛 잠금장치가 보였다. 장치를 돌려서 문을 잠갔다. 그렇게 그대로 서서, 헐떡이며, 마치 자신의 힘만으로 버텨낼 수 있기라도

29초

한 듯 두 손바닥으로 문을 밀고 있었다.

안전해. 지금은.

손목시계만이 아직 세라의 몸에 걸쳐 있었다. 7시 59분이었다. 과연 이 문과 잠금장치로 그를 버텨낼 수 있을지, 머릿속으로 재빨리 계산했다.

육중한 발걸음이 문 앞에 멈췄다. 반대편에서 러브록이 문을 열려고 하면서 손잡이가 이리저리 돌아갔다. 문은 열리지 않았다. 세라는 숨을 참으며 곧 그가 문을 마구 두드리리라 예상했지만, 들려온 것은 뒤로 물러나는 그의 발소리였다. 세라는 눈으로 미친 듯이 욕실을 훑으며 몸을 가릴 만한 것을 찾았다. 구석에 놓인 나무 상자에 크고 하얀 목욕 수건이 쌓여 있었다. 세라는 그중 하나를 집어서 몸에 둘렀다.

또, 뭐가 있지? 퇴로는? 나란히 늘어선 작은 창문은 모두 잠겨 있었고 어디에도 열쇠는 보이지 않았다. 창이 너무 작아서 몸을 통과하기도 어려워 보이긴 했지만.

무기는? 세라는 면도날이나, 가위, 뭐라도 있길 빌며 욕실 수납장을 열었다. 그런 행운은 따르지 않았다. 대신에 전동 칫솔 하나를 꺼내 솔 부분을 뜯어내어 2.5센티미터 정도 길이의 철심만 남겼다. 힘을 충분히 주어서 휘두르면 살을 뚫을 수 있을 것이다.

육중한 발소리가 다시 돌아왔고, 이번에도 문 앞에서 멈췄다. 세라가 문을 향해 돌아서며 다시 빠르게 시계를 확인했다. 8시에서 1분이 지났다. 그의 거실에 앉은 뒤로 이제 갓 30분이 지난 것이다. 10년은 늙은 기분이었다.

문 반대편에는 정적만이 감돌았다. 온 집 안을 휘감고 있는 정적.

세라가 다시 욕실 구석으로 물러나서 임시방편으로 만든 무기를 집어 들었다. 처음 문을 잠갔을 때 느꼈던 일말의 안도감은 사라졌다. 다시 스멀스멀 고개를 드는 공포심과 싸워야 했다. 그저 작은 철심일 뿐이지만, 이 무기는 세라와 그 사이에 놓인 전부였다.

문을 지켜보고 있는데, 잠금장치가 돌아가기 시작했다.

세라가 대응할 준비를 하기 전에, 움직일 수조차 있기 전에, 잠금 장치가 딸깍 하더니 문이 휙 열렸다.

한 손에는 드라이버를, 다른 한 손에는 위스키 잔을 들고 러브록이 입구를 막아서고 있었다. 그는 문틀에 기대어 드라이버로 세라를 가리켰다. 드라이버는 30센티미터 정도 길이에 끝이 뾰족하고 번쩍였다.

"잠긴 걸 푸는 일은 너무 쉽지. 적당한 도구만 있으면 돼."

"더는 가까이 오지 말아요." 세라는 목소리를 침착하게 유지하려 애썼다.

"자, 네가 내 집에 와서 날 속이려고, 녹음으로 날 함정에 빠뜨리려고 했어. 흥미로운 계획이고 용감한 시도야. 내가 널 과소평가한 건 맞아."

"여자들을 과소평가하며 살아온 인생이니까."

그의 얼굴이 굳어졌다.

"하지만 네 계획은 실패했어. 그러니 이제 네가 만회할 차례야. 어떻게 만회할 건가? 이제 성인 여자로서 정정당당하게 나올 텐가?"

세라가 몸에 두른 수건을 더욱 세게 움켜쥐었다.

"여기서 나가게 해줘요. 오늘 밤 일은 아무한테도 말하지 않을게요. 약속해요."

29초

그는 쯧쯧 혀를 차며 고개를 저었다.

"아니, 안 될 것 같은데. 이봐, 우리가 악수하면서 비긴 걸로 합시다, 라고 할 수 있는 단계는 지난 것 같지 않나? 지나도 **한참** 지났지. 이젠 네가 그저 취미로 학문을 하는 가정주부가 아니라는 걸 증명해 보일 시간이야."

"앨런, 제발." 세라는 애원하는 자신이 너무도 싫었다. "이러지 말아요."

"난 네가 그렇게 비는 게 참 좋단 말이지." 그의 눈이 세라를 위아래로 훑었다. "그 수건 치워."

"싫어요."

"뭐 하나 알려줄까?" 그가 벨트를 더듬거렸다. "오늘 밤 네가 침대에서 정말, **정말** 잘하면, 네 경력을 변기 물에 내려보내지는 않을 수도 있어."

"질리언 아널드한테 했던 짓을 나한테도 하지는 못해."

"아니, 난 할 수 있어. 내가 이겼고, 넌 진 거야. 이게 오늘 밤 게임의 결론이야."

세라가 그를 잠시 길게 응시했다. 아버지의 말이 머릿속에서 메아리쳤다.

세 번째 선택이 가장 어려운 거란다, 세라.

"자, 마지막으로 한 번 더 묻지." 그가 눈을 한 번, 두 번 깜빡이고는 위스키를 한 모금 더 길게 마시며 잔을 비워냈다. 얼굴은 땀으로 번들거렸다. "어떻게 만회할 건가?"

세라가 일어났다. 몸을 꼿꼿이 세우고 서서, 자신이 만든 무기를 손가락 마디가 하얗게 될 정도로 꽉 쥐고 있었다. 굴복하고 싶은 마음이 자신에게서 모두 빠져나가는 것을, 그 모든 이성이, 논리와 상식이, 걱정과 우려가 완전히 빠져나가는 것을 느꼈다. 지난해의 그 모든 좌절과 분노를 끌어올리고 몇 달간 잠을 이루지 못하게 한 그 모든 두려움을 들이켜며, 이 감정이 온몸에 퍼지도록, 전부 이 남자에게로 향하도록 했다. 그리도 많은 사람들에게 본모습을 감춰왔던, 그렇게 최고의 자리에 오른 이 남자를 향해.

끝을 내야 했다, 어떻게든.

세라는 정맥에서 분노가 끓어오르고 목에서 피가 쿵쾅대는 느낌이었다. 마리의 말이 마음에 되살아났다. 싸움의 끝에는 너와 러브록 중 단 한 사람만이 서 있게 된다고.

"여기서 끝내는 거야, 앨런. 내 답을 원해? 답은 이거야." 세라가 오른손으로 쥔 철심 끝을 그를 향해 휘둘렀다. "지옥에나 가버려."

83

세라는 한 학생의 과제 채점을 끝내고 다음 학생의 과제로 넘어갔다. 불을 켜지 않은 채 문을 닫아놓아서, 연구실은 어둑어둑했고 창문으로 약하게 들어오는 겨울 빛만이 공간을 어슴푸레 밝히고 있었다. 하지만 세라는 이제 이런 상태가 좋았다. 조용히, 혼자, 거의 보이지 않는 상태. 고개를 숙이고, 어떤 소란도 피우지 마. 그저 할 수 있을 때까지 일에 몰두하는 거야.

세라는 자신이 저지른 일을 받아들였고 때가 되면 결과를 직시할 준비도 되었다. 최선을 다했고, 할 수 있는 것은 최선을 다하는 일뿐이었다. 그렇지 않은가? 선택을 했고, 그 선택을 감수해야 할 것이다.

간단하면서도 복잡했다.

약간의 안도감도 있었다. 결정을 내렸다는, 길을 선택했다는 안도감. 의심에서 오는 마비를 떨쳐내고 선택을 했다는, 어쩌면 유일한 선택을 했다는 안도감이었다.

세라는 자리에서 일어나 창가로 갔다. 12월의 어느 흐린 날이었다. 하늘에는 무거운 잿빛 구름이 낮게 깔려 햇빛을 가렸다. 지난 2년간 이 작은 공간에서 지내면서, 여기서 내려다보는 풍경을 사랑하게 되었다. 건물 2층 끝에 있는 이곳에서 내려다보는 캠퍼스의 풀과 나무와 호수와 시계탑 풍경이 좋았다. 강의실로 가는 학생들이 보였다. 어쩌면 이른 점심을 먹으러 학생회관에 가는지도 몰랐다. 침대에서 막 기어 나온 듯한 학생들도 보였다.

다시 저 때로 돌아간다면 얼마나 좋을까, 세라가 생각했다. 열여덟, 하루하루 하고 싶은 일을 하는 것 외에는 다른 일을 할 의무도, 기대도 없던 그때. 내 운명의 주인이던 그때. 나이가 들면서 점차 젊어지게 되는 그 모든 것에서 자유로울 수 있던 그때. 시간이 다시 주어져도 같은 선택을 하며 살게 될까, 문득 궁금했다. 그러한 일련의 선택이 자신을 이 공간으로, 이 장소로, 이 상황으로 데려다놓을 것임을 안다면. 지금 여기, 인생의 반환점으로 데려다놓을 것임을 안다면.

지금은 답하기 쉬운 질문이었다.

건물 앞 원형으로 된 길에 누군가, 아마도 럭비 팀 소속인 듯한데, 또 넵튠 조각상을 타고 올라가서 머리에는 샛노란 아프로 스타일 가발을 씌우고 삼지창에는 휴지통을 씌워놓았다. 건물 관리인인 제닝스 씨의 일만 또 늘었다.

그렇게 창가에 얼마나 오래 서 있었을까. 세라가 다시 채점을 하러 책상으로 가려는데, 늘어선 나무들 뒤에서 차 한 대가 나타나더니 인문학부 건물 주차장으로 들어왔다. 평범한 세단형 승용차 앞 좌석에 남자 한 명과 여자 한 명이 타고 있다. 뒤이어 '과학수사대' 라고 옆면에 쓰인 경찰 밴이 뒤따랐다. 두 차량은 넵튠 조각상이 서 있는 인문학부 정문 바로 앞에 멈춰 섰다. 밴에서는 제복을 입은 경찰 두 명이 내렸고, 아무 표시도 되어 있지 않은 세단에서는 세라가 아는 레이너 경위와 닐 경사가 내렸다.

네 명은 레이너 경위를 중심으로 모여서 짧은 대화를 나눴다. 경위가 뭐라고 말을 할 때 나머지 세 명의 머리는 그녀 쪽으로 기울어져 있었다.

세라는 찬찬히 그들을 살폈다. 어떤 감정을 불러내려 애썼지만 아무것도 느낄 수 없었다. 두려움이나 절망도, 분노도, 슬픔도 없었다. 마치 그 모든 감정이 씻겨 내려가 세라를 멍하고 공허하고 잔뜩 지친 상태로 만든 것만 같았다.

어떻게 될까, 어떻게.

1분여가 지나자 경찰관 네 명이 몸을 돌려서 건물로 향했다. 레이너 경위가 맨 앞에 섰다. 이내 그들은 세라의 시야에서 사라졌다.

세라는 책상으로 돌아왔다.

서둘러, 채점하던 에세이를 파일 속 다른 에세이에 포개어 넣고 모든 서류를 책상 서랍에 넣어서 잠근 뒤 열쇠를 주머니에 넣었다. 펜 뚜껑을 닫고 컴퓨터를 끈 다음 문 쪽으로 가서 고리에 걸어놓은 재킷을 입었다. 그리고 다시 책상으로 돌아와서 기다렸다.

경찰이 또 이곳을 찾았다. 여럿이.

그리고 이번에는, 수사가 아니라 체포를 하러 온 것이라고 세라는 생각했다.

4주 후

84

세라는 편하게 있으려 애쓰며 의자에 등을 기댔다. 세라의 앞뒤 양옆으로 낯선 사람들이 빽빽이 들어차 있었다.

그레이스와 해리는 이제 멀리 있다. 마지막으로 집을 떠나 며칠 밤을 보낸 적이 언제인지 기억도 나지 않았다. 아이들을 생각하면 세라는 약해지면서도 동시에 강해지는 느낌이 들었고, 그 어느 때보다 더, 이 어지러운 감정의 교차로 무섭기도 하고 들뜨기도 했다. 아이들을 위해서라면 산도 무너뜨릴 수 있다. 아이들에게 줄 것이 더는 남아 있지 않을 때까지, 그 어떤 위험에도 자신의 몸으로 맞서서 아이들을 지켜낼 것이다. 세상 그 무엇보다도 더 아이들이 자랑스러웠다.

언젠가 아이들도 이 마음을 알아주길.

정신없는 하루였다. 집을 떠나서, 아이들 없이, 낯선 침대에서 일찍 일어났다. 끝없이 늘어선 줄을 서고, 또다시 줄을 서고, 가는 곳마다 이어지는 보안 검사를 받았다. 제복을 입고 무전을 든 요원들이 금속 탐지와 몸수색, 무기 수색을 진행했다. 그 뒤 또 기다리고 또 걷고 또다시 줄을 섰다.

익숙해져야 할 것이다. 세라가 선택한 길이었다. 단 한 번의 전화 통화로 내린 선택이었고, 그 결과를 받아들여야 할 것이다. 그게 인생이다.

다시 10대 시절을 떠올렸다. 열일곱의 세라가 지금의 세라를 볼 수 있다면 그녀는 어떤 생각을 할까? 믿을 수 없다며 고개를 저을 것이다. 세라의 길이 여기로, 이 상황으로 이어질 거라고는 꿈에도 생각지 못했을 터다.

신경이 곤두섰다. 자연스러운 일이라고, 세라는 생각했다. 낯선 장소로 가고 있으며, 이 여정 끝에 과연 무엇이 기다리고 있을지 알지 못하니까. 더 중요하게는, 누가 자신을 기다리고 있을지 알지 못하니까.

어떤 사람들을 만나게 될까? 잘 대처할 수 있을까? 할 수 있는 일일까? 끝까지 견딜 수 있을 만큼 나는 강한가?

답을 할 수 없는 질문이 너무도 많았다.

그래도 세라는 자신이 할 것임을 알았다. 할 수밖에 없다는 단순한 이유에서다. 다른 선택지가 있긴 한가?

잠을 좀 자두어야겠어, 세라는 생각했다. 긴 하루가 될 테니.

세라는 주위에 가득 들어찬 낯선 사람들을 의식하지 않으려 애쓰며 잠시 눈을 감았다. 지난 몇 주 동안, 인생은 복잡해졌다. 생각할 것도 알아두어야 할 것도 너무 많았다. 하지만 마음속 깊은 곳에서 직감으로, 세라는 자신이 괜찮을 것 같았다. 해낼 수 있을 것이다.
할 수 있다.

규칙만 잘 기억한다면.

새로운 규칙을.

85

전과 마찬가지로, 새 규칙은 간단했다.

그 밤, 러브록의 집에서 있었던 일을 절대 발설하지 않을 것. 그를 제외한 모두의 말에 따르면 그런 일은 일어난 적도 없으니까.

그 밤, 세라가 도착하고 몇 분 뒤에 울린 초인종 소리에 러브록이 잠시 자리를 비운 사이, 특별히 제작한 혼합 약물을 그의 위스키에 넣은 사실을 절대 언급하지 말 것.

그 밤, 결정적인 몇 초의 순간에 러브록의 주의를 흩뜨려놓았던 '택배 기사'를 절대 언급하지 말 것. 컴퓨터 해킹에 재능이 특출한, 미하일이라는 이름의 젊은 러시아인을.

그 밤, 미하일이 러브록의 컴퓨터 하드 드라이브에 무엇을 추가해두었는지 절대 말하지 않을 것.

세라와 통로를 사이에 두고 앉은 머리가 허옇게 센 여인이 《데일

29초

리 메일》을 열심히 읽고 있었다. 첫 장에 실린 사진 속 얼굴이 익숙했다. 수갑을 차고 인문학부 건물에서 끌려 나오는 남자. 그는 무방비 상태에서 잡힌 듯 보였다. 입이 반쯤 벌어졌고 얼굴에는 격렬한 분노와 불안이 서려 있었다. 사진기자의 망원 렌즈를 1초, 너무 늦게 발견한 것 같았다.

사진 옆으로는 검정색 굵은 글씨로 쓰인 기사 제목이 보였다. BBC, 소아성애 의혹 스타 교수 해고.

세라는 고개를 기울여 기사의 첫 단락을 읽었다.

BBC는 경찰이 대대적인 아동 음란물 조사에 착수하자 방송에서 유명 교수인 앨런 러브록을 퇴출시켰다.

러브록 교수는 올해 56세로 BBC2의 인기 프로그램인 「미지의 역사」의 진행자이자 다수 아동 자선단체의 후원자였다. BBC 측은 현 시즌의 남은 방영분을 편성에서 제외할 것이며 새 시즌 촬영은 무기한 중단되었음을 밝혔다.

대학에 따르면, 러브록은 이번 사건으로 정직 처분을 받았으며 이는 즉시 효력이 발생하여 형사 소송 절차의 결과가 나올 때까지를 기간으로 한다.

이야기는 곳곳에 퍼졌고 각종 타블로이드 신문의 공격견들은 피를 갈구했다. 러브록은 이들이 가장 싫어하는 모든 것의 집합체였다. 상아탑의 고고한 교수, 배우나 다름없는 BBC 진행자, 백만장자 사회주의자까지. 공격견들이 피 냄새를 맡은 이상, 이들은 러브록의 명성이 회복 불가능할 정도로 박살 나기 전까지는 만족하지 못할 것이다. 이 무슨 얄궂은 우연인지, 기사 하단에는 올리 베일리 기자라고 쓰여 있었다. 세라에게 처음 아이디어를 줬던 사람이었다. 그가 교내 주차장에서 마구잡이식으로 던졌던 질문 중 하나. "러브록 교수가 유트리 작전의 일환으로 경찰에 체포된 게 사실입니까?" 지미 새빌을 시작으로, 연이은 유명 인사들의 소아성애와 성착취를 적발해낸 경찰 작전.

어느새 함께 기사를 읽어 내려가게 된, 머리가 허옇게 센 여인이 세라와 눈을 마주쳤다. 여인이 쯧쯧, 혀를 차며 고개를 저었다.

"아유, 역겨워라. 안 그래요? 뭐랄까, 난 예전부터 이 남자한테 뭔가 있는 것 같다고 생각했다니깐. 아가씨는 안 그랬어요?"

세라가 어깨를 으쓱해 보였다.

"전 저 사람의 프로그램도 본 적이 없는 걸요."

"아니 땐 굴뚝에 연기 날까, 내 말이 맞고말고." 여인은 다시 신문으로 눈을 돌렸다. 두 쪽에 걸쳐서, 경찰들이 러브록의 집에서 개인 소지품을 담은 상자를 들고 줄지어 나오는 모습과 학교의 학부 건물에서도 마찬가지로 경찰이 압수하는 모습이 사진으로 실려 있었다. 여인은 고운 검지로 신문을 톡톡 쳤다. "봐요, 이렇게 많은데 뭔가 나오게 마련이지, 안 그래요?"

이미 충분히 나왔어요, 세라가 생각했다.

세라는 러브록의 술에 특히 강력한 약물을 탔다. GHB와 로힙놀 혼합물로, 볼코프가 감시 장비와 함께 제공해주었다. 그렇게 러브록은 30분 만에 의식을 잃었고 그의 단기 기억도 갈기갈기 찢겼다. 이 혼합 약물에 술이 더해지면, 약을 복용하기 **전** 몇 시간 동안의 기억이 지워진다고 알려져 있다. 그리고 복용 후 열두 시간 안에 몸에서 모든 흔적이 사라진다. 투여량은 복용자의 체구와 몸무게를 정확히 반영하여 한 치의 오차도 없어야 했다. 러브록의 맞춤 예복 치수를 참고하여 계산이 가능했다. 예복은 그의 비서인 조셀린 스 티어가 티 하나 없이 깔끔히 보관하고 있었다.

목표 대상이 의식을 잃자, 세라는 '택배' 상자를 열고 선불 전화 를 꺼내 미하일을 다시 집으로 불러들였다. 상자 안에는 닉의 낡은 작업복과 고무장갑 두 쌍도 들어 있었다. 세라가 작업복으로 갈아 입고 집 안에 남은 자신의 흔적을 지우는 사이, 젊은 해커는 작업에 들어갔다. 로라와 아버지는 숨겨둔 녹음 장비가 말해주듯 러브록 을 녹음으로 잡는 계획이라 알고 있었지만, 세라가 그의 집을 찾은 진짜 이유는 더 깊은 것이었다. 훨씬 깊었다. 로라와 아버지는 진짜 이유로부터 보호되어야 했다. 그리고 러브록을 녹음하려 애쓰던 모 습은, 그 모두가 미끼임을 러브록이 알아채지 못할 만큼 그럴듯해 야 했다.

다음 날 그가 컴퓨터를 켰을 때, 자가 복제 바이러스가 파일을 하 나도 빠짐없이, 그의 새 책 원고까지 모조리 다 망가뜨리고 기계도 고장을 냈다. 월요일에는 수리 기사가 컴퓨터를 고치려고 애를 쓰 다가 결국 더 심각한 발견을 하게 된다. 러브록의 컴퓨터 하드 드라 이브에 9천 장이 넘는 아동 음란물 사진이 있었던 것이다. 경찰에 걸려온 신고 전화 한 통은 화요일 아침, 경찰이 그의 집과 연구실을 동시에 급습하는 작전으로 이어졌다. 그 결과 연구실 컴퓨터에서 사진 수천 장이 나오고 집 안 서재에 숨겨진 외장 하드 드라이브에 서도 추가로 사진이 발견되었는데, 15년도 더 된 사진들까지 있었 다. 두 번째 외장 하드 드라이브는 조셀린이 그의 연구실 책상 밑에 숨겨놓은 것으로, 여기에도 수천 장이 더 담겨 있었다. 그가 주고받은 이메일을 보면, 그는 악질 소아성애자였고 2주 전 그가 납치된 사건도 최근에 있었던 결제 관련 다툼에서 비롯된 것이었다.

세라는 러브록이 둘 사이에 있었던 일을 일부 기억해낼 위험이 있음을, 그가 의심할 수도 있음을 알았다. 하지만 세라가 그의 집에 있었다는 물리적인 증거는 없었다. 세라에게는 바위처럼 단단한 알리바이도 있었다. 학교에 가는 모습이 CCTV에 찍혔고 휴대폰도 대학 와이파이에 연결되어 있었다. 학교에서 아버지에게 문자를 보냈을 뿐만 아니라, 그날 저녁 7시 34분에 연구실 컴퓨터에 접속했고 30분 이상을 거기 머물렀다. 세라가 집으로 가는 장면도 CCTV에 찍혔는데, 현금인출기를 사용하는 모습이었다.

세라는 토요일 저녁에 이 모든 일을 했다. 그녀의 전자 발자국이 증거였다.

아니 적어도, 세라를 꼭 닮은 누군가가 그렇게 했다. 또 한 명의 날씬하고, 검은 머리에, 30대 초반인 백인 여자가. 세라와 키도 머리색도 같고, 착용한 옷과 가방, 모자와 선글라스가 모두 세라의 것인 여자. 세라의 차까지 몰았던 여자. 러브록의 취향에 자로 잰 듯 딱 들어맞는 또 한 명의 여자.

질리언 아널드 같은 여자랄까.

미하일은 러브록의 현관 위에 달린 CCTV 카메라의 기록도 처리했다. 세라가 등장하고 난 10분 뒤 택배 기사로 변장한 자신이 나오는 장면까지 삭제를 하고, 그 부분을 전날 저녁에 찍힌 별 특별할 것 없는 한 시간 분량의 화면으로 대체했다. 러브록이 토요일 저녁에 누가 방문했다고 주장할 수 있는 근거는 아무것도 없었다.

세라는 비즈니스 클래스 좌석에 편히 기대어 앉아 안전띠를 살짝 잡아당겨, 단단히 잘 맸는지 확인했다. 보스턴까지 일곱 시간이 걸리는 비행이었고, 그곳에서 나흘간 빡빡한 일정을 소화하며 애솔 샌더스로부터 연구비 지원 약속을 받아야 한다. 지원을 성사시키면 대학에, 학과에, 그리고 세라에게 대단한 성취가 될 것이다. 지금까지의 조짐은 모두 좋았다. 학장은 재빨리 애솔 재단에 모든 작업과 연구는 세라 헤이우드 박사가 이끌 것임을 분명히 해두었다. 그도 그럴 것이, 세라가 맨 처음 재단에 접촉한 사람이었으니까. 앨런 러브룩은 진행 과정의 초기 부분을 감독하도록 투입되었을 뿐이며, 앞으로 그 어떤 역할로도 업무에 관여하지 않을 것도 분명히 해두었다. 대학 측은 학과는 사람 한 명보다 더 큰 존재라고 주장했다. 한 개인보다 더 크다고, 훨씬 크다고.

점점 커지는 끼익 소리와 함께 제트엔진이 추진력을 얻는 동안, 세라는 의자에 등을 기대고 앉아 비행기 출발을 기다렸다. 아버지가 떠올랐다. 위기의 순간에 그와 나눴던 대화가 떠올랐다. 대화는 결정으로 이어졌고, 결정은 계획으로, 그리고 세심히 조직된 덫으로 이어졌다.

인생에는 단 세 가지의 선택지가 있단다, 세라.
달아나서 여기가 아닌 다른 곳에서 새롭게 시작할 수도 있고
절차를, 제도의 힘을 믿을 수도 있다.
아니면 맞서 싸울 수도 있어.

세라는 맞서 싸우는 쪽을 택했다. 설령 그것이 상대와 밑바닥까

지 내려가서 비열하게 싸우는 것을 의미할지라도. 러브룩은 그 정도 수준이었으니까. 그리고 때로는, 아주 가끔은, 어찌할 수 없는 상황에는 상상도 할 수 없는 해결책이 필요하다는 것도 사실일지 모른다.

비행기가 활주로에 바퀴를 굴리며 처음에는 천천히, 그러다 빠르게 속도를 올리면서, 포장도로 위에 그어진 여러 선은 하나의 끊임없이 이어지는 흰색 선으로 흐릿해졌다. 보잉기의 앞부분이 들렸고, 그런 다음 뒷바퀴가, 그러다가 마침내 공중으로 진입했다. 히스로 공항을 벗어나 보스턴을 향하여.

세라는 아래로 도로와 집들이 작아지는 모습을 내다보았고, 비행기는 석양을 배경으로 대서양을 향하고 있었다.

세라는 두 눈을 감고, 미소를 지었다.

작가의 말

먼저, 『29초』를 선택해주셔서 감사합니다. 벌써 두 번째 책이지만, 전업으로 글을 쓴다는 것과 제 데뷔작인 스릴러 『리얼 라이즈』로 긍정적인 평가를 많이 받고 있다는 사실이 아직도 조금은 초현실적으로 느껴집니다. 독자들이 기꺼이 받아들여주는 이야기를 쓰고 있는 저 자신을 너무도 행운아라고 느끼며, 이번 신작을 읽는 데 소중한 시간을 내주신 것에 깊이 감사드립니다.

옳고 그름 사이의 경계가 언제나 매혹적으로 다가왔습니다. 둘 사이의 회색지대가, 정당한 것과 옳은 것 사이의 긴장이 그러했지요. 선택지가 하나씩 사라지고, 법과 규칙이, 우리를 보호해야 할 그것들이 우리를 저버린다면 그 경계는 어떻게 흐려질까요? 정상적인 상황이라면 절대 고려하지도 않았을 결정을 내린다는 것은 그 압박이 얼마나 컸다는 의미일까요? 또, 그런 결정을 내리면 어떤 일이 벌어질까요?

이런 의문들이 『29초』에 영감이 되었습니다. 단 하나의 질문과 단 하나의 결정을 중심축으로 돌아가는, '혹시 이런 일이 생긴다면?'에 대한 이야기입니다.

이 소설은 2016년 가을에 쓰기 시작했습니다. 《뉴욕타임스》가 할리우드의 성추문 관련 보도를 하기 1년 전이죠. 언론의 훌륭한 보도가 부른 파장이 컸습니다. 힘 있는 사람이 처벌을 보란 듯 피해가며, 주변 사람들의 경력을 좌지우지할 전권을 가지는 데 대한 폐해를 강조했지요. 바로 앨런 러브록 같은 사람이죠. 《뉴욕타임스》의 보도는 이런 상황이 비단 영화 산업뿐만 아니라 어느 곳에서도, 현 상황을 유지하려는 기득권과 권력의 균형이 어긋나 있는 곳 그 어디에서라도 전개될 수 있는 상황임을 주지시켰습니다.

『29초』에 보여주신 관심에 감사드리며, 저의 다음 작품도 기대해주시길 바랍니다.

옮긴이의 말

30초도 채 되지 않는 사이 내린 단 한 번의 선택으로, 당신의 삶이 한바탕 소용돌이에 휘말린다면 과연 어떨까?

이 책의 주인공 세라 헤이우드 박사는 상사인 앨런 러브록 교수에게 전임 강사 자리를 빌미로 매일같이 성희롱과 성추행에 시달리며, 온갖 협박과 희망 고문을 당하고 있다. 세라는 평생의 커리어와 생계 문제가 달려 있는 전임 강사 자리를 포기할 수도, 그렇다고 날로 심해져가는 러브록의 행태를 더 이상 참아낼 수도 없다. 이러한 상황에서 세라는 자신에게 빚을 졌다는 어떤 낯선 남자로부터 '누구든 한 사람을 이 세상에서 사라지게 해주겠다.'는 충격적인 제안을 받는다.

정상적인 상황에서라면 단번에 거절했을 이 얼토당토않고 무서운 제안을, 세라는 과연 뿌리칠 수 있을까?

"어찌할 수 없는 상황에는 상상도 할 수 없는 해결책이 필요할 수도 있다."

작가는 절망적이지만 현실적인 상황을 제시하고 위기에 맞서 싸우는 세라의 내면을 섬세하고 정확하게 그려내면서 독자의 몰입을 이끌어낸다.(남성 작가가 여성이 처한 현실과 심리를 이토록 정교하게 묘사한 것에 감탄했다.) 독자는 세라의 고민과 선택을 자연스레 자신의 것으로 흡수하고 인물의 머릿속을 따라가면서, 결국 세라와 함께 동의하는 마음으로 낯선 남자의 제안을 받아들일 수밖에 없을 것이다.

세라가 남자의 제안을 받아들인 것은 그저 남의 도움으로 문제를 쉽게 해결하려는, 요행을 바라는 마음에서가 아니다. 그것이 어찌할 수 없는 상황에서 택할 수밖에 없던 단 하나의 '상상도 할 수 없는 해결책'이었기 때문이다.

그럼 이제 제안을 받아들였으니 모든 게 끝일까? 세라는 마음 푹 놓고 한발 물러나 지켜보기만 하면 되는 것일까? 낯선 남자는 세라의 문제를 정말 깔끔하게 해결해줄 수 있을까?

세라와 함께 좌절하고, 분노하고, 얼마간 희망을 품었다가, 다시금 절망하며 무너지고, 그럼에도 또 다시 일어나 맞서 싸우며, 결국 결말의 카타르시스에 이르는 여정을 함께 해보기를 바란다.

29초

1판 1쇄 발행 2019년 9월 18일
2판 1쇄 발행 2021년 6월 21일

지은이 T. M. 로건 **옮긴이** 천화영
펴낸이 김영곤 **펴낸곳** 아르테
키즈융합부문 이사 신정숙
융합사업2본부 본부장 이득재
문학팀 김유진 김연수 원보람
해외기획팀 정영주 **디자인** 김형균
영업마케팅 본부장 김창훈
영업팀 허소윤 윤송 이광호
마케팅팀 정유진 김현아 진승빈
제작팀 이영민 권경민

출판등록 2000년 5월 6일 제406-2003-061호
주소 (우 10881) 경기도 파주시 회동길 201(문발동)
대표전화 031-955-2100 **팩스** 031-955-2151

ISBN 978-89-509-9617-8 03840

아르테는 (주)북이십일의 문학 브랜드입니다.

(주)북이십일 경계를 허무는 콘텐츠 리더
아르테 채널에서 도서 정보와 다양한 영상자료, 이벤트를 만나세요!
네이버오디오클립/팟캐스트 [클래식클라우드] 김태훈의 책보다 여행
페이스북 facebook.com/21arte 블로그 arte.kro.kr
인스타그램 instagram.com/21_arte 홈페이지 arte.book21.com

· 책값은 뒤표지에 있습니다.
· 이 책 내용의 일부 또는 전부를 재사용하려면 반드시 (주)북이십일의 동의를 얻어야 합니다.
· 잘못 만들어진 책은 구입하신 서점에서 교환해드립니다.